DESAFIANDO AS ESTRELAS

CLAUDIA GRAY

DESAFIANDO AS ESTRELAS

Tradução
Rachel Agavino

Fantástica
ROCCO

Título original
DEFY THE STARS

Este livro é uma obra de ficção. Nomes, personagens, lugares e incidentes são produtos da imaginação da autora ou foram usados de forma ficcional. Qualquer semelhança com acontecimentos reais, localidades, ou pessoas, vivas ou não, é mera coincidência.

EDITORA ROCCO LTDA.
Av. Presidente Wilson, 231 – 8º andar
20030-021 – Rio de Janeiro – RJ
Tel.: (21) 3525-2000 – Fax: (21) 3525-2001
rocco@rocco.com.br / www.rocco.com.br

Printed in Brazil/Impresso no Brasil

Preparação de originais
LUARA FRANÇA

CIP-Brasil. Catalogação na fonte.
Sindicato Nacional dos Editores de Livros, RJ.

G82d Gray, Claudia
Desafiando as estrelas / Claudia Gray; tradução de Rachel Agavino.
– Primeira edição. – Rio de Janeiro: Fantástica Rocco, 2018.
(Constelação)

Tradução de: Defy the stars
ISBN 978-85-68263-74-7
ISBN 978-85-68263-75-4 (e-book)

1. Ficção americana. I. Agavino, Rachel. II. Título. III. Série.

CDD–813
18-51995 CDU–82-3(73)

Vanessa Mafra Xavier Salgado – Bibliotecária – CRB-7/6644

O texto deste livro obedece às normas do
Acordo Ortográfico da Língua Portuguesa.

Para os meus pais

1

Em três semanas, Noemi Vidal morrerá – aqui, neste exato lugar.

Hoje é só um treino.

Noemi quer rezar igual aos outros soldados que ouve ao redor. A suave modulação de seus sussurros lembra o som de ondas se aproximando da costa. A gravidade zero até faz parecer que eles estão debaixo d'água – os cabelos flutuam para longe das cabeças, os pés em botas balançam para fora das plataformas de lançamento, acompanhando a maré invisível. Apenas o escuro campo de estrelas que se vê pelas poucas e pequenas janelas revela quão longe estão de casa.

As tropas ao redor de Noemi representam uma mistura de crenças. A maioria das Pessoas do Livro senta em grupos: os judeus de mãos dadas uns com os outros; os muçulmanos reunidos em um canto, para facilitar a oração que precisa ser feita na direção do ponto distante no céu onde fica Meca. Como os outros membros da Segunda Igreja Católica, Noemi tem seu rosário de contas na mão, o pequeno crucifixo esculpido em pedra flutuando perto do rosto. Ela o aperta mais e deseja não se sentir tão vazia por dentro. Tão pequena. Tão desesperada pela vida da qual já desistiu.

São todos voluntários, mas nenhum está realmente pronto para morrer. Dentro da nave da tropa, o ar parece eletrificado, tomado por um propósito terrível.

Vinte dias, Noemi lembra a si mesma. *Ainda tenho vinte dias.*

Não é suficiente para se apegar. Então, ela olha para a melhor amiga na fileira mais adiante, uma entre os não combativos que está aqui apenas para mapear possíveis trajetórias para o Ataque Masada, e não para morrer no processo. Os olhos de Esther Gatson estão fechados em uma oração fervorosa. Se Noemi pudesse rezar assim, talvez não estivesse tão assustada. Os cabelos longos e dourados de Esther, presos em tranças grossas, tocam sua cabeça como um halo, e Noemi sente sua coragem voltar a inflamar.

Estou fazendo isso por Esther. Se eu não salvar mais ninguém, pelo menos posso salvá-la.

Pelo menos, por um tempo.

Quase todos os soldados presos perto de Noemi têm entre dezesseis e vinte e oito anos. Noemi tem apenas dezessete. Sua geração está se dizimando.

E o Ataque Masada será seu maior sacrifício.

É uma missão suicida, embora ninguém use a palavra *suicídio*. Setenta e cinco naves atacarão de uma só vez, todas mirando o mesmo alvo. Setenta e cinco naves vão explodir. Noemi estará pilotando uma delas.

O Ataque Masada não vencerá a guerra. Mas vai ganhar tempo para a Gênesis. A vida dela trocada por tempo.

Não. Noemi olha mais uma vez para Esther. *A minha vida pela dela.*

Milhares morreram nos últimos anos desta guerra, e não há vitória à vista. A nave espacial em que estão agora tem quase quarenta anos, o que a torna uma das mais novas da frota da Gênesis. Mas cada olhar mostra a Noemi outra falha: o remendo que sugere um antigo problema no casco, as janelas arranhadas que borram as estrelas do lado de fora, o desgaste dos arneses que prendem Noemi e seus companheiros soldados em seus assentos. E eles ainda têm que limitar o uso da gravidade artificial para poupar energia.

Este é o preço que a Gênesis paga por um ambiente imaculado, pela saúde e força de todos os seres vivos em seu mundo. A Gênesis não construirá nada novo enquanto algo antigo ainda funcione. Os benefícios do juramento de sua sociedade para limitar a produção e a indústria foram maiores que os custos – antes de a guerra voltar a eclodir, anos depois do fechamento das fábricas de armas e de novos caças terem sido construídos.

A Guerra da Liberdade parece ter terminado há mais de três décadas; claro que eles confiaram na vitória. Seu planeta começara a recuar. As cicatrizes da guerra ainda durariam; Noemi entende isso melhor do que a maioria. Mas mesmo ela, como todos os outros, acreditara que estavam realmente seguros.

Dois anos atrás, o inimigo voltou. Desde então, Noemi aprendeu a disparar armas e a pilotar um caça em voo solo. Aprendeu a prantear amigos que haviam lutado ao seu lado apenas horas antes. Aprendeu o que é olhar para o horizonte, ver a fumaça e perceber que a cidade mais próxima agora é apenas um monte de entulho.

Ela aprendeu a lutar. Agora, terá que aprender a morrer.

As naves inimigas são novas. Suas armas, mais poderosas. E seus soldados nem são de carne e osso. Em vez disso, possuem exércitos mecânicos: robôs humanoides sem piedade, sem vulnerabilidade, sem alma.

Que tipo de covardes vão à guerra, mas se recusam a lutar pessoalmente?, pensa Noemi. *Quão diabólico alguém tem que ser para matar pessoas de outro mundo sem se arriscar?*

Hoje é só um treino, lembra a si mesma. *Nada de mais. Você vai voar por lá, descer, para que no dia, não importa quanto esteja assustada, possa...*

Luzes cor de laranja ao longo de cada fileira começam a piscar, alertando todas as tropas que a gravidade magnética artificial está prestes a ser acionada. É cedo demais. Os outros soldados trocam olhares preocupados, mas a ameaça energiza Noemi. Ela se posiciona e respira fundo.

Bam! Centenas de pés batem no chão de metal ao mesmo tempo. O cabelo de Noemi cai até o queixo, mas continua longe do rosto por conta da faixa acolchoada que ela usa no alto da testa. Instantaneamente, ela entra no modo de batalha, se soltando da trava e pegando o capacete. Seu traje espacial verde-escuro volta a ficar pesado, mas continua flexível, tão pronto para a batalha quanto ela.

Porque parece que a batalha está esperando por eles.

– Todos os guerreiros para seus caças! – grita a capitã Baz. – Sinais indicam que temos naves atravessando o Portão a qualquer momento. Lançamos em cinco!

O medo de Noemi some, aniquilado pelo instinto guerreiro. Ela se junta às fileiras de soldados que se dividem em esquadrões e se apressam pelos estreitos corredores que levam a seus caças individuais.

– Por que eles estão aqui? – murmura um rapaz de rosto redondo, um novato logo à frente dela, ao atravessarem um túnel com fiação exposta e buracos onde deveriam estar alguns painéis. Sob as sardas, a pele dele ficou branca como a de um cadáver. – Eles sabem o que vamos fazer?

– Eles ainda não nos explodiram, certo? – diz Noemi. – Isso significa que não descobriram sobre o Ataque Masada. É sorte estarmos aqui em cima agora que vieram, assim podemos lutar contra eles mais longe de casa. Ok?

O pobre garoto assente. Ele está tremendo. Noemi gostaria de ser mais reconfortante, mas não encontraria as palavras certas. Ela é áspera e afiada, e seu coração é tão bem camuflado por trás de um temperamento irritadiço que quase ninguém enxerga que ela tenha um. Às vezes, ela gostaria de poder se virar do avesso. Dessa forma, as pessoas veriam o bem nela antes de verem o mal.

A batalha revela seu lado ruim, ele fica quase positivo. De qualquer forma, não faz sentido tentar melhorar agora.

Esther, que está bem à frente do menino, se vira e sorri para ele.

– Vai ficar tudo bem – promete em sua voz suave. – Você vai ver. Quando estiver no seu caça, seu treinamento vai entrar em ação, e você vai se sentir mais corajoso do que nunca.

Ele sorri de volta, mais tranquilo.

Depois que Noemi ficou órfã, odiava o mundo por existir, odiava outras pessoas por não sofrerem tanto quanto ela, e odiava a si mesma por continuar respirando. Por mais que os Gatson tivessem sido gentis ao recebê-la, ela não podia deixar de notar os olhares que os pais de Esther trocavam – a exasperação de fazer tanto por alguém que não podia ou queria ser grato. Anos se passaram antes que Noemi pudesse sentir alguma gratidão, ou qualquer outra coisa além de raiva e amargura.

Mas Esther nunca fez com que ela se sentisse mal. Naqueles terríveis primeiros dias, apesar de terem apenas oito anos, Esther já sabia que não devia tentar reconfortá-la com palavras baratas sobre memórias ou a vontade de Deus. Ela sabia que tudo o que Noemi precisava era alguém que estivesse ao seu lado, sem pedir nada, mas lhe garantindo que ela não estava sozinha.

Como é que nada disso foi tirado de mim?, pensa Noemi enquanto eles se apressam nos corredores finais. Talvez ela devesse ter pedido por explicações.

Esther chega para o lado, ultrapassando o garoto assustado para alcançar Noemi.

– Não se preocupe – diz Esther.

Tarde demais.

– Você não tem um caça hoje. Só uma nave de exploração. Não pode sair para a batalha naquela coisa; deve nos monitorar daqui. Diga isso à capitã Baz.

– O que você acha que ela vai dizer? "Sente-se aqui, faça um pouco de tricô?" Os exploradores podem transmitir muita informação valiosa durante uma batalha. – Esther balança a cabeça. – Você não pode me manter fora de *todas* as lutas, sabia?

Não, apenas da pior.

– Se você se machucar aqui, seus pais vão me matar, e isso se Jemuel não me pegar primeiro – responde Noemi.

O rosto de Esther faz essa *coisa* toda vez que Noemi menciona Jemuel: suas bochechas coram de prazer e ela aperta os lábios para conter um sorriso. Mas seus olhos parecem tão surpresos quanto se ela tivesse visto Noemi ferida e sangrando no chão. Uma vez, Noemi ficou satisfeita por ver isso, por saber que Esther se preocupava com seu sofrimento tanto quanto com sua própria felicidade, mas agora é apenas irritante.

– Noemi, é meu dever ir. Assim como é o seu. Pare com isso.

Como de costume, Esther está certa. Noemi respira fundo e corre mais rápido pelo corredor.

A divisão dela entra em formação de lançamento: uma linha de pequenos caças individuais, tão elegantes e aerodinâmicos quanto dardos. Noemi pula para o assento do piloto. Do outro lado da sala, vê Esther fazendo a mesma coisa, com a mesma determinação, como se ela soubesse lutar. À medida que o teto translúcido do cockpit se fecha sobre ela e Noemi aperta seu capacete, Esther lança um olhar, aquele que significa: *Ei, você sabe que eu não estou chateada com você de verdade, certo?* Ela é boa nesse olhar, ainda mais para alguém que quase nunca perde a paciência.

Noemi retribui com o sorriso habitual, o que significa: *Está tudo bem.* Provavelmente Noemi *não é* boa nisso, porque Esther é a única pessoa a quem o mostra.

Mas Esther sorri. Ela entende. É o bastante.

O painel da plataforma de lançamento começa a se abrir, expondo os caças do esquadrão à escuridão do espaço no ponto mais distante de seu sistema solar. A Gênesis não é nada além de um ponto verde fraco ao longe; o sol sob o qual ela nasceu ainda domina o céu, mas, daqui, parece menor do que qualquer uma das luas de seu planeta vista da superfície. Nesse primeiro instante, quando não há nada diante de Noemi além de estrelas infinitas, é lindo – mais que lindo – e ela se emociona, como se fosse a primeira vez que a vê.

E, como sempre, pensa em seu desejo mais secreto e egoísta: *Se ao menos eu pudesse explorar tudo isso...*

E o painel se abre por completo para revelar o Portão Gênesis.

O portão é um enorme anel de prata escovada feito de componentes metálicos interligados, com dezenas de quilômetros de largura. Dentro do anel, Noemi pode vislumbrar um leve brilho como a superfície da água quando está quase escuro demais para refletir alguma coisa. Isso também seria bonito se não fosse a grande ameaça à segurança da Gênesis. Cada Portão estabiliza a extremidade de uma singularidade – um atalho no espaço-tempo que permite que uma nave viaje parte da galáxia em um mero instante. É assim que o inimigo os alcança; é aqui que todas as batalhas começam.

Ao longe, Noemi consegue ver as evidências de algumas dessas batalhas passadas; sucata deixada por naves que explodiram há muito tempo. Alguns pedaços de detritos são meros estilhaços de metal. Outros são enormes placas torcidas, até mesmo naves inteiras destroçadas. Esses restos estabeleceram uma órbita preguiçosa em torno da atração gravitacional do Portão.

Mas eles quase não têm importância se comparados às formas cinza-escuras que saem do Portão, entrando em seu sistema. Essas são as naves inimigas, o planeta determinado a conquistar a Gênesis e tomar suas terras e recursos para sempre:

Terra.

Eles envenenaram o próprio mundo. Colonizaram a Gênesis só para que pudessem transferir bilhões de pessoas para cá e envenená-lo. Mas os mundos habitáveis são poucos e preciosos. São sagrados. Precisam ser protegidos.

As luzes de sinalização se acendem. Ela libera seus grampos de ancoragem quando a voz da capitã Baz fala ao esquadrão através do microfone do capacete:

– Vamos lá.

Soltar a ancoragem: ok. A nave de Noemi flutua livre de suas amarras, parece não ter peso. As outras se levantam ao lado dela, todas prontas para a partida. As mãos de Noemi se movem pelo painel de cores vivas. Ela conhece de cor cada botão e alavanca, entende o que cada luz significa. *Sistemas de leitura normais: ok.*

Ignição: ok.

O caça de Noemi pula para a frente, um cometa prateado contra a escuridão do espaço. O brilho no Portão parece uma supernova – um aviso de que mais forças da Terra estão a caminho.

As mãos dela apertam os controles ao ver o Portão explodir em luz. As naves começam a atravessar, uma após outra.

– *Temos cinco... não, sete naves da classe Damocles confirmadas!* – diz a capitã Baz nos fones. – *Nós os pegamos de surpresa. Vamos aproveitar isso.*

Noemi acelera, o caça prateado avançando em direção da nave Damocles mais distante. Essas naves longas e planas, que parecem caixas, não possuem gravidade artificial ou sistema de suporte à vida porque não são feitas para transportar seres humanos. Em vez disso, dependendo do tamanho da nave, cada Damocles carrega de dez a cem mecans, todos fortemente armados, programados para a batalha e prontos para matar.

Os mecans não têm medo de morrer, porque sequer estão vivos. Eles não têm almas. São máquinas de morte.

Maldade pura.

Noemi estreita os olhos ao ver as primeiras escotilhas abertas. Graças a Deus, são naves menores, mas ainda carregam uma poderosa força mecan. Se eles ao menos pudessem explodir uma ou duas naves Damocles em átomos antes que elas lançassem sua carga mortal...

Tarde demais. Os mecans disparam usando exoesqueletos de metal, com revestimento suficiente para evitar que os guerreiros robóticos congelem no frio do espaço. À medida que os caças da Gênesis se aproximam, os mecans começam a mudar de posição. Eles abrem bem seus membros para ampliar o campo de alcance de tiro, como os carnívoros atacando suas presas. Por mais que Noemi tenha experiência de batalha, por mais duro que tenha treinado, ela ainda treme diante dessa visão.

– *Sequência de ataque... agora!* – grita Baz, e gritos de guerra ecoam através do capacete de Noemi. Ela gira seu caça para a esquerda, escolhendo seu primeiro alvo.

Pelo comunicador, um rapaz grita:

– *Matem todos eles!*

Raios blasters dos mecans cortam o ar em direção a Noemi, raios ardentes e cor de laranja que poderiam paralisar um caça em instantes.

Ela vira para a esquerda e dispara contra eles. Ao redor dela, caças e mecans, Gênesis e Terra, espalham-se; as formações se dissolvem no caos da batalha.

Como a maioria das pessoas da Gênesis, Noemi acredita na Palavra de Deus. Mesmo que às vezes tenha perguntas e dúvidas que os anciãos não podem responder, ela sabe citar capítulos e versículos detalhados sobre o valor da vida e a importância da paz. Mesmo que as coisas que ela esteja explodindo no céu não estejam realmente vivas, elas têm... forma humana. A sede de sangue que se agita dentro dela parece errada, ela não consegue justificar tal fúria. Mas Noemi supera isso. Tem que superar, por seus companheiros de batalha e por seu mundo.

Noemi sabe qual é seu dever para com Deus agora:

Lutar como um demônio.

2

ENQUANTO ABEL FLUTUA EM GRAVIDADE ZERO, NO ESCURO DO HANGAR de uma nave fantasma, ele conta a história para si mesmo mais uma vez. As imagens em preto e branco cintilam em sua mente com total precisão; é como se elas estivessem projetadas em uma tela, tal qual eram exibidas séculos antes. Abel tem memória eidética, ele só precisa ver as coisas uma vez para se lembrar delas para sempre.

E ele gosta de se lembrar de *Casablanca*. De contar cada cena, em ordem, várias vezes. As vozes dos personagens são tão vívidas em sua lembrança, como se os atores também flutuassem no compartimento ao seu lado:

Onde você estava ontem à noite?

Isso faz tanto tempo que não me lembro.

É uma boa história, continua boa apesar da repetição. Isso é uma sorte para Abel, que está preso no *Daedalus* há quase trinta anos. Aproximadamente quinze milhões setecentos e setenta mil e novecentos minutos, ou novecentos e quarenta e seis milhões e setecentos mil segundos.

(Ele foi programado para fazer contas com números enormes, além de trabalho científico real. Os mesmos humanos que o fizeram capaz de calcular com perfeita precisão também acham a menção de tais números irritante. Não faz sentido para Abel, mas ele sabe que não deve esperar comportamentos racionais dos seres humanos.)

A escuridão quase total de seu confinamento torna fácil para Abel imaginar que a realidade é em preto e branco, como o filme.

Nova entrada. Forma: flashes irregulares de luz. O drama congela em sua mente enquanto ele olha para analisar: raios blaster. Uma batalha, sem dúvida entre forças da Terra e da Gênesis.

Abel foi abandonado aqui numa dessas batalhas. Após um longo silêncio, a guerra foi reiniciada nos últimos dois anos. No começo, ele achou encorajador. Se as naves da Terra voltassem ao sistema Gênesis, acabariam por encontrar o *Daedalus*. Elas o rebocariam para recuperar tudo o que estivesse ali dentro, incluindo o próprio Abel.

E, depois de trinta terríveis anos de tensão, Abel poderia finalmente cumprir sua diretriz primária: proteger Burton Mansfield.

Honre o criador. Obedeça às *suas diretrizes acima de todas as outras. Preserve a vida dele, não importa o que aconteça.*

Mas suas esperanças desapareceram à medida que a guerra se intensificou. Ninguém veio buscá-lo, e não parecia que isso aconteceria num futuro próximo. Talvez nem mesmo num futuro distante. Embora Abel seja mais forte do que qualquer ser humano e páreo até mesmo para os mecans de guerra mais poderosos, ele não consegue abrir a porta de vedação que o separa do resto do *Daedalus*. (Ele tentou. Apesar de saber até a centésima casa decimal que as probabilidades estavam contra ele, ainda assim Abel tentou. Trinta anos é muito tempo.)

Nem Abel, nem esta nave teriam sido abandonados sem motivo. Abel considerou vários cenários muitas vezes, mas não podia aceitar nenhum. Mansfield poderia ter fugido para se salvar, com a intenção de voltar para buscar Abel, mas simplesmente nunca conseguiu. Ou a batalha se intensificou tanto naquele dia que seria impossível para qualquer humano fugir do *Daedalus*. Pela probabilidade, Mansfield fora morto por tropas inimigas no mesmo dia em que Abel ficou preso.

No entanto, Burton Mansfield é um gênio, criador de todos os vinte e seis modelos de mecans que atualmente servem à humanidade. Se alguém pudesse encontrar uma maneira de sobreviver àquela última batalha, esse alguém seria Mansfield.

Claro, o criador de Abel também poderia ter morrido ao longo dos anos desde então. Há trinta anos, ele já estava avançado na meia-idade, e, com os humanos, acidentes às vezes acontecem. Talvez por isso que não tenha vindo. Era claro que apenas a morte manteria Mansfield longe.

Existe outra possibilidade. A menos provável de todas as opções plausíveis, mas não impossível: Mansfield ainda pode estar a bordo, em sono criogênico. As câmaras da enfermaria podem manter um ser humano vivo com suporte vital mínimo por tempo indeterminado. A pessoa ficaria inconsciente lá dentro, envelhecendo a menos de um décimo da taxa normal e à espera de que um socorrista a trouxesse de volta à vida.

Tudo o que Abel precisava fazer era chegar até ele.

Antes que possa encontrar Mansfield, no entanto, alguém tem que encontrar Abel. As forças da Terra não costumam gastar seu tempo procurando naves funcionais no campo de detritos. Ninguém encontrou Abel. Ninguém está procurando.

Algum dia, ele diz a si mesmo. A vitória da Terra é inevitável, seja em mais dois meses ou duzentos anos. É perfeitamente possível que Abel viva todo esse tempo.

Mas Mansfield com certeza estaria morto até lá. Talvez nem *Casablanca* seja interessante depois de todos esses anos...

Abel inclina a cabeça, observando com mais atenção pelas frestas da janela do compartimento, ele consegue ver um pedaço do campo de estrelas. Depois de um tempo, se apoia na parede mais próxima e se iça, para ver mais de perto. No vidro ultraespesso, ele olha através do próprio reflexo translúcido: o cabelo curto e dourado dividido ao meio como se ele estivesse dentro de um manuscrito medieval de bordas douradas.

Esta batalha está se aproximando do *Daedalus* como nenhuma outra. Alguns caças já estão nas bordas do campo de detritos; se as forças da Terra continuarem separando as tropas da Gênesis umas das outras, alguns dos mecans logo estarão muito perto de sua nave.

Muito, muito perto.

Ele tem que escolher uma forma de sinalização. Teria que ser uma solução de baixa tecnologia, e o sinal só poderia ser muito básico. Mas Abel não precisa enviar informações para um humano, não precisa se preocupar com as limitações de um cérebro orgânico. Qualquer pequeno padrão em meio ao caos pode chamar a atenção de outro mecan – e, se tiver uma chance de investigar, sua programação o obrigará a fazê-lo.

Abel toma impulso na parede para atravessar o compartimento. Depois de trinta anos, está muito familiarizado com os poucos equipamentos que estão aqui; nenhum pode ajudá-lo a ligar a nave, abrir a porta ou se comunicar diretamente com outra nave. Mas isso não significa que sejam inúteis.

Num canto, suspenso a alguns centímetros da parede, há uma lanterna simples.

Ajuda nos reparos, explicara Mansfield, seus olhos azuis se enrugando nos cantos quando ele sorria. *Os seres humanos não conseguem reprogramar uma nave espacial só com o que memorizaram da planta. Não são como você, meu garoto. Nós precisamos ver os equipamentos.* Abel se lembrava de ter sorrido de volta, orgulhoso de poder substituir humanos mais fracos e servir melhor a Mansfield.

No entanto, jamais poderia desprezar a humanidade, porque Mansfield também era humano.

Pegando a lanterna, Abel se lança novamente para a janela. Que mensagem deve enviar?

Nenhuma mensagem. Apenas um sinal. Alguém está aqui; alguém tenta contato. O resto pode vir depois.

Abel segura a luz na janela. Ele não a usou nas últimas décadas, então ela ainda tem bateria suficiente. Um flash. E dois, três, cinco, sete e onze... e assim por diante, seguindo os dez primeiros números primos. Ele planeja repetir a sequência até que alguém o veja.

Ou até que a batalha termine, deixando-o sozinho por muitos outros anos.

Mas talvez alguém veja, pensa Abel.

Ele não deveria ter esperança. Não como os humanos. No entanto, durante os últimos anos, sua mente foi obrigada a se aprofundar. Sem outros estímulos, ele refletiu sobre cada informação, cada interação, cada elemento de sua existência antes do abandono do *Daedalus*. Algo em seu funcionamento interno mudou e provavelmente não foi para melhor.

Porque a esperança pode *machucar*, e ainda assim Abel não consegue parar de olhar pela janela, desejando desesperadamente que alguém o veja, para que ele não fique mais sozinho.

3

A CAPITÃ BAZ GRITA:

– *Aproximação!*

Noemi dá uma guinada para baixo, descendo em espiral através dos detritos de metal torcido de mecans recém-destruídos. Mas as naves Damocles continuam a cuspir mais e mais mecans; muito mais do que seu esquadrão pode lidar. Apenas os voluntários do Ataque Masada saíram hoje, só para treinar. Não pretendiam enfrentar um ataque mecan completo, isso fica claro agora.

Os mecans estão *por toda parte*, os enormes exoesqueletos de combate passam pelas naves velhas do esquadrão da Gênesis como uma chuva de meteoros cuspindo fogo. À medida que se aproximam, os exoesqueletos se desdobram, passam de pseudonaves com ângulos afiados e raios metálicos para criaturas monstruosas com membros metálicos capazes de esmagar as fileiras da Gênesis como se fossem papel.

Às vezes, quando um deles se aproxima de sua nave, Noemi tem um vislumbre dos próprios mecans, as máquinas dentro das máquinas. Eles se parecem com seres humanos, o que às vezes torna difícil para os iniciantes atirarem. Ela hesitou a primeira vez que vislumbrou o que parecia ser um homem de vinte e poucos anos, com a pele bronzeada e o cabelo preto muito parecido com o seu. Ele poderia ter sido seu irmão, se Rafael tivesse tido a chance de crescer.

Essa hesitação muito humana quase acabou com a vida de Noemi naquele dia. Os mecans não hesitam. Eles sempre saem para matar.

Desde então, ela viu exatamente o mesmo rosto olhando para ela dezenas de vezes. É um modelo Charlie, agora ela sabe. Guerreiro masculino padrão, frio e implacável.

– Há vinte e cinco modelos na produção padrão – disse o Ancião Darius Akide, no dia de sua primeira aula. – Cada um tem um nome que começa com uma letra diferente do alfabeto, de Baker a Zebra. Todos, com exceção de dois desses modelos, parecem completamente humanos. E cada um deles é mais forte do que qualquer humano. São programados com inteligência suficiente para desempenhar apenas suas principais responsabilidades. Para os modelos de mão de obra braçal, isso não é muito. Mas os que eles enviam pra cá? São inteligentes. Terrivelmente inteligentes. Mansfield só deixou de fora os níveis superiores de inteligência, porque eles poderiam abrir espaço para algum tipo de consciência.

Noemi arregala os olhos quando a tela tática se acende. Suas mãos apertam os controles de armas e ela dispara no instante em que o mecan voa ao seu alcance. Por uma fração de segundo, vê o rosto da coisa – Rainha, modelo padrão de guerreira –, antes do exoesqueleto e do mecan explodirem. Não resta nada além de estilhaços de metal. Bom.

Onde está Esther? Elas não entram no campo de visão uma da outra já tem alguns minutos. Noemi gostaria de mandar um sinal para ela, mas sabe que não deve usar os comunicadores para mensagens pessoais no meio da batalha. Então só resta procurar.

Como vou encontrar alguém no meio disso?, pergunta a si mesma enquanto se aproxima de mais alguns mecans, explodindo-os tão rápido quanto as armas permitem. O seu contra-ataque é tão feroz que o espaço preto torna-se de um branco brilhante por um momento. *As forças invasoras continuam aumentando. A Terra está cada vez mais ousada. Eles nunca vão desistir, nunca.*

O Ataque Masada realmente é nossa única esperança.

Ela pensa naquele garoto que tremia enquanto as tropas corriam para seus caças. Seu sinal também não aparecia na tela havia um tempo. Onde está ele? Morto?

E Esther – as naves de exploração são quase indefesas...

Finalmente, a luta ao seu redor para por um momento e ela tem a chance de procurar a nave de Esther. Quando a encontra, sente uma onda de alegria intensa – está intacta, Esther está viva –, mas então Noemi franze a testa. Por que Esther está tão longe?

E Noemi entende o que está vendo. O terror injeta adrenalina em suas veias.

Um dos mecan se afastou da batalha. Simplesmente... abandonou a luta. Era a primeira vez que via um mecan fazer algo assim, e ele está indo em direção ao campo de detritos perto do Portão destruído. Está com defeito? Não importa. Por algum motivo, Esther decidiu ir atrás daquela coisa estúpida – provavelmente para investigar o que vai fazer. Mas agora ela está longe das tropas da Gênesis que poderiam protegê-la. Se o mecan encontrar o que está procurando ou receber uma Damocles substituta, vai se voltar contra Esther na mesma hora.

Noemi pode defender um companheiro de batalha em risco extremo. Então, ela vira para a esquerda e acelera tanto que suas costas se colam ao assento. O tiroteio ao seu redor diminui até que sua visão do espaço seja novamente clara. O Portão Gênesis aparece, cercado por plataformas carregadas de armas. Qualquer nave que se aproxime sem os códigos de assinatura da Terra é destruída. Mesmo do outro lado da galáxia, a Terra mantém a Gênesis em seu campo de visão laser.

Conforme acelera na direção de Esther, Noemi olha menos para a tela do sensor. A visão do cockpit é suficiente. A nave de exploração de Esther desliza em torno do mecan, usando explosões de energia dos sensores para confundir o funcionamento do robô, mas isso não é muito útil. Até agora, o mecan se esquiva das explosões. Ao que parece, ele se dirige para um dos maiores detritos: não, não é um detrito, é uma nave espacial abandonada, algum tipo de nave civil. Noemi nunca viu nada parecido com essa nave: em forma de lágrima, aproximadamente do tamanho de um prédio de três andares, e com uma superfície espelhada que só perdeu um pouco do brilho com o passar dos anos. Até pouco tempo, deve ter sido tudo menos invisível a olho nu.

O mecan vai levar essa nave de volta à Terra? A nave estava abandonada, era óbvio, mas não parecia seriamente danificada.

Se a Terra a queria, então Noemi pretendia impedir que a tivessem. Ela imagina destruir o mecan e recuperar a nave lágrima para a frota da Gênesis. Talvez possa ser equipada com armas, transformada em uma nave de guerra. Deus sabe que eles precisam de outra.

Mas este mecan é uma Rainha ou um Charlie. Ela e Esther terão uma luta e tanto.

Manda ver, pensa ela.

Noemi diminui a velocidade à medida que se aproxima. Esther e o mecan estão quase ao alcance das armas...

... Então o mecan se vira, mudando seu objetivo. Ele estica os braços do exoesqueleto e pega a nave de exploração de Esther como uma planta carnívora que se fecha em torno de um inseto. Do jeito que estão posicionados, o mecan deve estar acima de Esther, os dois se olhando nos olhos.

Armas! Mas a essa distância, Noemi não pode atirar no mecan sem explodir Esther também. Em uma luta comum, ela dispararia de qualquer maneira. Qualquer piloto capturado assim já está morto, e ela poderia ao menos destruir o mecan...

... *Mas é* Esther, *por favor, não, por favor...*

O mecan libera um braço, o leva para trás em um movimento surpreendentemente humano, e dá um soco no casco da nave de Esther.

O grito de Noemi a ensurdece em seu próprio capacete. Não importa; ela não precisa ouvir – ela precisa salvar Esther.

Dez minutos. Nossas roupas espaciais nos dão ar por dez minutos. Vai! Vai! Vai! Vai...

O mecan solta Esther, gira para a nave abandonada, depois para, os radares por fim percebendo Noemi. Ela dispara antes mesmo de poder mirar.

Em um flash de luz, o mecan explode como fogos de artifício. Noemi avança pelo que sobrou dele no caminho até Esther, estilhaços de metal batendo contra o cockpit.

Podemos voltar à nave a tempo? Não, não com a batalha ainda em andamento. Certo, então. Vamos para a nave abandonada. Talvez eu consiga restaurar o suporte à vida. Se não, provavelmente terá algum oxigênio que eu possa usar para recuperar as reservas de Esther. Suprimentos de primeiros socorros. Talvez até uma enfermaria. Por favor, Deus, que tenha uma enfermaria.

Ela sente como se estivesse rezando para nada. Para ninguém. Mas mesmo que Deus não fale com ela, certamente vai ouvir, pelo bem de Esther.

O visor de Noemi embaça um pouco. Mas ela precisa conter as lágrimas, ou elas vão flutuar pelo capacete e deixá-la cega no pior momento. Noemi morde o interior de sua bochecha enquanto se dirige para a nave de exploração abatida.

– Esther, você está me ouvindo?

Sem resposta. A essa altura, Noemi está fora do alcance dos comunicadores dos outros caças da Gênesis. Mesmo que a capitã Baz perceba que elas sumiram, não vai ouvir as transmissões de Noemi e não saberá que precisa mandar ajuda. Talvez já tenham sido dadas como mortas.

– Nós vamos conseguir – promete Noemi a Esther e a si mesma enquanto leva seu caça para mais perto.

Agora ela consegue ver quanto a nave de exploração foi danificada: o metal foi destruído, agora restam só fragmentos, mas o capacete de Esther parece intacto. Ela está se movendo? Sim. Noemi acha que sim. *Ela está viva. Ela vai conseguir. Tudo o que tenho que fazer é chegar naquela nave.*

Um botão lança a linha de reboque no espaço, e a braçadeira magnética pega Esther. Com rapidez, Noemi examina a nave espelhada à frente delas. Ali! Uma porta de hangar.

Alimentada por sensores magnéticos, as placas da porta circular se abrem automaticamente. Noemi está tão grata que poderia chorar.

Sempre lhe pareceu que suas orações não eram respondidas, que ninguém lá em cima ouvia suas súplicas. Mas Deus deve estar ouvindo, afinal.

4

O CAÇA DA GÊNESIS EXPLODE O MODELO RAINHA, DEMOLINDO-O, e Abel sente a esperança se estilhaçar dentro dele – uma sensação quase física. É como se o seu sistema interno tivesse entrado em colapso.

Devo fazer um autodiagnóstico completo assim que tiver oportunidade.

Abel flutua na câmara escura do compartimento, apenas mais uma peça de equipamento suspensa na escuridão fria. Sem gravidade. Sem propósito. Quanto tempo levará para suas baterias internas acabarem? Eles foram feitas para durar cerca de dois séculos e meio... Mas ele está usando muito pouca energia, o que significa que elas podem durar o dobro do tempo. Mais até. Poderia se passar mais de meio milênio antes de Abel enfim se tornar mera sucata.

Ele não consegue temer a própria morte. Sua programação não permite isso.

Mas Abel pode temer centenas de anos de solidão – sem nunca descobrir o que aconteceu com Burton Mansfield – sem nunca mais ter qualquer utilidade.

Um mecan pode ficar louco? Abel pode acabar descobrindo.

Naquele momento, no entanto, ele vê uma das naves da Gênesis puxar a outra e avançar. Elas estão... é possível...

Sim. Eles querem embarcar no *Daedalus.*

São tropas inimigas. São guerreiros da Gênesis. São uma ameaça imediata à segurança de Burton Mansfield.

(Que pode não estar mais a bordo. Que pode ter morrido há anos. Mas Abel reconhece essas probabilidades enquanto ainda prioriza a eliminação de qualquer risco à vida de Mansfield – qualquer risco, não importa quão remoto – acima de tudo.)

A nave Gênesis dirige-se para o hangar principal. Abel analisa o formato da nave e os esquemas do *Daedalus* piscam diante dele como se estivessem projetados em uma tela. Ele os revisou com frequência, nos últimos trinta anos; Abel revisou todas as informações às quais já tinha sido exposto, em um esforço para evitar o tédio. Mas os esquemas estão mais vívidos agora, as linhas brilhando como fogo em sua mente.

Hangar principal: Nível um. Dois níveis abaixo do meu compartimento de equipamentos. Depois de três décadas, Abel pensa na sala como sua. *Quando entrarem no hangar principal, o piloto ileso sem dúvida tentará alcançar a enfermaria para ajudar o colega ferido,* calcula ele. *Se o objetivo principal do piloto fosse segurança, em vez de resgate, esse caça aceleraria em direção à distante frota da Gênesis.* Embora um kit de primeiros socorros tivesse sido armazenado no hangar principal, Abel não sabe se ainda está lá; e, mesmo que esteja, é improvável que o conteúdo ajude alguém gravemente ferido.

Para sair do hangar, o piloto da Gênesis terá que restaurar a energia reserva. Supondo que os danos ao Daedalus *não sejam muito severos, é possível fazer isso já no hangar. Qualquer piloto treinado deve ser capaz de fazer isso em poucos minutos, se não em segundos.*

A mente de Abel passa pelas possibilidades, cada vez mais depressa. Esta é a primeira situação nova que enfrenta em trinta anos. Suas capacidades mentais não foram prejudicadas por este longo tempo de armazenamento. No mínimo, ele se sente mais afiado do que antes.

Mas há um componente emocional agora. A esperança despertou algo muito mais estimulante: *empolgação.* Só ver qualquer coisa fora deste compartimento será uma emoção...

... Mas nada se compara à ideia de que ele enfim poderá procurar Burton Mansfield. Encontrá-lo. Talvez até salvá-lo.

• • •

– Excelente – disse Mansfield enquanto examinava os quebra-cabeças que Abel acabara de resolver. – Sua habilidade de reconhecimento de padrões é excepcional. Você terminou isso em tempo quase recorde, Abel.

Embora Abel fosse programado para apreciar elogios, em especial os de Mansfield, ele ainda tinha dúvidas.

– Meu desempenho foi adequado, senhor?

Mansfield acomodou-se em sua cadeira de couro de encosto alto, o rosto levemente zangado.

– Você entende que a excelência, por definição, inclui adequação?

– Sim, senhor! Claro, senhor. – Abel não queria que Mansfield pensasse que seu banco de dados de linguagem não fora corretamente carregado. – Eu só quis dizer... muitos dos meus testes de desempenho quebraram todos os recordes existentes. Esse resultado não.

Depois de um momento, Mansfield riu.

– Quem diria? Parece que sua personalidade já se desenvolveu o suficiente para torná-lo perfeccionista.

– ... Isso é bom, senhor?

– Melhor do que você imagina. – Mansfield se levantou da cadeira. – Venha comigo, Abel.

O escritório de Burton Mansfield ficava na sua casa em Londres. Embora a casa tenha sido construída recentemente e, por fora, parecesse com qualquer outro polígono espelhado nesta comunidade privilegiada e fechada na colina, por dentro poderia ser 1895, em vez de 2295. Tapetes de seda feitos à mão cobriam o piso de madeira. Um relógio de pé tiquetaqueava alto num canto, o pêndulo de latão balançando de um lado para o outro, apesar dos inúmeros relógios atômicos aninhados nas máquinas de alta tecnologia escondidas ao redor dele. Havia quadros de vários antigos mestres pendurados na parede: um santo de Rafael, uma lata de sopa de Warhol. E, mesmo que o fogo e a lareira fossem holográficos, os controles do climatizador da casa davam a sensação de que as chamas ardiam.

Mansfield era um macho humano de altura mediana, com cabelos louro-escuros e olhos azuis. Suas características eram regulares, até bonitas, se é que Abel entendia os princípios estéticos envolvidos. (Ele esperava que sim, porque o rosto de Mansfield mais jovem fora o modelo para o rosto do próprio Abel.) Mesmo as excentricidades da aparência de Mansfield eram impressionantes e aristocráticas – o V que a raiz do cabelo formava em sua testa, o nariz um pouco adunco e os lábios surpreendentemente cheios. Ele se vestia com um estilo simples, de inspiração japonesa, com um quimono aberto e calças largas.

Abel, por sua vez, usava o mesmo macacão reto comum à maioria dos mecan. O vestuário era prático para todos os propósitos. Mas por que às vezes ele sentia que... não era adequado?

Antes que pudesse considerar esta questão com profundidade, Abel foi trazido de volta ao momento por Mansfield, que apontava para a janela – na verdade, para o pátio do lado de fora.

– O que você vê lá, Abel? Não. Quem você vê?

Mansfield costumava usar quem, e não o que, para se referir aos mecans. Abel apreciava a cortesia.

– Vejo dois modelos Dingo e um modelo Yoke, todos envolvidos em trabalhos de jardinagem. Um dos Dingos está cuidando de sua plantação de vegetais hidropônicos, enquanto o outro Dingo e o Yoke estão aparando as topiarias.

– Precisamos trabalhar em seu entusiasmo pelos detalhes. – Mansfield suspirou. – A culpa é minha, é claro. Deixe para lá. A questão é... se eu o enviasse para aquele jardim, você poderia cuidar dos hidropônicos, não poderia? E cortar a sebe?

– Sim, senhor.

– Assim como qualquer Dingo ou Yoke?

– Claro. senhor.

– E se eu cair e quebrar meu braço? Você poderia consertá-lo como um modelo Tare?

Os mecans médicos estavam entre os mais inteligentes e rápidos, mas Abel ainda podia responder:

– Sim, senhor.

Os olhos azuis de Mansfield brilharam.

– E se um modelo Rainha entrasse com ordens para me matar? Um Rainha ou um Charlie? E aí?

– Senhor, você é o roboticista mais respeitado da Terra... ninguém iria...

– É uma questão teórica – disse Mansfield gentilmente.

– Oh. Na teoria, se fosse um mecans de combate a tentar matá-lo, acredito que eu poderia vencê-lo. Pelo menos, poderia distraí-lo ou danificá-lo o suficiente para que o senhor escapasse ou chamasse ajuda.

– Exatamente. Toda a programação dos outros vinte e cinco modelos, todos os seus talentos, cada bit disso está dentro de você. Pode ser que você não ultrapasse seus similares mais simples em certos talentos, mas, na maioria deles, os suplantará. E nenhum dos mecans já construídos tem a amplitude de habilidades e a inteligência que você tem. – O traço de um sorriso surgiu no rosto de Mansfield enquanto ele estudava Abel. – Você, meu filho, é único.

Filho. *Abel sabia que isso não era verdadeiro em um sentido literal; apesar de conter* DNA *orgânico modelado a partir do próprio Mansfield, ele era uma construção mecânica, não um organismo biológico. Burton Mansfield tinha uma filha de verdade, uma menina que, obviamente, tinha precedência em todos os sentidos. E ainda assim...*

– Você gostou disso, não foi? – perguntou Mansfield. – Quando o chamei de "filho".

– Sim, senhor.

– Então você está ganhando alguma capacidade emocional. Isso é bom. – Ele deu um tapinha nas costas de Abel. – Vamos incentivar isso, então. De agora em diante, me chame de "pai". – Com um suspiro, Mansfield olhou para as ondas que atravessavam o céu londrino. – Está ficando tarde. Diga aos Dingos e ao Yoke para terminarem, por favor?

Abel assentiu.

– E depois, encontre-me na biblioteca. Quero começar a mostrar alguns livros, filmes e holovídeos para você. Veremos se as narrativas fictícias podem afetar seu emocional.

– Logo estarei lá – disse Abel, antes de ousar acrescentar: – Pai.

Ele foi recompensado com o sorriso de Mansfield.

• • •

Um som distante ecoa através da nave. A estrutura estremece de leve – o metal teimoso resiste ao movimento depois de tanto tempo em repouso. A porta principal do hangar enfim está se abrindo.

Abel percebe que está sorrindo.

Logo estarei aí, pai.

Mais uma vez, ele revisa os esquemas da nave, imaginando um modelo tridimensional do *Daedalus* flutuando na frente dele. Abel amplia mentalmente a área ao redor do compartimento e procura "recursos defensivos". Várias possibilidades surgem, a maioria armários de armazenamento de emergência, alguns mais próximos e mais práticos do que outros...

As luzes auxiliares se acendem. Pela primeira vez em trinta anos, Abel não está mais cercado pela escuridão.

Um humano pode hesitar, dominado pelo choque, pelo prazer ou pela gratidão. Abel imediatamente se posiciona, pronto para o que vem uma fração de segundo depois, a volta da gravidade. Ele despenca de uma altura de dois metros e cai sobre as mãos e os pés, tão silencioso quanto um gato. Ele está a apenas um passo da porta; seus dedos voam sobre o teclado com uma velocidade desumana para inserir o código de desbloqueio e, finalmente, finalmente, a porta do compartimento desliza.

Abel está livre.

Ele não comemora. Não ri. Simplesmente corre para o "recurso defensivo" mais próximo listado nos esquemas da nave. O armário permanece intacto, ainda fechado. O que quer que tenha acontecido com Mansfield e os outros, eles nunca os usaram. Essa é uma boa notícia – ou prova de que morreram instantaneamente?

Abel insere o código de dez dígitos. A porta se abre, revelando o conteúdo do armário, e a mão de Abel se fecha em torno de um blaster.

Agora armado, ele corre para a enfermaria. Se Burton Mansfield estiver ali em sono criogênico, sua vida pode estar em risco iminente. Portanto, o piloto da Gênesis continua sendo um intruso inimigo cuja presença não pode ser permitida. A rapidez do piloto em restaurar toda a energia sugere um oponente inteligente. Em outras palavras, perigoso.

Abel se permitirá ser encontrado por seu libertador – a pessoa que o libertou depois de todo esse tempo – e então vai atirar para matar.

5

NOEMI POUSA COM UM BAQUE NO CHÃO DA NAVE ABANDONADA, INStintivamente cobrindo a cabeça enquanto coisas caem sobre ela – pacotes de comida de emergência, ferramentas, tudo o que essas pessoas descuidadas deixaram para trás. Pior do que sentir o impacto em suas costas e seus braços, é ouvir o barulho de metal pesado atrás dela: o caça e a nave de exploração de Esther caindo no chão do compartimento.

As naves aguentam isso. Mas Esther...

As luzes estão acesas. A gravidade, estabilizada. Atmosfera pressurizada... agora.

Noemi se lança do painel de controle para a nave de Esther e aperta o botão para abrir o cockpit pelo lado de fora, mas o estrago é muito grande – a nave perdeu toda a energia. Esther se agita, rolando de lado até que enrijece, obviamente sentindo dor. Com a mão trêmula, Esther estica o braço para o controle manual. O invólucro transparente do cockpit se abre muito devagar.

– Esther! – Noemi decide tirar o capacete e joga os braços no interior do cockpit, mesmo com a tampa ainda se abrindo. Com cuidado, tira o capacete de Esther também. – Onde você está ferida?

– Do lado... – Esther tem que engolir em seco antes de conseguir continuar a falar. – Do lado esquerdo... Onde estamos?

– Parece uma nave terráquea abandonada no campo de detritos. – E a nave está em condições ainda melhores do que Noemi esperava.

A energia reserva é de quase cem por cento, apesar de provavelmente ter passado muitos anos em standby. Há uma pequena placa acima das portas que levam ao restante da nave, uma palavra gravada em letras maiores do que todo o resto.

– *Daedalus*. Alguém da Terra deve ter sido forçado a abandonar tudo isso décadas atrás. Então, veja, temos gravidade, sistemas de comunicação, suprimentos médicos, tudo de que precisamos. Você vai ficar bem.

A cabeça de Esther cai para trás, seus olhos verdes brilhando com humor sombrio.

– Mentirosa.

– Você *vai*. Consegue sair de sua nave?

Depois de um momento, Esther balança a cabeça devagar.

– Não consigo me levantar. O mecan... meu quadril...

O estômago de Noemi embrulha ao perceber que o mecan não só rasgou o casco da nave, mas também esmagou o quadril de Esther. O traje espacial não está rasgado, mas isso não significa que Esther não esteja ferida e sangrando dentro dele.

A artéria femoral não está rompida, pensa Noemi. *Se estivesse, ela já estaria morta. Então está intacta. Ela tem uma chance.*

– Ok, Esther. Aguente firme.

Tentar levá-la para a enfermaria ou trazer os suprimentos para cá? Para que elas consigam voltar para a nave da tropa para receber ajuda médica de verdade, Esther vai precisar de curativos e talvez uma transfusão de sangue, se estiver com hemorragia interna – e isso Noemi, com sangue AB negativo, não pode fornecer. Mas uma nave como esta pode ter um estoque de sangue sintético, que não estraga. Noemi pode transportar sangue e tubos. É provável que Esther não deva ser transferida de lugar até que tenha sido estabilizada e elas tenham uma ideia melhor de quão grave foi o ferimento.

– Eu vou encontrar a enfermaria, está bem? Volto logo com suprimentos.

O rosto de Esther fica ainda mais pálido. Ela não quer ficar sozinha, e o coração de Noemi fica apertado ao pensar em como Esther deve estar assustada. Mas sua amiga apenas assente e tenta brincar:

– Eu não vou... a lugar algum.

Noemi aperta a mão enluvada de Esther, depois corre para a porta, que se abre suavemente. Ela corre para o interior da nave abandonada e faz uma pausa, tentando se orientar. O corredor faz uma curva que parece percorrer um longo caminho oval, e a iluminação de emergência deixa tudo com um tom fraco, alaranjado. Noemi olha ao redor ansiosa. A nave não é tão grande assim – talvez do tamanho de duas casas de três andares postas lado a lado –, mas Esther não pode perder nem mesmo os poucos minutos que levaria para explorá-la. *Eu preciso de uma tela, esquemas, algo que me diga onde fica tudo!*

Ela corre pelo corredor principal, uma longa espiral que vai do fundo da nave até o topo, com alguns corredores laterais curtos subindo pelos lados. *Como uma videira com espinhos*, pensa Noemi. E os corredores tem o teto em abóbadas, interrompidos a cada poucos metros por estruturas de metal curvas que descem pelas laterais. Isso lembra os salões das catedrais góticas construídas há muito tempo na Terra.

Então Noemi vê uma tela. Com o coração disparado, pressiona a mão contra ela. A maioria das telas de informação responde ao toque humano, mas esta permanece preta.

– Computador? – Noemi tenta. Nada. A máquina não a ouve? – Informação. Ligar.

Nada. Mas, na parte de baixo da tela, ela vê uma luz fraca correndo de um lado para outro, indicando que os computadores estão pelo menos parcialmente ativos. Deve ser mau funcionamento. Embora o *Daedalus* pareça quase intacto, deve estar aqui há muito tempo, pelo menos desde a primeira Guerra da Liberdade, trinta anos antes. Talvez esteja desmoronando por conta da negligência...

Não, Noemi percebe. *Não é isso. Alguém deve ter bloqueado os sistemas primários.*

Calafrios enrijecem suas costas e arrepiam seus cabelos na nuca. Tem alguém a bordo? Não. É impossível. Nenhum ser humano poderia ou teria vivido em isolamento por trinta anos. Provavelmente, a antiga equipe bloqueou os sistemas antes de abandonar a nave, para garantir que a Gênesis não a capturasse.

Se esses sistemas estão bloqueados, a comunicação também estará. Como ela pode entrar em contato com a nave da tropa e a capitã Baz?

Pense nisso depois, diz a si mesma. *Apenas encontre a enfermaria e cuide de Esther.*

O hangar fica no nível mais baixo do *Daedalus*, então Noemi corre para cima, verificando cada porta no caminho. Sala de máquinas – não. Cozinha – não. Compartimento auxiliar de equipamentos – não. Acomodações da tripulação, a ponte com sua vasta tela de exibição – não. A respiração dela acelera à medida que avança. O pânico está aumentando e pilotar um caça na batalha é mais exaustivo do que parece. Mas o perigo para Esther mantém Noemi em movimento.

Devo estar perto do topo, ela pensa quando faz a próxima curva, os passos ecoando contra as placas de metal do chão. *A enfermaria tem que ser uma das próximas salas...*

Dois anos de treinamento militar aguçaram os reflexos de Noemi. E é por isso que um alarme quase inconsciente soa quando uma das placas de metal não faz o mesmo barulho que as outras. Talvez seja essa descarga de adrenalina extra que afia sua visão e permite que ela detecte um rápido movimento na curva seguinte – um flash cinza-claro contra o preto dos corredores. Noemi reage sem pensar, lançando-se instantaneamente para o lado, a fim de se esconder atrás de uma das estruturas na parede uma fração de segundo antes que um raio de blaster chamusque o chão.

Num piscar de olhos ela tem o próprio blaster na mão. Noemi se vira para atirar no atacante desconhecido, e volta antes que a pessoa possa alvejá-la outra vez. O cheiro do ozônio impregna seu nariz e ela agora está à beira do pânico.

Como pode haver alguém aqui? Um ser humano de alguma forma sobreviveu nesta nave por trinta anos?

O que mais assusta Noemi é que seu atacante está entre ela e a enfermaria. Este invasor, ou náufrago espacial, seja quem for, está impedindo que Noemi leve a ajuda que Esther precisa. Esther pode estar sangrando até a morte agora mesmo.

O medo se transforma em fúria. Noemi dispara às cegas pela curva do corredor. Imediatamente, seu atacante dispara de volta, e erra o alvo por milímetros; o calor do raio de blaster faz com que os dedos de Noemi fiquem ardentes.

Foi por pouco. Tão preciso. Com apenas uma fração de segundo para mirar...

As entranhas de Noemi se retorcem. Um mecan. Só pode ser isso, um maldito mecan. A princípio, ela fica confusa – *eu* sei *que nenhum outro mecan voou conosco nesta direção, só aquele que eu já destruí* –, mas então ela percebe que este deve estar a bordo desde que a nave foi abandonada. Os seres humanos se salvaram e fugiram de volta para a Terra, deixando este pedaço de metal sem alma para defender os destroços para sempre.

Os sistemas de emergência a bordo do *Daedalus* reconhecem com atraso o fogo de armas. As luzes mudam de laranja para vermelho; começam a piscar rapidamente, o efeito estroboscópico faz com que o mundo pareça estranho e desarticulado. Os batimentos cardíacos de Noemi aceleram para combinar com o efeito.

Ela é uma guerreira da Gênesis. Voou para a batalha hoje pronta para ser morta por um mecan. Mas de jeito nenhum permitirá que um deles também mate Esther.

Noemi tem que destruir este mecan e chegar à enfermaria – ou morrer tentando.

6

Trinta anos de solidão terminaram em um instante. Com seu primeiro vislumbre da invasora, Abel – finalmente – não está mais sozinho.

Cada comando em sua programação diz que ele deve matar a nova humana a bordo. Ele sem dúvida pretende fazer isso. Mas, por um momento súbito e irresistível, Abel não quer nada além de ouvir a voz dela, ver aquele rosto, se deleitar com a presença de outro ser.

Ao reproduzir os 0,412 segundos de dados visuais que tem, tudo indica que seja uma fêmea adolescente com cerca de 168 centímetros de altura, de ascendência predominantemente latino-americana e polinésia, com cabelos pretos na altura do queixo, olhos castanhos, o traje verde-escuro de um soldado da Gênesis e um blaster Mark Eight com – a julgar pelo comprimento de onda dos raios que acabaram de cortar o ar – cerca de quarenta e cinco por cento de carga.

Considerando que ele deve matar a intrusa em breve, a informação sobre o blaster é a mais relevante. Abel viu dois caças entrarem no hangar, mas apenas um soldado se infiltrou na nave. Portanto, sua análise anterior da situação estava correta: um piloto está gravemente ferido e a outra quer chegar à enfermaria para lhe prestar assistência.

Mas ele não pode permitir que ela faça isso, porque Burton Mansfield pode estar em sono criogênico lá dentro. Logo depois de se armar, Abel desligou todos os sistemas de comunicação, internos e externos, para isolar os pilotos da Gênesis. Portanto, nenhum reforço chegará.

Sua oponente está sozinha e desesperada. Em tais condições, os humanos tornam-se imprudentes. Se ele a mantiver longe de seu objetivo, ela vai tomar atitudes extremas para chegar à enfermaria – e, ao fazer isso, enfraquecerá sua posição.

Abel pensa nas opções da invasora e toma uma decisão. Em vez de prolongar o tiroteio, se vira e corre para a enfermaria. Ele é rápido o bastante para chegar à porta antes que o primeiro raio de blaster acerte a parede ao lado dele e para entrar antes que ela possa segui-lo. Assim que a porta da enfermaria se fecha, Abel se vira, trava a porta e...

... para.

Sua programação é clara. *Verifique as unidades de sono criogênico. Procure Mansfield.*

Mas seus processos emocionais parecem ter mudado bastante durante esses trinta anos, porque ele não quer se virar para a enfermaria.

Sim, ele pode descobrir que Burton Mansfield está aqui – mas também pode descobrir que Mansfield partiu há muito ou está morto. Ele suportou o suspense por tanto tempo que tem medo da certeza. Ele quer ficar nesta caixa com o gato de Schrödinger para sempre.

As luzes ao redor da tranca da porta começam a piscar, alertando-o a respeito de uma onda de energia. Como Abel havia previsto, a intrusa usou a carga máxima do blaster em uma tentativa de explodir a tranca. Em noventa segundos, a porta se abrirá. Após a sobrecarga, a guerreira da Gênesis terá apenas um ou dois tiros na arma. Embora Abel tenha certeza de que pode se esquivar, ela pode errá-lo e acertar as unidades de sono criogênico.

O risco acaba com sua hesitação. Abel se vira e olha.

Todos os sinais indicam que as unidades de sono criogênico não estão em uso. Verificar.

À medida que o fraco zumbido do blaster sobrecarregado se torna mais alto, Abel se move para os painéis e verifica duas vezes. *Confirmado.* Não há ninguém em nenhuma das câmaras de sono criogênico. Não parece que elas foram ativadas.

Os passageiros humanos do *Daedalus*, incluindo Burton Mansfield, abandonaram a nave há trinta anos e nunca mais voltaram.

• • •

– Eles não conseguem chegar aos visores do Portão – disse a capitã Gee. Na cúpula da ponte, os caças da Gênesis explodiram outro Damocles, algumas centenas de mecans destruídos em um instante. – Você aí. Mecan. Extraia os elementos do disco rígido e lance-os através do Portão, agora.

Abel se virou para obedecer ao oficial sênior a bordo, mas parou enquanto Mansfield dizia:

– Não vamos abandonar a nave sem Abel.

A capitã Gee rebateu:

– Se essa coisa conseguir chegar ao hangar a tempo de sair conosco, ótimo! Se não, apenas construa outro!

Poucas pessoas falavam com Burton Mansfield dessa maneira. Ele se levantou e sua voz profunda pareceu encher a escuridão da ponte.

– Abel é diferente...

– É uma máquina! Tenho vidas humanas para salvar aqui. – A capitã Gee virou-se para Abel, franzindo a testa ao perceber que ele não se movia. – Não está funcionando?

Abel hesitou por mais um instante enquanto Mansfield encarava a enorme visão do campo de estrelas através da tela que cobria duas paredes e todo o teto abobadado da ponte. A sorte da batalha tinha virado. A Gênesis venceria o dia – e, em breve, teria esta nave, se quisessem.

O próprio Daedalus *estremeceu quando levou sua primeira investida de armas. Mansfield disse baixinho:*

– Abel, vá. Depressa.

E Abel correu o mais rápido que pôde, retirou os dados relevantes do núcleo do computador mais depressa do que qualquer humano poderia ter feito, levou-os ao compartimento de equipamentos em quatro minutos, e o lançou direto para o centro do Portão, sem demora. Ele mesmo fechou e selou as portas externas do compartimento antes da gravidade e da energia serem desligadas, deixando-o na escuridão, sem gravidade.

• • •

O gemido do blaster lá fora subiu uma oitava. Abel olha para as cápsulas vazias de sono criogênico encostadas na parede, translúcidas como cascas de cigarra nas luzes de emergência avermelhadas, então pega sua arma mais uma vez e se vira para a porta.

Centelhas brancas cintilam; a porta de metal se abre em meio a sopros de fumaça. Abel dá um passo, ficando fora do alcance, fora de vista. Ninguém atira. Pelo completo silêncio, ele pressupõe que a soldado da Gênesis não está nem se mexendo.

Ele sabe que resta a ela pouco poder de fogo. Ela também sabe. Um tiro, talvez dois. A invasora precisa tanto dos suprimentos desta enfermaria que de fato se desarmou para entrar aqui – mas agora tem que derrotá-lo com um único tiro. Essa é uma oportunidade que ele não lhe dará. Abel poderia facilmente passar horas na enfermaria esperando para matá-la, outros trinta anos, se necessário. Ele nem precisa dormir.

(Embora ele possa, e o faça. Durante os últimos trinta anos, ele dormiu bastante. Abel começou a sonhar, um desenvolvimento que gostaria muito de discutir com Burton Mansfield.

Um dia.)

Mas sua programação exige um plano de ação diferente agora.

Abel se afasta das cápsulas de sono criogênico, pisando com força suficiente para que sua oponente ouça. Ela sabe que ele está vindo e não vai disparar de imediato; em vez disso, espera para dar o tiro derradeiro a uma distância curta.

Então, ele deliberadamente se expõe na extremidade da enfermaria, onde há espirais de fumaça suficientes para fazer com que a soldado da Gênesis espere mais um momento.

Isso é tudo que ele precisa para virar seu blaster, entregando a arma a ela.

Ela o encara. Está com as costas apoiadas na parede, segurando o blaster com as mãos trêmulas. Os seres humanos são tão agitados. Alguns fios de seu cabelo preto estão colados à testa e às bochecha suadas.

Embora seus olhos castanhos se arregalem quando ele continua caminhando em frente, ela não entra em pânico. Não atira.

– Meu nome é Abel – diz ele. – Modelo Um A da linha mecan da Mansfield Cybernetics. Minha programação determina que sou obrigado a servir a maior autoridade humana a bordo deste nave. A partir de agora, essa autoridade é você.

Ele estende a arma. Quando ela não aceita, ele simplesmente a coloca no chão e chuta para ela. É tão bom poder obedecer mais uma vez à sua programação. Ter um propósito.

Abel sorri.

– Quais são as minhas ordens?

7

VOCÊ PRECISA CONTAR ATÉ CINCO, NOEMI DECIDE.

Se ela estiver tendo um colapso – se o terror dos últimos minutos mexeu com sua cabeça a ponto de ela ter alucinações –, isso tudo vai desaparecer em alguns segundos. Se for real, o mecan ainda estará aqui esperando ordens ao final da contagem.

Um. O mecan permanece imóvel, com uma expressão curiosa e paciente.

Dois. Noemi respira fundo. Ela continua agachada contra a parede, a mão apertando o blaster com tanta força que seus dedos começaram a ter cãibras.

Três. Abel. O mecan disse que se chamava Abel. *Nos ensinaram que existem vinte e cinco modelos de mecans na linha Mansfield Cybernetics, alfabeticamente organizados de B a Z. A letra A devia ser um protótipo.*

Quatro. O rosto e a postura de Abel não mudaram nem um pouco. Ele ficaria parado ali por uma hora? Um dia inteiro? De qualquer forma, ele não fez nenhum movimento para recuperar a arma.

Cinco.

Noemi pega o blaster de Abel.

– Minha amiga está no hangar... e ela precisa de ajuda médica agora.

– Entendido. Vou trazer sua amiga para a enfermaria. – Abel sai pelo corredor tão rápido que Noemi pensa que está fugindo, mas ele parece seguir as ordens dela, como disse que faria.

Levantando-se, Noemi corre atrás do mecan; não quer deixar a coisa fora de seu campo de visão, embora saiba que não vai conseguir acompanhar.

Das lições de Darius Akide sobre mecans, Noemi sabe que o modelo A era um modelo experimental nunca posto em produção em massa. O mecan poderia estar mentindo sobre o que é? Sua programação poderia permitir que ele mentisse. Mas, como todos os habitantes da Gênesis, ela memorizou os rostos de cada modelo de mecan. De acordo com os livros de história, nos primeiros dias da Guerra da Liberdade, Gênesis temia uma infiltração. E se as máquinas estivessem caminhado entre eles, fingindo ser humanos? Espionando todos?

Embora as Rainhas e os Charlies sejam mais familiares, Noemi poderia identificar qualquer um dos mecans de Mansfield – e ela nunca tinha visto o rosto de Abel.

Ok, você encontrou um protótipo. Não importa como ele chegou aqui, desde que você possa usá-lo. Cuide de Esther e depois se preocupe com o resto.

Ao voltar para o hangar, os passos de Noemi pelo corredor soam como batidas de tambor em staccato. Arfando, ela para na entrada para observar a cena diante dela. Abel se inclina sobre a nave danificada de Esther, pegando-a gentilmente nos braços. A cabeça de Esther pende para trás e ela murmura:

– Quem... quem é...

– É um mecan – responde Noemi enquanto descarta seu blaster quase descarregado e enfia o de Abel no coldre lateral. – A nave tem uma enfermaria completa. Está vendo? Vamos conseguir cuidar de você.

Abel se movimenta devagar, deliberadamente, até Esther se acomodar contra o peito dele em um firme abraço. E então Noemi quase não consegue sair do caminho antes que o mecan se apresse, movendo-se a uma velocidade que nenhum humano poderia alcançar.

Quando Noemi termina de fazer o caminho de volta à enfermaria, Esther está deitada em uma biocama. Os dedos hábeis de Abel se movem pelos controles com tanta rapidez que parecem desfocados. Noemi se aproxima e pega a mão de Esther.

– Os sensores ainda estão avaliando os ferimentos – informa Abel. – Mas prevejo que eles confirmarão resultados preliminares de hemorragia interna, múltiplas fraturas pélvicas e uma concussão de leve a moderada. Se a hemorragia for confirmada, ela precisará de uma transfusão imediata. Eu administrei medicação para dor.

Medicação suficiente para deixar Esther atordoada, os olhos meio fechados e os músculos faciais relaxados. *Bom*, Noemi pensa. *Esther precisa disso.* E a náusea em seu estômago diminui, porque essas lesões que podem ser superadas. São remediáveis. Pelo menos, se este mecan Abel realmente souber o que está fazendo.

– Como você está... – Ela precisa parar e respirar um pouco antes de continuar a falar: – Você é um dos modelos médicos? Eu pensei... pensei que fosse o mecan Tare.

– Até onde sei, o mecan Tare continua a ser o principal modelo médico – diz Abel, com um tom amigável, como se estivessem tomando chá. O ar cheio de ozônio ainda tem o cheiro ruim da batalha de apenas alguns minutos antes. – No entanto, estou programado com o conhecimento, as habilidades e as especialidades de toda a linha da Mansfield Cybernetics. – Ele tira os olhos dos leitores para estudar o rosto de Noemi por um instante. – Você está com extrema falta de ar. Isso não deve representar uma emergência a menos que tenha condições médicas subjacentes. Você tem?

– O quê? Não. – É tão estranho, conversar com um mecan. Estar em pé ao lado de um. A sensação é de estar junto a uma pessoa, mesmo que nada possa estar mais longe da verdade. – Eu me esforcei demais. Só isso.

– Você poderia ter ficado na enfermaria em vez de me seguir até lá embaixo.

– Eu não confio em você.

– Eu não pedi uma justificativa para suas ações. Os seres humanos têm muitas razões para se comportar de maneira ineficiente ou irracional. – O tom de Abel é tão leve que demora um momento para Noemi perceber o insulto.

Mas isso é bobagem. Ela está antropomorfizando um mecan; um erro de iniciante que ela deveria ter superado. Aparentemente, as inovações deste protótipo não incluem tato social.

As coisas escuras e brilhantes nos sacos que Abel traz devem ser sangue sintético. Ele tem muita certeza sobre essa transfusão. Algumas religiões na Gênesis não usariam sangue sintético, outras não aceitariam transfusões, mas a família de Esther não pertence a nenhuma dessas.

Noemi imagina os Gatson de pé diante dela, altos e pálidos expressando sua desaprovação. *Como você pôde deixar isso acontecer?*, eles poderiam dizer. *Você deveria proteger nossa filha. Depois de tudo o que fizemos por você, como pôde deixar que ela se machucasse?*

Com delicadeza, o mecan desliza a agulha na pele de Esther. Não aparece um lampejo de desconforto no seu rosto. Ela está dopada ou o mecan é muito bom? É provável que as duas coisas, Noemi decide. Enquanto Abel trabalha, ela estuda o rosto *dele* mais a fundo. Há mesmo algo diferente ali. Parece mais jovem do que a maioria dos mecans, como se fosse só dois ou três anos mais velho que ela. Em vez das características normais, atraentes e majestosas, ele tem um rosto diferente, com olhos azuis penetrantes, um nariz forte e, se ela lembra bem, um sorriso um pouco assimétrico.

Por que fazer um mecan tão... específico? E tão avançado? Akide disse que os mecans eram calibrados com o nível de inteligência necessária para seus deveres, nada além. A inteligência extra seria apenas uma complicação, outra forma de um mecan dar defeito. Há até leis contra o desenvolvimento exagerado da inteligência mecânica, ou já houve, da última vez que a Gênesis tinha ouvido sobre as leis da Terra. Se Abel estivesse dizendo a verdade – e agora ela acredita que sim –, ele representa um passo significativo no desenvolvimento da cibernética.

Só que ele não pode ser isso. Esta nave foi abandonada há muitos anos. Enquanto ela afasta um fio de cabelo da bochecha de Esther, Noemi pergunta:

– Há quanto tempo você está a bordo do *Daedalus*?

– Quase trinta anos – responde Abel. – Posso fornecer o tempo exato, até o nanosegundo, se necessário.

– Não precisa. – Não precisa mesmo.

– Eu duvidava que precisasse. – Abel se afasta das leituras médicas para encará-la. – Após um exame mais aprofundado, o fígado da paciente parece estar rompido e a hemorragia interna é mais grave do que aparentava inicialmente. Será necessária uma cirurgia.

A barriga de Noemi se contrai, como se ela mesma estivesse sentindo dor.

– Mas... se Esther perder o fígado, ela não vai sobreviver.

Abel se afasta da biocama em direção a várias câmaras de armazenamento, passando por algumas cápsulas de sono criogênico próximas à parede.

– O *Daedalus* é abastecido com órgãos artificiais para o caso de serem necessários transplantes de emergência.

Noemi morde o lábio inferior. Embora a Gênesis tenha retido mais tecnologia médica do que qualquer outro tipo, os órgãos artificiais quase não são usados. Sim, a vida é preciosa e deve ser preservada, mas a morte é aceita como algo natural. Evitar a morte é visto como um ato de futilidade, às vezes até mesmo de covardia. Os Gatson são particularmente rigorosos com essas coisas. Passaram semanas debatendo se o sr. Gatson deveria ou não fazer uma cirurgia a laser nos olhos.

Isso é diferente. Esther só tem dezessete anos! Ela se feriu tentando proteger nosso mundo. Noemi não se alistou para o Ataque Masada para ver Esther morrer.

– Tudo bem – diz ela. – Faça.

Da biocama vem um sussurro:

– Não.

Noemi se vira e vê Esther olhando para cima. Sua pele, sempre bonita, tornou-se cera. Um de seus olhos verde-claros está horrivelmente manchado, vermelho profundo, onde deveria ser branco. Mas ela está acordada.

– Está tudo bem. – Noemi tenta sorrir. – Estou aqui. Você precisa de mais remédios para a dor?

– Não está doendo. – Esther suspira profundamente. Suas pálpebras se fecham, mas apenas por um momento. Ela está lutando muito para ficar acordada. – Nada de transplante.

É como se o frio do espaço fora da nave corresse para congelar o sangue de Noemi. Ela fica à deriva, exposta, vulnerável. Como se fosse ela, e não Esther, que estivesse correndo risco de vida.

– Não, não, está tudo bem. É uma emergência...

– Isso me faria parte máquina. Não é a vida humana. Não é a vida que me foi dada.

Por favor, Deus, não. Deus não fala ao coração de Noemi, não importa quantas vezes ela reze pedindo orientação. Mas talvez ele fale com o de Esther. *Mostre a ela que o mais importante é permanecer viva, não importa o quê.* Os Gatson foram tão severos na criação delas, e Esther sempre obedeceu aos pais. Agora, porém... quem poderia ser contra isso?

– Esther, por favor. – A voz de Noemi começa a tremer. – Se você não fizer o transplante, vai morrer.

– Eu sei. – Esther move a mão devagar, procurando a de Noemi, que pega a mão da amiga e a segura. A pele de Esther está ficando fria. – Eu soube assim que o mecan rasgou minha nave. Por favor... não discuta enquanto estamos nos despedindo...

– Não é uma despedida! – Noemi se entenderá com Esther mais tarde. – Você. Abel. Faça o transplante.

Abel, que estava de pé no meio da enfermaria durante toda essa conversa, balança a cabeça.

– Me desculpe, mas não posso.

– Você acabou de dizer que tem todas as habilidades de todos os mecans! Estava mentindo?

– Não estou dizendo que sou incapaz de realizar o transplante. – Se ela não conhecesse os mecans, pensaria que Abel estava ofendido. – E não posso mentir para você, como minha comandante.

– Está certo. Eu sou a comandante. – Noemi se aproveita disso, a única arma que tem para fazer Abel parar de discutir e se mexer, droga.

– Então você tem que seguir minhas ordens, e eu estou ordenando que você faça o transplante.

– Noemi – sussurra Esther. A fraqueza em sua voz corta Noemi como uma lâmina, mas ela não desvia o olhar do mecan. Abel é a única esperança de Esther.

Ele não dá um único passo à frente enquanto diz:

– Sua autoridade sobre mim está sujeita a poucas exceções. Uma delas é que devo obedecer aos desejos de um paciente em relação a decisões que envolvam o fim da vida. A escolha de Esther é, portanto, final.

Droga, droga, droga! A mesma programação que a salvou agora está ameaçando Esther. Por que Mansfield construiria legiões de máquinas de matar e as programaria com falsa moralidade? Só mais um jeito de as pessoas da Terra se enganarem para aceitar as máquinas entre elas, foi por isso que os fizeram como pele e cabelos parecidos com os humanos. Noemi quer gritar com Abel, mas sabe que não adiantaria. A programação é definitiva. Absoluta.

Em vez disso, ela se inclina mais perto de Esther, afastando o cabelo dourado de sua amiga de seu rosto.

– Se você não vai fazer isso por si mesma, faça por mim. Estamos nesta nave espacial no meio do nada, e preciso de sua ajuda para... para...

Mas não é ajuda de que ela precisa. É da própria Esther. Noemi sabe que só fez uma amiga de verdade na vida, mas nunca precisou de outra, porque era Esther que conhecia cada detalhe terrível sobre ela e a amava mesmo assim. O mau humor de Noemi, a estranheza e a desconfiança – circunstâncias que afastaram o sr. e a sra. Gatson, Jemuel e todos os outros –, Esther era a única pessoa que não se importava com essas coisas. A única que nunca se importaria.

Um soluço borbulha na garganta de Noemi, mas ela o controla para conseguir sussurrar, mais uma vez:

– Por favor. Você é que precisa voltar. Você é que vai sobreviver. – É Esther que pode ser feliz. Que pode ser boa, que pode amar e ser amada. Noemi só pode ser abandonada.

– Você estava disposta a morrer por mim – diz Esther. Por um momento ela realmente consegue se concentrar em Noemi; talvez a transfusão esteja ajudando um pouco. – Pelo menos, agora, não vai precisar mais. Não se você tirar o seu nome da lista. Agora você pode. Promete que vai fazer isso?

– Esther.

– Diga aos meus pais que eu os amo muito.

Abel escolhe esse momento para interromper.

– Tive uma ideia.

– Tem a ver com contornar sua programação idiota? – dispara Noemi. Ah, por que ela tem que falar assim? Ela não quer que Esther a ouça ser má, não agora.

– Sono criogênico. – Abel aponta as cápsulas na parede. – Muitas vezes, mesmo pessoas gravemente feridas podem ser colocadas em sono criogênico. Se ela não for despertada até que um órgão possa ser clonado, talvez...

Esther também não concordaria com clonagem, mas sono criogênico seria possível. O que eles fariam depois disso... Noemi não precisa pensar nisso agora. Ela pode deixar a tarefa para os médicos quando voltarem à Gênesis.

– Isso! Por favor, coloque Esther em sono criogênico!

– Vou verificar as cápsulas. – Em um instante, Abel enfim se torna útil outra vez. Mas, depois de alguns momentos, ele faz uma pausa. – Receio que a fonte de energia das cápsulas de sono criogênico tenha sido danificada no ataque ao *Daedalus* há trinta anos.

– Não tem como contornar isso? – Em uma nave desse tamanho, Noemi sabe, todo sistema vital deve ter backup.

– Normalmente a grade principal da nave proporcionaria energia reserva, mas eu desliguei.

– Você deveria estar me ajudando!

– Agora esse é meu dever – diz Abel, seu tom irritantemente calmo. – Mas não era assim quando você entrou na nave pela primeira vez. Naquele momento, você foi considerada uma invasora e...

– Não importa! – Noemi está quase gritando agora, e não se intimida. – Só acione a grade principal de novo!

Abel assente e corre para a interface principal do computador da enfermaria. Noemi respira fundo para se estabilizar antes de se inclinar mais uma vez para Esther.

– Tudo vai ficar bem – sussurra. – Nós temos um plano agora...

Os olhos de Esther estão fechados. Ela não ouve. Noemi olha para a biocama e vê a verdade sombria que os sensores revelam: Esther está morrendo. Agora mesmo. Neste momento.

– Esther? – Noemi toca o ombro da amiga ferida. – Você está me ouvindo?

Nada.

Por favor, Deus, por favor, se você não vai me dar mais nada, pelo menos me deixe dizer adeus. Ele nunca respondeu a Noemi antes, mas, se respondesse agora, ela acreditaria nele para sempre. *Eu tenho que me despedir dela.*

Os sensores mostraram uma linha reta. Esther se foi.

No instante seguinte, tudo se acende na enfermaria. O maldito mecan trouxe a energia de volta, mas já era tarde demais para salvar Esther.

Noemi fica parada como se estivesse congelada, olhando para Esther. Seus olhos vertem lágrimas, mas é como se estivessem chorando sem ela. Em vez de soluçar ou tremer, ela sente como se nunca mais fosse se mexer de novo.

Ela está no céu agora. Noemi deveria acreditar. Ela acredita, em grande parte, mas isso não a consola. As palavras apenas ecoam no espaço oco que substituiu seu coração. Ela se lembra do funeral da própria família, de forma muito vívida, como há tempos não acontecia: os ventos fortes que sopravam, puxando os cabelos e as roupas de todos e roubando as palavras do sacerdote antes que Noemi pudesse ouvir. A maneira como Noemi encarou o túmulo e tentou imaginar seus pais ali deitados, o bebê Rafael entre eles, olhando para o céu pela última vez antes de serem cobertos pela terra para sempre. Mais do que qualquer outra coisa, ela se lembra de Esther de pé perto dela, toda de preto, chorando tão alto e forte quanto a própria Noemi. Anos depois, Esther revelou que se forçou a chorar, para que Noemi não se sentisse sozinha.

Agora Esther também se foi e, em vez de ser abraçada e ouvir que era amada, ela teve que morrer ouvindo Noemi gritar com alguém, cheia de raiva. Esse momento feio foi o último que Esther viu.

É perigoso – ter raiva de Deus –, mas Noemi não pode negar a raiva amarga que sente nesta última prova de que ela não é suficiente para Deus, para os Gatson, para ninguém.

O longo silêncio é interrompido pela voz de Abel.

– Não tentei a ressuscitação porque o fracasso era quase certo. A perda de sangue foi muito grande. Teríamos que ter começado a transfusão muito antes para salvá-la.

– Ou poderíamos ter usado o sono criogênico. – Noemi se vira para o mecan. Ele fica perto da interface do computador, muito quieto, obviamente inseguro quanto ao que fazer. Parece quase humano. Isso não a comove; ao contrário, a enfurece. – Se você não tivesse desperdiçado tempo tentando me matar, Esther ainda poderia estar viva! A gente poderia ter usado o sono criogênico e salvado Esther!

Abel não responde de imediato. Por fim, ele diz:

– Você está certa.

Todas as vezes que Noemi lutou contra as forças da Terra – todas as vezes que ela vira amigos e companheiros de guerra destroçados pelos mecans –, ela achou que sabia odiar com todo o coração. Mas não.

Agora, só agora, enquanto olha para a máquina responsável pela morte de sua melhor amiga, Noemi sente o que é ódio de verdade.

8

A PROGRAMAÇÃO DE ABEL COBRE MUITAS SITUAÇÕES QUE ENVOLVEM conflitos interpessoais.

Mas não essa.

A guerreira da Gênesis – chamada de Noemi pela que morreu – fica ao lado do cadáver, tremendo de raiva. Como todos os mecans, Abel foi construído para suportar a ira humana em suas formas emocionais e físicas, e ainda assim se vê confuso. Cuidadoso. Até... preocupado.

Noemi é a comandante e exerce poder sobre ele a menos que seja libertado por alguém com autoridade para anular a dela. Não importa que ele seja mais rápido e superior a ela, que consiga matá-la com uma única mão: ele não pode se defender nem desobedecer-lhe. Abel está à mercê de sua comandante.

Ela respira fundo, para de tremer e fica muito quieta. Ele não tem certeza de como, mas sabe que isso é pior.

– Preciso de uma abertura para o exterior. Onde fica a mais próxima? – pergunta Noemi.

– No compartimento de equipamentos próxima ao meio do corredor principal. – Em outras palavras, no local em que Abel passou as últimas três décadas. Parece improvável que Noemi esteja interessada nessa informação, então ele não diz mais nada.

Noemi balança a cabeça.

– Caminhe em direção a ela.

Abel obedece. Ela segue alguns passos atrás. Embora possa ter diversas razões para precisar de uma saída, Abel entende de imediato qual dos seus possíveis propósitos é o mais provável – a saber: sua destruição. Ela vai jogá-lo no vazio frio do espaço, onde ele vai parar de funcionar.

Não instantaneamente. Abel é construído para suportar até mesmo as temperaturas próximas do zero absoluto do espaço sideral... por um tempo. Mas dentro de sete a dez minutos, o dano aos seus tecidos orgânicos será permanente. A pane mecânica total virá logo em seguida.

Ele não tem medo de morrer. E, no entanto, enquanto caminha ao longo do corredor para sua destruição, os passos de sua executora ecoando atrás dele, Abel sente que isso é errado. *Injusto*, de alguma forma.

Este é outro dos seus estranhos defeitos emocionais? Talvez o orgulho esteja ocupando uma parte muito grande de seus pensamentos, porque leva Abel a pensar que ele – o mais complexo mecan já criado – está prestes a ser lançado por uma porta no espaço, como dejetos humanos, sem outro motivo que não a irritação de uma triste soldado da Gênesis.

Depois de pensar um pouco, ele decide que sim, seu orgulho interfere com a análise efetiva da situação. Ele é da Terra e, portanto, é inimigo desta menina. Embora ele saiba quão poderoso é o controle que sua programação exerce, ela provavelmente não confia nisso. Se a Gênesis se manteve fiel à sua posição antitecnológica, Noemi nunca esteve na mesma sala que um mecan antes. Ela só os encontrou em guerra. Não admira que o ache assustador. Levando em conta o fato de que ele a atacou e quase a matou meia hora antes, sua decisão de jogá-lo no espaço parece mais razoável. Quase lógica.

Isso não faz com que ele se sinta melhor a respeito da situação.

Quando Abel chega ao local de destino, atravessa sem hesitar a porta da qual, menos de uma hora antes, estava tão agradecido por escapar. Ele pode ver a ironia de ter sido libertado apenas para voltar e morrer aqui. Em sua mente, Abel percorre cenários, possibilidades – as sete diferentes maneiras de matar a soldado Gênesis. Por quê?

E é aí que Abel percebe: não é que ele não queira morrer. Ele quer *viver.*

Ele quer mais tempo. Para aprender mais coisas, para viajar pela galáxia e ver todos os mundos colonizados do Loop, voltar para casa, na Terra, por pelo menos um dia. Descobrir o que aconteceu com Burton Mansfield e talvez falar com seu "pai" mais uma vez. Assistir *Casablanca* de novo, em vez de apenas recontar a história em sua mente. Para fazer mais perguntas, mesmo que nunca receba as respostas.

Mas o desejo de um mecan não importa.

Abel se vira para encarar Noemi antes que ela possa bater nos controles que selarão esta porta, permitindo que ela abra a escotilha externa e o expulse para o espaço. Ele passou muito tempo sem ver um rosto humano ou falar com alguém. Isso o ajuda a olhar para ela, mesmo que signifique vê-la tomar as providências que o matarão. Embora ele não espere que isso a afete de forma alguma, ela arregala os olhos castanhos escuros quando ele faz isso.

Noemi não fala. Ela levanta a mão para o painel de controle... e não faz nada.

Os segundos passam. Quando Abel julga que esta pausa durou um tempo excessivamente longo, ele se aventura:

– Você precisa de ajuda para usar os controles?

– Eu sei usar os controles. – A voz está embargada por causa das lágrimas que ela ainda está segurando.

Abel inclina a cabeça.

– Eu interpretei mal seu propósito em me trazer aqui?

– Qual você acha que é meu objetivo?

– Me jogar no espaço.

– Você entendeu bem. – O sorriso dela é deturpado pelo sofrimento. – Foi para isso que viemos aqui.

– Então, posso perguntar por que você ainda não fez isso?

– Porque é idiota – diz Noemi. – Odiar você. Quero odiar você porque podia ter salvado Esther e não a salvou... mas qual é o sentido disso?

Você não é uma pessoa. Não tem alma. Você obedece à sua programação, porque precisa e, sem livre-arbítrio, não pode haver pecado. – Ela bufa bruscamente de frustração, olha para o teto como se isso evitasse que as lágrimas escorressem de seus olhos. – É mesma coisa que odiar uma roda.

Mais alguns segundos se passam antes que Abel tenha coragem de dizer:

– Posso sair daqui agora?

Noemi recua, abrindo espaço para ele. Ele interpreta isso como uma permissão e, assim, Abel sai do compartimento com profundo alívio. Só então Noemi bate nos controles, mais uma vez, selando o local.

– Se você se sentir mais segura comigo imobilizado, as cápsulas de sono criogênico seriam eficazes – sugere ele. – Os mecans não podem ser postos em sono criogênico de verdade, mas a exposição aos produtos químicos ativa nosso modo de hibernação.

– Não preciso que você entre em hibernação. Preciso que você seja útil. – Ela limpa os olhos, tenta atuar como a soldado que é. – Nós... eu vou cuidar de Esther mais tarde. Primeiro tenho que traçar um plano. A ponte não estava de outro jeito?

– Sim, senhora.

Ela geme.

– Por favor, não me chame assim.

– Como devo me dirigir a você?

Ainda se recompondo, ela diz:

– Meu nome é Noemi Vidal.

– Sim, capitã Vidal.

– Noemi é suficiente. – Ela se vira e caminha em direção à ponte de comando. A voz dela é rouca, sua exaustão e sua dor são óbvias, mas ela continua concentrada na sobrevivência. – Venha comigo, Abel.

Ela vai me deixar chamá-la pelo primeiro nome, pensa Abel. Nenhum ser humano jamais lhe deu tanta liberdade antes. A ideia o agrada, embora ele não consiga dizer por quê.

Abel também não entende o motivo pelo qual olha por cima do ombro, para o local de onde escapou duas vezes hoje. Certamente depois de trinta anos, ele já viu o suficiente.

Talvez seja apenas porque é muito bom deixar aquele lugar para trás.

• • •

– Esta é a posição de navegação para o piloto, certo? – Noemi passa as mãos pelos cabelos enquanto eles estão na ponte de comando do *Daedalus*. As paredes curvas permitem que o visor da nave se espalhe quase por completo ao redor e acima deles, exibindo o campo estelar com tal detalhamento que a ponte de comando parece ser uma plataforma metálica no meio do espaço sideral. – A cadeira do capitão é claramente esta, e acho que isso serve para comunicações externas. E essa é a estação de operações.

– Correto. Sua sofisticação tecnológica é surpreendente para uma soldado da Gênesis.

Ela se vira na direção dele, franzindo a testa.

– Nós limitamos a tecnologia por escolha, não por ignorância.

– Claro. Mas, com o tempo, a primeira deve inevitavelmente levar à segunda.

– Por que você tem que agir com tanta superioridade?

Abel considera aquela pergunta.

– Sou superior, na maioria dos aspectos.

As mãos de Noemi se fecham em volta da cadeira de capitã, apertando-a com muita força e, quando ela volta a falar, parece estar rangendo os dentes.

– Você. Poderia. Disfarçar.

– A modéstia não é um dos meus principais modos operacionais – admite ele –, mas vou tentar.

Ela suspira.

– Vou aceitar o que puder ter.

Ele a avalia enquanto atravessa a ponte de comando, o traje espacial verde-esmeralda dela é formidável, descreve vividamente o corpo atlético contra a escuridão do espaço. Em meio às estrelas, brilham os planetas maiores e sombreados do sistema Gênesis. Abel pode distinguir o círculo que é a própria Gênesis, brilhante, verde e azul, com suas duas luas parecendo pequenos pontos brancos.

– Nós temos combustível? – pergunta Noemi. – O *Daedalus* pode voltar para casa?

– Os estoques de combustível são suficientes para operações com duração de dois anos, dez meses, cinco dias, dez horas e seis minutos – responde Abel. Ele deixa de fora os segundos e milissegundos. – A nave sofreu danos em sua última batalha, mas o dano não parece ter sido extremo. – Não parecia sequer ameaçador. Ele franze o cenho para os leitores que se deslocam no console. A capitã Gee entrou em pânico? Ela convenceu Mansfield a abandonar a nave quando não havia necessidade? – Viajar através de um portão seria difícil...

– Não vamos passar por um Portão. Vamos para casa.

Claro. A Terra é a casa de Abel, não a de Noemi. Ele continua:

– Depois de pequenos reparos com instrumentos que temos disponíveis, devemos chegar à Gênesis sem dificuldade.

– Que bom.

O que será dele na Gênesis? Será que vai ser desligado? Enviado de volta para o espaço? Obrigado a servir nos exércitos de lá? Abel não consegue adivinhar e acha que seria uma má ideia perguntar. Ele não tem controle sobre a situação. Pode muito bem descobrir qual vai ser seu destino quando a hora chegar.

Noemi se joga na cadeira mais próxima, na estação de operações – que como todas as estações a bordo do *Daedalus* é densamente acolchoada e coberta com material preto macio. Passando a mão ao longo dela, franze a testa.

– Isso era algum tipo de cruzeiro de luxo ou algo assim? As naves normais da Terra não podem ser assim... podem?

– O *Daedalus* é uma nave de pesquisa, especialmente personalizada para seu dono e meu criador, Burton Mansfield.

– Você disse Burton Mansfield? – Ela endireita as costas e olha para ele. – *O* Burton Mansfield?

Até que enfim. É bom ver Noemi responder com o devido respeito.

– O fundador e idealizador da linha Mansfield Cybernetics? Sim.

Ele observa, esperando a reação dela, antecipando seu espanto e... em vez disso, vê Noemi franzindo o cenho.

– *Aquele filho da mãe.* Essa nave é dele? Você é o mecan dele?

– ... sou.

Como ela se atreve a xingar o pai dele desse jeito? Mas Abel não pode se opor, então se força a não pensar mais.

– Não posso acreditar nisso – murmura Noemi. – Você está me dizendo que o próprio Mansfield veio a esse sistema há trinta anos e fugiu?

– Todos os humanos a bordo abandonaram a nave – responde Abel, da forma mais simples que pode. – Como eu não estava na ponte de comando naquele momento, não posso saber quão bem-sucedidos foram em sua fuga, nem os seus motivos para abandonar uma nave funcional.

– Nós assustamos a equipe. Foi por isso que eles fugiram. – Com mais energia, Noemi se levanta e examina outra vez todas as estações da ponte de comando, como se existisse mais a observar, agora que ela sabe a quem pertencem. – Mas por que Burton Mansfield veio para o sistema Gênesis? Por que ele se jogaria no meio de uma guerra?

E aí está: a pergunta que Abel esperava que Noemi não pensasse em fazer.

Enquanto ela for sua comandante, ele não pode mentir para ela. No entanto, é discreto o bastante para... omitir certos fatos, desde que as perguntas dela não sejam diretas.

Primeiro ele tenta ser evasivo.

– Mansfield fazia pesquisas científicas muito importantes.

– Em uma zona de guerra? O que ele estava pesquisando?

Uma pergunta direta: agora Abel precisa ser completamente honesto.

– Mansfield estava estudando uma potencial vulnerabilidade no portão entre a Gênesis e a Terra.

Noemi fica muito quieta. Está entendendo o verdadeiro significado do que encontrou.

– Por vulnerabilidade, você quer dizer um possível mau funcionamento, ou... me diga logo, exatamente, o quê?

Abel se lembra do dia em que Mansfield percebeu o pior. As horas intermináveis de pesquisas e leituras de sensores, o impressionante insight necessário para que Mansfield compreendesse: agora Abel é obrigado a entregar tudo isso a uma soldado da Gênesis.

– Por vulnerabilidade, quero dizer que ele estava investigando como um portão poderia ser destruído.

O rosto de Noemi se ilumina. Em circunstâncias diferentes, Abel ficaria satisfeito por ter trazido tamanha alegria a sua comandante.

– Vocês encontraram alguma...

Eles deviam ter previsto isso, pensa Abel. *Não deviam ter me deixado aqui. Isso foi... taticamente imprudente.*

Pois eu não tenho escolha senão traí-los.

– Me responda – ordena Noemi. – Vocês encontraram uma maneira de destruir um portão?

– Sim – admite Abel.

9

Ele está mentindo.

Noemi sabe que o mecan – Abel – não pode mentir enquanto ela for a comandante, o que de alguma forma é a realidade de agora. Mas o que ele disse é tão impressionante que a gravidade da nave parece estar se deslocando sob os pés de Noemi, fazendo com que ela precise se equilibrar. Seu luto por Esther pesa demais para que ela permita o repentino e assustador retorno da esperança.

– Como? – Ela dá um passo em direção a Abel. A cúpula da tela exibe trilhas de nebulosas do braço da galáxia, esticando seus tendões brilhantes sobre as cabeças dos dois. – Como alguém pode destruir um portão?

– Portões são capazes de criar e estabilizar buracos de minhoca, que são basicamente atalhos no espaço-tempo – começa ele, mais uma vez com aquele ar superior. – Quando um buraco de minhoca é estável, uma nave pode atravessar por ele, percorrendo distâncias enormes em um instante.

O Ataque Masada vai desestabilizar o Portão Gênesis, mas apenas por um tempo. Meses, provavelmente. Dois ou três anos, se tiverem sorte. Talvez apenas algumas semanas. Todas essas vidas, incluindo a dela, serão sacrificadas pela mera *chance* de que a Gênesis possa ganhar a oportunidade de se reconstruir e se rearmar, transformar os arados em espadas e depois mergulhar de volta em uma guerra que não podem vencer.

Abel continua:

– Um buraco de minhoca só pode ser estabilizado em caráter permanente com o uso da assim chamada matéria exótica. Nos portões, essas matérias exóticas se transformam em gases super-resfriados mantidos ainda mais frios do que o espaço além dele, meros nanokelvins acima do zero absoluto.

Mais frio que o espaço sideral. Noemi tentou imaginar isso, mas não conseguiu. A intensidade desse frio está além de qualquer avaliação humana.

Abel prossegue:

– Os gases são resfriados por campos magnéticos gerados por vários eletroímãs poderosos que formam os componentes do portão...

– Mas todos esses componentes... eles são programados para reforçar um ao outro. É quase impossível destruir um enquanto os outros o estão apoiando.

Ele inclina a cabeça.

– Você entende mais sobre os componentes de um portão do que eu imaginaria.

– O que, você achou que ninguém da Gênesis teria aprendido sobre isso?

– A julgar pela condição extremamente desatualizada e dilapidada de suas naves e armamentos, a Gênesis parece ter abandonado todo o progresso científico e tecnológico.

Vindo de qualquer outra pessoa, isso teria sido um insulto. De Abel, é uma simples avaliação factual. O insulto teria sido mais fácil de lidar.

– Aparentemente não, porque entendo como funciona um portão. O que significa que sei que eles não deveriam ter vulnerabilidades. Você diz que eles têm. Como destruímos um portão?

Ele hesita e sua relutância é estranhamente sincera. Até demais, na opinião de Noemi. Mansfield estava se exibindo quando criou esse protótipo.

– A maior parte dos esforços para danificar ou destruir um portão visa destruir os campos magnéticos no interior dele. No entanto, não é necessário destruir os campos para colapsar o portão, basta perturbá-los.

Noemi balança a cabeça.

– Mas não podemos controlar nem isso, não com todos os componentes se apoiando.

– Você não conseguiu ver a alternativa óbvia. – Abel tenta suavizar a fala. – Você não deve sentir que essa é uma falha sua. Poucos humanos são capazes de compreender a necessidade de...

– Apenas me diga.

– Perturbar os campos não significa enfraquecer ou destruir um deles. Podemos fazer isso se *fortalecermos* um deles.

Noemi abre a boca para falar algo. Fortalecer? Como fortalecer o portão poderia ajudá-los? Então, a resposta toma forma em sua mente.

– O fortalecimento dos campos aquecerá os gases. Quando a matéria exótica se tornar muito quente, o portão implodirá.

Abel inclina a cabeça, quase não parece que está concordando.

– E destruirá o buraco de minhoca para sempre.

Noemi afunda na estação mais próxima, dominada pelas possibilidades e problemas que vê.

– Mas... qualquer dispositivo poderoso o suficiente para superar os campos magnéticos do portão... onde conseguiríamos isso? Ao menos existe algo assim?

– Existem dispositivos termomagnéticos capazes de criar esse nível de calor. Não muitos, é claro. As aplicações práticas são limitadas.

– Mas eles *estão* lá fora? Podemos encontrar um?

– Sim.

Ela quer ter esperança – quer tanto que pode até sentir o gosto, mas Noemi já começa a ver todos os problemas deste plano.

– Você precisaria ativar o dispositivo perto do Portão. Caso contrário, o calor derreteria sua nave antes de qualquer coisa. E você não pode só lançar e manusear remotamente. É preciso ter um piloto para trabalhar em torno das defesas do Portão.

– Você entende muito sobre pilotar naves para alguém vindo de um planeta que se recusou a sair do lugar.

E isso faz com que ela se lembre dos anseios culpados que às vezes sente quando vê a velocidade das naves da Terra, a complexidade do Portão, até mesmo os reflexos desumanos de seus mecans. Noemi não quer ser como as pessoas da Terra, mas... Ela não consegue parar de desejar saber o que eles sabem. Descobrir. Explorar.

Em um instante, seu próximo insight esconde todos esses velhos sonhos.

– Nenhum humano poderia fazer isso. Um piloto humano perderia o controle ou morreria muito depressa por causa do calor.

– Verdade. Além disso, mesmo se o piloto humano obtivesse sucesso, a implosão do Portão o mataria instantaneamente.

Noemi não se preocupa com isso. Destruir o Portão – salvar seu mundo – valia o sacrifício de uma vida. Sua vontade de fazer esse sacrifício seria irrelevante se ela falhasse. Mas há outra possibilidade.

– Um mecan conseguiria, certo?

Abel hesita antes de responder, apenas o suficiente para que ela esteja ciente disso.

– Não a maioria dos mecans. Eles estão programados para entrar no modo de utilidade básica durante tarefas autoprejudiciais. Você precisaria de um modelo avançado. Um capaz de pensar mesmo à beira da destruição.

– Um modelo avançado como você.

Ele endireita ainda mais a coluna.

– Sim.

Abel claramente não tem um instinto de autopreservação que substitua as ordens dadas por seu comandante. A atitude dele quando Noemi quase o jogou para fora da nave provou isso. Se ela ordenar que ele destrua o Portão e morra, Abel o fará.

Noemi daria sua vida com prazer para salvar a Gênesis. Então pode pedir a um mecan para abrir mão de... seja o que for isso que ele tem.

Ela se levanta da cadeira devagar. A luz projetada das estrelas brilha suavemente ao redor dela, tornando o momento ainda mais parecido com um sonho.

Seu único plano fora pilotar o *Daedalus* em direção à Gênesis e levar o corpo de Esther para casa. Tinha uma vaga ideia de entregar a nave e o mecan a seus superiores, para o caso de eles poderem ser usados nos esforços de guerra. Algumas contribuições pequenas que sobreviveriam a ela, que poderiam continuar servindo após o Ataque Masada.

Em vez disso, ela havia encontrado um mecan que não só sabia como destruir um portão, mas também era capaz de ajudá-la a fazer isso. E uma nave em condições de levá-la através do Loop para encontrar o dispositivo de que ela precisa – *a Terra viria atrás de qualquer nave da Gênesis*, pensa Noemi, *mas não estarão atentos a essa. Poderia funcionar.*

Isso significa se jogar pela galáxia, passar por planetas que ela nunca viu antes. Significa arriscar a própria vida, talvez até acabar em uma prisão na Terra, derrotada e desamparada – o que seria muito pior do que morrer no Ataque Masada. Isso significa deixar a Gênesis para trás, talvez para sempre.

Ela se volta para Abel.

– Nós vamos destruir esse Portão.

– Muito bem – responde ele tão tranquilamente como se ela tivesse perguntado as horas. – Devemos executar um diagnóstico aprofundado sobre o *Daedalus*. Embora minhas varreduras iniciais indiquem que a nave permanece abastecida e em boas condições, queremos ter certeza disso antes de começar a viajar. Não deve levar mais de uma ou duas horas.

Ela fica surpresa que Abel entenda que os dois estão prestes a viajar pelos Portões para outros mundos, mas é claro que ele entende. Abel teria percebido as implicações assim que explicou a falha do Portão para Noemi. No entanto, há uma coisa que ele ainda não entende.

– Nós temos que esperar – diz Noemi.

Abel lança um olhar para ela.

– Então você quer acabar com uma guerra mortal e destrutiva, mas... não tem pressa?

Noemi não tem certeza de por que Mansfield decidiu dar a um mecan a capacidade de sarcasmo.

– Sou apenas uma piloto – diz ela, tocando na única faixa cinza pregada em sua farda espacial verde, ela fica na passadeira da manga. – Esta missão... é arriscada e podem haver inconvenientes que não previ.

– *Eu* os teria previsto. – A expressão dele é tão presunçosa que Noemi sente vontade de ter alguma coisas nas mãos para jogar nele.

– Bem, você é o mecan de Burton Mansfield. Então, me perdoe se não confio completamente em você.

– Se você não confia em mim, por que está começando esta missão apenas com base na minha palavra? – Abel parece quase irritado. – Se eu pudesse mentir sobre os riscos, também poderia mentir sobre o potencial.

Não é um argumento ruim, mas Noemi não acha necessário arrumar justificativas para um mecan.

– A questão é que eu deveria discutir isso com meus superiores, se possível.

– Você quer voar direto para a Gênesis?

Noemi abre a boca para dar a ordem, mas então pensa melhor. Sim, ela deveria levar a questão à capitã Baz, pelo menos – provavelmente a todo o Conselho Ancião. Ela consegue até se imaginar de pé na câmara de mármore branco, vestindo sua farda de gala, olhando para Darius Akide e os outros anciãos, mostrando-lhes uma chance de salvar seu mundo.

E ela consegue até imaginá-los dizendo que não.

Eles podem não confiar na palavra de Abel. O que seria necessário para convencer o Conselho Ancião? Eles estão tão certos de que o Ataque Masada é o único jeito...

Ela pensa sobre os vários discursos que foram feitos, os vídeos em apoio ao Ataque Masada. *Sacrifiquem suas vidas*, dizem eles. *Sacrifiquem seus filhos. Somente através do sacrifício, a Gênesis pode sobreviver.*

Agora, ela voltaria para contar à Gênesis e ao Conselho que há outra saída. Que o Ataque Masada não é e nunca foi necessário. Ela, Noemi Vidal, uma piloto de dezessete anos, órfã e sem amigos, apoiada apenas por um mecan.

O Conselho ainda acreditaria nela? Pior, eles se recusariam a recuar só para não admitir que estavam errados?

Não é que Noemi nunca tenha duvidado do Conselho antes – mas esta é a primeira vez que se permitia pensar que eles poderiam falhar tão completamente com seu mundo. Ela não sabe se acredita mesmo nisso. Mas eles *poderiam*, e esse risco já é suficiente.

– Espere – diz devagar. – Execute o diagnóstico. Veja se a nave está pronta para viajar através dos Portões.

Abel levanta uma sobrancelha.

– Isso significa que estamos procedendo sem a aprovação de seus superiores?

Noemi tem recebido ordens a vida toda. Dos Gatson, porque foram bons o suficiente para acolhê-la em sua família e mereciam obediência. De seus professores, de seus comandantes. Ela tentou obedecer a todos eles e também à Palavra de Deus, apesar de todas as suas dúvidas e confusão, deixando de lado os próprios sonhos, porque esse era o seu dever.

Mas seu dever de proteger a Gênesis está além de tudo isso.

– Sim – diz Noemi, olhando para as estrelas que a guiarão. – Nós vamos destruir o Portão por conta própria.

Para salvar seu mundo, ela deve aprender a agir sozinha.

10

ABEL NÃO GOSTA DESSE PLANO.

Dentro de sua programação, o único conflito significativo surge quando recebe uma ordem que envolve trabalhar contra a Terra.

A lealdade à Terra está escrita em seu código. Trabalhar contra o mundo de sua origem na guerra com a Gênesis trai todas as suas diretrizes mais básicas.

Todas, exceto uma: obedecer ao humano que o comanda.

Certamente, Mansfield nunca previu que outra pessoa exercesse essa autoridade. Mas, se ele tivesse adivinhado o que poderia acontecer com sua mais admirada criação, teria escrito sub-rotinas para garantir que nenhum humano pudesse forçar Abel a lutar contra a Terra.

Mas parece que até mesmo a previsão de Burton Mansfield tem seus limites, o que significa que Abel agora deve ajudar a destruir o Portão da Gênesis... e ser destruído com ele.

Sem hesitar, ele começa a rodar uma verificação completa de sistemas. O *Daedalus* poderia chegar facilmente à Gênesis, mas a jornada mais longa à frente exigirá muito da nave. Gráficos e dados escritos em luz azul vívida se sobrepõem ao campo de estrelas projetado.

– Os sistemas atmosféricos, gravitacionais, de sensores e de propulsão do *Daedalus* mostram vários graus de ineficiência devido a três décadas sem reparo ou remodelação – relata. – No entanto, todos estão operacionais e dentro dos parâmetros de segurança. A integridade do casco permanece boa. O sistema de comunicação precisará de reparos extensivos antes de podermos lidar com mais do que apenas mensagens do planeta e de outras naves. – Ele gesticula para a posição de comunicação, o que é inútil; toda comunicação precisará passar pela estação de operações principal. – Nossos escudos mostram uma força de sessenta por cento, o que é adequado para viagens espaciais, incluindo viagens pelo Portão, mas não é aceitável para situações de combate.

Noemi fica pensativa enquanto repousa as mãos nos quadris.

– Ok. Não vamos travar nenhuma batalha. Certo?

– Não sem suas ordens – confirma Abel. – Nós também temos combustível suficiente, bem como rações de emergência que, por terem sido mantidas no vácuo, ainda devem estar boas. – Elas não têm um gosto muito agradável, pelo que Abel entende das preferências humanas, mas isso é problema de Noemi Vidal. Ele não precisa comer muito e pode se contentar com coisas que não são comida. – No entanto, estamos mostrando instabilidade no campo de integridade da nave. Durante operações-padrão, isso não é importante... mas viajar através de um Portão sem um campo de integridade cem por cento funcional é extremamente perigoso.

– Ok. – Noemi assente e se senta. Curiosamente, ela retorna à posição de operações, não à cadeira alta do capitão. A maioria dos seres humanos é muito hierárquica para renunciar a essas pequenas exibições de autoridade. – Como corrigimos o campo de integridade?

– Precisamos substituir o T-7 anexo que ancora o campo. – Ele projeta na tela um diagrama da peça de que precisam, uma forma meio oval, aproximadamente do comprimento e da largura do torso humano médio. – O nosso pode passar por mais uma viagem através do Portão. Talvez duas. Mais do que isso, entrará em colapso.

– Você vai me dizer que não temos um T-7 anexo de reposição a bordo, não é?

– Correto. – Abel se vê satisfeito por todos os problemas que pode apontar. Ele gosta de mostrar os buracos no plano de Noemi para derrotar a Terra, para destruí-la. – Nós também teremos que viajar através de vários Portões para chegar ao Cray.

Ela franze a testa.

– Cray?

Quão ignorante é essa garota? Sua inteligência inata não compensará sua falta de conhecimento sobre a galáxia. Abel decide começar do início.

– Você está familiarizada com os outros mundos do Loop?

– Claro que sim – protesta Noemi, mas ele mostra na tela mesmo assim, cinco mundos suspensos em um círculo, como joias amarradas em uma corrente dourada.

Primeiro vem a Terra, ainda vividamente azul por causa de seus oceanos, apesar do estrago climático que está levando à morte do planeta. Em seguida, Stronghold, um planeta cinza maçante e frio, e que reflete os minérios metálicos dominantes de sua superfície. É um mundo de mineiros e o lugar onde os armamentos e as naves são construídos; até onde Abel sabe, continua sendo o único mundo colonizado, além da Gênesis, que consegue manter em superfície mais de dez milhões de humanos. Em seguida, vem Cray, seu terreno laranja áspero e úmido provando que a superfície desértica é inabitável. Os poucos humanos que vivem lá – cientistas de elite, seus alunos e técnicos qualificados – ficam no subsolo.

O próximo é Kismet, um pequeno mundo aquático com muito pouca terra, um oásis para os mais ricos e famosos. Ele brilha com uma cor violeta suave por conta da vasta superfície aquática. Finalmente, a Gênesis. Um pouco maior do que a Terra, com climas ainda mais temperados. Seu verde vívido e acolhedor poderia ser uma imagem tirada da Terra há muito tempo, milênios talvez, quando ela ainda era saudável e exuberante.

– Como você pode ver – diz Abel, concentrando-se no círculo de planetas projetados acima deles –, não podemos alcançar Cray diretamente. A menos que...

– A menos que o quê? – pergunta Noemi.

– A menos que mais Portões entre os mundos tenham sido construídos durante as últimas três décadas. Eu não saberia deles.

Abel nunca teve que admitir não saber algo. Ele não se importa com isso.

– Construir novos Portões? – Noemi zomba. – A Terra fez exatamente o oposto. Eles encheram este Portão com defesas, quase não é possível passar, e tornaram o espaço ao redor do Portão Kismet um campo minado.

– Por quê?

Noemi se vira para ele. A iluminação azul-esbranquiçada da tela brilha em seu rosto, lembrando-lhe quão jovem ela é.

– A guerra. Eles não programaram você para entender a guerra?

Abel poderia discutir completamente as nações, as armas, as causas e os resultados das guerras que remontam aos conflitos entre os faraós egípcios e o antigo reino de Kush. Tão duro quanto é para ele aceitar que deve morrer sob o comando desta humana, pode ser ainda mais irritante que ela lhe dê *um sermão.*

– A estratégia militar básica exigiria o uso do Portão Kismet como segunda frente.

Se Noemi percebeu seu mau humor, não demonstrou.

– Isso mesmo. A Terra abriu mão de suas chances de uma segunda frente na guerra para garantir que a rebelião não pudesse se espalhar para os outros mundos colonizados. Então tiveram que fazer do Portão Kismet uma barreira absoluta, para nos isolar completamente.

Os cidadãos da Gênesis parecem ter uma opinião exagerada de sua importância política. Mas Abel se atém ao assunto em questão.

– Então, os Portões que aparecem neste gráfico são nossos únicos vetores de viagem.

Ele os ilumina, cada Portão é um ponto na corrente. O Portão da Terra leva as pessoas daquele mundo a Stronghold. O Portão Stronghold leva a Cray, o Portão Cray leva a Kismet, o Portão Kismet leva à Gênesis – pelo menos, antes que as minas fossem colocadas – e, finalmente, o Portão Gênesis, que estão orbitando agora, o que pretendem destruir, leva de volta à Terra.

– Eu entendo como o Loop funciona – diz Noemi. – Mas não entendo por que Cray é o único lugar que tem um dispositivo termomagnético.

Abel pensa no que ela disse até agora.

– Você não teve a oportunidade de viajar para outro planeta antes. Então não está familiarizada com esses outros mundos.

– Eles nos ensinaram os conceitos básicos, mas não conheço os detalhes. Claro.

Ele insiste nessa discussão porque revela a ignorância dela. Em algum momento, Abel terá que analisar se ele desenvolveu a capacidade de ser passivo-agressivo.

– O núcleo planetário de Cray é usado para alimentar o enorme supercomputador de lá. Assim, seus sistemas mecânicos têm que tolerar níveis intensamente altos de calor...

– O que significa que eles podem usar dispositivos termomagnéticos que seriam muito arriscados em qualquer outro lugar – diz Noemi. – Certo?

Ela está certa, mas Abel não se incomoda em admitir isso.

– Se quisermos obter um deles sem que ninguém nos perceba, Cray é o único lugar por onde começar.

Ela fecha os olhos, respira fundo. As sofisticadas sub-rotinas de reconhecimento emocional de Abel identificam isso como uma tentativa de reunir coragem. Quando ela volta a abrir os olhos para falar, sua voz é estável e clara:

– Então, teremos que passar pelos portões da Gênesis, da Terra e de Stronghold. Podemos fazer isso sem ser pegos?

Durante três décadas, o único trânsito através do Portão Gênesis foram as naves de ataque da Terra, em sua maior parte naves *Damocles.* A Terra já não estará alerta para outras naves provenientes do sistema Gênesis. Abel suspeita que eles poderiam passar facilmente. No entanto, detectou uma falha no pensamento de Noemi.

– O Kismet tem muito menos protocolos de segurança. A possibilidade de sermos vistos seria bem menor. Além disso, estaríamos a apenas um Portão de Cray.

– O Portão Kismet está cheio de minas, lembra? As minas magnéticas ocupam uma área quase do tamanho de todo o meu planeta. Ninguém sabe ao certo, por que nenhuma nave sobreviveu mais do que alguns segundos sem voltar ou ser explodida em pedaços.

– Minha memória é eidética, o que significa que me lembro de todos os fatos aos quais sou exposto. – Especialmente um sobre o qual ela o informou cinco minutos antes. Abel pode ter que fazer o que Noemi Vidal diz, mas não precisa ser tratado como se não tivesse mais utilidade do que um martelo. – O campo minado é eficaz contra pilotos humanos. Mas eu poderia pilotar através dele, recalibrando os escudos para empurrar as minas.

Noemi fica muito quieta, observando Abel. As luzes da tela estrelada ao redor deles brilham em seus cabelos pretos.

– Nem mesmo os modelos Rainha e Charlie podem pilotar com esse tipo de precisão, e são alguns dos mais inteligentes.

Parece que a memória dela está longe de ser eidética.

– Como eu disse antes, sou um protótipo especial de Burton Mansfield. Tenho talentos e habilidades acima dos de qualquer outro mecan. Até o meu material genético vem diretamente de Mansfield. – A maior parte dos materiais genéticos dos mecans é sintético, sem vinculação a formas de vida biológica. Abel, no entanto, carrega quase o mesmo DNA de Mansfield, como um filho.

Noemi não parece impressionada com essa conexão genética. Ela levanta e caminha lentamente em direção à tela do campo de estrelas sobre eles. Seu olhar gira em direção ao planeta Cray, vermelho-alaranjado, brilhando quase tão forte quanto uma estrela.

– Se pudéssemos atravessar o Portão Kismet, ninguém nos veria. Depois disso, precisamos obter um T-7 anexo, mas podemos fazer isso em Kismet, certo?

– Certo. Devemos ter créditos suficientes e é quase certo que o campo minado seja a única segurança no Portão Kismet. – Quase certo. Não com certeza absoluta. Abel prevê um campo de naves patrulheiras, todas pilotadas por Rainhas e Charlies, que deteriam o *Daedalus*, prenderiam Noemi e o libertariam para encontrar Mansfield. Mas essa possibilidade é tão improvável que ele não consegue entender por que sua mente ainda a apresentou.

Outra curiosidade operacional para ele investigar mais tarde.

– De Kismet podemos chegar a Cray. Roubamos um dispositivo termomagnético e voltamos do jeito que chegamos, direto para cá. Você entra no meu caça com o dispositivo, aponta diretamente para o Portão e o explode. Certo?

Ela não menciona sua destruição. Ele tampouco.

– Certo.

Se Mansfield soubesse, ficaria muito bravo. Irritado com Noemi por usar de forma errada sua maior criação. Irritado consigo mesmo por não ter previsto esta situação e programado Abel corretamente. Mansfield ficaria bravo com a destruição de Abel. Ele se importaria. Esse pensamento conforta Abel, embora, logicamente, isso não tenha importância.

Noemi pergunta:

– Você tem que seguir minhas ordens, mesmo que eu não esteja por perto?

– Um mecan que só obedecesse a seu comandante quando observado não seria muito útil.

– Isso é um sim.

– Sim. – Ela sempre exigirá respostas tão simples e literais?

Mas suas próximas palavras pegam Abel desprevenido.

– Então você continuaria com a missão, mesmo se eu fosse morta?

– A menos que outro humano assumisse o comando dessa nave ou de mim, sim, eu continuaria. No entanto, você não deve correr risco indevido durante esta missão.

Ela balança a cabeça quando se vira para ele.

– Eu sou uma soldado da Gênesis. Uma rebelde. Eles me prenderiam apenas por chegar a outro mundo colonizado. Se perceberem que estou roubando um dispositivo termomagnético para destruir um Portão, acredite em mim, vão atirar para matar.

– Minha programação exige que eu proteja você.

Isso não parece tranquilizá-la tão profundamente quanto deveria.

– Qualquer coisa pode acontecer. Eu já desisti da minha vida, então não me importo com o que vai ser de mim. Esta missão é importante. Você está absolutamente certo de que continuaria sem mim?

Noemi fala de sua própria morte como um fim inevitável. Abel se pergunta o que ela quer dizer com "desistir da vida", mas ele está mais impressionado com o fato de que ela está tão disposta a morrer quanto a destruí-lo. Ela não o descarta; ela acha que os dois vão perecer juntos. O plano de Noemi não pede nada a ele que ela não esteja exigindo de si mesma. De alguma forma, isso facilita a perspectiva da destruição.

O que é uma reação completamente irracional. Suas sub-rotinas de emoção se tornaram mesmo estranhas nos últimos trinta anos...

– Sim – confirma Abel. – Eu vou continuar.

– E esta viagem que estamos fazendo não vai demorar muito. Alguns dias, certo? Não mais do que dez ou quinze?

– Correto. – Embora ele não veja por que deveriam ter que trabalhar tão rápido, ainda mais porque ela tinha considerado esperar para obter aprovação de seus superiores. O que poderia ser tão urgente?

Ela respira fundo.

– Então vamos começar.

Em poucos minutos, Abel finaliza todas as preliminares necessárias. Noemi mantém sua posição nas operações, deixando-o na navegação. E por isso é a mão dele que aciona o controle para trazer os motores novamente à vida.

Um tremor passa pela nave – inteiramente normal e ainda assim emocionante. As estrelas ao redor estão mudando. Ele está se movendo. Abel está tão perto da liberdade e suspeita que nunca mais vai estar assim.

Do lado de fora, ele sabe, a forma de lágrima prateada do *Daedalus* é agora perseguida pela chama dos motores. As paredes desses motores não são feitas de metal ou de qualquer outro material físico; são campos magnéticos, capazes de conter combustões com níveis de calor tão altos que derreteriam qualquer objeto feito pelo ser humano. Sua invisibilidade cria a ilusão de chamas no vácuo do espaço.

A nave se afasta dos fragmentos de naufrágios espalhados pela órbita do Portão, e segue em direção à pálida estrela amarela que serve como o sol da Gênesis. O Portão Kismet está quase diametralmente oposto ao lugar em que eles estavam, do outro lado deste sistema solar.

Abel percebe que Noemi, ao seu lado, olha para o ponto esverdeado que é a Gênesis. Ela pensa que pode estar abandonando sua casa de forma definitiva. A maioria dos humanos acharia isso difícil; alguns chorariam. Noemi só observa em silêncio enquanto aceleram, passando pelos outros planetas desse sistema, deixando a Gênesis para trás.

– Você deveria dormir – diz ele.

Noemi balança a cabeça.

– Nem pensar. Não me esqueci de que estou em uma nave inimiga com um mecan inimigo. Se você acha que pode me pegar de guarda baixa, melhor esquecer.

– Esta missão exigirá vários dias. Você já está exausta. Não vai apenas ser incapaz de permanecer acordada durante toda a jornada, provavelmente não estará em suas faculdades perfeitas por mais do que uma hora ou duas, na melhor das hipóteses. – Abel olha para ela. – Você não deve se preocupar com a minha desobediência nem com algum ataque da minha parte enquanto descansa.

– É porque você está muito preocupado com meu bem-estar? – pergunta ela, com a sobrancelha arqueada.

– É claro que não. – Ele sorri de forma agradável. – Mas, como os eventos da última hora deveriam ter demonstrado... Se minha programação me permitisse matá-la, você já estaria morta.

Após longos segundos de silêncio, Noemi responde:

– Se está tentando me tranquilizar, saiba que não está fazendo um bom trabalho.

– Só estou tentando mantê-la completamente informada. – Abel precisa obedecer a Noemi, mas não precisa gostar dela. Ele não precisa se importar se ela está assustada ou cansada. Ele cumpriu seu dever informando sobre um risco para a sua saúde; depois disso, ele pode deixá-la se matar se ela quiser.

– Agora não – diz ela finalmente. – Eu ainda não conseguiria dormir.

Sem outra palavra, ele acelera, exortando a nave mais rápido em direção ao Portão Kismet. Se Noemi Vidal quiser cair morta de exaustão ao lado dele, que seja.

• • •

Ela não cai morta em nenhum momento durante as quatorze horas que o *Daedalus* leva para atravessar o sistema Gênesis. Mas ela vai de sentar-se calmamente a piscar pesado, e a se balançar em seu assento como se estivesse prestes a cair. Neste ponto, Noemi está acordada há tanto tempo que deve estar quase delirando.

Mas ela se estica e se concentra novamente quando se aproximam do Portão Kismet.

Ele se parece muito com o Portão que conduz à Terra, exceto que não tem marcas de batalha nem está cercado por detritos. Os componentes prateados se fecham para formar um enorme anel. Este é o buraco de agulha através do qual Abel vai conduzir o *Daedalus.*

Enquanto insere as coordenadas necessárias, ele vê Noemi respirar fundo. Quando olha para ela, Noemi pergunta:

– Você tem certeza de que o campo de integridade vai aguentar essa viagem?

– Quase absoluta.

Ela faz uma pausa depois do *quase*, que era o que Abel queria.

– É claro que você nunca pilotou uma nave através de um campo minado. Mas já atravessou campos de detritos, certo? Cinturões de asteroides?

Os níveis de programação dentro de Abel vão além de qualquer experiência humana. Ele não diz isso. Prefere responder apenas com os fatos mais simples.

– Só em simulações. Na verdade, nunca tive o controle operacional total de uma nave antes.

Noemi fica pálida. Que agradável.

Enquanto mergulham em direção à superfície cintilante do Portão, o anel parecendo se alargar ao redor deles enquanto se aproximam de seu horizonte, Abel sorri.

– Vamos ver como me saio, não é?

11

Ele vai matar nós dois.

Novamente alerta por conta do susto, Noemi aperta a poltrona como se pudesse evitar cair no Portão. E a sensação é de estar caindo, agora – o Portão brilha mais forte à medida que se aproximam do horizonte, cada vez mais prateado, até parecer uma piscina na qual eles mergulham. A superfície prateada do Portão reflete a nave perfeitamente. Por um segundo, Noemi vê a imagem espelhada do *Daedalus* refletida ali, como uma gota de chuva. Se ela estivesse em uma janela, teria visto o próprio rosto se aproximando, até as duas imagens se tornarem uma só...

A gravidade a empurra contra a cadeira, fazendo com que ela tenha dificuldade para respirar. O aumento da pressão parece achatá-la, mesmo quando Abel diz baixinho:

– Entrando no Portão... *agora*.

Com isso, eles saem do espaço-tempo normal, para dentro do buraco de minhoca.

Noemi nunca ouviu uma descrição boa o suficiente de como é a viagem através de buracos de minhoca. Agora ela sabe por quê. Palavras não podem capturar isso – o modo como tudo parece se tornar translúcido, incluindo seu próprio corpo – ou como ela permanece imóvel enquanto sente como se tivesse se transformado em água rolando por um ralo. Até mesmo a luz se desvia de maneira estranha, esculpindo ângulos anormais onde antes não havia nada, porque está se movendo em diferentes velocidades e transformando suas percepções em ilusões. Abel e ela parecem ser fractais em um caleidoscópio, mudando a cada segundo. Nada é real. Nem mesmo o tempo. Nem mesmo a própria Noemi.

Odeio isso, pensa ela. No mesmo momento, também pensa, *adoro isso*. Ambos os sentimentos parecem verdadeiros.

A gravidade volta ao normal e a joga para a frente, balançando, até sua cabeça quase atingir o painel de operações. A luz voltou a ser luz.

Passamos! Noemi sente uma onda de alívio e admiração – ela viajou pela galáxia em um instante, para um mundo totalmente novo...

... mas, quando levanta a cabeça, vê o campo minado.

As brilhantes luzes verdes das minas são mais numerosas que as estrelas. Suas entranhas reviram à medida que os explosivos balançam em seu caminho, sensores magnéticos alertando-os sobre o novo invasor. Horrorizada, Noemi vê dezenas de minas se apressarem em direção ao *Daedalus*. Apenas uma seria suficiente para despedaçá-los até os átomos.

– Abel! – grita ela.

Mas ele já está reagindo, ambas as mãos voando sobre o painel de controle. A nave atravessa o labirinto de minas ao redor deles, subindo e se desviando muito depressa. Noemi imagina cada volta, cada mergulho. A náusea brota em suas entranhas, e ela aperta os braços da poltrona com tanta força que seus dedos doem.

Abel não demonstra reconhecer o perigo. Mecans não se importam com a morte. Provavelmente ele não se importaria em matá-la também.

Um leve brilho continua se deslocando em torno deles, confundindo Noemi até ela perceber que são os escudos. Ao dirigir, Abel está ao mesmo tempo mudando a força do escudo de uma zona para outra, protegendo a nave onde ela mais precisa. Nenhum humano poderia trabalhar nessa velocidade. Nem sequer perto disso.

Agora, pelo menos cem minas correm na direção deles como um enxame de vaga-lumes verdes. Não há como sobreviver aos trinta segundos seguintes.

Talvez eu chegue ao paraíso, afinal, pensa Noemi, atordoada. *E se eu morrer tentando salvar meu mundo? Isso deve ajudar.*

A nave acelera, rugindo em direção às minas. Noemi grita:

– *O que* você está *fazendo?*

Abel não tira os olhos do painel de controle.

– Você sabia que até os mecans se concentram melhor com silêncio?

Ela morde a língua, literalmente. A dor oferece uma distração do terror mortal.

Mas, em segundos, Noemi percebe o que Abel está tentando fazer. O movimento mais rápido força as minas a atacá-los em ondas, o que reduz o número de ações evasivas necessárias para que o *Daedalus* fique inteiro.

Uma mina atinge os escudos. A luz elétrica verde se acende na popa, e a nave estremece com tanta força que Noemi quase afunda da cadeira. Quantos golpes como esse podem suportar? Um dos controles do console de operações fica vermelho, advertindo sobre um perigo que ela não suporta sequer verificar. Não faz diferença. Abel vai levá-los para fora disso, ou eles vão morrer. Fim.

– Ao meu comando... – diz Abel, finalmente erguendo os olhos para a tela de exibição, bem na hora em que o *Daedalus* acelera ainda mais para ultrapassar as poucas minas que ficam para trás. Mais uma vez, o espaço é apenas escuridão e estrelas. Com um sorriso, Abel conclui: – ... campo minado vencido.

Noemi consegue olhar para seu console. A luz vermelha diz que os escudos estavam abaixo de dez por cento.

– Mais um golpe e teríamos morrido.

– Irrelevante. – Depois de uma pausa, Abel acrescenta: – Agradecimentos são desnecessários.

Ela realmente poderia parabenizá-lo se não estivesse tão assustada. Pouco a pouco, sua cabeça começa a aceitar que eles conseguiram vencer o mesmo obstáculo que ficou entre a Gênesis e o resto da galáxia durante as últimas três décadas.

E isso significa que ela enfim viajou para um mundo novo, de verdade.

Noemi se levanta e caminha em direção ao visor enquanto o campo de estrelas fica limpo, livre de minas. No centro da tela, uma estrela arde... Não, não é apenas uma estrela. Um sol, mais azul e maior que o seu. E ali, a pequena joia de ametista pendurada no céu

– Aquilo é Kismet, não é?

– Sim. Sugiro tomarmos uma rota indireta até lá para disfarçar melhor nossa origem. É improvável que eles esperem que alguém venha da Gênesis, mas devemos ser cuidadosos.

Ela assente, incapaz de desviar os olhos de Kismet.

O nome significa "destino". Encontrar esse mundo fora um acidente – o resultado de uma sonda que entrou sem querer em um buraco de minhoca que nasceu espontaneamente e chegou em um sistema que, de outra forma, não teria sido descoberto por séculos. Kismet é quente, abençoado com um clima suave e coberto de água. Poderia até ter sido o mundo em que a Terra colocaria suas esperanças em vez da Gênesis, se não fosse a quase total ausência de terra seca.

Foi isso que Noemi obedientemente aprendeu na escola. Mas em breve ela estará no planeta de fato. Olhando para um céu que não é o dela. Ela sonhou com isso, sentindo-se culpada o tempo todo. A Gênesis deveria ser suficiente. Ainda assim, seu coração sempre ansiou por esta jornada, e agora ela lhe foi concedida.

– Vamos levar umas boas dez horas para atravessar o sistema de Kismet até o planeta, mas ainda assim existem preparações que devemos fazer para pousar – diz Abel.

Noemi se obriga a se concentrar. À medida que o terror da travessia do Portão vai ficando para trás, o cansaço ameaça dominá-la mais uma vez.

– Certo. Claro. Você pode alterar o registro da nave? Nos deixar anônimos? – Ela duvida que alguém esteja atento a uma nave abandonada há tanto tempo, mas eles também podem ser cuidadosos.

– Eu posso alterar nosso registro – confirma Abel. A julgar pelas telas que ele está abrindo de seu console, já começou a fazer isso. – No entanto, temos outras evidências potencialmente incriminadoras com as quais lidar.

– Como o que estou vestindo? – O traje espacial verde a marca como soldado da Gênesis. – Talvez eu possa encontrar outra coisa que me sirva.

– A capitã Gee era quase do seu tamanho. Sugiro que você verifique em seus aposentos. – Uma pequena seção transversal do *Daedalus* paira em 3-D no console de Noemi, um quarto brilhando mais do que os outros. Abel continua: – No entanto, eu estava falando de um assunto muito mais crítico. Ao aterrissar em Kismet, podemos ser abordados pelas autoridades de ancoragem. Seu caça e a nave de exploração danificada poderiam facilmente ser apreendidos por conta de suas peças ou para revenda, mas teríamos muito mais dificuldade em explicar por que estamos viajando com um cadáver...

Esther. O atordoamento de cansaço e admiração que tinha tomado Noemi desaparece. Ela lembra que está sozinha com um mecan em uma nave que mal entende, e o corpo de sua amiga ainda está imóvel e frio na enfermaria.

– Nós... diremos que é um membro da tripulação que faleceu.

– Como explicamos suas lesões?

– Eu... – Ocorreu-lhe finalmente que as autoridades do Kismet presumiriam que ela e Abel haviam assassinado Esther. – A nave dela está danificada. Podemos mostrar-lhes isso, dizer que ela se machucou tentando trazê-la a bordo.

– Se eles examinam a nave de exploração, saberão que apenas um mecan em batalha poderia ter causado aquele dano. – Abel balança a cabeça. – Isso aumentará as perguntas que não podemos nos dar ao luxo de responder.

O temperamento de Noemi se inflama.

– Vamos encontrar um jeito! O que mais devemos fazer?

– Enterrá-la no espaço.

Ele diz isso como se não fosse nada. Jogue Esther para fora da nave. Atire-a para o vazio. Deixe-a sozinha por toda a eternidade, à deriva no terrível frio do espaço, para nunca mais se aquecer.

– Não – diz Noemi. – Não.

– Então, como vamos...

Ela não ouve mais o que Abel está dizendo, porque sai da ponte e o deixa para trás.

• • •

Quase meia hora se passa antes que Noemi veja Abel novamente.

Ela passou esse tempo na enfermaria com o que resta de sua amiga. O corpo não parece mais com Esther, não de verdade. O mesmo cabelo louro-claro, as mesmas sardas em suas maçãs do rosto: nada em Esther parece ter mudado, exceto que sua pele está mais pálida. E, de alguma forma, apenas olhando para ela, você sabe que tudo o que sempre importou sobre Esther – sua risada, sua gentileza, o jeito engraçado com que ela sempre fungava três vezes seguidas –, sua *alma*, se foi para sempre.

Noemi fica na frente da biocama, abraçando o próprio tronco, e não se vira quando ouve as portas da enfermarias se abrirem. Abel é inteligente o suficiente para não chegar muito perto.

– Se a minha sugestão anterior foi ofensiva, peço desculpas.

Ela dá de ombros.

– Você está programado para dizer isso, não está?

– Sim.

Lógico.

– Deveria ter sido eu – diz Noemi, não para Abel nem para ninguém em especial. – Ela tinha algo para o que voltar. Pessoas que vão realmente sentir falta dela. Que a amavam. – Noemi só tinha Ester, e agora não tem ninguém.

Abel não responde. Provavelmente não há resposta pré-programada para isso.

– Ela não é uma *coisa*, ok? Não é um pedaço de lixo para a jogarmos fora. Esther era *alguém* e você deve se lembrar disso.

– Eu vou. – Mas imediatamente ele tenta outra vez: – Quando você achar apropriado, podemos proceder com qualquer forma de... enterro, o que você preferir.

Ele ia dizer *descarte*.

– Eu sei que temos que fazer alguma coisa, mas não posso simplesmente deixar Esther jogada por aí no espaço. – Noemi ainda sente como se estivesse falando consigo mesma. – Não posso deixá-la sozinha no frio. Qualquer coisa menos isso.

Abel permanece em silêncio por tempo suficiente para que ela se pergunte se lidar com um humano de verdade, com sentimentos reais, fritou seus circuitos. Mas, finalmente, ele pergunta:

– É o frio que a incomoda?

Você não sabe o que significa frio, ela quer responder. Ele provavelmente responderia com os pontos de congelamento de vários elementos em graus Celsius, Fahrenheit e Kelvin. Então, Noemi explica o que a assombra:

– Não há nada mais solitário do que isso. Ficar sozinha, com frio e perdida. – Ela engole em seco para evitar que a voz embargue. – Quando eu tinha oito anos, minha família estava entrando no bosque... no inverno...

Aonde exatamente eles estavam indo? Fazer bonecos de neve? Ver uma das cachoeiras congeladas? Noemi não consegue se lembrar. Às vezes, parece que a história teria mais sentido se ela ao menos pudesse lembrar por que eles estavam lá.

– Nosso veículo atingiu uma bomba da Guerra da Liberdade, uma que não explodiu durante nenhuma das batalhas anteriores. Tinha ficado ali todo esse tempo. A neve cobriu a cápsula, então meus pais não a viram. Simplesmente passaram por cima e...

Noemi também não se lembra dessa parte. Mas se sente grata por essa parte do esquecimento. Não sabia como tinham sido os gritos deles, nem mesmo se eles haviam gritado.

– Quando acordei, eles estavam mortos. Ou morrendo, talvez. Eu não saberia dizer. Mas todos morreram. Mamãe, papai, meu irmão bebê. O nome dele era Rafael, mas ele ainda era tão pequeno que eu só o chamava de bebê. Ficamos ali deitados na neve ensanguentada por tanto tempo... pareceu uma eternidade, e eles estavam tão frios. *Tão frios*.

Sua garganta se fecha novamente. Por um instante, ela sente como se pudesse lembrar da época antes do acidente – a risada da mãe, o peso do pequeno irmão no colo. Mas essas não são memórias reais. Apenas sua imaginação tentando preencher as lacunas. As únicas lembranças reais são as do sangue, do cheiro de fumaça, e Noemi tremendo nos destroços, incapaz de entender por que ela também não morrera.

Abel se aproxima. Provavelmente dirá que nada em seu passado é relevante, que suas objeções não são lógicas.

Em vez disso, ele diz:

– A estrela, então.

Noemi se volta para ele.

– O quê?

– Nós poderíamos enterrar Esther na estrela de Kismet. Nada é mais quente ou mais brilhante. Claro que ela seria cremada, mas você ainda teria uma espécie de túmulo onde poderia chorar por ela. Você sempre poderá encontrar a estrela no céu.

Ela olha fixamente para ele, sem palavras.

Abel arrisca:

– A estrela é visível do hemisfério norte da Gênesis, com boas condições meteorológicas.

– Eu sei. Eu só... – *Não consigo entender como uma simples máquina poderia pensar nisso.* A ideia de Abel é sensível. Gentil, até. Noemi sabe que Esther teria aprovado. Sua amiga se tornará parte de uma estrela que aquece e nutre um mundo inteiro. – Isso é bom. Vamos fazer isso.

Ele parece aliviado. Ela não tinha percebido, antes disso, que ele estava nervoso.

– Avise-me quando você quiser fazer isso.

– Agora.

Esperar só colocará a Gênesis em risco. Noemi tem que completar sua missão antes do Ataque Masada, ou outras centenas de pessoas vão morrer, incluindo a capitã Baz, todos os seus amigos – e talvez Jemuel também. Depois disso, ele deve se voluntariar para o Ataque Masada. Esther não ia querer isso.

– Vamos.

O único caixão possível é a danificada nave de exploração de Esther. Eles não podem mais usá-la e é uma coisa a menos que ela e Abel terão que explicar às autoridades de Kismet. Abel carrega o corpo de Esther de volta ao compartimento de ancoragem e a coloca na bagunça sangrenta de seu cockpit. Quando ele verifica a instrumentação, Noemi se inclina sobre Esther e afasta alguns cachos de cabelo de seu rosto.

– Aqui – sussurra ela quando dobra as mãos de Esther em torno de seu próprio rosário. Esther não era católica, mas é tudo o que Noemi tem para lhe dar. – Eu te amo.

Se Abel acha que falar com os mortos é ridículo, não demonstra. Ele só ajusta os controles da nave de exploração enquanto o *Daedalus* se aproxima da estrela de Kismet. Ambos deixam a baía de ancoragem para que a passagem de ar possa ser selada, mas, sem que Noemi precise pedir, Abel instantaneamente traz a imagem da estrela ao monitor mais próximo.

Noemi sente o pequeno estremecimento quando a nave de exploração é lançada. Ela deve orar, sabe disso, mas não consegue sequer encontrar força para fazê-lo. Em alguns momentos, uma minúscula protuberância atravessa o céu escuro ao redor do sol de Kismet. Por uma fração de segundo, o caixão de Esther é uma mancha escura contra esse brilho – e então desaparece.

Agora ela é a luz do sol, pensa Noemi. Lágrimas embaçam seus olhos, mas ela pisca rápido, recusando-se a deixá-las rolar.

Olhando para os lados, ela vê Abel a observando enquanto se esforça para fazer parecer que não. Há algo sobre Abel que é quase inteligente *demais*. Muito sábio. Ele é menos como um dispositivo, e mais como outra pessoa. E sua ideia de enterrar Esther dentro de uma estrela mostrou algo muito próximo da compaixão...

Mas não. A suposta bondade de Abel deve ser como o resto de sua programação cuidadosa e sua aparência agradável: um disfarce destinado a enganar. Noemi não pode se dar ao luxo de esquecer que ele é apenas uma máquina que ela pode usar para salvar seu mundo.

– Tudo bem – diz ela, rouca. – Para Kismet.

Ele hesita e responde:

– Minhas estimativas de nosso tempo de preparação da missão e de voo para o Portão são necessariamente inexatas. No entanto, sei que a batalha com a nave *Damocles*, nosso primeiro encontro a bordo do *Daedalus* – *encontro*, que delicado – e tudo o que aconteceu desde então levou tempo suficiente para que eu possa estimar: você está acordada há pelo menos vinte e quatro horas. Além disso, você sofreu um considerável estresse físico e emocional. Você não está mais em condições de funcionamento. Por favor, reconsidere sua decisão de não dormir.

Noemi faz uma pausa.

– Você não vai alterar o curso. Não vai enviar nenhuma comunicação. Você não vai fazer nada que eu não tenha ordenado expressamente que fizesse, a menos que seja necessário para impedir que a nave seja destruída. Essas são suas ordens. Você vai obedecer a elas?

– Claro.

Sem outra palavra, ela se vira e caminha de volta pelo corredor, ao redor da longa espiral, até chegar ao primeiro conjunto de quartos da tripulação. É um quarto pequeno, militar. Serve bem a Noemi. Ela ativa o bloqueio, se joga na cama completamente vestida e adormece antes mesmo de fechar os olhos.

Noemi nem chegou a perceber quanto é bom relaxar. Deixar tudo por conta de Abel por um tempo.

12

Abel não pode sabotar os esforços de Noemi Vidal ou desobedecer às suas ordens, nem pretende tentar... Mas tem que admitir que ela não estava errada em questionar suas intenções. Embora ele não possa trabalhar contra ela, pode agir por conta própria de outras maneiras. E não é obrigado a dizer a ela que está fazendo isso.

Ele até sorriria ao pensar ser mais esperto do que ela, se não estivesse tão focado enquanto caminhava para a pequena sala de máquinas da nave, que contém um console de comunicação secundário. Ele não pode pedir ajuda, não pode fazer nada que coloque Noemi em risco, mas pode enfim satisfazer a curiosidade que tem queimado tão intensamente dentro dele nos últimos trinta anos.

Assim que chega ao console da sala de máquinas, faz uma busca pelo nome de Burton Mansfield. Instantaneamente, a nave começa a acessar os satélites e embarca no sistema Kismet, recolhendo qualquer informação que possa encontrar.

O seu criador morreu? Pereceu escapando do *Daedalus*? Trinta anos depois, Abel ainda não consegue suportar a dúvida. Quando a tela se ilumina, ele prende a respiração – um reflexo humano, que sobrevive no fundo de seu DNA.

Os resultados que Abel vê não lhe dizem tanto quanto os resultados que ele não vê. Não aparece nenhum obituário ou memorial, e uma pessoa tão importante quanto Mansfield certamente teria recebido muitos após sua morte. Portanto, Mansfield está vivo.

Não importa que Abel nunca voltará a vê-lo, o fundamental é que seu criador sobreviveu. A emoção que essa descoberta inspira – essa luz interior transcendente – é alegria? Abel espera assim. Gostaria sentir alegria pelo menos uma vez.

Ele gostaria de ao menos informar a Mansfield sobre seu destino. Embora seja improvável que Mansfield seja capaz de empreender qualquer tipo de resgate, Abel gostaria de contar ao seu criador, seu "pai", sobre seus muitos anos de solidão e as estranhas mudanças dentro de suas matrizes de pensamento e emoção. A informação pode ser útil para futuras experiências de cibernética.

No entanto, existe pouca informação sobre o que o Burton Mansfield faz atualmente. Nenhum comunicado de imprensa é emitido há algum tempo. Sem conferências. O último artigo parece ter sido publicado quase uma década antes. Claro que Mansfield agora deve ser idoso para os padrões humanos; provavelmente desfruta de uma merecida aposentadoria. Mas é estranho pensar nele envelhecendo enquanto as feições de Abel mantêm-se inalteradas.

Tampouco parece que Mansfield fez avanços significativos na cibernética. Abel pesquisa as especificações atuais e vê que os mesmos vinte e cinco modelos de mecans ainda estão em produção, de Baker a Zebra. As aparências foram retocadas, com novos penteados e proporções corporais para refletir as mudanças no gosto e, aparentemente, correções foram aplicadas para reparar antigas falhas e vulnerabilidades. Os fundamentos das forças, habilidades e inteligência permanecem os mesmos.

Esta é uma informação tática útil para Abel. No entanto, ele se vê contente em um nível que não tem nada a ver com qualquer propósito racional. Enquanto a tela projeta luz verde suave em seu rosto, ele sorri.

Mansfield nunca mais fez um mecan tão inteligente quanto Abel. Nem tão habilidoso ou tão capaz de aprender. Em outras palavras, Mansfield nunca tentou substituí-lo.

Noemi Vidal pode destruir Abel, mas não pode tirar essa verdade dele: ele continua a ser a melhor criação de Mansfield.

• • •

Quando o *Daedalus* está a uma hora de Kismet, Abel se pergunta o melhor modo de acordar Noemi. Via comunicadores internos? Indo até a porta dela? Enquanto ele está formulando as perguntas, no entanto, ela retorna à ponte, acordada, de banho tomado (a julgar pelo leve aroma de sabonete) e vestindo trajes civis que pertenciam à capitã Gee.

Um vestuário civil altamente questionável, na opinião de Abel – uma túnica cinza sem corte e calças largas demais para Noemi, o que paradoxalmente a faz parecer ainda mais jovem do que ela é. Poderia ser uma criança brincando de se vestir com as roupas da mãe. No entanto, sua voz é firme quando ela diz:

– Estamos nos aproximando do planeta?

Abel não precisa responder, porque o painel de comunicação na estação de operações se acende com uma mensagem recebida – automatizada, sem dúvida. Noemi hesita apenas por um instante antes de abri-la.

Instantaneamente, o campo de estrelas desaparece da tela, substituído por uma espetacular cena de praia – oceano lavanda e céu lilás, com nuvens macias ainda mais brilhantes do que a areia branca brilhante. Uma voz feminina diz calorosamente: "Bem-vindos a Kismet, onde o paraíso os espera." A imagem muda para um resort com paredes peroladas, na frente do qual pessoas jovens e atraentes se divertem com bebidas nas mãos. "Se você está aqui para aproveitar o agito ou para se afastar de tudo, se está em busca de sensualidade ou serenidade, todos em Kismet estão totalmente comprometidos em garantir que você aproveite o refúgio que merece. Cada aspecto da sua experiência representará o melhor que nosso mundo tem a oferecer. Por favor, insira seu código de resort agora."

– Código de resort? – pergunta Noemi.

– Pouquíssimas pessoas podem migrar permanentemente para Kismet. – A tela de exibição volta para a cena tranquila da praia. – A maioria das pessoas que vem aqui é composta por visitantes da Terra ou das estações espaciais mais prósperas dentro do sistema solar da Terra. Apenas os mais ricos e os mais privilegiados podem pagar pelos resorts daqui.

Noemi morde o lábio inferior; a luz violeta do visor brilha contra seus cabelos pretos.

– Nós não temos crédito para isso, não é?

– Nem perto – confirma Abel. – Vou tentar enviar um código aleatório, se eu trabalhar dentro dos parâmetros deles, talvez eu consiga encontrar algo próximo o suficiente para pelo menos nos dar permissão de pousar.

Assim que Abel envia o código aleatório, a cena da praia pisca e é substituída por estrelas e um algumas linhas de texto: CÓDIGO INCORRETO. REPORTE-SE À BASE LUNAR WAYLAND PARA PROCESSAMENTO OU DEIXE O SISTEMA DE KISMET.

– Chega desse seu plano – diz Noemi.

Seu tom de voz não sugere desprezo. No entanto, Abel tem uma sensação estranha, frustração por não ter conseguido quebrar o código combinado com um desejo específico e agudo de que Noemi não visse seu fracasso. É isso que os humanos chamam de constrangimento? Não é de admirar que eles trabalhem tanto para evitar isso.

Pelo menos, Noemi não percebe seu desconforto. Ela só acrescenta:

– Não importa. Eles terão a peça de que precisamos nessa estação também, aposto.

– Uma suposição razoável – admite Abel.

Kismet só tem uma lua, de acordo com seus dados. Nenhuma estação espacial totalmente operacional deve estar em órbita. Mas, enquanto o *Daedalus* gira ao redor do planeta, Abel se pergunta por um momento se os dados sobre as estações espaciais estão errados, porque a grande escala do tráfego vai muito além do que ele esperaria.

Cruzadores. Antigas naves militares que foram adaptadas ao acaso para uso civil. Naves antigas de vela solar. Até mesmo um par de transporte de minas. Centenas dessas naves estão agrupadas em torno da lua de Kismet, sem dúvida esperando a aterrissagem na estação Wayland. Apesar de tão diversas em idade, tamanho e propósito original, todas essas naves foram pintadas em cores e padrões brilhantes, ou com murais de animais, chamas, cartas antiquadas, praticamente qualquer imagem caprichosa ou estranha em que os humanos poderiam pensar. Os nomes e as palavras também são pintados em inglês, cantonês, espanhol, hindi, árabe, russo, bantu, francês e, provavelmente, outros idiomas além desses.

– O que... – Noemi se volta para Abel. – É isso que as pessoas ricas fazem na Terra? Compram naves apenas para decorá-las?

– Essas são naves mais antigas. Embora pudessem chamar a atenção na Gênesis, seriam consideradas de baixo nível para uma pessoa rica da Terra. – Abel pondera e, então, cria uma nova hipótese. – Acredito que nos deparamos com um grande encontro de Vagabonds.

Ela franziu o cenho, confusa.

– Vagabonds?

– À medida que as condições econômicas e ecológicas tornaram-se mais hostis na Terra, mais e mais pessoas precisaram partir. Uma vez que o reassentamento planejado para a Gênesis teve que ser adiado por causa da Guerra da Liberdade, as pessoas não tinham para onde ir.

– Mas... os outros mundos colonizados...

– São incapazes de suportar o número de seres humanos que precisam de novos lugares para viver – conclui Abel. – Kismet opera como um mundo de resort, principalmente porque abri-lo para o reassentamento acabaria esgotando seus recursos. Cray pode ser habitado por dois milhões de pessoas no máximo. Stronghold pode comportar mais, mesmo assim sua população estava em apenas duzentos milhões da última vez que recebi dados novos. Deve ter se expandido desde então, mas não é o suficiente para proporcionar condições de vida adequadas para os oito bilhões de pessoas que ainda estão na Terra. – Ele acena com a cabeça para as naves. – Não é de surpreender que alguns humanos já estivessem começando a passar a vida inteira a bordo de uma nave espacial. Essas pessoas eram chamadas de Vagabonds. Pelo que vemos aqui, eu consideraria que o que era uma subcultura marginal é agora um movimento significativo.

Ele espera que isso a envergonhe; essa prova do desespero da humanidade à luz da separação da Gênesis dos mundos colonizados. Em vez disso, seus olhos escuros se arregalam no que parece quase confusão.

– Eu achei que a Terra tentaria controlá-los – sussurra ela. – Que as autoridades não permitiriam que ninguém possuísse a própria nave. Essas pessoas vão para onde quiserem. Elas são... *livres*.

– Eu não saberia falar muito sobre liberdade – diz Abel para sua comandante, que no momento o está levando para a sua destruição. – Devemos fazer uma transmissão para a estação Wayland imediatamente. Pelo jeito que as coisas vão, o pouso pode ser adiado se não o fizermos.

Noemi hesita. Ela percebeu sua frustração? Em caso afirmativo, por que se importaria? Mas ela diz apenas:

– Vá em frente e transmita.

Ele faz isso, então sai da estação.

– Antes de recebermos a habilitação final da aterrissagem, eu deveria mudar de roupa.

– Por quê? Você está, hum, ótimo.

Abel não acha que este elogio é nada além do que ele merece. Afinal, ele está vestido com as roupas deixadas por Burton Mansfield: calça, casaco de seda preta, uma túnica escarlate solta por baixo, tudo tão requintadamente tecido e cortado que ele não tinha medo de parecer estranho mesmo que as roupas estivessem fora de moda. Mas elas já não servem mais a seu propósito.

– Eu me vesti para o que pensava ser nosso álibi: viajantes ricos que chegam a um resort em Kismet. Nosso novo álibi é que precisamos desesperadamente de trabalho. Portanto, devemos parecer empobrecidos, ou pelo menos desfavorecidos. – Abel faz uma pausa na porta para estudar Noemi novamente. – O que você está vestindo está bom.

Noemi tem um olhar estranho em seu rosto quando ele sai. Sem dúvida, acha que isso foi uma simples falta de tato robótica, nada que Abel tenha feito intencionalmente.

Bom.

Abel pode estar a serviço de Noemi. Pode dar a própria vida por causa dela. Sua programação não lhe oferece alternativa.

Mas, se ela está determinada a usá-lo e jogá-lo fora, ele pode pelo menos certificar-se de que ela não vai se divertir com isso.

13

NOEMI OLHA PARA AS ROUPAS QUE ESTÁ USANDO. ELA ESPERAVA que ninguém na estação lunar a notasse com essa coisa cinza e sem forma. Agora se sente chamando a atenção. Até mesmo feia.

Não seja ridícula. Abel disse que estão boas para o que vocês vão fingir ser. E daí se parecerem horríveis? Você não está aqui para impressionar ninguém. Você está aqui para comprar um T-7 anexo e ir embora em seguida.

Presumindo, é claro, que ela confie em Abel.

Obviamente ela tem algum controle sobre ele aqui no *Daedalus*. Isso continuará sendo verdade quando aterrissarem na estação Wayland? Quando houver outros humanos por perto – humanos que desprezam a Gênesis, que atirariam em Noemi no segundo que a descobrissem? A energia produzida pelo nervosismo se agita dentro dela, levando-a do medo à empolgação e de volta ao medo.

Ela está prestes a visitar *outro planeta*. Bem, a lua do planeta. Mas ainda assim! É a aventura que sempre quis e uma missão em que ela não pode errar. Seu sonho mais profundo envolto em seu pesadelo mais sombrio.

Nesta missão, não pode haver falhas. Um passo em falso e Noemi morre junto com as chances de salvar seu planeta.

Noemi tenta descobrir o número de dias que se passaram desde que deixou a Gênesis – mas agora que ela saiu de seu sistema solar, conceitos como "dias" tornaram-se muito mais nebulosos. As diferenças einsteinianas na passagem do tempo sobre as vastidões no espaço terão que ser levadas em consideração também. Ela deveria pedir a Abel para calcular isso para ela...

Mas se contém. Já é muito fácil para ela contar com Abel. Por instinto, ela confia que a máquina vai operar normalmente – mas Abel tem esse outro lado, aquela incômoda centelha de consciência, e ela desconfia muito disso. Não quer criar o hábito de confiar demais nele. Talvez possa configurar um programa para contar os dias para ela.

Devia mesmo deixá-lo sair do *Daedalus*? Ela com certeza conseguiria descobrir sozinha como comprar peças de naves.

Mas ela não pode se deixar dominar pela paranoia. Abel é um protótipo único, o que significa que não está registrado. Ele é tão humano que um cidadão médio nunca adivinharia que se trata de um mecan. Se Noemi o tivesse conhecido sob outras circunstâncias, também não teria sabido. Em algum momento, ela vai ter que descobrir se a programação dele é ou não confiável; pode muito bem ser agora. Abel é uma ferramenta que lhe foi dada e ela não deve ter medo de usá-lo.

É o que ela diz a si mesma, e isso quase suplanta o sentimento estranho que teve quando Abel disse que não saberia falar muito sobre a liberdade.

A estação Wayland começa a ficar à vista à medida que a nave se aproxima da lua de Kismet. A uma distância maior, parecia apenas mais uma cratera lunar, mas Noemi começa a perceber os detalhes do assentamento lá dentro, selado sob uma bolha transparente. Dezenas de embarcações Vagabond se aglomeram em torno de Wayland, esperando sua permissão para pousar. Ela reconhece algumas das pinturas selvagens em suas naves: um desenho maori nesta, um padrão bobo de zigue-zague naquela, numa outra, a pintura é de um verde tão vivo, chega a parecer uma folha flutuando no espaço sideral.

Todas estão transportando pessoas de outros planetas. Uma pequena emoção a atravessa, afastando seu cansaço. *A maioria da Terra, eu aposto, mas alguns podem ser de Stronghold, ou mesmo de Cray. Hoje vou conhecer alguém de um mundo novo. Ficarei em um planeta diferente daquele em que nasci. Vou procurar e ver novas constelações no céu.*

A doutrina da Gênesis diz que eles não precisam de outros mundos. Noemi acredita nisso. Mas mesmo que você não precise de algo, não pode *querer*? Não pode ser errado querer ver mais da criação. Contemplar o universo de todos os ângulos possíveis – ver como o universo é capaz de conter a *si mesmo*. Desde sempre, desde sua primeira lembrança, ela anseia por explorar além de quaisquer limites.

Nesta missão, finalmente, ela pode.

À medida que a lua começa a eclipsar a suave superfície violeta de Kismet, ela olha para o planeta por mais alguns instantes. Ele brilha como uma ametista contra um veludo preto.

Este é o mundo que Esther iluminará para sempre. Noemi está muito feliz que seja lindo.

• • •

No momento em que ela o avisaria para pousar, Abel reaparece vestindo uma camiseta lisa de mangas compridas e um par de calças de trabalho, ambas em verde oliva, e só acena com a cabeça ao retornar à posição do piloto. Seu timing misterioso quase a enlouquece, assim como sua calma fria. Ele não fala uma única palavra desnecessária enquanto guia o *Daedalus* através da abertura na cúpula da estação de Wayland, em meio a uma enxurrada de naves Vagabond, e a pousa na superfície da lua. Uma vez que a abertura se fecha, os encerrando dentro do porto espacial – um edifício baixo e cinza que em nada se parece com os palácios iridescentes de Kismet – o deslumbramento de Noemi não a sustenta mais. A realidade do que ela está prestes a fazer começa a pesar, segundo a segundo. Ao ficar na frente da entrada da nave, esperando que ela se abra, Noemi sente o corpo gelar. Ela enlaça as mãos em frente ao corpo, e isso a impede de se abraçar. Abel provavelmente ridicularizaria sua fraqueza humana se ela o fizesse.

Mas, enquanto se prepara para enfrentar um novo planeta pela primeira vez, ela não se sente como uma soldado da Gênesis. Sabe apenas que está muito longe de casa. Ela está orgulhosa de que sua voz soe firme ao perguntar:

– Quando foi a última que você esteve em Kismet?

– Nunca.

– Nunca? – Ela se vira para Abel. – E os outros mundos colonizados?

– Também nunca os visitei.

– Então por que estava agindo como se soubesse tudo sobre eles?

– Minha falta de experiência direta é irrelevante. – Abel dá de ombros. – Informações extremamente detalhadas vieram pré-carregadas nos meus circuitos de memória.

– Informações de trinta anos atrás, você quer dizer.

Ele levanta uma sobrancelha.

– Claro. Como fiquei abandonado por três décadas, minha informação sobre quaisquer desdobramentos recentes é limitada. Você precisa que eu a lembre disso a intervalos regulares?

Noemi consegue se controlar, mas é difícil. A arrogância dele faz com que ela tenha vontade de gritar.

– Meu ponto é: você pode parar de agir como se soubesse tudo sobre Kismet, está bem?

– Eu nunca disse que sabia tudo sobre Kismet. – Ele lhe dá um sorriso pequeno e aparentemente educado. – Eu apenas sei mais do que você.

Por que não o joguei para fora da nave quando tive a chance?

Talvez ele possa ver a fúria sombria em seus olhos. O rosto de Abel permanece inexpressivo, mas ele dá um passo para trás. Sua incerteza agradaria mais se ela também não estivesse enlouquecendo. Mas ela está no controle outra vez, e o mecan sabe disso.

Em seguida, as placas de metal curvas da espiral da entrada se abrem.

O que elas revelam é o caos. O porto espacial está lotado e barulhento, e fede a gordura e suor. Centenas de pessoas se misturam, lutando para passar por caminhos e pontes muito estreitas para as multidões. As roupas que usam são peças muito coloridas, mas estranhas, heterogêneas, ninguém se preocupou com a função de cada uma, a maioria está desgastada ou mesmo esfarrapada. As naves atracadas nas proximidades parecem tão decrépitas quanto seus donos, agora que as veem de perto. Mesmo para Noemi, acostumada com a frota envelhecida da Gênesis, as embarcações ao seu redor parecem mais propensas a entrar em colapso do que a voar. As telas e os hologramas foram abarrotados em todos os cantos, pendurados em todas as vigas metálicas nuas. É quase como se as telas fossem importantes, mas Noemi percebe que elas só estão exibindo propaganda. Repetidamente. Música e slogans explodindo tão alto que abafam qualquer voz humana...

E agora, andando até eles, vem um mecan.

A memória de Noemi responde de imediato. *Modelo George. Projetado para o trabalho que requer inteligência média e uma alta resistência ao tédio. Na maioria das vezes, usado para atividades burocráticas.*

Darius Akide ficaria orgulhoso por ela se lembrar de tudo isso. Ele não ficaria orgulhoso, no entanto, pelo tremor que a atravessa ao olhar o George pela primeira vez. Embora pareça que seu estilo de cabelo foi alterado desde os modelos antigos, o George é quase exatamente igual às imagens antigas. Ele é um tanto atarracado, com pele pálida e cabelos castanhos.

O que chama a atenção dela são os olhos.

Os olhos de George são de um tom suave de verde, mas de alguma forma são... vazios. Como os olhos de uma boneca, com a diferença de que, quando Noemi era pequena, imaginava que suas bonecas também a amassem. Ninguém poderia sequer fingir que havia uma alma por trás do rosto vazio de George. O que fica dentro de seu crânio metálico é um ninho de fiação e memória eletrônica. Circuitos e sinais. Sem alma.

No entanto, George não faz nada mais perturbador do que segurar um tablet para obter uma imagem de seus rostos.

– Nome da embarcação?

– *Medusa* – diz Abel. – Nomeada em homenagem à fêmea mitológica que tinha o prazer de transformar os homens em pedra.

Noemi decide que vai acreditar que ele escolhe esse nome ao acaso. A única alternativa é acertar um soco no nariz dele, o que provavelmente diria a George que algo estava errado.

– *Medusa.* Confirmado. – A identificação falsa que Abel arrumou para a nave foi aprovada. Boa. – Nomes de ocupantes humanos?

Ela tenta parecer casual.

– Noemi Vidal.

– Abel Mansfield – diz Abel, baixinho. Ele estava programado para assumir o sobrenome do seu criador, ou era algo que poderia escolher fazer?

O sobrenome não desencadeia mais reação do que suas fotos, porque o mecan George assente.

– Nações de origem na Terra?

Noemi hesita apenas um momento antes de decidir usar o local de nascimento de seus antepassados.

– Chile.

– Grã-Bretanha – diz Abel. Talvez seja onde ele foi criado.

– Vocês estão liberados por até seis dias de estadia na estação Wayland. Por favor, paguem antecipadamente a taxa de embarque do primeiro dia, que não é reembolsável.

O George entrega a eles um pequeno e escuro leitor de dados, que começa a brilhar com informações ininterruptas. Abel logo insere a informação que o leitor precisa para mostrar que eles pagaram pelo direito de pousar sua nave. Eles passaram na inspeção. Ninguém está vindo resgatar Abel; ninguém a notou. Eles conseguiram.

Ela deveria estar aliviada. Devia ter vontade de comemorar a vitória. Mas o caos que a rodeava, o ruído, a sujeira e o inconfundível sentimento de desespero...

Noemi nunca se sentiu tão longe de casa.

O George aponta para a esquerda, em direção a uma longa fila de Vagabonds vestidos com roupas coloridas.

– Sigam para a inspeção de Teia de Aranha para a liberação final. Tenham uma estadia agradável.

Quando começam a caminhar em direção aos outros, Noemi fica na ponta dos pés para sussurrar na orelha de Abel:

– Inspeção de Teia de Aranha? O que isso significa?

– Não sei. – Ele claramente odeia admitir isso; ela queria estar menos assustada, para que pudesse desfrutar do descontentamento dele. – Tudo que eu falasse seria especulação.

– Ok, especule.

– A julgar pelo fato de que os suprimentos de médicos parecem ser armazenados aqui – Abel gesticula em direção a caixas com a reveladora cruz verde –, parece provável que seja algum tipo de avaliação médica.

– Avaliação médica? – Noemi agarra o braço de Abel como se fosse puxá-lo de volta para a nave. O corpo dele parece surpreendentemente humano. Isso será suficiente para enganar um médico ou eles estão prestes a serem pegos?

Mas não há mais tempo para discutir. Os atendentes de verde-claro se aproximaram para separá-los.

O pânico brota em sua garganta e ela quer se agarrar a Abel – uma máquina, e ainda por cima hostil, superior –, ele é tudo no que ela pode confiar em um sistema solar estranho, em uma missão muito importante e perigosa.

Não, pensa Noemi, empertigando-se e soltando Abel por livre e espontânea vontade. *Eu posso confiar em mim mesma. A missão pode ter mudado, mas eu, não. Posso fazer isso.*

Eles são conduzidos sem cerimônia para uma grande área de tendas, onde Vagabonds de várias idades, gêneros e raças estão tirando as roupas para inspeção. Noemi nunca foi particularmente tímida em relação a seu corpo, mas há algo muito frio nisso. Os médicos ou enfermeiros que os chamam para serem avaliados não mostram compaixão ou preocupação; eles não estão aqui para cuidar dos Vagabonds, apenas para classificá-los.

Após se despir, ela segura sua roupa cinza sob um braço e fica numa fila com as outras pessoas. A garota de pé ao lado dela parece ser aproximadamente da sua idade, alta e de pele escura, com tranças longas que caem em sua cintura e um corpo tão magro que suas costelas são aparentes. Ela não é a única magra na fila. Mas parece que há algo nos olhos dela... Bondade, talvez. De qualquer modo, Noemi decide aproveitar e sussurra:

– Ei, o que é Teia de Aranha?

– Você não sabe? – A menina tem um sotaque cantado, bonito. – Você é nova nessa coisa de ser Vagabond, hein? Não acho que eles falem muito sobre isso na Terra.

– Não muito – diz Noemi. – E, hum, sou muito nova nisso.

Embora essa garota pareça desconfiada, ela explica:

– É um vírus horrível. O pior. Causa calafrios terríveis e estoura veias em todo o seu corpo. Você fica com uma erupção cutânea estranha, com linhas brancas por toda parte. Então parece que está vestindo uma teia de aranha, entende?

Noemi assente. A estranheza de falar com alguém de outro planeta começou a desaparecer. Essa pessoa não é um inimigo ou um alienígena; é apenas uma *pessoa*. Um boa pessoa, até.

– O nome faz sentido.

– A questão é que a Teia de Aranha é contagiosa e pode ser mortal se você não descobrir a tempo. – A expressão da menina fica sombria por um segundo quando ela sacode as tranças, libertando-as do lenço que usou ao redor da cabeça. – Vem, vamos acabar logo com isso.

O mecan médico é o modelo Tare, que parece uma mulher de meia-idade de ascendência do Leste Asiático. Assistentes médicos humanos trabalham ao lado de Tare, mas não há dúvida de quem irá examinar Noemi. É tão rápida e eficiente como as palestras de Akide sempre disseram – e mesmo os olhos dela não refletem nada como a inteligência que Noemi vê dentro de Abel.

Falando em Abel...

Noemi olha ao redor, na esperança de que ele ainda não tenha sido tirado da fila, exposto como uma máquina. Em vez disso, tem um vislumbre dele, nu da cintura para cima, se despindo no fundo da tenda médica. A primeira coisa que a atinge é como ele parece despreocupado.

Isso porque passará pela inspeção sem ser detectado ou porque mal pode esperar para ser resgatado e expô-la?

O que a atinge em seguida é que Abel já está chamando atenção. Muita atenção. Não porque se parece com uma máquina, mas porque tem o corpo mais perfeito que Noemi já viu. Ou imaginou. Ele poderia ser uma antiga escultura de mármore, com sua pele pálida, músculos desenvolvidos e simetria perfeita. Se ela não soubesse que ele é apenas uma máquina, poderia até achar que é...

– Lindo – murmura a menina na frente dela, a das tranças. Ela sorri enquanto olha descaradamente Abel tirar a calça. – Não que eu não ame meu companheiro, mas...

– Próximo – chama um dos assistentes médicos, e a menina voa para a inspeção.

O Tare corre suas mãos pelas costas e os membros de cada pessoa na fila, tão impessoal como se fossem estátuas. Quando é a vez de Noemi, o Tare faz uma pausa.

– Você tem mais músculos do que a fêmea média da sua idade.

Não na Gênesis. Noemi é muito preguiçosa para o levantamento de peso. É a única parte da disciplina militar em que é a pior. Mas em comparação com as meninas Vagabonds à sua volta, magras e meio famintas, Noemi parece quase impossivelmente forte.

– Nosso último trabalho envolveu muito esforço físico – responde ela, com o pensamento aguçado. – Durou meses. Imagino que você possa ver a diferença.

Parece que a explicação é satisfatória, porque o Tare a deixa passar.

Noemi veste sua roupa de volta depressa. Eles não podem esperar uns pelos outros – além disso, ela não sabe se está pronta para ver Abel nu. Em vez disso, atravessa a extremidade da tenda até a estação de Wayland propriamente dita...

... e é quase a mesma coisa que entrar no inferno.

A mensagem de boas-vindas de Kismet fez todo aquele mundo parecer tão bonito, tão educado, tão elegante. O entretenimento oferecido aqui? Nada de mais. Ela está cercada por outdoors, holofotes e luzes cintilantes. A maioria deles, e os mais brilhantes, proclamam que O FESTIVAL DA ORQUÍDEA COMEÇOU!. Parece que é algum tipo de evento musical, embora várias celebridades e convidados políticos sejam anunciados como espectadores. Pelo menos, é isso que Noemi julga que sejam; os nomes e rostos lhe são totalmente desconhecidos. Um homem chamado Han Zhi parece ser o maior figurão. Embora o festival aconteça em Kismet, parece que os visitantes de Wayland podem assistir em vários clubes, pagando uma taxa.

Se isso não for atrativo, os clubes aqui têm outras estratégias para tirar o dinheiro dos viajantes. JOGUE A NOITE TODA NO DEZENOVE! VOCÊ ESTÁ COM SORTE!, diz um holograma em forma de uma roleta, girando suas cores ao redor deles. Em uma tela próxima, dois mecans são mostrados sorrindo, usando pouca roupa e muito óleo na pele; estes são os modelos do prazer, Fox e Peter. O slogan promete que você PODE TER UM BRINQUEDINHO SÓ SEU.

Ou você pode assistir às pessoas pilotarem motocicletas ao longo de uma faixa quase vertical, o que parece muito perigoso. Com certeza, há uma pequena linha no fundo do holograma que adverte os espectadores de que podem haver mortes. O aviso mais parece uma promessa. Quem poderia se divertir assistindo a pessoas arriscando a vida por nada além de uma corrida de moto?

Noemi, pelo menos, entende o apelo da propaganda que aparece logo de frente para ela, diversão de verdade, provavelmente para evitar que a multidão reclame das longas esperas e do tratamento grosseiro. Em uma grande esfera antigravidade, uma garota, vestida com pouca roupa, dança. Diferentes áreas da esfera se acendem, sinais luminosos que avisam à dançarina onde a gravidade será ativada em seguida. Os véus diáfanos que cobrem seu corpo vibram quando ela salta para o alto, chuta para o lado, flutuando sobre as diferentes fontes de gravidade como uma folha na brisa. Há um padrão nisso, Noemi percebe; dançar ali pode ser divertido, se fosse apenas uma dança e não uma forma de deixar viajantes espaciais imundos babarem em você. Porque muitos desses caras ao redor dela estão babando e gritando obscenidades, e é tão desagradável que Noemi sente vontade de gritar.

– Interessante – diz Abel, aproximando-se dela, novamente vestido e despreocupado. – Eu achei que eles cobrassem por um show como este.

– Abel. Como você passou pela triagem médica?

– Foi uma avaliação externa bastante superficial – diz Abel. – A parte humana do pessoal médico estava sendo observada bem de perto. Você notou?

– Não. – De todo modo, ela não vê como isso pode ser importante. – Nós podemos procurar um T-7 anexo agora, não é?

– Certo. – Mas Abel não se mexe. Ele só olha em volta para as propagandas espalhafatosas, os gritos feios das pessoas perto deles. – Isso incomoda você?

– O quê? A dança? – Noemi olha para a garota dos véus, que ainda está atravessando a esfera, ignorando seus espectadores barulhentos.

– O desespero – diz Abel, ríspido. – Ver o que a galáxia se tornou desde a separação da Gênesis. Se isso a incomoda, posso tentar encontrar uma maneira de minimizar seu contato com outras pessoas.

– Nós não fizemos isso com a Terra e os mundos colonizados. – Noemi balança a cabeça enquanto as luzes tocam em seu rosto. – Eles fizeram isso sozinhos. Se não tivéssemos nos afastado, também teriam feito isso conosco. Então, não, isso não me incomoda. Este lugar prova que fizemos a coisa certa.

Abel inclina a cabeça, como se reconhecesse que o argumento dela tinha fundamento. Ela gostaria de aproveitar aquela pequena vitória. Em vez disso, no entanto, olha mais uma vez para as naves quebradas, para os Vagabonds muito magros, toda aquela exploração e se pergunta: *Somos responsáveis por isso? Não pode ser. Nós somos os bons moços.*

Não somos?

14

O PORTO ESPACIAL DA ESTAÇÃO WAYLAND SEGUE UM DOS PROTOCOLOS portuários padrão armazenados na memória de Abel: um amplo espaço com pé-direito alto, cerca de quarenta metros, e sustentado por vigas metálicas expostas. O ar é frio e seco num nível que a maioria dos seres humanos achava desagradável, mas é muito familiar para Abel depois de trinta anos fechado em um compartimento de equipamentos. Cada milímetro ferve com agitação, pessoas atravessam as passarelas, lutam com caixas e barris de carga, examinam várias naves e gritam umas para as outras acima do barulho, o que, claro, só piora o barulho. Embora Abel devesse achar a cacofonia insuportável, em vez disso, ele se emociona: o belo som da ação, da *vida*.

Ele arquiva a percepção para referência futura: *mesmo as coisas comuns ganham grande poder quando ficamos sem elas por muito tempo.*

Abel detecta a primeira falha em seu plano quando verifica mais uma vez o leitor de dados que os liga ao *Daedalus*, também conhecido como *Medusa*. Assim que abre suas contas, recém-subtraídas das taxas de desembarque, diz:

– Nós temos um contratempo inesperado.

– O quê? – Noemi olha para o leitor de dados e seus olhos se alargam quando ela vê o pouco dinheiro que lhes restou.

– As taxas de desembarque em Kismet são exponencialmente mais caras do que há trinta anos. Quando fiz os cálculos, considerei aumentos de preços, mas a taxa de inflação foi muito além das minhas expectativas.

– O que é inflação? – pergunta Noemi.

Ela não é de uma sociedade capitalista, ele lembra a si mesmo. *Não tem culpa de sua ignorância.*

– É quando o dinheiro perde o valor e os preços aumentam. Os aumentos exponenciais da inflação são comuns em períodos de grande agitação política, como os tempos de guerra.

Noemi franze a testa, e a expressão forma uma minúscula ruga entre as sobrancelhas, é a ruga que aparece quando ela enfrenta um problema. Ele está aprendendo a lê-la.

– Vamos ter créditos suficientes para comprar a peça de que precisamos?

– Se a taxa de inflação para peças for semelhante à da taxa de desembarque, não.

Ela suspira. Atrás dela, a dançarina semivestida termina seu número antigravidade e faz uma reverência; algumas pessoas têm a educação de aplaudir.

– Se não conseguirmos comprá-la, acho que teremos que roubá-la.

Ela já se tornou mais pragmática. Abel desejaria poder encorajar essa característica dela, mas não pode.

– Nós podemos tentar, mas a segurança para as peças de naves provavelmente será mais rígida do que seria para dispositivos termomagnéticos.

– As peças de naves não são mais baratas?

– Sim, mas são vendidas em lojas que terão segurança para impedir o roubo. O dispositivo termomagnético provavelmente será encontrado em um aparelho maior que podemos roubar com pouco risco de sermos pegos em flagrante.

– Tudo bem, tudo bem – diz Noemi. – Então vamos ganhar dinheiro. Encontraremos trabalho. Algo que nos permita receber imediatamente o pagamento.

Ele esperava que ela estivesse mais desanimada. Mais intimidada. Que ela lhe mostrasse mais fraquezas... mas por quê? Sua programação não permitirá que ele trabalhe contra ela. Observar suas falhas só o satisfaria neste novo nível emocional que ele não entende muito bem.

Decepcionado, ele volta sua atenção para as roupas heterogêneas escolhidas pelos Vagabonds que estão ao seu redor. Eles usam roupas grandes demais, sobre leggings e camisetas básicas. O visual é arrematado com botas de trabalho de diferentes alturas. Cachecóis de cores variadas foram enrolados para servir de chapéus ou faixas, cintos ou xales. Os cintos de ferramentas estão pendurados em suas cinturas e sobre os ombros. Seria uma questão de estilo ou de utilidade? Abel suspeita que a última motivação seja mais forte. Tudo, exceto as botas, poderia claramente servir a mais de um propósito, se necessário.

Um sinal mais simples adiante diz REGISTRO DE TRABALHADORES PARA O FESTIVAL DA ORQUÍDEA, e muitos Vagabonds se aglomeraram ali perto. Noemi se ilumina, o que é mais próximo de um sorriso que ele a viu dar.

– Claro. O festival... é por isso que tantas pessoas estão na estação Wayland. Elas esperam encontrar trabalho temporário.

– Então, estamos com sorte. – Abel leva-os para a parte da multidão que parece ser uma fila.

Bem à frente deles está um casal apenas um ou dois anos mais velhos que Noemi, ambos vestidos com roupas Vagabond. A audição aguda de Abel não pode deixar de ouvir a conversa.

– A primeira coisa que vou comer é torrada de canela. – É a mulher que está dizendo. Ela é alta, e a cor de sua pele, suas tranças longas e seu sotaque sugerem ascendência afro-caribenha. Ele notou que ela conversava com Noemi durante as inspeções da Teia de Aranha. – Não, não, espere! Você acha que eles têm frutas frescas, Zayan?

– O que eu não daria por uma manga? – suspira Zayan, um homem um pouco mais baixo do que ela, que Abel suspeita ser nativo da Índia ou de Bangladesh. – Você precisa experimentar, Harriet. Se são pelo menos metade do que me lembro, são como um gostinho do paraíso. –

Os dois sorriem um para o outro e apertam as mãos com força, mas a menina com tranças, Harriet, vê Noemi e acena. Noemi lhe dá um pequeno sorriso. Ela está tentando fazer amizade com os Vagabonds? Certamente não. Isso só colocaria seu álibi em risco.

Ao repetir a conversa entre Harriet e Zayan, Abel observa que a escassez de alimentos deve ter aumentado. As mangas não eram raras na Terra quando ele partiu.

– Desde que estejam contratando – diz Harriet, um comentário descartável, parece, mas faz com que um homem de meia-idade vizinho com uma barba se vire e zombe.

– As vagas já foram preenchidas há meses. Era preciso se registrar de forma remota, vocês não sabiam? – O homem barbudo ri dos dois jovens Vagabonds, como se eles tivessem feito uma piada. – Não há mais trabalho aqui. Desistam.

Decepcionante, mas Abel tem certeza de que podem encontrar outras formas de emprego. Mas o jovem casal na frente deles parece abatido, tanto que Abel teme que ambos possam estar prestes a desmaiar.

– Ei – diz Noemi um pouco desconcertada, com as mãos cruzadas na frente dela. – Vai dar tudo certo.

– Não vai, na verdade. – Harriet funga e limpa seu rosto. – Por que não verificamos? Se ao menos tivéssemos verificado antes de pagar a taxa de desembarque...

Zayan passa o braço em volta dela.

– Nós fizemos as rações renderem até agora, não foi?

– Esta é a nossa última semana. – A voz de Harriet treme. – Você sabe disso.

Zayan respira fundo.

– Vamos só... nos sentar, está bem? Não podemos pensar direito quando estamos cansados e famintos. Se não pudermos comer, podemos descansar. – Com um aceno de cabeça para Noemi, ele leva Harriet a um pequeno banco que fica embaixo das propagandas holográficas, onde os dois se abraçam.

Os olhos escuros de Noemi não se desviam de Harriet e Zayan, mesmo quando Abel a leva para o lado do corredor. Ela sussurra:

– Ninguém vai alimentar os dois?

– Parece que poucas pessoas têm comida sobrando.

– As pessoas que vêm para este Festival da Orquídea têm o suficiente para dividir. Eles poderiam compartilhar se fossem seres humanos decentes.

– Os seres humanos e a decência nem sempre caminham juntos. – Abel pisca, um pouco surpreso por ter dito isso em voz alta. Rapidamente ele muda o rumo da conversa. – Teremos que encontrar outras fontes de renda.

– Como?

Ele lança um olhar pelo corredor, com suas propagandas empolgantes.

– Neste momento, o meio mais rápido e confiável que temos para ganhar dinheiro é a prostituição.

Noemi dá um passo para trás, com a boca aberta de espanto.

– Você... você não acabou de sugerir... você acha que eu deveria me tornar uma *prostituta*?

– Claro que não. Você é minha comandante. Eu sirvo a você. Portanto, eu seria a escolha mais lógica para prestar o serviço sexual. – Abel deveria ter ficado com as roupas mais bonitas que ele usara antes; os proprietários dos bordéis teriam uma visão melhor de seu corpo. Independentemente disso, ele tem certeza de que será contratado. – Fui programado com quase todas as habilidades dos outros mecans, incluindo os modelos Fox e Peter. Meu repertório de posições e técnicas sexuais supera em grande parte os de qualquer humano e minha forma física foi projetada para maximizar o apelo visual e tátil.

– Uou, uou, espere. – Noemi balança a cabeça consternada. Uma jovem esbelta com cabelos pretos curtos, vestida como uma das funcionárias do resort, veio andando na direção deles enquanto trabalhava no seu tablet, e Noemi obviamente escolhe suas palavras com cuidado para evitar revelar muito da história deles. – Abel, não posso deixar você... vender seu corpo.

– A transação é mais um aluguel do que uma venda.

– Você sabe o que quero dizer! Não me sinto confortável com você fazendo isso.

Eles não têm tempo a perder com a modéstia da Gênesis.

– Você se sente mais confortável ficando sem dinheiro? Perdendo tempo? Falhando em voltar para casa?

Noemi ergue os olhos para ele, tão chocada quanto se ele tivesse proposto ganhar dinheiro matando crianças. O sexo é uma das funções que estão na programação de Abel; portanto, ele pode usar isso para beneficiar sua comandante. Ele está prestes a contar isso a ela quando a jovem se inclina na direção deles.

– Ouça... me desculpem, não pude deixar de ouvir de mais... não se envolva nisso, ok? É um trabalho que você deve começar apenas se tiver certeza de que quer isso e que pode lidar com isso. Não porque está desesperado.

– Temos poucas alternativas – diz Abel.

A mulher suspira e coloca seu tablet sob um braço, e então diz, em voz baixa:

– Você sabe ser discreto?

– Claro – responde Abel.

Noemi não é tão rápida para aproveitar a oportunidade.

– Sobre o quê?

A jovem cruza os braços.

– Sobre qualquer coisa, eu peço que sejam discretos. Posso ter um emprego para vocês. Mas o que acontece no armazém fica no armazém. E estou falando de qualquer coisa que possam ver. Façam isso e acho que podemos trabalhar bem juntos.

– Não vamos reportar nada – promete Abel. Embora Noemi pareça mais cautelosa, ela finalmente assente.

– Devo estar ficando louca – diz a mulher, balançando a cabeça. – Mas acho que posso acomodar mais duas pessoas no cais de carregamento.

Abel está abrindo a boca para aceitar a oferta quando Noemi diz:

– Nós somos quatro. Está bem? – Ela gesticula em direção a Harriet e Zayan. – Todos nós precisamos muito do trabalho.

– Foi o que ouvi dizer. – A mulher lança a Abel um olhar de alto a baixo, como se estivesse avaliando se ele sobreviveria com o trabalho sexual. Com um suspiro, ela acrescenta: – Definitivamente, ficando louca. Claro, podemos acomodar quatro, desde que todos vocês saibam manter a boca fechada.

– Obrigada. – E, finalmente, ali está o sorriso de Noemi, radiante, só porque conseguiu ajudar outras pessoas que eram estranhas apenas dez minutos antes.

A nova empregadora passa a falar com Harriet e Zayan. Enquanto eles riem com um deleite atônito, Abel está calmo quando fala com Noemi:

– Você correu um grande risco para ajudar estranhos.

– Eles são meus semelhantes. Isso faz com que seja meu trabalho cuidar deles. – Seus olhos escuros se estreitam quando ela olha para ele. – Eu não esperaria que um mecan compreendesse.

A intenção dele tinha sido expressar sua aprovação com as ações de Noemi; sua programação classifica o altruísmo como uma das mais altas virtudes. Tinha que ser. No entanto, dada a forma como ele a insultou durante o dia, ela concluiu que qualquer coisa que ele diz é destinado a ser desagradável.

Não é uma conclusão irracional, considerando a evidência que ele forneceu.

No entanto, Abel está perturbado com a ideia de que Noemi não gosta dele ainda mais do que ele não gosta dela. Por que isso deveria importar? Ele não consegue pensar em nenhuma razão para se preocupar com a opinião de sua destruidora... mas se importa.

E a antipatia que sente por ela é menor do que era uma hora atrás.

Este problema com suas emoções terá que ser examinado.

• • •

Mecans são construídos, depois crescem. As fábricas produzem o tronco cerebral mecânico e a estrutura óssea; os troncos cerebrais são postos em tanques de clonagem onde os cérebros orgânicos crescem ao redor deles; o cérebro recém-sintetizado faz o restante, puxando os nutrientes e minerais necessários da gosma rosa que enche os tanques.

Abel se lembra de acordar nesse tanque. Mansfield esperava por ele, de mãos estendidas, e o sorriso dele foi a primeira coisa que Abel viu.

No entanto, a maioria dos cérebros dos mecans não são trazidos à consciência até serem despachados e vendidos. Eles são lacrados em sacos translúcidos e transportados como qualquer outra carga. Os códigos carimbados nos selos dos sacos revelam o modelo, o número de série do fabricante, o destino e o proprietário. Abel observou essa distribuição muitas vezes e nunca entendeu por que considera o processo de envio impessoal e eficiente tão... desagradável.

Agora, em Kismet, ele vê que os humanos também podem ser tratados dessa maneira.

– Ok, todos, escutem! – grita sua nova empregadora, a jovem com cabelos pretos e curtos. O sarongue que ela usa é estampado com linhas que, de perto, revelam o nome do resort para o qual eles trabalham agora; um detalhe que Abel considera irrelevante, já que eles não vão se movimentar além daquele armazém úmido na estação Wayland. – Meu nome é Riko Watanabe e eu vou guiá-los pelo processo aqui. O que fazemos é coordenar as entregas para os hóspedes do resort. Muitos deles viajaram para cá em plataformas, o que significa que seus pertences pessoais foram enviados depois. – Ela gesticula para mostrar o armazém, que é preenchido com vários baús feitos de metal ou mesmo algo que parece couro legítimo. Abel se pergunta se alguém encontrou uma vaca de verdade. – Nós temos que alinhar as remessas com as acomodações do resort, nos certificando de que todos tenham exatamente o que querem o mais rápido que conseguirmos. Entendido?

Murmúrios e concordâncias são a resposta. Riko bate palmas e os deixa trabalhar...

... o que significa carregar baús, verificar etiquetas eletrônicas e pilotar empilhadeiras para conduzir caixotes destinados às belas praias de Kismet, que Abel e Noemi nunca verão. Abel não se importa, mas percebe Noemi franzindo a testa toda vez que pensa que ninguém está vendo.

Ainda assim, ela trabalha muito. Ela não se queixa. Às vezes fala com Harriet e Zayan, quando suas obrigações permitem. É como se ela gostasse da distração – *para afastar o medo*, ele pensa. Embora, a essa altura, ele não ache que ela tenha medo da missão, ou do novo mundo, ao qual está se adaptando com rapidez.

De que outra coisa ela tem medo? É a mesma coisa que a leva a ir mais rápido, a não esperar mais do que o necessário?

A única vez em que Noemi fala com Abel, diz:

– Quantos dias disso temos que cumprir para ter dinheiro suficiente para a peça de que precisamos?

– Cinco – diz ele. Então, acrescenta: – Eu gostaria de ressaltar que este armazém parece estar localizado perto de um armazém de peças sobressalentes, o que sugere que os protocolos de segurança sejam semelhantes.

Noemi inclina a cabeça.

– Você vai invadir?

– No fim do primeiro dia do festival – responde ele. – A psicologia humana sugere que é quando o maior número de pessoas vai estar distraída.

Ele espera que ela faça uma objeção, por conta da moral rígida da Gênesis, que se recusar a roubar quando poderia esperar um pouco mais para comprar. Em vez disso, ela respira fundo.

– Amanhã então. Mais um dia.

Algo está pesando sobre ela. Mas o quê?

Seja o que for, é algo com que Abel deveria ajudar Noemi? Ou é algo que ele deve usar contra ela, se puder?

• • •

Ao fim da noite, depois de uma refeição de nutrientes, eufemisticamente chamada de "salada de feijão", eles são levados a suas acomodações.

Noemi para quando as vê.

– O que...

– Cápsulas móveis – explica Abel, à medida que a vasta parede de cápsulas de metal muda, trazendo outra cápsula para perto do chão, onde mais dois trabalhadores entram. Outras cápsulas se reorganizam perto do topo, cada uma delas ocupando uma nova posição a cada poucos minutos. É como assistir a um quebra-cabeça se montando sozinho. – São muito usadas em todo o mundo colonizado para habitação temporária em locais de trabalho e em locais de férias, até mesmo em prisões, às vezes, para impedir tentativas de fuga e resgate.

– Vidal, Mansfield, por aqui – chama o atendente.

– Nós vamos dividir uma cápsula? – Noemi fica tensa e abraça o próprio tronco. – Que ótimo.

Abel não está muito mais empolgado em passar as próximas várias horas ao lado de sua destruidora, mas ele tenta lidar com o assunto com mais elegância. Entra na cápsula e inspeciona o interior; é todo de resina clara e metal, dois catres lado a lado, uma pequena cabeceira escondida por uma parede interior semicircular e sem janelas. A maioria dos humanos acharia claustrofóbico. Para Abel, é só um lugar diferente do compartimento em que ficou preso por trinta anos, portanto, muito bem-vindo.

– Eu não sei o que você faz à noite, enquanto os seres humanos dormem – diz Noemi se instalando em seu catre –, mas o que quer que seja, não olhe para mim.

– Eu durmo.

– Você dorme? – A curiosidade dela supera sua desconfiança. – Mas... bem, por quê? Isso não o deixa inútil por algumas horas por dia?

– Não preciso de tanto sono quanto um humano, então eu sempre poderia servir se necessário.

– Mas por que dormir?

– Pelos mesmos motivos que os humanos dormem. Minhas funções corporais usam o tempo para se recuperar, além de minha capacidade de memória precisar descarregar os dados irrelevantes. O sono oferece uma oportunidade de fazer isso. Eles não ensinaram isso para você na Gênesis?

– Não estudamos isso especificamente. Nós só víamos Charlies e Rainhas, e eles não tiravam nenhum cochilo no meio de uma batalha.

– Compreensível. – Abel se recosta e desdobra seu cobertor.

Eles ficam lá por alguns longos momentos, em silêncio, ouvindo apenas o motor e o batente da estrutura das cápsulas móveis. Quando a cápsula se move, a sensação não é ruim, é como estar em uma barco na água.

Ele deveria dormir agora e permitir que Noemi faça o mesmo. No entanto, está inquieto. Ainda precisa entender coisas. Além disso, é óbvio que Noemi exigirá muito mais tempo antes que possa relaxar o suficiente para dormir em sua presença. Então, ele se aventura:

– O que a aborreceu tanto hoje?

– O quê? – Noemi se apoia nos cotovelos, olhando para ele.

– Enquanto estávamos trabalhando no armazém, você franzia a testa com frequência.

– Eu estava olhando Riko. Algumas coisas não faziam sentido para mim. – Antes que ele possa lhe pedir para explicar, ela suspira. – Além disso, eu sou assim. Eu franzo a testa. Sou desagradável. Mal-humorada. Você não é o primeiro a descobrir que não sou uma... pessoa agradável de ter por perto.

Abel pondera.

– Por que você diz isso?

– É óbvio. – Noemi dá de ombros. – O sr. e a sra. Gatson, meus pais adotivos, eles sempre me chamaram de "pequena nuvem de chuva". Nunca estou feliz.

– Isso não condiz com as evidências que tenho – diz Abel. Ele pode não gostar do que Noemi pretende fazer com ele, mas confia em suas avaliações. – Você se arriscou em uma tentativa de salvar sua amiga

Esther. Depois empreendeu uma missão perigosa para salvar seu mundo. Aqui em Kismet, você se assegurou de encontrar emprego para duas pessoas que mal conhecia, só porque elas precisavam disso. Você é mal-humorada e não posso atestar a sua felicidade geral ou a falta dela, mas não consideraria você "desagradável".

Noemi parece incapaz de processar isso.

– Mas... é só que... bem, os Gatson não concordariam, e eles me conhecem melhor do que você.

– Você se comporta com eles do mesmo modo que se comportou com os outros hoje?

– Eu... Mais ou menos, sim.

– Então o julgamento dos Gatson parece errado e injusto.

Ela fica de pé, balançando a cabeça. Embora Abel esteja elogiando sua personalidade, ela parece agitada.

– Como isso seria possível? Quero dizer, eles são meus pais adotivos. Eles me acolheram. Por que diriam isso sobre mim se não fosse verdade?

Abel considera as possibilidades.

– Provavelmente porque eles em parte se ressentiam da obrigação de cuidar de você, sentiam-se culpados por esse ressentimento e, por isso, às vezes a caracterizavam como desagradável para justificar sentir menos carinho por você do que por sua própria filha.

Noemi olha para ele. Ela não faz mais perguntas, então deve considerar sua explicação satisfatória.

Ele sorri, deita-se e fecha os olhos. Outro problema resolvido. Mansfield ficaria orgulhoso.

15

NOEMI ESTÁ DEITADA DE LADO, OLHANDO PARA O MECAN QUE RESSONA ao seu lado.

Abel dorme como os mortos. Literalmente. Ele não se move e, se ainda respira, é de um jeito superficial demais para ser visto ou ouvido. Ele está fingindo? Deitado em silêncio esperando por qualquer sinal mecânico que lhe mande se sentar e começar o dia?

Ela passou a maior parte da noite acordada, incapaz de dormir, decorando o padrão das cápsulas. Só na última hora, mais ou menos, finalmente aceitou que Abel está mesmo dormindo. Que estranho, pensar que Mansfield construiu essa última máquina de matar, mas a tornou humana o suficiente para dormir.

Humana o suficiente para ter um ego. Humana o suficiente para ver algo nos Gatson que a própria Noemi nunca tinha visto.

Desde que Abel falou sobre "ressentimento" na noite anterior, Noemi não conseguiu parar de pensar nisso. Sob uma luz nova e mais nítida, muitas lembranças pareciam diferentes. Talvez ela fique estranha às vezes perto de outras pessoas porque... porque sentia que os Gatson nem sempre a queriam por perto. Talvez ficar irritada com muita facilidade não significa que ela seja horrível por dentro.

Mesmo suas lembranças de Esther ficaram diferentes. Noemi sempre pensou que sua amiga fosse tão boa com ela por pura bondade, mas agora ela se pergunta se Esther reconhecia o ressentimento de seus pais.

Talvez Esther estivesse tentando compensar isso amando Noemi ainda mais.

Você era uma pessoa ainda melhor do que eu achava, pensa Noemi. Antes de deixar este sistema solar, ela pretende olhar para a estrela de Kismet para ver Esther mais uma vez.

Um apito agudo soa. Abel abre os olhos quando as cápsulas começam a se mover. Ele se senta ereto, tão alerta como se estivesse acordado por horas.

– Bom dia, Noemi. Nosso próximo turno deve começar.

– Eles simplesmente... nos jogam para fora das cápsulas quando precisam que voltemos ao trabalho? – Ela dormiu com as mesmas roupas que usou no dia anterior, porque não conseguiu se despir na frente de Abel mais uma vez. Pelo menos, tudo o que ela tem a fazer agora é sair da cama e passar os dedos pelos cabelos.

Abel não tem sequer um fio de cabelo fora do lugar ao se levantar.

– Você tem que admitir que isso torna os atrasos improváveis.

Ele fez uma piada. É algum programa projetado para divertir os humanos ao seu redor? Ou isso é algo do próprio Abel?

Mais uma coisa que o torna muito próximo de um humano?

Noemi não pode se permitir pensar sobre isso, nem agora nem nunca.

• • •

O trabalho deles no armazém é extenuante, mas não requer muita inteligência. Mesmo depois de apenas um dia, Noemi pode passar a varinha do sensor sobre as etiquetas de bagagem e encaminhá-las quase no piloto automático. De vez em quando, ainda sente esse arrepio misterioso – a maravilha e o espanto de estar em um mundo inteiramente novo, cercada por pessoas da Terra –, mas nada acaba com o deslumbramento mais rápido do que trabalhar em um armazém. Então isso deixa a cabeça de Noemi livre para observar outras pessoas.

Especificamente, Riko Watanabe.

Quando Riko fez tanto alarde sobre eles ficarem de boca fechada, sem mencionar o que viam, Noemi presumiu o pior. Provavelmente

Riko roubava dos clientes ricos de Kismet, ou ajudava a outros que faziam isso, foi o que Noemi pensou. Talvez as pessoas que frequentam o Festival da Orquídea sejam tão ricas que nunca dariam falta de alguns pequenos itens de luxo, mas isso não tornava certo roubar delas. Além disso, Noemi está planejando um roubo. Por uma causa nobre, claro, mas não deve jogar pedras...

Mas Riko não é uma ladra. Noemi esteve observando, com olhar atento, não só por curiosidade, mas também para descobrir exatamente como a segurança na estação Wayland funciona. E por isso ela tem certeza de que Riko não tirou uma única coisa da bagagem dos hóspedes do resort nem permitiu que outras pessoas o fizessem. Cada item foi devidamente despachado em uma das longas e finas esteiras que viajam de um lado para outro entre Kismet e sua lua, e enviados para o seu destino.

A questão é... Riko está colocando algo a mais nas esteiras.

Um técnico médico fala com Riko em determinado momento, uma conversa rápida sussurrada em um canto, antes de carregar a própria caixa na esteira. Mais ou menos uma hora depois, o mesmo técnico aparece com outra caixa. Noemi tem uma visão boa o bastante para ler o seu rótulo: SUPRIMENTOS MÉDICOS.

Talvez seja apenas isso. Mas, se for assim, por que Riko está preocupada em sussurrar? Por que as únicas pessoas que trabalham por ali são Noemi, Abel, Harriet e Zayan... Aquelas que já juraram ficar em silêncio?

Intoxicantes, Noemi finalmente decide – talvez algo que não seja apenas controlado, mas banido em Kismet. Os ricos festeiros e mimados estarão prontos para comprá-lo, então é provável que este seja um pequeno esquema de lucro. Ilegal, talvez, mas não perverso.

Mas é difícil continuar trabalhando, hora após hora, por algo que ela sabe que não está certo.

• • •

Naquela noite, os carregamentos são interrompidos. Não porque as malas tenham parado de chegar – na verdade, parecem se acumular com a chegada de herdeiros e pessoas de alta classe que vêm para o festival de uma semana. Mas, aparentemente, o show da noite de abertura é uma extravagância que ninguém pretende perder, nem os viajantes que podem esperar mais algumas horas por seus pertences, nem os trabalhadores que assistem via holograma.

Cada tela ao longo das passarelas da estação mostra a chegada das celebridades, e os outros trabalhadores temporários começaram uma pequena festa privada. Tudo indica que eles negociaram com um barman algumas de suas mercadorias, ou abriram uma dessas caixas que Riko está traficando, porque Noemi ouve as garrafas baterem umas contra as outras, e as risadas se tornam mais quentes, mais livres.

Então Noemi escuta a voz de Abel logo atrás dela.

– Algumas pessoas planejam celebrar enquanto assistem ao show de longe. Acredito que você possa se juntar a eles.

Ela se vira para encontrá-lo de pé, calmo e equilibrado, tão imperturbável como se tivesse passado o dia cochilando em vez de arrumando caixotes.

– Acho melhor não.

– Claro. Muito mais prudente de sua parte descansar antes de retornar ao trabalho.

– Se eu conseguir. Parece que todos estão assistindo, inclusive os caras que nos conduzem para as cápsulas móveis. – Ela acena com a cabeça para alguns deles, que estão apontando com entusiasmo para mais uma celebridade que chega e acena para a multidão.

– Isso torna o descanso mais difícil. – Parece que é o mais próximo que Abel consegue chegar da simpatia. – Você não está interessada em comemorar com intoxicantes? Isso é proibido pelo Deus da Gênesis?

Noemi olha para ele por cima do ombro.

– Você está brincando?

– Muitas religiões negaram a seus adoradores várias formas de prazer.

– Claro, existem algumas crenças que pedem que você se abstenha de certas coisas... mas de onde você tirou a ideia de que o planeta Gênesis inteiro reza para um único Deus?

Ele inclina a cabeça daquele seu jeito, que parece uma ave, ao mesmo tempo encantador e predatório.

– Todos os pronunciamentos durante a Guerra da Liberdade foram feitos em nome dos "Crentes da Gênesis". Os relatórios indicaram que um movimento religioso de massa varreu o planeta.

– Isso não significa que todos nos convertemos a uma mesma fé. – Noemi não sabe por que ela quer explicar. Não importa o que um mecan pensa, especialmente um que ela pretende destruir nas próximas três semanas. Mas ela se sente compelida a prosseguir: – Não foi como se tivéssemos encontrado um Deus, juntos. Foi mais como se... tivéssemos percebido que precisávamos procurar algo mais significativo. Não importa se fossemos budistas ou católicos, muçulmanos ou xintoístas, todos precisávamos prestar mais atenção aos ensinamentos antigos. Precisamos recuperar essa sensação de responsabilidade em relação ao mundo que encontramos. Nossas religiões nos deram a única coisa que a Terra não poderia dar a mais ninguém: esperança.

Abel reflete sobre isso.

– Então ninguém é obrigado a seguir nenhuma fé?

Noemi balança a cabeça.

– Cada pessoa tem que encontrar seu próprio caminho. A maioria de nós faz muita meditação, muita leitura e oração. Embora a maioria das pessoas acabe se juntando a uma das religiões, provavelmente a mesma que suas famílias, cada um de nós tem que procurar a própria conexão com o divino.

– E os ateus e agnósticos? Eles são presos? São obrigados a se redimir?

Ela suspira.

– A fé não pode ser apressada ou fingida. Aqueles que duvidam ou não creem têm suas próprias reuniões, e parecem muito duros consigo mesmos. Eles querem viver de forma ética e moral. Estão apenas viajando por um caminho diferente.

E provavelmente sou um deles, pensa Noemi.

Abel põe as mãos atrás das costas. O gesto está se tornando familiar para ela agora – é um sinal de que ele está repensando alguma coisa. Duvidando de si mesmo, ou pelo menos duvidando do que lhe foi dito. Ela sente uma estranha onda de alegria ao pensar que pode superar a programação do próprio Burton Mansfield, mesmo por um momento. Por fim, ele diz:

– Que fé você segue?

– Meus pais me batizaram na Segunda Igreja Católica.

– ... Segunda Igreja Católica?

Ela dá de ombros.

– Na verdade, depois de nos separarmos das colônias da Terra, não poderíamos ser leais ao Papa em Roma. Então, elegemos um para nós.

– Vou ter que rever a definição de *heresia* – diz Abel. – Você continua a seguir esta Segunda Igreja Católica? Você disse que o povo da Gênesis deveria escolher suas próprias crenças com o tempo. Você acredita no que seus pais acreditavam?

Aí está: a pergunta que Noemi mais teme. Aquela que ela faz a si mesma.

Aquela que Noemi não sabe responder.

Fogos de artifício explodem no holograma, formando um arco verde e branco pelo céu de Kismet. Alguém começa a bater em um tambor – não no festival, mas perto da estação, onde uma dança parece estar começando. Quando Noemi olha, Harriet agita os braços no ar.

– Vamos! Você não quer perder uma festa realmente boa, não é?

Noemi ficaria feliz em perder essa festa se isso significasse que ela poderia dormir. Mas suas chances de descansar foram enterradas sob explosões de fogos de artifício e uma batida de bongô.

– Não podemos mais ficar aqui – diz ela. – A gente precisa fingir que gosta disso.

– Fingindo diversão, como ordenado – diz Abel, depois sorri.

Vagabonds, claro, aproveitam ao máximo qualquer desculpa para comemorar. Isso, ou apenas ter o suficiente para comer e beber já é razão suficiente para se divertir. As pessoas riem despreocupadas, trocam histórias de suas façanhas de pilotagem e fofocas sobre as celebridades que chegam ao Festival da Orquídea. Os olhos escuros de Zayan nunca pareceram tão brilhantes, e Harriet mostrou ter uma linda risada, uma que se sobressai a todas as outras. Abel não é muito bom em relaxar, mas ele finalmente sai para buscar uma bebida para Noemi, caso ela queira uma.

– Oh, venha aqui. – Harriet puxa o braço de Noemi, quase derramando a mistura de suco de abacaxi e... alguma outra coisa em seu copo. – Han Zhi está prestes a chegar!

Noemi viu esse nome no porto espacial, em alguns dos outdoors e propagandas do festival. Se ela bem se lembra, ele não é um cantor. Então, por que sua presença é tão importante assim?

– Quem é Han Zhi?

– Você não conhece Han Zhi? – Harriet olha para ela. – Ele é apenas o homem mais gato que existe.

– Ah, nem vem! – Noemi não pode deixar de rir.

– Não, estou falando sério! Eu juro para você, não há uma pessoa na galáxia que não admita que Han Zhi é o homem mais sexy, mais gato e atraente que existe. – Harriet cruza os dedos como se estivesse fazendo um juramento.

– Isso nem é possível – responde Noemi. – Não pode haver uma pessoa que todos achem que é a mais sexy. Diferentes pessoas acham diferentes qualidades atraentes. – A voz dela vai ficando mais fraca quando as telas se acendem com o rosto de Han Zhi. A multidão grita. Noemi ouve sussurros de quase todos ao seu redor, não importando o gênero que parecem ter. O corpo dela faz essa coisa quando se acalma completamente e ela sente vontade rir ou chorar. – Ah. – Ela respira fundo. – Ah. Ah, uau.

– Eu falei. – O sorriso de Harriet é muito suave. – O cara mais gato da galáxia, e todos sabem disso. Zayan e eu fizemos um acordo: somos absolutamente fiéis um ao outro, a menos que algum dia Han Zhi nos procure. Nesse caso, nós dois temos permissão para nos divertir... Desde que prometamos compartilhar todos os detalhes mais tarde.

Olhando o rosto lindo de Han Zhi nas telas, Noemi lembra que os corpos são apenas recipientes, que apenas os espíritos importam. Mas ela não pode deixar de pensar que *esse é o melhor recipiente de todos os tempos.*

Em seguida, outras celebridades aparecem na tela. Os bateristas voltam a tocar, e a dança explode de verdade. Em alguns momentos, quase todos estão envolvidos com músicos ou parceiros de dança. Noemi observa Harriet puxar Zayan de pé em direção a seus braços, ambos rindo enquanto começam a se mover.

E então, Abel está diante dela, uma mão curiosa e estendida. Ele poderia ter estado em alguma pintura do século XVIII, pedindo-lhe um minueto.

Suas palavras são mais claras do que teriam sido no século XVIII.

– Nós devemos fazer o que os outros estão fazendo, você não acha?

Noemi hesita. Ele está certo – ela sabe disso –, mas, para dançar com ele do jeito que os outros estão dançando, ela terá que tocá-lo. Estranho, como você pode estar disposto a lutar, fugir, matar ou morrer por uma causa, mas hesitar diante de um simples toque.

Ela não hesita por muito tempo. Noemi pega a mão de Abel, e sua pele parece completamente normal, tão quente quanto a de um ser humano, mas muito, muito suave. Ele a aperta forte, porém, como se achasse que ela poderia tentar se afastar.

Em vez disso, ela permite que ele a guie na multidão. Os Vagabonds dançam e saltam, giram e gritam, rindo mais alto a cada explosão de fogos de artifício nos hologramas. A música sobe através dos alto-falantes, mas os bateristas próximos descobrem como vencê-lo, tocando ainda mais alto. A festa é um borrão de membros nus, véus girando e cabelos desarrumados.

E Noemi adora isso.

– Aqui – diz Abel ao se aproximar dela, em posição de dança. – Você tem certeza de que isso é aceitável?

Noemi dá de ombros, com vergonha do quanto ela quer participar. Pelo menos ela não precisa controlar suas palavras; ninguém perto deles poderia ouvir qualquer coisa além do barulho da bateria e da música.

– Nós não dançamos em pares na Gênesis. Só em grupos.

– Isso parece contraproducente. Dançar é uma das formas tradicionais pela qual os seres humanos determinam a compatibilidade sexual com um futuro companheiro.

– ... o quê?

– Dançar requer movimentos combinados, particularmente nos quadris e na pelve, à velocidade e ao ritmo mais desejados pelo seu parceiro. – Os olhos azuis vívidos de Abel se encontram com os dela. – Informações relevantes, você não acha?

Ela não consegue responder, porque, com isso, ele a gira para fora, a puxa para dentro e a dança começa.

Noemi pega o ritmo em um instante, e então ela é parte da emoção, rindo com os outros. É fácil fingir que a mão de Abel é apenas uma mão qualquer, que seu pequeno sorriso enquanto dança é real. Ela pode ceder a ele com completo abandono, porque não está abandonando seu dever. Isso faz parte do seu dever, parte da ilusão que ela deve criar.

Sua tristeza por Esther não diminui sua alegria. Esther lhe pediria que dançasse mais rápido, saltasse mais alto, risse alto a plenos pulmões. Isso é o que os mortos diriam aos vivos, se pudessem: agarrar a alegria sempre que ela surgir.

Então, Noemi ri com os outros, apanhados na diversão, até explodir.

Todos se empurram, enquanto as explosões florescem brancas e alaranjadas nos hologramas, e os gritos das pessoas em Kismet se fazem ouvir muito claramente.

Na primeira explosão de luz branca e quente, o primeiro rugido de pólvora, Noemi acha que os fogos de artifício deram errado. Mas, em seguida, outra onda de explosões ilumina o céu quando gritos da multidão ao longe se tornam mais altos.

Então as palavras começam a aparecer em letras maiúsculas rígidas, sobrepostas às imagens holográficas:

NOSSOS MUNDOS PERTENCEM A NÓS
NÃO SOMOS PROPRIEDADE DA TERRA
NÓS SOMOS A SOLUÇÃO – **JUNTE-SE A NÓS**

Noemi não consegue sentir o cheiro da fumaça. Não consegue pensar no que deve ter acontecido naquela arena. Tudo o que ela pode fazer é entender o que essas palavras significam.

A Gênesis não é o único planeta em rebelião. A Terra não pode mais controlá-los.

Os mundos estão prontos para se rebelar.

E então a próxima explosão já acontece na estação – perto deles – e tudo que ela consegue entender são gritos, fogo e sangue.

16

Força da explosão: considerável. Número provável de vítimas: alto. As autoridades já devem estar em alerta e a caminho.

O cérebro de Abel faz os cálculos enquanto o fogo ainda está avançando. À medida que as pessoas se jogam no chão, as ondas de choque enviam ondulações pela estrutura da estação. Suas orelhas sensíveis captam os gritos de pessoas assustadas e feridas, mesmo através do rugido da explosão. E enquanto aqueles ao seu redor só conseguem entrar em pânico, sua mente implacável se concentra em suas prioridades.

Seu principal objetivo é sua comandante. Abel deve proteger Noemi e tirá-la daqui imediatamente. Uma soldado da Gênesis não pode ser encontrada em nenhum lugar perto de um ataque terrorista.

Ele olha ao redor da multidão de pessoas tremendo e gritando até ver Noemi – apertando a lateral do corpo, respirando com dificuldade, os olhos arregalados de espanto, mas ilesa. Ela está segura. Abel agarra seu braço e a põe de pé.

– Temos que ir! – grita ele, sabendo que a audição dela estará comprometida em consequência da explosão.

Noemi parece um pouco atordoada, mas se recompõe mais rápido do que qualquer outra pessoa. Ela olha para a esquerda – em direção a Harriet e Zayan, que se amontoaram no chão perplexos, mas não feridos – por apenas um instante antes de começar a correr.

Abel iguala sua velocidade à dela enquanto eles correm para longe da festa Vagabond, voltando para as áreas de carga da estação Wayland.

Ele poderia correr bem mais rápido do que isso e por muito mais tempo, mas deve ficar do lado de Noemi para protegê-la, não importa o que aconteça.

Se Mansfield tivesse previsto isso, poderia ter programado as prioridades de Abel para deixá-lo escapar sozinho. Abel poderia facilmente chegar ao *Daedalus* antes de Noemi e voar livre. Em vez disso, ele está preso a ela com mais certeza do que se o pulso dos dois estivessem algemados.

E, no entanto, deixá-la para trás não parece uma ideia tão tentadora neste momento. Como ele decidiu na noite anterior, Noemi Vidal não é desagradável. Ela é uma menina que está longe de casa, tentando salvar seu mundo da única maneira que conhece.

Como ele poderia deixá-la aqui para ser capturada ou mesmo para morrer?

A lógica ditaria que, quanto mais longe da explosão, mais calma seria a situação. Mas este não é um acontecimento que segue a lógica. Se a estação Wayland estava lotada antes, agora é puro caos. Centenas de trabalhadores e viajantes correm e se empurram em uma dezenas de direções diferentes – alguns fugindo por suas vidas, outros tentando ajudar os sobreviventes da explosão...

... ou olhar para eles. Muitas pessoas carregam dispositivos de gravação nas mãos ou amarrados nos braços. Esse tipo de vídeo poderia valer muito, pelo que Abel se lembra dos seus primeiros anos na Terra. Mas ele tem dificuldade em compreender que os humanos não compartilham as mesmas diretrizes que ele. Que sua consciência não exige que ajudem a proteger a vida uns dos outros. Isso não deveria importar mais para um humano do que para um mecan?

Alguns aspectos da humanidade foram muito mal programados.

Noemi recuperou sua estabilidade e voltou a reagir como uma soldado.

– Devemos pegar cilindros de ar? – grita ela sobre o barulho, gesticulando para caixas de emergência vermelhas perto das portas.

– Não temos tempo – grita Abel. – E não faz sentido. Se a estação Wayland perder a pressão atmosférica, explodiremos muito antes de podermos sufocar.

– Você é *muito ruim* em confortar pessoas! – Mas Noemi sorri quando diz isso, um lampejo de humor em meio à briga.

O momento não dura muito. Veículos com luzes de emergência vermelhas passam por cima das esteiras, o grito de seus motores um tom ainda mais alto do que os gritos da multidão. Abel os identifica como oficiais médicos, mas os agentes da lei não demorarão muito a chegar.

– Eles fecharão para decolagem em poucos minutos – grita ele para Noemi.

– Eu sei. – Noemi dá uma cotovelada em um cara que estava no caminho filmando e continua empurrando a multidão. – Podemos concluir a tempo?

– Podemos tentar. – Depende muito da eficiência e minúcia dos funcionários do Kismet. Ele e Noemi não precisam só decolar sem serem detidos, mas também viajar através do Portão entre Kismet e Cray antes de serem vistos. Certamente, os Portões serão patrulhados em breve, mas se ele e Noemi conseguirem decolar mais rápido do que as autoridades, podem conseguir.

Caso contrário, serão capturados. Mesmo que Noemi não seja identificada como soldado da Gênesis, todos os que tentarem fugir serão considerados suspeitos nas explosões. Abel prevê que a aplicação da lei aqui será rápida, punitiva e provavelmente castigará o inocente junto com o culpado.

O que só se aplica a Noemi, é claro. Quando os oficiais descobrirem quem e o que é Abel, eles o devolverão a Mansfield...

Não importa. Ele não pode deixar que Noemi seja capturada.

Quanto mais longe correm na estação, mais estão rodeados por sinais irritantes, hologramas intermitentes e imagens dos mecans Fox e Peter arqueando as costas e os quadris para simular posições sexuais. O cheiro de suor, de álcool e dos alucinógenos inalatórios são pesados no ar. Alguns hologramas ainda transmitem as palavras desafiadoras

NÓS NÃO SOMOS PROPRIEDADES DA TERRA – até que se apagam de uma só vez, lançando toda a estação na escuridão, exceto pela fraca iluminação de emergência perto dos pisos. As pessoas começam a entrar em pânico, gritando nesse lugar estranho, sem tem certeza de para onde ir. Uma delas entra no meio de Abel e Noemi e, por um momento, ele acha que a multidão vai levá-la para longe. Mas ela luta para voltar ao seu lado. Ele agarra sua mão como uma forma de assegurar que não serão separados outra vez.

Ela vira o rosto para ele, parecendo tão aflita que ele quase se solta e se desculpa por tocá-la. Mas não é isso. Ela grita:

– Temos que pegar o T-7 anexo. Não podemos ir a nenhum lugar sem...

Sua voz se interrompe quando um mecan Charlie os aborda, usando etiquetas de segurança da estação.

– Vocês estão tentando acessar áreas de lançamento. Isto é proibido durante o bloqueio. Por favor, apresentem sua identificação.

Eles poderiam tentar mentir, mas qual seria o sentido? Abel simplesmente agarra o Charlie pelos ombros e o empurra, sem se preocupar em verificar sua força mecânica. O Charlie, apanhado de guarda baixa, voa quase dois metros antes de bater em um quiosque de cerveja ali perto e cair sobre uma bagunça de espuma. Em uma situação normal, as pessoas parariam para olhar, mas, no caos, ninguém nem percebeu.

O Charlie se senta, mas desengonçado, claramente quebrado. Suas pupilas dilatam-se enquanto diz em uma voz metálica danificada:

– Mecan não identificado. Transmitindo especificações para análise futura.

Com sorte, as autoridades estarão ocupadas demais para se preocuparem com mecans não identificados. Abel puxa Noemi para mais perto.

– Você está bem?

– Não consigo acreditar que você arremessou um Charlie assim. – Ela respira, então balança a cabeça, se recompondo. – Eu estava dizendo que não temos o T-7 anexo e não podemos arriscar passar por outro Portão sem ele, podemos?

– Não. Felizmente, a lei está muito ocupada no momento. Temos a oportunidade ideal para um pequeno crime.

Quaisquer escrúpulos que Noemi ainda tivesse tido sobre o roubo parecem ter desaparecido.

– Venha... vamos lá.

A Gênesis deve treinar bem seus soldados, porque Noemi não diminui o passo, enquanto correm de volta a distância considerável até as áreas de armazém, apesar dos corredores sinistros e cabos danificados pendurados no teto. Abel permanece ao lado dela, orientando com sutileza o caminho de volta, pronto para eliminar obstáculos inanimados, mecânicos ou humanos. Após os primeiros minutos, a multidão por fim diminui – as pessoas tiveram tempo para correr ou fugir – e as áreas de armazém da estação de Wayland estão todas desertas.

– Você memorizou o layout da estação inteira? – pergunta Noemi, parecendo um pouco espantada ao encontrar-se no lugar certo em meio ao caos.

– Eu fiz o download. – Abel dá de ombros. – Para mim é a mesma coisa.

– Incrível.

Abel pode não ser perfeito na interpretação de emoções humanas, mas está quase certo de que ela não foi sarcástica. Noemi falou com uma admiração genuína.

Ele está orgulhoso, mas por quê? Noemi Vidal é sua destruidora. Ela será a causa de sua morte. A opinião dela não deve importar. É claro que será mais fácil de lidar a partir de agora porque ela finalmente vai dar atenção ao que ele fala – mas ele não acha que seja por isso.

Irrelevante.

Eles correm para a seção que precisam, que está ainda mais deserta do que as projeções mais otimistas de Abel. No entanto, a iluminação de emergência é escassa, apenas um pequeno brilho na base de cada parede. Ele ajusta sua entrada ótica, imagens ficam pixeladas até que elas se definem em uma visão noturna clara. Noemi coloca uma das mãos no ombro dele, confiando nele para guiá-la.

A falta de energia cria outras dificuldades.

– Precisamos descer um andar – diz ele. – Os elevadores sem dúvida estão interditados.

– Então precisamos encontrar um túnel de reparo, talvez dentro de um corredor de serviço.

– Vai demorar muito – diz Abel ao conduzi-la para o elevador. Ele enfia os dedos na fenda entre as portas, passa as mãos e empurra. Felizmente, as portas de elevadores são mais fáceis de abrir do que as do compartimento de equipamentos. Depois de apenas alguns segundos, elas cedem, deslizando ao som do metal abrasivo.

– Corrija-me se eu estiver errada – diz Noemi –, mas parece que é só um poço vazio.

– Há sensores a cada poucos metros. – Ele gesticula, como se ela pudesse vê-los na escuridão. – Eles se projetam das paredes o suficiente para dar apoio às mãos.

– Para um mecan, talvez. Não para um ser humano.

– Você só precisa segurar nas minhas costas.

Noemi hesita, mas apenas por um instante. Quando abraça os ombros dele, Abel percebe novas sensações: o calor e o peso dela, o aroma sutil de sua pele. Parece importante catalogar cada aspecto isolado, até mesmo o som de sua respiração enquanto ele pula no poço e rapidamente desce ao nível do armazém.

As alavancas manuais permitem que ele abra as portas mais facilmente por dentro. Mais luzes de emergência brilham neste corredor, o suficiente para que Noemi enxergue – e, no entanto, ela ainda segura os ombros dele por um momento mais do que o necessário, recuperando o fôlego.

Mas apenas por um momento. Então ela volta a ser a soldado da Gênesis, caminhando pelo longo e sombrio corredor do armazém.

– Isso parece familiar. Estamos perto, mas temos que ser rápidos.

– A rapidez é essencial – concorda Abel, ficando meio passo atrás dela. – Mas por que a proximidade com nossa área de trabalho anterior é importante?

– Porque as autoridades vão procurar essa área a qualquer momento agora.

A paranoia não é uma reação humana incomum ao estresse, então Abel não comenta.

Noemi para antes da área de peças sobressalentes, que, como veem agora, tem uma vitrine, embora um pouco mais brilhante do que a maioria dos outros na estação Wayland, apenas um pouco mais arrumado do que os demais armazéns.

– Qual dos sistemas de segurança ainda está ligado?

– Você percebeu os dois? Não achei que você fosse tão observadora. – Um lampejo de irritação se mostra no rosto de Noemi, e Abel percebe que está sendo condescendente de novo. Durante seu longo isolamento, ele parece ter desenvolvido algumas falhas de caráter. Rapidamente acrescenta: – É provável que ambos os sistemas permaneçam operacionais. Mas acredito que posso desativá-los.

Noemi assente, e Abel abre sua mente às frequências e sinais indetectáveis pelos corpos humanos. Quando ele encontra o centro do sistema de segurança, ele entra em seu próprio código, projetado para trabalhar em conjunto com o sistema em vez de lutar contra ele – simplesmente o colocando no modo de operação diurno normal, pronto para receber novos "clientes". Mas quando Abel ajusta sua visão para outros comprimentos de onda, para se certificar de que todo o sistema está desativado, percebe que falhou.

– O sistema primário está desligado, mas o sistema secundário está ativo – diz Abel. – Você não pode vê-la, mas há uma grade a laser aproximadamente dez centímetros acima do piso. Se tocarmos qualquer uma dessas linhas, vamos dispará-lo.

– Mas podemos passar por cima delas? Isso não vai ativar o alarme?

– Correto. Sou eu, é claro, quem deve fazer isso.

– Espere, não. Nós dois vamos entrar.

– Eu sou mais do que capaz de pegar o T-7 anexo sozinho.

Noemi hesita, então balança a cabeça.

– Você poderia escapar por uma porta nos fundos, se houver uma...

– Não. – Ele dá um passo para mais perto dela. Por algum motivo, é muito importante que ela entenda isso. – Minha programação é clara. Você é minha comandante. A menos que e até que eu tenha outro comandante, eu a protegerei, não importa o que aconteça. Isso significa mantê-la fora da prisão. Isso significa cumprir sua missão. Isso significa ter certeza de que você tenha comida suficiente. Tudo. Qualquer coisa. *Eu protejo você.*

Seus olhos se encontram por um segundo antes de Noemi dizer lentamente:

– Ok. Mas eu ainda gostaria de entrar. Se alguém me vir parada aqui, isso vai chamar atenção.

Não é provável que alguém entre nesta área, mas o argumento dela é válido.

– Muito bem. Veja onde eu piso e tente copiar meus passos o mais exatamente possível.

Talvez isso seja muito parecido com dar uma ordem à sua comandante. Mas Noemi não percebe nem se importa, pois se concentra completamente em sua tarefa. Ambos permanecem em silêncio enquanto Abel afasta as portas transparentes deslizantes e o som metálico dos eixos ecoa alto no corredor.

Para Abel, o interior da loja se parece com as primeiras eras da fotografia; tudo aparece em preto e branco ou tons de cinza. Como *Casablanca* – mas ele não pode se dar ao luxo de se distrair com isso agora. As cores só existem em outras frequências; ele tem que permanecer focado no laser. Passa com cuidado, percebe um par de azulejos à frente, e espera que Noemi o siga. Quando olha para trás, vê que ela põe o pé onde o dele esteve, precisamente, uma vez após outra. Poucos humanos são tão observadores.

Mas ele não quer presumir que ela conhece todos os riscos. Ele aponta para cima, para que ela possa ver as barreiras internas de segurança que descem do teto para prendê-los. Se Noemi não fosse rápida o suficiente, uma dessas barreiras poderia esmagá-la. Abel começa a andar para trás, pois é melhor cuidar dela.

Ela levanta uma sobrancelha, tentando fazer uma brincadeira apesar de sua óbvia tensão.

– Você não deveria olhar para os seus pés em vez dos meus?

– O padrão da grade é estático e está armazenado na minha memória. Eu conseguiria atravessar a loja com os olhos vendados.

– Claro que você consegue.

Noemi continua seguindo Abel. Mesmo dentro desse estranho comprimento de onda de luz, ele pode ver o leve brilho de suor na pele dela. Mas Noemi não parece exausta. Ela emana uma energia desconhecida, e ele não pode dizer se é mais medo ou alegria.

Ele encontra o T-7 anexo com facilidade. Noemi tenta retirá-lo da prateleira, percebe como é pesado, e retrocede para que Abel possa cuidar disso. Ela está aprendendo quais são as habilidades dele em comparação com as próprias limitações. Excelente.

À medida que começam a avançar novamente, passam por uma área que contém rações espaciais, alimentos que se manterão bons por um período de tempo indefinido, empilhados em paletes.

– Eu deveria pegar mais desses? – Noemi pega um único pacote. – Nós temos rações a bordo, mas há o suficiente para vinte... não, dezoito dias?

– Sim, temos o suficiente. – Essa é a segunda vez que ela mencionou esse limite de tempo aparentemente arbitrário, sem explicação. – O que acontecerá em dezoito dias?

Todas as luzes da loja explodem ao mesmo tempo. Noemi arqueja. Abel continua segurando o T-7 anexo com firmeza, mas ele muda imediatamente sua entrada visual para frequências humanas normais. Ambos olham em volta e acham que não estão mais sozinhos.

Dois mecans estão diante de uma porta lateral recém-aberta – um Charlie e uma Rainha. Esses modelos trabalham em segurança e combate, e ambos estão claramente preparados para a ação. Cada um usa a armadura cinza cintilante de um mecan militar; cada um tem uma arma na lateral do corpo.

Mas Abel logo reconhece uma aberração em seu comportamento. Embora dois ladrões tenham sido encontrados na loja, a Rainha e Charlie estão mirando só no próprio Abel. A inclinação sutil da cabeça da Rainha sugere que ela o está examinando.

Então, inesperadamente, a Rainha sorri e se volta para o Charlie.

– O modelo Abel foi localizado. Mansfield deseja seu retorno.

Eu fui encontrado, pensa Abel e a onda de esperança dentro dele faz parecer que o sol está nascendo em sua pele. *Meu pai finalmente me encontrou.*

17

Atrás das armas de seu caça, Noemi matou dezessete Rainhas e quase trinta Charlies. Infelizmente, ela não tem sua nave ou seus blasters agora.

Mas os mecans nem olham para ela. Para eles, Abel é a única coisa que importa.

Tanto a Rainha quanto o Charlie se aproximam no mesmo momento. Como Abel, eles passam por cima das linhas invisíveis da grade laser sem qualquer dificuldade. Enquanto os mecans andam ao redor deles, o Charlie inclina a cabeça e os olhos como se estivesse estudando Abel através de um microscópio, mesmo enquanto aponta o blaster diretamente para Noemi. A Rainha diz a Abel:

– Explique sua ausência.

– Minha ausência foi devida ao meu abandono perto do Portão Gênesis, como o professor Mansfield sabe – diz Abel.

– Como você pôde retornar depois de tanto tempo? – pergunta a Rainha.

Abel hesita, como se não quisesse dizer o resto. Mas sua programação deve obrigá-lo a colaborar.

– O *Daedalus* e eu fomos encontrados pela minha nova comandante.

Noemi nunca esteve perto o suficiente para ver os olhos de uma Rainha antes. Eles são verde-pálidos, tão pálidos quanto perturbadores. O modelo Rainha fixa os olhos sem pestanejar no rosto de Noemi. Mas diz apenas:

– Nenhum humano não autorizado pode estar na presença de Mansfield.

– Então o nosso assunto aqui está encerrado. – Em nenhum momento Abel soltou o T-7 anexo. – Por favor, envie saudações ao professor Mansfield. Diga-lhe que eu... eu senti saudade.

Noemi se assusta. O que Abel está fazendo?

– Você deve vir conosco – diz a Rainha, franzindo a testa. – O próprio Mansfield deseja o seu retorno.

Abel balança a cabeça.

– E não há nada de que eu gostaria mais do que me reunir a ele. No entanto, ele me programou para ter lealdade excepcional com o meu comandante humano. No momento, Mansfield não é meu comandante. Noemi é.

– Você nos acompanhará na viagem de volta à Terra – diz o Charlie. – Você deve obedecer ao professor Mansfield, não importa o que aconteça.

Noemi vê algo na expressão de Abel que ela nunca esperava encontrar lá: tristeza.

– Se ele estivesse aqui, eu obedeceria a todas as suas palavras. Mas foi ele mesmo que me prendeu ao meu comandante humano. Você me contou os desejos dele, mas você não transmitiu uma ordem *direta*. Portanto, não tem autoridade para anular a programação de Mansfield.

A Rainha considera isso, depois assente.

– Então, nós o liberaremos de sua comandante. – Ela se volta para o Charlie e diz: – Mate-a.

O terror atravessa Noemi como uma espada de gelo...

... mas o Charlie faz o que todo soldado faz antes de disparar sua arma pela primeira vez. Ele baixa os olhos para verificar os controles.

Não leva nem um segundo. Tão rápido quanto um piscar de olhos. Mas Noemi se aproveita desse instante.

Ela se esconde atrás de um palete de rações – uma proteção insignificante, o Charlie pode explodi-la em segundos –, mas isso não importa, porque ela passou diretamente pelas linhas da grade laser.

Alarmes disparam, explodindo tão alto que os ouvidos doem, piscando luzes vermelhas em um ritmo intermitente que é quase uma luz estroboscópica. Com o primeiro barulho, Noemi vê as barreiras de segurança do teto começarem a deslizar para baixo. Ela se atirou em direção à entrada principal – só tem tempo suficiente para escorregar...

– Não! – grita Abel. Ele não quer que ela fuja. Nem que seja presa ou morra...

Seu corpo bate no dela com tanta força que a impulsiona mais adiante, para além das portas. O Charlie e a Rainha estão logo atrás deles, mas a barreira de segurança chega ao chão, esmagando o antebraço do Charlie.

Noemi nunca viu uma máquina machucada tão de perto antes. Há pele rasgada e fios partidos; sangue e rede misturados, ao mesmo tempo reais e irreais. Os dedos se contraem de forma anormalmente rápida, até a mão ficar mole. Uma fina linha de fumaça negra sobe da borda da barreira. Ela pisca com horror, então agarra o blaster que ele deixou cair no chão.

Pelo canto do olho, vê o movimento e percebe que a Rainha está sacando seu próprio blaster. Mas Abel agarra Noemi, girando-a para trás dele enquanto ele está olhando para a Rainha. Ele ainda tem o T-7 anexo preso sob o outro braço.

– Você está protegendo um oficial da Gênesis – diz a Rainha, inclinando a cabeça.

– Como minha programação exige. – Abel recua, com Noemi atrás dele, até que eles voltem ao elevador. Ele faz uma pausa, e ela percebe que ele quer que ela suba em suas costas. Assim que ela o faz, ele pula para dentro, ainda segurando o T-7 anexo, igualmente hábil com apenas uma das mãos livres.

Enquanto ele sobe, ela diz a única coisa em que consegue pensar.

– Você pensa rápido.

– Você também – responde ele. – Você percebe, é claro, que as autoridades foram alertadas.

– Achei que preferiria correr o risco com as autoridades locais do que com a Rainha e o Charlie.

– Nessas circunstâncias, eu concordo.

Ele ainda me obedeceu, pensa ela, enquanto ele os arrasta pelo poço do elevador, movendo-se mais devagar com só uma das mãos, mas ainda rápido. *Embora ele pudesse ter voltado para Mansfield com a Rainha e o Charlie. Ficou ao meu lado.*

Esse é um detalhe da programação dele – uma falha, na verdade. Diz a ela que Abel tem sido sincero sobre suas limitações. Ele realmente a protegerá durante a missão, com ou sem sua presença, até o fim. Ela pode confiar nele.

O problema é que, para Noemi, não é a mesma coisa que confiar que uma ponte a aguentará sobre um rio, ou que um forno vai assar seu pão. É como... confiar em uma pessoa. E isso não é certo. Ela não pode se dar ao luxo de se confundir com a verdadeira natureza de Abel, não agora e não mais tarde, no final.

Eles chegam ao nível superior, saltam e correm para o hangar. Os arredores permanecem desertos, mas os faróis de emergência e os alarmes transformaram a estação Wayland em uma guarida de barulho e luz estroboscópica vermelha. É ainda mais desorientador quando eles chegam ao hangar; todas as naves parecem ter se tornado versões mais ameaçadoras de si mesmas, pintadas de carvão e carmesim, completamente proibitivas.

E agora as autoridades devem estar próximas. Eles estarão à procura de ladrões e traidores? De terroristas?

– Você consegue ouvir para além do alarme?! – grita ela para Abel. Ninguém a mais de dez metros de distância conseguiria ouvi-la mesmo se gritasse o mais alto que pudesse.

– É muita informação para filtrar. – Isso deve ser a resposta mecan para *não*.

Noemi começa a correr novamente, e Abel a segue. Embora ela se lembre de onde eles estão ancorados, as luzes estroboscópicas vermelhas tornam tudo muito estranho. Cada flash mostra uma imagem fixa, e cada imagem parece diferente da anterior. É como se ela estivesse tentando encontrar o caminho para sair de um labirinto que continua mudando a cada segundo.

Abel, no entanto, corre para a frente em linha reta, impávido. Noemi o deixa dar alguns passos à frente liderando o caminho. Ele é confiável.

Flash – eles estão se aproximando de uma nave corsário, decorada com suas barbatanas e cromo.

Flash – o *Daedalus* finalmente está à vista, sua superfície espelhada brilhante e escarlate. Em vez de uma lágrima, agora parece a primeira gota de sangue de uma ferida.

Flash – uma forma escura dança em direção a Abel.

– Cuidado! – grita Noemi. Mas Abel já está girando, bloqueando seu atacante em uma colisão, ela só consegue ver um emaranhado de membros e uma queda súbita.

Abel é o que continua de pé. Noemi o acompanha enquanto olha para o atacante, um homem atordoado vestindo uma capa de trabalhador. Ela nunca o viu antes, nem Abel, a julgar pela forma como olha para ele.

– Ele é policial? – pergunta Noemi.

– Quem dera – diz uma voz feminina atrás deles. Tanto ela quanto Abel se viram para ver...

– Riko Watanabe – diz Abel com calma e confiança como fez com a Rainha e o Charlie, mesmo que o blaster de Riko pareça muito mais ameaçador do que o dos mecans, por algum motivo. O cabelo curto de Riko está desgrenhado, e seu sorriso é assustador. – Posso perguntar por que você escolheu nos atacar?

– Porque ela acha que estamos aqui para detê-la ou entregá-la – responde Noemi. – Porque somos duas das únicas testemunhas que viram seu contrabando de explosivos até Kismet. Sabemos que ela está com o Remédio.

Em voz baixa, Abel diz:

– Talvez tivesse sido mais sábio não apontar isso.

– Ela sabe que sabemos. – Noemi dá de ombros. – Não adianta fingir o contrário.

– Vocês parecem bons garotos. Eu queria que não tivessem me reconhecido. – Riko parece tão sincera que Noemi sabe que eles serão assassinados em cerca de trinta segundos.

Mais uma vez, Noemi pensa rápido:

– Nós não somos Vagabonds. Eu vim da Gênesis.

O nome de seu planeta faz Riko engasgar – assim como o homem a seus pés e um punhado de outras pessoas que agora se aproximam das sombras. Noemi reconhece alguns deles como técnicos de enfermagem ou médicos da triagem de Teia de Aranha; eles devem ter usado a seleção como disfarce para viajar aqui para o festival. As luzes estroboscópicas vermelhas tornam muito difícil se concentrar, mas Noemi sabe que precisa. Tudo depende do que ela dirá nos próximos minutos.

– Vocês sabem que a Terra está atacando meu planeta novamente, certo? – Noemi não tem certeza se a Terra diz a verdade sobre seus planos, e a Gênesis não teve a chance de apresentar sua versão da história em mais de três décadas. – O que vocês puseram nessas telas... como vocês se sentem em relação à Terra... nós também sentimos isso na Gênesis. *Nós entendemos.* Estamos reagindo, e poderíamos fazer diferença se não estivéssemos lutando sozinhos.

Mas Noemi não consegue concordar com o terrorismo. A Gênesis lutou uma guerra selvagem; ela sabe que milhões de vidas foram perdidas em seu mundo natal e na Terra. Mas seu povo luta de forma justa. Eles encontram seus inimigos em combate aberto. Isso tem uma nobreza; não é o mesmo que desencadear uma explosão em um estádio onde as pessoas dançavam e cantavam, enviar mecans para matar humanos, ou deixar bombas no chão para que famílias as encontrassem anos mais tarde, enquanto as crianças ainda eram pequenas.

– Você não pode ser da Gênesis. É impossível. Ninguém consegue atravessar o Portão. – Riko levanta o queixo. – Você não deve contar mentiras tão descaradas.

– Nós tivemos a ajuda de um dispositivo de navegação especial. – Abel omite o detalhe de que *ele é* o dispositivo de navegação em questão.

Riko não baixa o blaster um milímetro.

– Então prove. Mostre que você é da Gênesis.

– Como eu poderia provar isso? – protesta Noemi. – Estamos aqui com identidades falsas.

– Conveniente – murmura um dos compatriotas de Riko.

Noemi quer gritar de frustração – esse cara pensa mesmo que ela estaria andando por esta estação com um cartaz dizendo "Oi, eu sou da Gênesis"? –, mas ela consegue controlar seu temperamento. Nem mesmo ela é cabeça quente o suficiente para gritar com terroristas armados.

Abel dá um passo à frente e vai ligeiramente para o lado. Noemi percebe que ele está mais uma vez tentando ficar entre o corpo dela e o blaster.

– Se você tivesse tempo, poderia executar um exame médico que provaria que ela é da Gênesis. Mas eu suspeito que o tempo não seja um luxo de que dispomos no momento.

Riko hesita.

– O que você quer?

– Por enquanto, só queremos sair daqui – responde Noemi. – Algum dia, no entanto, se você conseguir encontrar uma maneira de passar pelo portão Kismet, aliados seriam úteis à Gênesis.

– Não temos força suficiente para uma guerra. – Riko balança a cabeça com tristeza. Os olhos de Noemi se ajustaram o suficiente à luz para que ela visse a mancha na bochecha de Riko: graxa, ou talvez fuligem. Riko ajudou a detonar as bombas na estação Wayland? – A Terra é muito poderosa. Todos aqueles mecans... todas aquelas pessoas... não podemos competir com isso num campo de batalha. Temos que atacar de outras formas.

Bombardeando pessoas inocentes? Mas Noemi engole as palavras não ditas, por causa de seu mundo, e porque Riko ainda está segurando o blaster. Em vez disso, ela promete:

– Junte suas forças às da Gênesis e não terá que se submeter a bombardeios. Você pode lutar uma luta justa e *vencer.*

Depois que Riko e os outros conspiradores trocam alguns olhares, ela acena com a cabeça para o cara no chão, que se levanta, olhando para Abel. No entanto, sua opinião não importa; Riko é claramente a responsável.

– Vocês dois, saiam daqui agora, neste instante. É provável que sejamos capturados. Mas, se isso não acontecer... se conseguirmos de alguma forma chegar à Gênesis... como nos aproximamos do seu mundo? Como avisamos que somos aliados?

– Apenas diga que você é Riko Watanabe de Kismet – diz Noemi. As autoridades locais provavelmente estão a caminho. Eles têm que acabar logo com isso. – É o bastante. Eu avisarei aos meus comandantes.

Mas Riko balança a cabeça.

– Pode ser que não seja eu. Há mais de nós... até mesmo algumas células em outros mundos.

– Uma resistência – sussurra Noemi. A plenitude disso a atinge agora, retomando um instante da alegria que sentiu após a explosão, mas antes de perceber que pessoas devem ter morrido. – Não são só algumas pessoas em Kismet. Os outros planetas, outros mundos colonizados pela Terra... eles estão se unindo. Se rebelando.

– Saiam agora. – Riko finalmente baixa sua arma. – Suponho que, se houver uma chance em cem de você ser mesmo da Gênesis, nós temos que correr o risco. – Isso parece ter sido dito tanto para seus companheiros quanto para Noemi e Abel.

– Eu direi a eles – promete Noemi, suas bochechas cheias de excitação. – Quando eu voltar para a Gênesis, direi a eles para ficarem atentos a alguém do Remédio.

Um dos amigos de Riko ergue o queixo.

– E como você vai saber que não são da Terra, se passando por nós?

A risada de Noemi soa tão amarga quanto parece.

– A Terra não se incomoda em se passar por qualquer um ou por qualquer outra coisa. Quando eles chegam na Gênesis, chegam para matar. – Eles vão aceitar isso? Ela tem que ter esperança...

Um som alto e estridente corta os alarmes, fazendo com que todos pulem. Noemi reconhece o som de metal sendo partido uma fração de segundo antes de ver um canto distante do chão do hangar se dobrar para cima – e uma mão metálica quebrada, danificada, atravessar.

– São eles – sussurra Noemi, sabendo que Abel pode ouvir. – A Rainha e o Charlie.

– Saiam daqui! – O grito de Riko é para todos. Todos se dispersam enquanto Noemi e Abel voltaram para o *Daedalus*.

No momento em que estão dentro da nave, Noemi aciona os controles da porta, selando-os. Enquanto atravessam o corredor curvo, Abel diz:

– Seria aconselhável que você pilotasse. Temos de chegar ao Portão o mais rápido possível.

– Você vai trocar o T-7 anexo? – Vai levar umas boas dez horas antes que eles cheguem ao Portão Cray. – Agora precisamos mais de um voo rápido do que de reparos.

– Isso mesmo. Nós precisamos de velocidade. – Abel se afasta dela para entrar na sala das máquinas, gritando: – Suas habilidades provavelmente são adequadas para fugir das autoridades.

Péssimo em confortar pessoas. O pior. Mas Noemi não se preocupa em dizer isso, apenas corre para a ponte. Eles têm que sair daqui, e se isso significa que ela vai ter que fazer isso por conta própria, tudo bem.

As luzes de advertência da ponte já estão piscando quando ela aparece. A tela exibe o hangar com suas luzes vermelhas estroboscópicas, e letras cor de laranja brilhante proclamam um aviso: BLOQUEIO DE SEGURANÇA. NENHUMA PARTIDA OU ATERRISSAGEM NÃO AUTORIZADAS. QUALQUER NAVE QUE TENTAR VIOLAR O BLOQUEIO SERÁ CAPTURADA OU DESTRUÍDA.

Noemi começa a pilotar. Abel pode ter sido programado com o conhecimento para lidar com todas as naves da galáxia, mas foi ela que pilotou um caça em dezenas de missões de combate, e nessas missões, decisões rápidas são a diferença entre a vida e a morte. Ela deveria ser capaz de lidar com uma nave científica tosca.

Só que o *Daedalus* não é tosco. Com um toque, ele se levanta da plataforma de pouso e sobe com uma velocidade deslumbrante.

Se ao menos eu pudesse ficar com esta nave para sempre, pensa Noemi, ignorando o insistente piscar da mensagem de advertência enquanto acelera para subir. *Eu poderia explorar toda a galáxia, e ninguém conseguiria me impedir...*

Uma sacudida quase a arremessa do assento. Noemi aperta o console, horrorizada com o novo farol de advertência vermelho piscando diante dela: FEIXE DE TRAÇÃO DETECTADO. A energia do feixe prendeu-os à lua de Kismet, como se um laço tivesse sido arremessado em volta da nave. Eles ainda estão se afastando do planeta, mas a tensão no campo de integridade da nave já se faz sentir. Quando ela atingir o limite, a nave será empurrada de volta para a superfície ou destruída ao meio.

Nós não temos energia para romper o feixe de tração, é forte demais. Noemi respira fundo, se perguntando se pode tirar vantagem da força do inimigo.

As portas da ponte se abrem atrás dela, mas ela não se vira. Abel diz:

– Os reparos estão concluídos, além de uma modificação extra.

– Podemos conversar sobre isso mais tarde. – Seus dedos trêmulos digitam as próximas coordenadas. – Primeiro, vamos ver se isso funciona.

– Ver se o que...

A voz de Abel é cortada quando Noemi conduz o *Daedalus* em uma curva aguda, uma que quase os colocaria na órbita da lua, mas por pouco não o faz. A gravidade da lua puxa a nave, a atração inexorável da física – mas puxando a nave para a frente agora, enquanto o feixe de tração a puxa para trás. Noemi está deixando o trabalho mais difícil com a lua, usando sua gravidade em vez de lutar contra ela. Em poucos instantes, o feixe de tração se rompe e o *Daedalus* avança. Noemi manda a nave para longe da lua e de Kismet, em direção ao Portão Cray.

– Engenhoso – diz Abel, como sinceridade.

O elogio a faz sorrir, mas ela se contém. É provável que os mecans sejam programados para elogiar os humanos à sua volta. No entanto, isso não o impediu de ser grosseiro com ela até agora... então talvez não seja uma programação.

Ignorando a reação de Noemi, Abel se aproxima do console de navegação, claramente preparado para assumir o controle.

– O curso de ação mais sábio seria apontar a nave diretamente para o Portão Cray. É necessária uma navegação muito precisa.

– Pode deixar.

– Em circunstâncias normais, você seria mais do que capaz disso – diz ele. – Mas essas não são circunstâncias normais.

Confusa, Noemi começa a se virar para perguntar o que ele acha que ela não consegue administrar nas dez horas que levarão para chegar ao Portão Cray. Mas então ela vê as informações estranhas vindas dos motores, alguma coisa está aumentando – não, não apenas isso, alguma coisa está *sobrecarregada.*

– Abel, o que você fez?

– Eu deveria assumir o controle de navegação agora – diz ele, com mais urgência.

Três horas antes, ela teria ficado no assento. Teria pensado que Abel estava tentando sabotar a nave para destruí-los. Mas agora, depois que ele a salvou, depois que ele se afastou da Rainha e do Charlie para ficar ao lado de Noemi...

Eu posso confiar nele.

Eu preciso.

18

No momento em que Abel decide que proteger Noemi exigirá que ele a arranque do assento do piloto, ela se levanta, cedendo o lugar a ele. Instantaneamente, ele começa a inserir coordenadas, o destino é o Portão Cray, o centro dele.

– Em breve teremos companhia. – Noemi já está no banco de operações. – Três naves de segurança de Kismet vêm em nossa direção

– Vou verificar mais uma vez nossas coordenadas.

– Vai começar a duvidar de si mesmo *agora*? Ou você quer acionar isso enquanto ainda podemos sair daqui inteiros?

– Acionando ao meu sinal – diz Abel. – E... agora.

A nave avança tão rápido que parece que está voando de baixo de seus pés. Noemi emite um som que pode ser medo ou fúria, e até Abel tem que se segurar. O campo de integridade recém-reparado reclama, já se estende até o limites da sua resistência. Kismet parece desaparecer à medida que o campo de estrelas em torno deles se precipita, à medida que eles parecem avançar em direção ao Portão Cray.

– Você sobrecarregou os motores e acelerou? – As mãos de Noemi pairam sobre os controles, como se ela estivesse tentando pensar em alguma forma de parar isso. – A nave vai se partir ao meio!

– Estamos dentro de margens de segurança – responde Abel. É melhor não citar as casas decimais extremamente pequenas envolvidas.

– Estamos indo tão rápido que chegaremos ao Portão em...

– Cerca de três minutos. – Dos quais vinte e três segundos já se passaram.

Noemi não discute mais, apenas dedica sua atenção aos controles, garantindo que a sobrecarga não desestabilize a nave. Não que ela pudesse fazer muita coisa a respeito disso – o tempo entre a desestabilização e a destruição seria inferior a um segundo. Mas Abel admira a dedicação dela ao dever.

Ela tem razão em ter medo. Os riscos são consideráveis e só aumentarão à medida que atravessarem o Portão Cray. Sob qualquer outra circunstância, Abel rejeitaria essa estratégia como extremamente desaconselhável.

O Portão invade o visor; eles estão chegando tão rápido que o anel parece estar se ampliando e prestes a engoli-los. Se Abel tiver calculado errado mesmo que uma mínima gradação, eles podem deslizar de lado, pelos sistemas de segurança do Portão, e acabarem destruídos em um instante...

Mas é claro que ele não calculou errado. Abel sorri enquanto o *Daedalus* desliza pelo Portão.

Embora os sistemas sensoriais de Abel possam compensar algumas das estranhezas, até mesmo ele vê os duvidosos ângulos da luz, sente a atração incomum da gravidade sem o espaço-tempo. Nada disso o incomoda muito, porque a suavidade da nave diz que eles estão indo bem. Então o *Daedalus* estremece, livre do Portão, os motores desacelerando para os níveis normais, como ele havia programado que fizessem. A visão dele se ajusta do estranho prateado para um novo campo estelar, um campo que nenhum deles jamais viu. O computador de navegação foca automaticamente no ponto vermelho-alaranjado que é o planeta Cray.

– Conseguimos – diz Noemi, piscando ao cair devagar de volta na cadeira. Os seres humanos muitas vezes declaram o óbvio, como Abel já os viu fazer, mas eles não gostam de que os mecans apontem isso. Então, Abel permanece em silêncio enquanto observa Noemi respirar fundo, se recompondo. – Eu não consigo acreditar que sua programação permite que você faça algo perigoso.

– A alternativa era sua captura ou morte. Minhas diretrizes primárias deixaram claro nosso curso de ação. – Abel faz uma pausa. – Dito isto, não podemos sobrecarregar os motores da nave outra vez em um futuro próximo. A repetição desse tipo de tensão quase certamente resultará em nossa destruição.

Noemi dá de ombros, já está se recuperando.

– E ninguém vai conseguir nos alcançar por muito tempo.

– Pelo menos várias horas, e isso deve ser tempo suficiente para chegarmos a Cray. – Abel está orgulhoso dessa parte.

– Bom trabalho – diz Noemi. Seu elogio o surpreende, mas não tanto quanto o que ela diz em seguida. – Eu gostaria que tivéssemos passado mais tempo no sistema Kismet.

– Você não parecia estar gostando do tempo que passamos lá. – Exceto, talvez, quando dançaram... ela parecia gostar daquilo.

– Não foi isso que eu quis dizer. – Os cabelos escuros de Noemi ainda estão cheios de confetes brilhantes da festa. – Eu gostaria... bem, de me despedir de Esther.

Ela olha para ele, obviamente, o provocando a falar sobre o quão ilógico seria despedir-se de uma pessoa que já está morta. Mas Abel sabe que é melhor não. Os rituais de luto humano têm seus propósitos, mesmo os que Abel acha difícil de entender.

Ao perceber que Abel não vai desafiá-la, Noemi tira seu casaco cinza largo, ficando só com a camiseta. Arranhões de sua fuga do armazém começaram a escurecer seus antebraços e joelhos. O suor brilha em sua pele.

– Quanto tempo antes de chegar a Cray?

– Cerca de onze horas.

– Bom. Tempo suficiente para ir à enfermaria cuidar desses machucados.

Abel também deve ajudá-la com essas coisas comuns, descanso, comida e moral – isso com certeza também é parte de proteger sua comandante. Mas ele deve realizar outra tarefa antes disso.

– Preciso encontrar um novo código de identificação falso para a nave e preciso fazer isso logo. Não sei se as autoridades de Cray tentarão nos encontrar. Talvez eles nos procurem caso as forças de Kismet achem que somos membros do Remédio, já que eles com certeza enviariam uma mensagem de aviso. Caso contrário, nossa partida não autorizada deve ser a menor de suas preocupações. No entanto, a Rainha e o Charlie que encontramos antes nos perseguirão em uma espaçonave própria assim que conseguirem.

– Eles vão perseguir você através da galáxia. – A expressão dela se tornou pensativa. – Mansfield quer tanto assim você de volta?

– É o que parece. – As palavras saem com naturalidade. Abel se orgulha disso. Não só ele desenvolveu algumas emoções humanas, mas também aprendeu o autocontrole para lidar com elas. Só que, por dentro, ele sente uma estranha mistura de exaltação e agonia. Alguém de quem ele sentiu falta também sentiu falta dele. Nunca mais se encontrarão; eles vão sentir falta um do outro até o fim de seus dias. Saber disso é... triste, mas alegre também. Abel não tinha percebido que essas emoções poderiam coexistir.

Eu queria poder dizer isso a você, pai. Você sempre gostou quando eu entendia algo novo sobre a humanidade.

Eu queria ter aprendido isso de outra maneira.

Noemi continua:

– Certo. Eu vou... – Ela aponta vagamente para si mesma, para seu estado lastimável e suas feridas. Então ela dá um pequeno sorriso antes de sair.

Abel a observa ir. Ela não olha para trás nem uma vez; agora, ele percebe, Noemi confia em sua programação. Ela sabe que não será prejudicada por ele.

Se ao menos ele pudesse dizer o mesmo sobre ela.

No entanto, quanto mais Abel conhece Noemi Vidal, menos se ressente de sua iminente destruição. Ele ainda está sofrendo com o pensamento de deixar de existir, nunca mais aprender nada novo e, sobretudo, saber que ele nunca mais verá Mansfield. No entanto, agora sua morte não parece mais um desperdício.

Noemi acredita que a causa é nobre. Ela não age por ódio à Terra, mas por amor ao próprio planeta. E está tão disposta a dar a própria vida quanto a sacrificar a dele. E, como ela provou quando condenou as ações do Remédio e Riko Watanabe, sua defesa de Gênesis tem seus limites. Ela só quer segurança para o seu mundo. Não mataria inocentes para conquistar isso.

Não posso me considerar inocente, decide Abel. Mecans são projetados para arriscar suas vidas em missões que os seres humanos não podem enfrentar. Caso contrário, eles nunca teriam sido inventados. Eles são, por propósito e design, descartáveis.

Então ele não tem que culpar Noemi pelo que ela está fazendo. Ele só precisa chegar a um acordo com a ideia de que foi para isso que ele foi feito, desde o início.

• • •

Quando eles se reúnem na ponte, Abel está vestindo as roupas de seda de Mansfield de novo, e Noemi colocou um simples top preto, calças e botas. Mesmo que ela tenha escolhido essas roupas para uso prático, o efeito é inesperadamente belo, mas Abel tem outras preocupações mais urgentes. Até agora, a tela é dominada pela esfera vermelha alaranjada de Cray.

– Sem oceanos – murmura Noemi. – Nem mesmo um lago. Quer dizer, estudei exogeologia como todo mundo; sei que água na superfície é a exceção, e não a regra... mas não imaginei que seria *assim*.

Os oceanos e a vegetação de Cray queimaram há muito tempo, deixando para trás apenas paisagens de areia estéreis e falhas rugosas. Os cumes mais altos da montanha já descobertas em qualquer mundo raspam o céu vermelho. Algumas nuvens douradas atravessam essas montanhas, delicadas e encantadoras, ignorando o fato de serem feitas não de vapor de água, mas de ácidos. Ter colonizado um mundo tão pouco amigável como este prova o desespero da Terra para encontrar novos planetas onde viver; mesmo que essa vida seja muito difícil.

Noemi continua:

– Como eles descobriram que as pessoas poderiam viver no subsolo?

Abel decide empregar sua sub-rotina de expressões coloquiais.

– A necessidade faz o ladrão. Quando deixei a Terra, Cray era o mundo em que a maioria dos humanos esperava se reassentar.

– Este lugar? – Noemi parece em choque. – Está tão ruim assim na Terra?

Ele percebe que não quer mais fazer com que ela se sinta culpada pelo destino daqueles que a Gênesis deixou para trás. Essas decisões foram tomadas por outras pessoas, há muito tempo.

– Não deixe a superfície enganar você. Para entender Cray, você tem que ir mais fundo... literalmente.

Os olhos de Noemi se estreitam, semicerrados em confusão. Mas ela não diz nada, apenas volta o olhar para Cray.

– Algum problema? – Abel arrisca perguntar.

– Como vamos conseguir autorização para o desembarque? – Noemi faz a pergunta imediatamente, mas Abel continua certo de que não é o que ela queria mesmo saber.

Ainda assim, é uma pergunta válida.

– Nenhuma nave Vagabond parece estar desembarcando. – Parece haver poucas naves no sistema, e elas estão agrupadas perto de um anel externo de asteroides onde as pessoas sem dúvida tentam garimpar ouro. A zona orbital de Cray está quase vazia, um contraste nítido com a cena louca em Kismet.

– Os recursos de Cray são limitados. Se a imigração for fortemente controlada, os visitantes serão vistoriados e regulamentados.

A superfície avermelhada do planeta lança um brilho incandescente na ponte. O cabelo preto de Noemi brilha castanho enquanto ela franze a testa, e mais uma vez Abel vê a pequena ruga entre as sobrancelhas.

– Então, como nós...

Sua voz some quando o visor se acende, branco brilhante, mostrando um jovem vestindo roupas que parecem muito casuais para uma comunicação oficial – mas são bem escolhidas, os mesmos tons de vermelho e laranja da superfície de Cray.

– *Vocês chegaram a Cray* – diz o homem, tão animado que Abel se pergunta se eles interceptaram uma mensagem pessoal por engano. Mas ele continua: – *Você está em uma embarcação não registrada, o que significa uma dessas três coisas. Um, você é um amigo ou membro da família de um dos cientistas daqui. Se assim for, sabe que as visitas civis devem ser breves... mas temos certeza de que você ficará impressionado com o estilo de vida em Cray.* – Uma montagem de cenas substitui o rosto do homem, mostrando ansiosos estudantes em uma sala de aula com um holograma de uma molécula, uma mulher trabalhando com afinco em um computador e um grupo de pessoas rindo e conversando no que parece uma sala de estar luxuosa e bem equipada. O jovem reaparece para dizer: – *Dois, você é um comerciante nos trazendo jogos, roupas, hologramas ou outra coisa divertida. Nesse caso, mal podemos esperar para vê-lo!* – Seu sorriso desaparece. – *Três, você é um Vagabond ou outra pessoa que espera se esgueirar no planeta. Se for esse o caso, você precisa saber que a habitação não autorizada nunca é permitida. Você será expulso do planeta... e jogado na prisão. Então pense duas vezes antes de tentar. Em Cray, mantemos padrões altos porque fazemos todo o possível para melhorar o nosso mundo, e o seu também.*

A imagem pisca, restaurando a superfície avermelhada de Cray na tela.

– Isso foi... – Noemi faz uma pausa. – Foi muito passivo-agressivo.

Abel considera o que foi dito e o que não foi dito.

– Ninguém pode ficar muito tempo, e ninguém sem um bom motivo pode visitar. Só os melhores cientistas e estudantes de elite podem viver aqui.

Abel se lembra das muitas vezes que professores e médicos tentaram convencer Burton Mansfield a mudar seu laboratório de cibernética para Cray. Mansfield sempre disse que eles não queriam sua companhia;

só queriam assumir a produção de mecans. Provavelmente os líderes da Terra não permitiriam, mas não importava. Mansfield nunca teria deixado sua casa em Londres.

Noemi hesita, e Abel lembra como ela é jovem. Ele sabe disso – é incapaz de esquecer – e, no entanto, essa verdade o atinge com nova força. Essa viagem já custou tanto a ela, já a ameaçou demais. A única recompensa por vencer cada desafio é receber outro. Abel recebeu dados suficientes sobre psicologia humana para saber que mesmo pessoas muito mais velhas do que Noemi Vidal seriam esmagadas por esse nível de pressão.

Mas ela se ilumina.

– Eles mantêm esses cientistas de elite entretidos de alguma forma. O cara falou sobre diversão, lembra? Então seremos as pessoas que os ajudam a se divertir.

– Achei que você se opusesse a se prostituir para custear nossa viagem.

– Não era isso que eu... a prostituição é sua resposta para tudo?

Abel decide não responder a essa pergunta.

– Qual é a sua ideia?

– Você pode falar com os computadores no porto espacial? De máquina para máquina?

– Mais ou menos.

– Então você poderia descobrir exatamente quais vendedores chegarão aqui em breve...

– E reivindicar um de seus acessos como nosso. – Abel assente enquanto começa a digitar no painel de comunicação.

Se os dois visassem a um objetivo diferente, trabalhar com Noemi Vidal seria... um prazer, na verdade.

• • •

O modelo George olha de Abel para Noemi com uma leve curiosidade.

– Não esperávamos o carregamento de jogos nas próximas vinte e oito horas.

Abel tinha encontrado uma brecha de pouso para uma nave mercante de jogos holográficos com apenas dois passageiros, baixa prioridade, baixa segurança. Todos os fatores indicaram que esta era a melhor identidade possível para eles assumirem.

Mas mesmo o melhor álibi na galáxia poderia se mostrar... complicado.

– Tivemos a oportunidade de partir antes do previsto e, claro, a aceitamos. – Abel tenta parecer casual. Leve. À vontade. Este não é um dos seus modos naturais, mas ele observou os outros. Ele invoca suas memórias de um sobrinho de Mansfield, jovem e rico, e tenta copiar seu jeito de falar. – Você sabe o *pesadelo* que é. Os atrasos se acumulam e antes que se dê conta, você está preso esperando por *horas*, se não por *dias*...

Os olhos de Noemi se arregalam, claramente avisando: *Você está exagerando*. Abel se cala.

Mas o mecan George, básico demais para notar esse detalhe, assente em aprovação.

– Suas acomodações de visitantes não estarão disponíveis até a data programada de chegada, e nenhuma das sessões de demonstração do produto poderá ser antecipada.

– Tudo bem. – O alívio de Noemi por eles não estarem sendo procurados pelos crimes da lua de Kismet é óbvio, óbvio demais, na verdade, mas é improvável que um George perceba essas nuances de comportamento. – Temos espaço em nossa nave.

Este resultado é mais do que bom, é claro; é o melhor que poderiam esperar. Agora eles não terão que explicar por que não têm a mercadoria prometida. E têm vinte e oito horas livres.

O desafio é roubar o dispositivo de que precisam nesse tempo.

O principal porto espacial de Cray é chamado de Estação 47. As áreas da estação Wayland usadas por Vagabonds e outros trabalhadores eram simples e básicas, quase punitivamente feias. A Estação 47, no entanto, é simples, prática e ainda assim bonita. Cinza-escuro, branco e um laranja surpreendentemente alegre dominam as baías de pouso, paralelas e simétricas, que são empilhadas no topo e lado a lado. Andando por ela, parece que estão vagando em um favo de mel; visto de cima, pensa Abel, o design pode parecer as asas de uma borboleta. As pessoas estão agitadas de um lado para outro, mas não há a aglomeração nem o desespero que viram em Kismet. Os moradores de Cray andam com confiança. Riem com facilidade. Conversam com seus amigos, gesticulam de forma quase selvagem em seu entusiasmo com...

Abel sintoniza para ouvir alguns trechos de conversa. Sua audição não é muito melhor que a de um ser humano, mas ele consegue isolar os sons desejados do ruído de fundo de forma mais eficaz. Uma discussão sobre a melhor maneira de expandir os sistemas de túneis para o oeste; alguém descrevendo como uma obra perdida de Leonardo da Vinci foi identificada no início do século XXI; concordâncias de que eles deviam, definitivamente, rearranjar os fios das máquinas de waffle da cafeteria para tostar palavras obscenas na comida; um debate animado sobre se a releitura de *Sobressalente: Clone Versus Clone* traíra a integridade do programa original...

Esta é uma sociedade que adora entretenimentos, pensa Abel. Faz sentido. A mesma criatividade e energia que a Terra quer cultivar em seus principais cientistas e estudantes fluirá de maneira natural também para atividades de lazer.

Ele e Noemi começam a andar, lado a lado, caminhando tão devagar quanto duas pessoas que tinham horas para gastar. Ambos estão usando o mesmo tipo de roupa: um traje utilitário preto simples, algo pouco imponente para Cray, mas é improvável que chame a atenção. Noemi não deixa transparecer nem um pingo do medo que deve assombrá-la.

Noemi acena com a cabeça para um grupo não muito longe.

– Eles parecem ter saído de uma máquina do tempo.

Parecem mesmo. Quase todos os cientistas mais jovens de Cray orgulhosamente usam roupas antiquadas, como calças jeans e tênis de cadarço. Vários tingiram seus cabelos com cores vibrantes e não naturais, e alguns ressuscitaram a antiga prática humana de furar as orelhas.

– Trinta anos atrás, uma subcultura chamada *millenipunk* estava se tornando popular. As pessoas misturavam roupas e estilos antiquados com peças mais atuais, ou de maneiras mais provocativas. Parece que isso passou de uma forma obscura de moda para uma tendência popular... pelo menos em Cray.

– Cabelo verde – diz Noemi. Ela parece estar com um pouco de inveja. Agora, no entanto, eles estão longe o suficiente do George para conversar sem medo de serem ouvidos. – Ok. Precisamos encontrar aquele dispositivo termomagnético. Quero sair daqui antes que a Rainha e o Charlie cheguem a este sistema.

– Encontrar o dispositivo deve ser fácil. Pegá-lo é que pode ser mais difícil. – Quando Noemi lhe lança um olhar, ele acrescenta: – Eles são mais usados perto do núcleo planetário... ou seja, bem mais abaixo do que as áreas de trabalho ou convivência. Sem dúvida teremos segurança adicional.

Ela suspira.

– Ok. Então, vamos investigar a segurança.

Eles deixam a área de desembarque e caminham em um meio brilhante e alegre. As centenas de lâmpadas douradas penduradas brilham tão forte que é fácil esquecer que estão no subterrâneo, longe da luz do sol de Cray. Pequenos visores montados nas paredes a cada cinco metros exibem padrões abstratos coloridos, citações famosas ou anúncios para os produtos vendidos nas proximidades. Os restaurantes deste nível enchem o ar com especiarias; abaixo, eles podem ver lojas que oferecem roupas fantásticas, quebra-cabeças, kits de holograma... quase tudo o que seria considerado trivial e não prático.

– É com isso que eles gastam o dinheiro? – pergunta Noemi.

Abel dá de ombros.

– Todo o resto é fornecido para eles. Seus líderes sabem que a criatividade está fortemente ligada à recreação. Portanto, esse tipo de comportamento é encorajado.

– Sorte deles, se distraindo com jogos e projetando armas de destruição em massa o dia todo. – Noemi olha ao redor, então aponta para uma saída lateral onde está escrito EMERGÊNCIA. – Você acha que isso nos tiraria do meio de todos?

– Desde que não esteja ligada a mais alarmes. – Abel olha para ela. – Você adora disparar alarmes.

O rosto de Noemi assume essa expressão estranha novamente, mas ela arregala os olhos e arfa. Antes que Abel possa sequer perguntar, ele vê que os visores – todos eles – estão mostrando imagens borradas de seus rostos.

O alerta de Kismet chegou a Cray menos de uma hora depois deles.

Imediatamente, ele filtra todos os outros sons, para que possa distinguir as palavras que estão sendo ditas:

– ... sendo procurado como intrusos em Cray. Tenham em mente que eles não são suspeitos de qualquer crime, apenas pessoas de nosso interesse. Qualquer um que veja esses indivíduos deve avisar imediatamente às autoridades.

– Saída de emergência – diz Abel a Noemi. – Agora.

Ela tem o bom senso de não correr e chamar ainda mais atenção. Abel olha só uma vez, quando se aproximam da saída. Ninguém parece tê-los notado... por enquanto.

Por sorte, a porta de saída não está conectada a qualquer sistema de alarme. Juntos, eles abrem caminho por uma passagem de serviço pouco iluminada. A escuridão deixa Abel ainda mais consciente do frio no ar e das paredes de pedra áspera; aqui, nenhum esforço é feito para disfarçar o fato de que estão no subsolo. Ecos fracos podem ser ouvidos, mas são indistintos até mesmo para seus sistemas mais avançados. Apenas as caixas de controle e as tomadas afixadas nas paredes de pedra revelam que estão em uma estrutura humana em vez de uma caverna.

– Como eles receberam a mensagem aqui tão rápido? – Noemi se apressa por um lance de escada com degraus de metal, e Abel a segue de perto.

– Só existe uma conclusão possível: a Rainha e o Charlie que estão nos perseguindo também sobrecarregaram sua nave.

– O que vamos fazer? – pergunta Noemi, afastando o cabelo escuro de sua testa. – Podemos ficar escondidos, talvez, mas eles vão confiscar a nave.

– Talvez não. Se a Rainha e o Charlie soubessem qual era a nossa nave em Kismet, eles teriam nos confrontado lá, já que era o único lugar para o qual teríamos que voltar, não importa o que acontecesse. Nossa identidade falsa se sustentou lá; pode se sustentar aqui. Mudei o nome de exibição da nave para *Odysseus*. O grande viajante mitológico. Não é um nome incomum para naves, ou pelo menos não era, então também deve funcionar.

Noemi respira fundo. Ela pode ser volátil, mas consegue se concentrar muito rápida e profundamente. Abel se pergunta se é uma técnica de meditação ensinada na Gênesis. Por fim, ela diz:

– Ok. Nós ficamos escondidos, encontramos um dispositivo termomagnético e o levamos daqui. Você por acaso também tem o mapa de Cray na memória?

– Infelizmente não.

– Então vamos pegar um mapa.

Um painel de computador de baixa segurança nas proximidades permite que eles projetem um pequeno mapa holográfico das imediações. Abel foca sua atenção em áreas com altas concentrações de tecnologia. Estes são os lugares mais prováveis para achar o que eles precisam. Mas ainda estão muito perto da superfície, longe das áreas principais do supercomputador...

A saída de emergência se abre atrás deles. Ele e Noemi congelam ao som dos passos.

Será uma simples equipe de manutenção? Ou será que no fim alguém reconheceu Noemi e ele?

Eles não podem se dar ao luxo de descobrir. Os dois saem correndo para os túneis, para a escuridão desconhecida. O ar ecoa de forma diferente, mais estranho a cada segundo, mudando de um silêncio para um rugido forte e não identificável.

– Eles estão nos seguindo? – sussurra Noemi em certo ponto.

Abel tem dificuldade em filtrar o som agora que o rugido está aumentando.

– Não tenho certeza. Mas acho que podem estar.

Com isso, Noemi agarra sua mão e vai para uma porta lateral menor. Ele a deixa puxá-lo através da porta, para uma plataforma de metal numa escuridão quase total. O barulho alto é quase ensurdecedor.

Acima do som, ela grita:

– Você é impermeável?

Abel acha que vai se arrepender de dizer que sim.

19

Noemi pega a mão de Abel, e o puxa com ela quando pula da plataforma...

... para o rio subterrâneo que corre abaixo deles.

A água fria não é muito funda, mas é o suficiente para amortecer a queda. Noemi dá impulso com os pés para voltar à superfície e descobre que a água do rio só bate na altura dos ombros. Sorrindo, ela joga a cabeça para trás para tirar o cabelo do rosto e limpa gotículas de seus olhos e bochechas. Abel fica ao lado dela, o cabelo louro agora colado na testa, as roupas encharcadas e grudadas no corpo, e sua expressão está tão desgostosa que parece o gato dos Gatson quando tomava chuva. Noemi solta uma gargalhada antes de tapar a boca com uma das mãos; talvez o som da correnteza suave que passa por eles possa abafar qualquer ruído que seus perseguidores consigam ouvir, mas não há como ter certeza.

Ainda assim, os ombros dela se agitam com as risadas que ela está tentando reprimir.

Assim como um humano, Abel não gosta que riam dele.

– Você sabia que haveria água aqui embaixo?

– Claro. Caso contrário, eu não teria saltado. Estava marcado no mapa; este rio flui para os sistemas de purificação de água desta área.

Abel fica em silêncio, e ela percebe que ele está revisando os planos em sua mente. Considerando a memória perfeita que Mansfield lhe deu, é provável que ele possa estudar o diagrama tão bem agora quanto quando foi projetado diante deles.

– É claro – diz ele, quase como se estivesse falando consigo mesmo. – Fiquei focado nas áreas de importância tática. Você observou detalhes que deveriam ter sido irrelevantes, mas foram úteis.

Ela não vai jogar isso na cara dele, mesmo que ele tenha agido de forma tão superior com ela no início. Mas ela não pode deixar de querer mostrar um pouco mais da informação "irrelevante" que no momento está salvando a vida deles.

– Um abrigo de emergência também estava marcado. Então eu sabia que teríamos espaço para ficar de pé e ar suficiente para respirarmos. Parece que ele leva diretamente ao centro de suas operações. Mas teremos que voltar mais tarde, verificar outro mapa.

– Você está sugerindo que atravessemos o rio?

– Por que não? Isso nos leva para onde queremos ir, ou pelo menos para mais perto de lá, e quase não há chance de sermos encontrados aqui. – Noemi não consegue deixar de sorrir perversamente. – A menos que tenha medo de molhar o cabelo de novo.

Abel responde:

– Eu duraria mais tempo submerso na água do que você.

– Você afundaria, não? – Ela não gosta da ideia de ter que arrastar Abel das profundezas.

Mas ele balança a cabeça.

– Eu sou projetado para flutuar.

– Ah, bem, eu também. Então, vamos lá.

Juntos, eles começam a atravessar o rio, seguindo a corrente. Sua jornada é sombria, iluminada apenas por luzes de emergência amareladas penduradas no alto, e elas são muito espaçadas. Andar pela água é um trabalho árduo, mas Noemi está feliz por isso. O frio do rio é igual ao do ar na superfície; se ela não estivesse se obrigando a manter-se em ação, estaria com frio demais para funcionar.

O calor que a atravessa não vem apenas do exercício. Ela está energizada pelo raciocínio rápido. Com a emoção de saber que superou seus perseguidores. Mesmo correndo perigo, agora ambos estão em segurança por um tempo. Pela primeira vez – exceto por uma fração de segundo quando entraram no Portão Kismet –, sua jornada pelos mundos do Loop parece a aventura com que sempre sonhou.

Seu sofrimento por Esther continua, um peso interior terrível. Mas, por enquanto, Noemi pode suportar. Ela sabe que será mais difícil quando – se – ela voltar à Gênesis e for aos lugares aonde costumavam ir juntas, quando olhar o quarto vazio de Esther, quando tiver que dizer aos Gatson quão corajosamente sua filha morreu. Quando ela tiver que dar a notícia a Jemuel. Mas, agora, Noemi consegue seguir em frente.

Esta missão é a coisa mais importante que ela fará na vida. É também a única chance que terá de viajar pela galáxia. Noemi não quer perder de vista nenhuma dessas coisas, nem por um segundo.

– Obviamente, o rio é apenas uma solução temporária – diz Noemi mais alto que o som da água ondulante ao redor deles. Pingos de água ecoam com a voz dela. – Mas, se encontramos uma plataforma, encontraremos outras. Uma dessas pode ser um lugar seguro para esperar até a noite. Mas... as cidades de Cray são subterrâneas. Existe noite aqui?

– Uma noite artificial, mas é suficiente para nossos propósitos. – Abel sustenta os braços sobre a superfície da água, como se a ideia de ficar mais molhado do que já está o incomodasse. – Os laboratórios são desligados. Os cientistas vão dormir. E isso nos dá a chance de encontrar e roubar o dispositivo termomagnético.

– Por quanto tempo podemos nos esconder da Rainha e do Charlie?

– Eles terão ordenado aos Georges que relatem todas as chegadas incomuns nas últimas horas. A nossa será uma delas.

O estômago de Noemi embrulha.

– Isso significa que eles encontrarão o *Daedalus.*

– Talvez não imediatamente, mas acabarão encontrando – diz ele, como se não fosse nada de mais. – Nós teremos que roubar outra nave para a nossa fuga.

Roubar uma nave? Ela é o sustento de alguém. Talvez seja a casa de alguém. O que aconteceria com Zayan e Harriet se alguém roubasse a nave deles? Eles estariam arruinados para sempre. Poderiam até morrer de fome.

– Talvez pudéssemos apenas... nos esconder a bordo para fugir ou algo assim.

– Poucas naves são grandes o suficiente para nos esconder por algum tempo, e a maioria dessas é da frota terrestre, com segurança rigorosa. – Abel olha de lado para ela, então acrescenta devagar: – Os visitantes aqui não são Vagabonds. Eles são cientistas e empresários. Funcionários do governo. Representantes de várias corporações. Em outras palavras, são pessoas que podem pagar por uma nave nova.

Ele entendeu. Abel acompanhou seu raciocínio, reconheceu sua preocupação.

Noemi sente novamente o mal-estar que começou a se agitar nela quando Abel fez aquele comentário sobre cavar mais fundo. Quando ele a provocou sobre disparar alarmes de segurança. Foi sensacional perceber que Abel tem senso de humor. Seus resmungos anteriores poderiam ter sido seu complexo de superioridade em ação, mas aquelas pequenas piadas... Os mecans não devem pensar dessa maneira.

E eles certamente não demonstram compreensão dos sentimentos humanos. Não desse jeito.

É uma ilusão, Noemi diz a si mesma. *Uma simulação de consciência em vez de algo real.* Ela sabe que as inteligências artificiais podem ser programadas para imitar o pensamento humano em um grau estranho. Supostamente, até a Terra proibiu essa prática há muito tempo, como parte dos regulamentos que impediram a inteligência artificial de evoluir até o ponto de pôr em perigo a humanidade em vez de atendê-la. Mas uma pessoa como Burton Mansfield pode se considerar acima das regras. Ele pode ter usado os velhos truques que fazem fios de eletricidade simularem o funcionamento de um cérebro humano.

Esse pensamento a assusta. No entanto, a alternativa é muito pior – que Abel não esteja apenas imitando a consciência. Que ele esteja, de alguma forma, *vivo*...

O barulho de uma pancada no metal pesado arranca Noemi de seu devaneio. Abel congela no lugar.

– O que foi isso? – pergunta ela.

O maquinário próximo a eles parece responder a pergunta, guinchando enquanto engrenagens ou turbinas começam a se mover. Eles estão mais fundo na subestrutura de Cray do que ela tinha percebido? Eles caminharam por baixo de uma peça importante, talvez algo que tivesse o dispositivo termomagnético que ela precisa?

Mas os golpes metálicos que ela ouve parecem... primitivos.

– Sem controlar o áudio e comparar, não consigo ter certeza – diz Abel –, mas acho que é o barulho dos mecanismos de fluxo de água sendo iniciados. Uma função automática, provavelmente configurada de acordo com um cronograma.

– Isso significa que eles estão prestes a desligar o rio?

– ... Eu acho que eles estão ligando o rio.

Atrás deles, rio acima, um som de rugido começa a crescer, mais alto a cada segundo. Noemi arregala os olhos.

– A gente precisa sair daqui.

Escadas de segurança, luzes de emergência, eu sei que vimos algumas...

Mas eles não têm tempo. O rugido mascara tudo, exceto a vasta onda escura que vem rolando na direção deles. Debaixo dela, a água do rio mexe um pouco, e então a onda já está em cima deles, quebrando em cima dela.

Noemi poderia muito bem ter batido contra uma parede de aço puro. A força da água expulsa o ar de seus pulmões e a gira de cabeça para baixo com violência, de um lado ao outro e de volta. Ela estica os braços desesperadamente, tentando descobrir para qual direção fica a superfície, mas é impossível. A corrente torrencial faz com que ela se arranhe ao longo de uma pedra áspera, mas ela não tem como saber se é o fundo do rio, a parede ou mesmo o teto.

É muito forte para ela aguentar. Noemi não consegue encontrar apoio, não consegue se salvar de forma alguma. Agora o rio a possui. Ela está debaixo d'água, incapaz de respirar, por tanto tempo que seu peito dói e o mundo está girando.

O medo está prestes a se tornar pânico quando um braço envolve sua cintura e a puxa para a superfície. Noemi arqueja em busca de ar enquanto Abel prega as costas dela contra a parede. O rio está tão alto que o teto, antes dez metros acima de suas cabeças, quase pode ser tocado – e a correnteza se tornou mais forte, agitando e espumando a água que corre ao redor deles. Abel se agarra a uma alça de metal com uma das mãos e, com a outra, segura a cintura de Noemi, mantendo-os no lugar sem nenhum sinal de tensão.

Ferida e sem ar, Noemi demora para conseguir falar:

– Sempre achei... que eu era... uma boa... nadadora.

– Nenhum humano poderia suportar correntes tão fortes. – Abel diz isso sem nenhum traço da sua superioridade habitual. – A primeira coisa que precisamos fazer é encontrar outra plataforma como a que pulamos.

O teto do túnel era mais alto aqui, se Noemi bem se lembra. Algumas das plataformas seriam construídas mais altas que o rio, mesmo em seu fluxo máximo, não muito mais altas, mas o suficiente para ela sair.

– Como fazemos isso?

– Eu nos levarei pela parede. Você se segura em mim.

Noemi hesita apenas um momento antes de deslizar as mãos ao redor do pescoço de Abel como se o estivesse abraçando. Ele tem ombros mais largos do que ela havia percebido, o suficiente para que ela descanse seus braços doloridos. Ela afasta o rosto do dele, pousando a cabeça na curva de seu pescoço, de modo que possa procurar pela próxima plataforma ou qualquer outra coisa adiante.

– Seria aconselhável que você usasse as pernas também – diz Abel.

Claro. Noemi envolve a cintura dele com as pernas, colando sua barriga na dele, constrangida. Que ridículo ficar tímida por se agarrar a ele com tanta intimidade. Não é mais pessoal do que se sentar no banco de seu caça.

Ou não deveria ser. Mas agora que eles estão assim tão próximos, ela se lembra vividamente de como o corpo dele parece humano. Ele está quente apesar da água fria, forte apesar da correnteza. Sua mão nas costas dele causa uma sensação boa. E há até um perfume em sua pele – não artificial, mas natural e agradável...

Por favor, pare de cheirar o menino-robô, Noemi diz para si mesma, saindo do transe.

Não que Abel tenha notado. Ele está concentrado em carregá-la, mesmo que não pareça ter qualquer dificuldade para seguir o caminho ao longo da parede da caverna. Seus dedos pálidos encontram alças nas mais ínfimas ranhuras na rocha. Eles avançam com lentidão meticulosa, Abel nunca hesita.

Ela lembra o que ele lhe disse sobre conseguir permanecer submerso.

– Se eu não estivesse aqui, você poderia caminhar pelo fundo do rio, não poderia?

– Se você não estivesse aqui, é altamente improvável que eu estivesse aqui.

– Bom argumento. – Noemi suspira. – Acho que o meu ótimo plano de fuga não foi tão bom assim.

Esta é a chance de ele jogar isso na cara dela, mas Abel não morde a isca.

– Você mostrou considerável engenhosidade e raciocínio rápido. Você não tinha como saber que o horário de distribuição de água trabalharia contra nós desse jeito.

Salvar a vida dela é apenas uma dessas coisas que um mecan está programado. Mas um mecan ser legal com ela é algo completamente diferente. Mais uma vez, a inquietude se agita dentro de Noemi, mas ela está muito exausta para se debruçar sobre isso.

E um instante depois, ela vê o que eles precisam.

– Uma plataforma! Aproximadamente vinte metros à frente.

Ele ainda continua olhando a pedra, certificando cada alça.

– Deste lado do rio ou do outro?

– Do outro. Você consegue chegar lá?

– Acho que sim.

Noemi não gosta de como isso soa.

– Você está calculando mentalmente as chances exatas de conseguir atravessar o rio e não quer me dizer porque são muito assustadoras?

– Eu acho que os seres humanos raramente querem ouvir descobertas matemáticas exatas, pelo menos em uma conversa casual.

– Isso é o jeito mecan de dizer "sim", não é?

– ... sim.

– Ótimo.

Abel acrescenta:

– Vou especificar o seguinte: se as chances não fossem melhores do que cinquenta por cento, eu não diria que acho que consigo.

Elas não são muito maiores *que cinquenta por cento, ou ele diria de uma vez*, pensa Noemi. Mas não há mais nada que ela possa fazer a não ser esperar.

Quando estão a cerca de cinco metros da plataforma, Abel se afasta da parede, com dificuldade, sem aviso. Noemi já está agarrada a ele com tanta força que não faz diferença, mas ela ainda arqueja ao se encontrar de volta na correnteza, à mercê do rio.

Desta vez, no entanto, o rio perde. A força impressionante de Abel já os impulsionou até mais da metade do caminho, e o bater de pernas é tão poderoso que eles se movem de lado com a mesma força com que são empurrados para a frente. Ela solta os ombros de Abel para estender o braço, então é a primeira a segurar a grade da plataforma.

Eles rastejam para a plataforma juntos. Mas no momento em que estão fora da água, Noemi cai de costas, respirando com dificuldade. Agora que o puro terror já não a alimenta, ela percebe que está quase completamente sem forças. Todos os seus músculos vibram e doem. Os arranhões ao longo dos antebraços e as muitas contusões em seu corpo foram temporariamente apagados pela crise; agora ela sente cada um deles. Suas roupas molhadas se grudam ao corpo, encharcadas e pesadas, mais uma razão pela qual ela sente que nunca mais poderá se mexer.

Abel, é claro, está bem. Ele se levanta, joga os cabelos molhados para trás e olha para cima. Noemi percebe que o túnel é muito mais alto aqui – pelo menos mais cinquenta metros.

– Acho que existe uma estação de observação acima de nós – diz ele. – Atualmente deserta, a julgar pela falta de iluminação. Se não houver outro ponto de entrada, devemos conseguir atravessar uma das janelas.

Do lugar em que está deitada de costas, Noemi vira o pescoço para olhar. Existe mesmo uma escada de metal preto que leva até lá em cima. Mas ela balança a cabeça.

– Abel, não consigo subir essa escada. Não agora, nem por um tempo. – Ela não parece sequer capaz de se sentar.

– Eu posso levar você, se tiver forças para segurar em mim.

Ela respira fundo ao considerar a ideia. Não se trata de força de vontade; trata-se de pura força física. Nada absorve energia tão drasticamente quanto nadar para salvar a vida. Não faz sentido tentar subir a escada se ela só vai cair no meio caminho e se matar.

Ela se senta devagar. Contrai os músculos e flexiona os braços, depois as pernas. Finalmente, balança a cabeça.

– Vamos começar.

Abel ajuda Noemi a se levantar, depois se posiciona na escada. Ela se prende em volta dele mais uma vez, agora agarrando-se às costas dele em vez do peito. Quando ele começa a subir, ela percebe como isso é mais difícil fora da água; por mais avassaladora que fosse a corrente, pelo menos parte do peso de seu corpo era suportado pela água. Mas agora, seus braços precisam aguentar tudo, e eles não vão conseguir fazer isso por muito tempo.

– Abel? – sussurra ela. – Você pode ir mais rápido?

Ele responde, não com palavras, mas acelerando tanto que a assusta. É uma velocidade desumana. A subida tem mais solavancos, mas isso não importa, porque em segundos eles alcançam a estação. É um hexágono de metal prateado cortado ao meio que sai da parede da rocha, com telas de malha fina sobre as janelas em vez de vidro. Enquanto Noemi se pergunta com que facilidade as janelas podem ser tiradas das esquadrias, Abel perfura uma das telas de malha, tira toda ela e joga no rio.

Noemi sobe primeiro e cai em uma cadeira enquanto Abel se junta a ela. Fios do cabelo louro-escuro de Abel se grudam a testa úmida dele e suas roupas molhadas pingam no chão, mas ele não demonstra sinais de cansaço ou nervosismo. Noemi ainda não começou a descobrir os limites do que ele pode fazer.

Abel fez tudo isso por ela, sabendo que ela vai destruí-lo.

– Obrigada – sussurra ela.

Ele olha para ela com espanto, depois sorri.

– Não é necessário agradecer aos mecans.

– Não estou agradecendo a você porque é necessário. Estou agradecendo porque você merece.

Depois disso, o silêncio entre eles perdura por muito tempo. Noemi não quer se sentir grata a Abel; ela não quer se importar com ele. Ela está se deixando levar, ficando... confusa, distraída. Eles precisam se concentrar na missão.

– Tudo bem – diz ela. – Daqui conseguimos descobrir onde estamos? E onde pode haver um dispositivo termomagnético?

Abel se move em direção ao console de um computador da estação.

– Provavelmente. Temos tempo suficiente para pesquisar isso e ter certeza, e para você descansar. – Ele diz a última parte com tanta facilidade quanto a primeira, mas ela ainda ouve o que parece uma preocupação genuína em sua voz. – Seu plano de fuga pode ter tido dificuldades imprevistas, mas pelo menos ninguém nos encontrará aqui.

As portas se abrem. Noemi se assusta ao ver uma pessoa parada ali – uma garota alta, um ou dois anos mais nova que ela, de pele bronzeada, longos cabelos castanhos com mechas vermelhas presos em um rabo de cavalo, e um sorriso sorrateiro no rosto. Atrás dela, três outras pessoas da mesma idade, e todos caem na gargalhada.

Quando Noemi olha para os recém-chegados, horrorizada, a menina cruza os braços sobre o peito com orgulho.

– Viram? Razers sempre encontram bugs no sistema. E agora encontramos vocês.

20

ABEL FICA IMÓVEL E EM SILÊNCIO, AVALIANDO A SITUAÇÃO. ELE TEM protocolos que serão acionados se ele e Noemi estiverem sendo capturados. Mas as pessoas que os encontraram – os "Razers", como se chamam – não conseguem decidir o que fazer a seguir.

– Nós entramos lá com esses dois e apenas observamos o chefe da segurança ter um colapso.

– Se a segurança descobrir que estamos à frente deles, vão perguntar o que estávamos fazendo aqui embaixo. Nós queremos mesmo isso?

Abel presume que este comentário está relacionado com o aroma diferente que paira no ar, a fumaça de uma substância à base de plantas que é ilegal em Stronghold e Cray.

– Nenhum de vocês está pensando claramente sobre isso – diz a menina com o cabelo de mechas vermelhas, parece ser a líder. – Se a gente não entregar os dois, o que vamos fazer com eles? Mas a gente também não deve entregar os dois a troco de nada. Mais cedo ou mais tarde, vão anunciar uma recompensa.

– Então me diz uma coisa, Virginia: quem vai ficar com o dinheiro? – pergunta o mais alto deles, um menino corpulento e de cabelos louros. – Vamos dividir por igual? Porque fui *eu* quem verificou a grade do sensor.

– Só depois que eu mandei – responde Virginia. – Fui eu que me dei conta de que eles tinham descido mais fundo.

Os Razers começam uma nova rodada de brigas. Noemi olha para Abel, mais desconcertada do que preocupada.

Ele não pode culpá-la por sua confusão. É nítido que seus captores não estão se comportando como se estivessem na presença de possíveis criminosos; não parece ocorrer aos Razers com que rapidez essa situação poderia mudar, como seria fácil eles se machucarem.

E seria muito fácil. A programação de Abel sugere seis formas diferentes de matar ou mutilar todos os quatro Razers em noventa segundos. Se a vida de Noemi estiver em perigo, ele fará exatamente isso. Mas a programação dele não lhe permite matar seres humanos sem circunstâncias tão urgentes ou sem ordem direta.

Em vez disso, ele deve tentar entender esses Razers. Felizmente, o que Abel sabe de Cray é suficiente para ajudá-lo a desenvolver uma hipótese.

Além de alguns funcionários, toda a população de Cray é composta por mentes científicas de ponta. Jovens na Terra e nos outros mundos colonizados são testados para ver se têm a aptidão necessária; se tiverem, deixam seus pais para se juntar aos colégios internos intensivos em Cray. A maioria nunca volta para casa. Como a mensagem de boas-vindas planetária indicou, as famílias podem visitá-los, e o fazem, mas ninguém tem permissão para ficar. Os recursos de Cray, como os de Kismet, são reservados para a elite. A diferença é que Kismet é destinada aqueles com riqueza, e Cray, aqueles com inteligência.

Os quatro adolescentes que estão diante deles foram bem tratados e mimados toda a vida. Eles acham que se esgueirar por corredores de serviço e fumar substâncias controladas conta como rebelião. Em comparação com Noemi, parecem ingênuos, até bobos.

Ainda assim, os Razers encontraram Abel e Noemi. A única saída seria atacá-los, e Abel não pode fazer isso a menos que Noemi esteja em risco ou que o ordene explicitamente.

A essa altura ele já entendeu que ela nunca daria essa ordem.

Virginia mexe na ponta de seu rabo de cavalo de mechas vermelhas.

– Poderíamos pedir uma recompensa que não fosse em dinheiro. Processadores extras para o nosso projeto de placas tectônicas? Ou um tempo de férias em Kismet, talvez.

Noemi fala pela primeira vez desde a entrada dos Razers:

– Kismet é superestimado.

– Fale por você. Eu não vejo sol, qualquer sol, há cerca de dez anos. Kismet tem sol? Então parece ótimo para mim. – Virginia diz isso sem autopiedade. Sua curiosidade parece ter sido aguçada, no entanto. – Então, por que eles estão atrás de vocês? "Pessoas de interesse", sei. Vocês estão planejando alguma coisa.

– Nós roubamos uma peça para a nossa nave – diz Abel.

Os outros se entreolham e zombam. O membro mais jovem, um menino que está entrando na puberdade, ri deles.

– Eles não emitem alertas interplanetários por causa de *peças roubadas*.

– Você está certo, Kalonzo. Vamos, vocês dois, desembuchem. – Virginia sorri conspirativamente. – Foi bom? Espero que tenha sido uma coisa incrível.

Noemi me roubou, pensa Abel. *Ou eu mesmo me roubei.* É quase certo que as autoridades ainda não sabem que Noemi é da Gênesis; sua única fonte de informação possível seriam os membros do Remédio que eles encontraram na lua de Kismet, mas é improvável que eles tenham informado às autoridades sobre as origens de Noemi. Eles desejariam preservar o contato com um aliado potencial. Portanto, toda essa busca é apenas por causa da esperança de Burton Mansfield ter Abel de volta.

Apesar da roupa encharcada de Noemi e dos cabelos úmidos, ela se mostra confiante ao se inclinar para trás na cadeira.

– Vou propor uma coisa. Vamos fazer um acordo.

Os Razers trocam olhares antes de Virginia dizer:

– Que tipo de acordo?

– Precisamos nos esconder. – Noemi suspira, como se isso não fosse mais que um aborrecimento. – É claro. Então, vocês não dizem às autoridades que estamos aqui. Além disso, vocês ajudam a gente a conseguir um dispositivo termomagnético e não contam nada sobre isso, mesmo depois que sairmos de Cray. Em troca, vocês têm, digamos, quinze horas para estudar a peça de tecnologia mais incrível que já viram na vida. Eu prometo que vai ser *demais*.

Os olhos dos Razers se iluminam. Noemi atingiu bem no ponto.

Virginia está interessada, mas não muito convencida.

– Para ser honesta, a gente provavelmente esconderia vocês por algum tempo só por diversão. Mas um dispositivo termomagnético? Você teria que oferecer algo bastante espetacular em troca, e tenho certeza que você não tem nada disso.

– Não tenha tanta certeza – responde Noemi. – É melhor do que você pode imaginar.

– Estamos ouvindo. – Virginia cruza os braços. – O que é?

Abel já sabe o que está por vir, mas ainda se sente orgulhoso quando Noemi responde:

– O mecan mais avançado e exclusivo já criado. O projeto especial há muito perdido de ninguém menos que Burton Mansfield.

Eles não parecem impressionados. Um dos outros Razers, uma menina chamada Fon com o cabelo preso em um coque bagunçado, na verdade ri.

– O lendário modelo A? Qual é? Onde você ia encontrar uma coisa assim?

Abel dá um passo à frente, estende a mão esquerda e passa a ponta do polegar direito sobre a palma, ao longo de um pequeno sulco, pequeno demais para o olho humano notar. Só aqueles que conhecem bem os mecans reconhecerão isso como uma costura de reparação.

Enquanto os Razers observam, Abel levanta a pele para expor a estrutura esquelética metálica de sua mão. O membro não é inteiramente mecânico, o que significa que ele sangra um pouco e a dor é... considerável. Mas sua programação permite que ele ignore essa entrada sensorial, pelo menos por um tempo.

Ele sorri ao cruzar o olhar com o de Virginia e diz:

– A de Abel.

O rosto dela se ilumina com um sorriso largo.

– Bem, Abel, meu nome é Virginia Redbird, e eu juro que ninguém nunca ficou tão feliz por ver você como estou agora.

• • •

Abel impõe apenas uma condição aos Razers: seus estudos podem ser tão extensos quanto quiserem, mas eles não podem fazer nada que cause danos permanentes. Eles juram que não, que seria mais fácil jogarem um Picasso na fogueira, o que seria o erro mais estúpido de todos os tempos etc. Por mais exageradas que sejam as promessas, Abel percebe que são sinceras. Os Razers aceitaram o acordo.

Noemi percebeu que eles valorizariam o conhecimento acima de todas as outras coisas, pensa Abel enquanto Virginia segura um espectrômetro sobre seus pés descalços. Talvez mais tarde, ele possa pedir a Noemi que lhe ensine mais sobre a natureza humana.

No entanto, ele terá pouco tempo para usar esse conhecimento. Agora que a aquisição do dispositivo termomagnético parece provável e iminente, o tempo de vida que resta a Abel talvez possa ser medido em meros dias.

Seria pouco útil aprender algo novo agora.

Eles se refugiaram no esconderijo dos Razers, uma câmara vazia no final de um túnel deixado para trás depois que um projeto de construção foi transferido. As informações que Abel tem sobre adolescência indicam que, para esta faixa etária, pontos de encontro privados seriam ideais para desfrutar de vídeos, usar intoxicantes, praticar atividades sexuais ou alguma combinação dos três. Esta câmara, no entanto, é um laboratório de computação, formado por antigas máquinas que os Razers "personalizaram". Apesar dos toques caprichosos, como os fios de luz através do teto e a rede no canto distante, isso é inquestionavelmente um lugar de trabalho.

– Então, depois de um longo dia fazendo experimentos científicos, vocês relaxam fazendo mais experimentos científicos – diz Noemi. Ela trocou de roupa e está usando uma camiseta e calças de Virginia, ambas um pouco grande demais para ela. As pernas da calça se enrugam nos joelhos, mas Abel se pega fascinado pela forma como o colarinho largo da camiseta rosa-clara cai de um dos ombros nus de Noemi. Não há razão lógica para esse fascínio, mas dizer isso a si mesmo não ajuda Abel a parar de olhar.

– Isso mesmo, mas durante o dia fazemos experimentos chatos – explica Virginia, sem tirar os olhos da perna de Abel. No momento, ela é a única Razer com eles, uma demonstração de confiança ou de uma autoconfiança tola. Na opinião de Abel, provavelmente a última. Kalonzo foi buscar algo para comer, enquanto os outros dois, Ludwig e Fon, pesquisam sobre dispositivos termomagnéticos nas imediações. Era nítido que Virginia estava encantada por ter algum tempo de pesquisa sozinha com Abel. – Por conta própria, fazemos coisas legais. Como isto. Embora este seja *muito* mais legal do que o habitual. O modelo A! Lendário!

Abel gosta de ser chamado de "lendário".

– O que você já ouviu sobre mim?

Virginia gesticula em direção a camisa úmida de Abel, que ele tira com facilidade enquanto ela diz:

– Que existia um modelo A. Que Mansfield tentou ampliar os limites do que um organismo cibernético era capaz de fazer e ser. Algumas cópias dos planos dele circularam... e vou te contar: causaram muito alvoroço nos círculos da robótica. Mas ele nunca fez outro modelo A. Algumas pessoas tentaram fazer coisas parecidas, mas falharam.

Ele ainda não tinha sido substituído. Para Mansfield, ele era único. Abel pensa no sorriso de seu pai e sente um estranho nó na garganta. Ele já se perguntou por algum tempo se ele poderia desenvolver a capacidade de chorar. Aparentemente, ainda não, mas está começando a perceber como isso pode ser.

Virginia coloca um sonar de imagem no peito dele e começa a escanear.

– Tecnicamente, acho que poderíamos abrir você – diz ela a Abel –, mas prefiro não espalhar sangue por toda parte. A menos que você possa parar de sangrar com um comando?

Abel balança a cabeça.

– Isso é tão automatizado para mim quanto para você.

Noemi fica com uma expressão confusa e pergunta:

– Abel... o que você fez lá na estação de observação, de rasgar a pele da sua mão... doeu?

– Claro. Minhas estruturas orgânicas incluem nervos.

Com o scanner logo acima do órgão que faz o papel de coração em Abel, Virginia solta um assovio longo e baixo.

– Você tem sistemas de backup para sistemas de backup, sabia? Mansfield se superou com você.

– Sim – responde Abel.

– Então, como é que você não está com Mansfield? Como ele perdeu você de vista?

– Ele... achava que eu tinha sido destruído. Nossa separação foi acidental. – Isso é o mais perto da verdade que Abel pode chegar sem entregar demais.

– Mas você não quer voltar para ele? – pergunta Virginia. – Porque ele está procurando por você... é por isso que estão fugindo, certo?

– Eu quero voltar para ele – diz Abel. – Quero muito. Mas há algo que devo fazer antes. – Ele é muito cuidadoso em não olhar para Noemi ao falar.

Não que não tenha curiosidade sobre a reação dela, mas teme que Noemi não tenha reação alguma.

Virginia aceita esta explicação, mesmo vaga.

– Acho que ninguém está com muita pressa para voltar para a Terra, hein? As imagens que meus pais mandaram mês passado diziam que eles estão tendo tempestades de areia em Manitoba. Tempestades de areia! Pessoas vivem lá desde que o estreito de Bering era subaquático, e ninguém nunca teve que se preocupar com tempestades de areia antes. *Nunca*. Deve ser muito assustador.

– Seus pais estão bem? – pergunta Noemi, abraçando-se, incomodada com a questão pessoal.

Virginia faz uma pausa no meio da varredura.

– Eu mando o que posso para eles. Eles estão bem. Tão bem quanto alguém pode estar nessa situação. Na maior parte do tempo, tento não pensar sobre isso.

A testa franzida de Noemi trai sua confusão, ou seu desprezo. Uma garota que não foi capaz de se desfazer do cadáver da amiga até encontrar um lugar de descanso decente jamais poderia entender deixar as pessoas que amava em perigo. Mas Abel entende de escolhas difíceis.

Sem perceber as reações a sua volta, Virginia volta ao trabalho.

– Ei, se vocês estiverem entediados, temos todos os últimos *vids* e também uma grande coleção de clássicos.

– Você tem *Casablanca*? – pergunta Abel com súbita esperança.

– Talvez. Eu vou ter que confirmar. Quer uma cópia para levar para sua nave secreta, para sua viagem secreta para fazer o que quer que vocês vão fazer secretamente? – Virginia lhe dá uma piscadela.

Ele não vê utilidade nesse tipo de humor, mas enfim, ver *Casablanca* mais uma vez...

– Sim, por favor. Eu gostaria muito disso.

– O que é *Casablanca*? – pergunta Noemi.

A Gênesis proibiu *tudo* que é maravilhoso?

– É um filme do início do século XX, os filmes eram um estágio primitivo do que agora chamamos de *vids*. Fornecem apenas informações visuais e auditivas, mas podem ser surpreendentemente estimulantes. – Abel sorri enquanto pensa nos personagens... Rick, Ilsa, Sam, capitão Renault. – *Casablanca* era o meu favorito.

O rosto de Noemi mostra aquele olhar confuso de novo, mas Virginia diz com alegria:

– Bem, se alguém tem isso aqui em Cray, posso conseguir para você. Hum, talvez eu possa consertar você. Há algumas leituras *estranhas* aqui.

Ela deve estar se referindo às sobrecargas em seus sistemas emocionais, em especial a área que controla devoção e lealdade.

– Certas funções mentais foram reencaminhadas. Ainda estou processando a toda velocidade, mas os resultados são menos estáveis do que antes.

Ele poderia simplesmente dizer quais áreas estão com problema, mas achou que não queria contar a ela algo tão... pessoal, por falta de palavra melhor.

Virginia ergue as sobrancelhas ao continuar escaneando.

– Definitivamente, alguma coisa está acontecendo. Seja lá o que for, é mais o software, e não o hardware. Duvido que possamos corrigir sem uma reinicialização total da memória.

Noemi balança a cabeça.

– Seria errado simplesmente... apagá-lo.

De início, Abel se sente lisonjeado, mas depois ele lembra que Noemi precisa de seu conhecimento anterior para destruir o Portão Gênesis. Ele só é útil para ela se estiver intacto.

– Você está brincando? – Virginia ri deles. – Eu não apagaria Abel, mesmo que vocês dois implorassem. Este trabalho... o que Mansfield fez aqui... eu sei que ainda não entendo tudo, mas é importante demais para ser destruído. O que ele conseguiu realizar com você vai além de tudo o que eu acreditava que a cibernética poderia fazer.

– O que exatamente você quer dizer? – pergunta Abel. Mansfield nunca explicou, em profundidade, quais são as reais diferenças.

Abel nunca se incomodou com o que os humanos considerariam crises existenciais: ele sabe o que é, quem o fez, quais são seus deveres no mundo. Nunca teve que se fazer as mesmas perguntas sobre o "sentido das coisas" que tanto assombra os humanos. Mas se ele é algo mais do que um mecan. Se sua existência tem algum sentido maior...

– Você é *incrível*. Tipo, muito superior a qualquer outro mecan que eu já vi. – O enorme sorriso no rosto de Virginia não é tão autoconfiante quanto antes. Abel busca a palavra certa para descrevê-la e ocorre-lhe "assombrada". – Seus processos mentais são complexos o suficiente para serem humanos.

– O quê? – Noemi se aproxima deles. Ela se apoia em uma das mesas de trabalho cobertas de grafites, como se ela esperasse cair. – O que isso significa?

O próprio Abel gostaria de ter essa resposta. Embora ele já entenda a importância objetiva desta notícia, sabe que precisará digerir essa informação mais tarde, depois que não estiver tão inflado de orgulho.

Toda excelência dentro de Abel é a prova do amor de seu pai.

Virginia dá de ombros.

– Abel, você tem um córtex operacional incrivelmente intricado. Sério, suas capacidades estão tão superdesenvolvidas que são contraproducentes. Tipo, você pode duvidar de suas próprias escolhas, não pode? Aposto que sim.

– De vez em quando – responde Abel.

– Viu só? – Virginia aponta para ele. – Os outros mecans não podem fazer isso. A dúvida paralisa as pessoas. Os mecans devem cumprir sua tarefa, não importa o que aconteça. Não há a menor chance de Mansfield ter feito isso sem motivo, ou apenas para provar que conseguia. Abel... Você foi projetado para algo específico. Algo extraordinário. Você realmente não sabe o que é?

– Não, eu não sei. – Mas ele sente que Virginia está certa.

Mesmo agora, um grande mistério se esconde dentro de Abel, um mistério plantado por Burton Mansfield há muito tempo, esperando para ser revelado.

21

SE NOEMI TIVESSE QUE DESCREVER CRAY EM UMA PALAVRA, SERIA *claustrofóbico.*

O porto espacial e o centro comercial ao redor dele passavam uma sensação de arejamento – um feito de iluminação e design que Noemi não apreciou o suficiente quando estava lá. Agora, porém, tinha passado horas num rio subterrâneo e no esconderijo dos Razers. E ela não gosta de toda essa pedra que a rodeia, fechando-se ao redor dela.

Uma lembrança pisca de volta a mente, viva: ela e Esther, atravessando um dos prados que cercam Goshen, a cidade onde vivem os Gatson. A grama alta dançava na brisa forte, ondulando e girando ao redor delas como fitas verdes. Acima, estendia-se uma vasta cúpula azul de céu sem nuvens, marcada apenas por pássaros brancos que voavam para as montanhas geladas do leste.

O que Noemi não daria por mais um dia com Esther, debaixo desse céu infinito.

Mas Cray não é de todo ruim. Quando ela consegue esquecer o peso da rocha sobre ela, o esconderijo dos Razers parece agradável e acolhedor. As decorações pessoais que não podem ser feitas à mão são consideradas desperdício na Gênesis, de modo que Noemi nunca pôde acender luzes coloridas ao longo do teto. Ela nunca colecionou bandeiras de cores brilhantes para pendurar em arcos. Embora os Gatson tivessem uma rede no quintal, ela nunca imaginou colocar uma em seu próprio quarto.

Ela olha para a rede, onde Abel está dormindo. (*Eu preciso regenerar*, disse ele, sorrindo e sentando-se na rede sem nenhuma hesitação. Então fechou os olhos e dormiu no mesmo instante.) Noemi tem dificuldade de olhar para ele por muito tempo.

Ela ficou irritada ao vê-lo rasgar a própria pele para revelar o metal. Ela matou tantos mecans em combate, mas só agora se incomodou ao ver que eles sangram.

Mecans são apenas máquinas. Carne e sangue podem ter sido levados a sobreviver em torno dessa estrutura, mas, no fundo, eles são apenas coisas. Pelo menos, deveriam ser.

Mas Abel... Abel parece diferente. Noemi não está se perguntando se ele é uma máquina ou um homem; começou a acreditar que ele é ambos. Mas até que ponto? O lado humano dele é apenas um truque, uma sombra do próprio Burton Mansfield, colocado ali como prova de sua inteligência e seu ego? Ou existe mais?

Não importa, ele foi projetado para um propósito – algo importante, algo magnífico. Algo que nem ela nem Abel sabem o que é.

Noemi respira fundo e deixa a questão de lado. Ela vai lidar com isso mais tarde.

Na Gênesis, eles aprendiam que Cray era um planeta de pessoas frias e racionais, que valorizavam a análise acima da emoção. Talvez tenha sido assim, trinta anos atrás. Agora, é o lar de Virginia e seus amigos, que são... muitas coisas estranhas, mas não frios.

– Você encontrou *alguma* coisa sobre Mansfield nos últimos dez anos? – pergunta Virginia, dando uma mordida no pão pegajoso que está comendo. Ela está sentada de pernas cruzadas em uma almofada de cores vivas, conversando com seus amigos através de várias telas.

Ludwig (o cara louro, que parece estar participando da conversa deitado na cama) balança a cabeça.

– É como se ele tivesse desaparecido. Como se tivesse se *desintegrado*. Não sei o que aconteceu com Burton Mansfield, mas o maior cibernético da galáxia não para de pesquisar sem motivo algum.

– Ou talvez seja só porque ele tem mais de oitenta anos. – Quem diz isso é Fon, a garota atlética com cinco piercings em cada orelha. – Ele não tem idade suficiente para ter tomado o ReGen quando era jovem. Isso significa que deve estar muito frágil agora.

– Eles teriam dado alguma coisa pra ele! – Protesta Kalonzo, o mais novo deles. – Uma pessoa como Mansfield... Eles querem que ele viva o dobro do tempo. O triplo!

– Não importa – rebate Virginia. – A planta que era usada para fazer o ReGen foi extinta, e eles nunca sintetizaram um substituto. Então, como exatamente você acha que Mansfield teria tomado ReGen quando nasceu, uma década depois de terem parado de vender isso?

Isso desencadeia uma discussão entre os quatro, três deles acreditam com firmeza que o ReGen permaneceu disponível através de canais escusos depois de supostamente ter acabado. Cada um deles tem teorias elaboradas e misteriosas para explicar quais seriam esses canais, quem os controlava, quanto tempo durou a oferta e se certas pessoas ainda podiam tomar uma droga que retarda o processo de envelhecimento de forma tão dramática que algumas chegavam a viver por duzentos anos.

Noemi estudou o ReGen na aula de história. Na Terra, eles passavam a vida temendo a morte, negando sua inevitabilidade. Eles até encontraram uma maneira de expandir seu tempo de vida. E, no entanto, eram tão míopes que extinguiram a planta que fornecia a droga necessária. Uma vez que ela estava extinta, suas chances de relativa imortalidade também acabaram.

Que tipo de mundo poderia ser brilhante o suficiente para inventar os Portões, os motores mag, até mesmo um mecan avançado como Abel, e ainda ser burro o bastante para fazer algo assim?

Noemi suspira. Agora está começando a entender um pouco os mundos colonizados, os Vagabonds, os tipos que escolhem viver fora dos mundos. Mas acha que nunca vai encontrar sentido na Terra.

– Pessoal, vamos desligar – diz Fon. – Minha primeira aula amanhã é com Hernandez, e vocês *sabem* como ele fica se você está cansado em suas aulas...

Tanto Kalonzo quanto Ludwig gemem. Virginia diz:

– Nem me lembre. Ok, vou ficar por aqui na central cibernética até vocês aparecerem amanhã. Entendido?

– Vou fazer uma escapada da meia-noite, se tiver oportunidade – diz Ludwig, seja lá o que *isso* signifique. Noemi ainda está se familiarizando com suas gírias. – Se conseguir, aviso você.

– Se você conseguir, será capitão pra sempre! – diz Kalonzo, o que faz todos rirem. Mais gírias? Quando desligam, Noemi lança outro olhar sorrateiro para Abel.

Ele está na rede, com as mãos cruzadas sobre o peito. Os seres humanos raramente parecem tão arrumados enquanto dormem; ele está ainda mais rígido agora do que na cápsula na estação Wayland. Mas não tão rígido a ponto de dar pistas a alguém que não soubesse o que ele é. Mansfield deve ter incluído programas para proteger Abel enquanto ele dorme.

Mas ele não está dormindo, Noemi lembra a si mesma. *Mesmo que chame isso de sono. Ele está apenas no modo regenerativo. Mesmo que sua carga de energia baixe, ele não poderia se sentir cansado.*

Poderia?

Virginia desliga sua conexão com os outros, lambe o que resta do açúcar pegajoso em seu polegar, depois volta para sua cadeira. Com calças largas e casuais e uma alegre camiseta amarela, ela parece uma criança que cresceu demais. Ou talvez uma artista. Não um dos supostos gênios frios de Cray.

Ao ver que Noemi a observa, Virginia se ilumina.

– O que foi? Não consegue dormir? Eu achei que você fosse capotar, depois do que passou no rio.

– Eu também – admite Noemi. – Mas acho que preciso de mais tempo para... relaxar ou algo assim.

– Bem, vamos lá. Vamos encontrar uma coisa divertida para ouvir, ou assistir. Uma lástima que você esteja sendo procurada, ou poderíamos fazer alguns voos orbitais no meu novo veículo. – Virginia acena. – Não vamos acordar Abel, vamos?

– Eu acho que ele pode escolher quanto tempo fica dormindo. – Essa é a teoria de Noemi, de toda forma. Quando Abel acordar, ou pelo menos admitir que está acordado, ela vai perguntar para ter certeza.

Por enquanto, ela quer conversar com Virginia, para conhecê-la. As conversas que teve com Harriet e Zayan não duraram o bastante para Noemi satisfazer nem uma fração sequer da sua curiosidade sobre as pessoas de outros mundos.

Elas vão para o terminal no lado oposto da sala onde está Abel, só por garantia. Enquanto a Virginia ativa a tela, Noemi tem um vislumbre da imagem do papel de parede e reconhece o rosto do homem.

– Espere. Este é...

– Han Zhi. O cara mais gato da galáxia. – Virginia lhe dá um sorriso conspiratório. – Tenho que admitir, geralmente as meninas fazem mais o meu tipo, mas alguns caras me atraem. E Han Zhi? Ele pode fazer de mim o que quiser.

– Ele é bem surpreendente – admite Noemi. Na Gênesis eles tentam não julgar os outros pelas aparências, mas ninguém é imune a um rosto como esse. Claro que nem todos na galáxia vão achar que ele é o cara mais gato, mas Virginia, pelo menos, concorda. – Ele está bem depois do Festival da Orquídea?

– Você não ouviu as notícias? Ele está totalmente bem. Seu próximo holo nem vai atrasar.

Noemi não se importava tanto com uma celebridade em particular.

– Mas, no bombardeio... morreram pessoas?

– Umas doze, mais ou menos. A maioria trabalhadores. – Virginia diz isso como se nada fosse. Como se os trabalhadores nem fossem pessoas.

É isso que acontece quando se tem mecans para fazer todo o trabalho para você?, Noemi se pergunta. *Você começa a acreditar que o trabalho o torna menos humano?*

O rosto dela deve ter assumido uma expressão estranha, porque Virginia de repente se senta muito ereta.

– Espere aí – diz ela, e há uma nota desconhecida em sua voz, mais grave do que antes. Mais dura. – Vocês não tiveram nada a ver com o bombardeio, não é? É por isso que estão fugindo?

– Não! Nunca, nunca faríamos algo assim. *Nunca.*

Virginia ergue as mãos, como se estivesse se rendendo.

– Está bem, está bem. Posso ter tirado algumas conclusões precipitadas. Tipo, um grande salto olímpico intergaláctico. Vocês são apenas "pessoas de interesse" e, se estivessem envolvidos nisso... estaríamos falando de alerta vermelho, todos os sistemas de segurança no planeta estariam voltados nessa direção. Além disso, Abel é um mecan, então não acho que ele poderia plantar uma bomba...

Isso deve ser verdade. É estranho pensar que Abel literalmente não pode ser tão cruel quanto alguns humanos.

– E você tem, o que, dezesseis anos? Dezessete? Não é idade suficiente para se juntar ao Remédio.

– Remédio. Ouvi falar deles na lua de Kismet. – Noemi se aproxima, pensando em Riko Watanabe e nas sombrias figuras que encontrou em seus últimos minutos na estação Wayland. – Quem são eles?

– Lunáticos antiTerra – zomba Virginia. – Eles não são todos terroristas, o que é parte do problema. O Remédio não tem um líder, então algumas células são grupos de protesto bastante discretos. Ilegais, mas não grande coisa se quer saber minha opinião. É aí que muitos médicos se enquadram...

– Médicos? – Noemi pensa no pessoal médico que fazia os exames de Teia de Aranha. Ela achou que pudessem estar fingindo ser médicos para ter acesso à estação Wayland. Parece que não.

Virginia dá de ombros.

– Eu não sei muito bem o porquê, mas foram grupos de médicos que formaram o Remédio. As primeiras mensagens do grupo eram quase razoáveis. Quer dizer, teorias da conspiração, tipo "a verdade deve vir à tona", blá-blá-blá, mas não eram violentos. Mas, depois que o Remédio se espalhou além desse primeiro grupo, para outras pessoas, a violência começou. – Ela olha mais uma vez para Noemi e ri. – E se você nem sabe de onde os terroristas malignos vieram, obviamente não é uma.

– Obviamente – ela repete.

Terroristas malignos. Essas palavras pesam na mente de Noemi, nuvens que não se dispersarão. O bombardeio horrorizou Noemi e, no entanto, ela não esqueceu a emoção relutante que a estremeceu quando viu aquelas palavras de desafio brilhando sobre Kismet: NOSSOS MUNDOS NOS PERTENCEM. Ela não consegue entender a ação, mas a motivação por trás do bombardeio é mesma à qual dedicou sua própria vida.

E quanto a Riko Watanabe? Noemi continua lembrando o último momento em que se falaram – como a fuligem da bomba ainda manchava o rosto de Riko, um blaster na mão. Ela viu tanto uma fanática homicida quanto uma potencial aliada. Essas coisas podem ser separadas? Elas deveriam ser?

– Ok – diz Virginia. – Então, como nós duas somos fãs de Han Zhi, devemos assistir a um de seus *vids*, certo? Marquei todos os meus favoritos.

Nesse momento, Noemi percebe que Virginia não é tão frívola quanto finge ser. Ela está falando só sobre o que é mais simples e fácil, aproveitando a oportunidade de conversar. É nítido que ela se sente próxima de seus colegas, mas eles não são suficientes. Ela precisa de mais.

Certa vez, anos antes, Esther disse algo a Noemi, quando ela estava irritada com uma vizinha que não parava de falar de seu próprio jardim, as palavras saindo dela como uma correnteza, cada sentença tinha pouco a ver com a anterior. *Você não entende?*, dissera Esther depois, tão gentilmente que Noemi sentiu vergonha. *As pessoas só falam assim quando se sentem sozinhas.*

Virginia pode fingir não pensar muito em sua família em casa, mas há um enorme buraco dentro dela, o lugar vazio onde eles deveriam estar.

– Claro. – Noemi sorri, esperando que ela pareça ter metade da compaixão que Esther demonstrou naquele dia. – Vamos assistir o *vid.*

A primeira imagem tridimensional ainda está tomando forma ao redor delas quando as cores param em um borrão e uma pequena mensagem em texto dourado flutua ao nível dos olhos: ESCAPADA DA MEIA-NOITE CONCLUÍDA!

– Ludwig – sussurra Virginia com espanto. – Seu foguete danado.

– O quê? – pergunta Noemi. – O que ele fez?

– Uma coisa muito difícil. – Virando-se, radiante, para Noemi, Virginia pausa a imagem do holograma e corre para a porta na ponta dos pés, para não acordar Abel. Mas Noemi vê Abel entreabrir os olhos. Ele não está acordado, exatamente, mas em alerta. Pronto para responder a qualquer mudança em sua situação.

Ela deveria se sentir irritada com isso. De certo modo, se sente. Mas Noemi não pode negar que também se sente confortável.

A porta se abre para revelar Ludwig, ainda vestindo as mesmas roupas estranhas e desatualizadas que usava no início do dia. Ele sorri ao entregar algo pesado a Virginia, uma mochila alaranjada que repuxa as alças...

O dispositivo termomagnético. A percepção varre Noemi como uma onda vertiginosa. *Nós conseguimos. Nós conseguimos!*

Ela corre para a porta, pronta para abraçá-los, mas Ludwig leva rapidamente um dedo aos lábios.

– Sentinelas – sussurra. – Não podem deixar que eles vejam vocês. Ok, logo de manhã vamos fazer o próximo nível de testes cibernéticos, está bem?

– Pode apostar. – Virginia sorri para ele. – E você é o capitão para sempre.

– Sim, eu sou. – Ludwig acena timidamente para Noemi antes de se afastar. A porta desliza quando ele se vai.

– Quero ver. – Noemi abre a mochila e espia lá dentro.

O dispositivo tem formato cilíndrico, do mesmo comprimento e largura do braço dela, do cotovelo ao pulso. O cordão de luzes cintilantes do teto reflete na superfície de cobre escovado. O tamanho e aparência não indicam seu poder, mas o peso, sim. Ela sabia que seria pesado, mas ainda assim é pega de surpresa, cambaleando um pouco antes de recuperar o equilíbrio.

– Ajuda a canalizar o poder do processador do núcleo... como num núcleo planetário. – Virginia sorri para o dispositivo termomagnético do jeito que a maioria das pessoas sorri para cachorros. – Mas é um backup de um backup de um sistema que nem está online nesta época do ano. Ninguém vai dar falta dele.

– Obrigada – diz Noemi. – Você não tem ideia do que isso significa para mim.

Virginia inclina-se para a frente, com o rabo de cavalo vermelho deslizando sobre o ombro.

– Alguma chance de você me dizer para que precisa disso?

Noemi fecha novamente a mochila. Ela sente que deveria escondê-la de vista, mesmo aqui, quando não há mais ninguém para ver.

– Nada que machuque as pessoas.

Enquanto ela fala, olha para Abel, ainda adormecido em sua rede, e se pergunta se isso é verdade.

• • •

Tempo é espaço é tempo: a humanidade aprendeu isso com Einstein. Você não pode ter certeza de que o tempo que passou em um mundo é o mesmo tempo que passou em outro. Felizmente, graças aos Portões de curva do espaço-tempo, os lapsos acabam por não ser muito dramáticos – as pessoas podem viajar entre os mundos e ainda estarem mais ou menos sincronizadas –, mas essas pequenas mudanças ainda contam.

Com o Ataque Masada se aproximando rapidamente, perder um dia que seja pode ser fatal.

Vinte dias, pensa Noemi. *Quando a nave* Damocles *atacou, tínhamos vinte dias até o Ataque Masada. Um dia para encontrar o* Daedalus, *outro para passar pelo Portão Kismet, um em Kismet, um aqui* – é isso mesmo? *O tempo está passando de forma diferente na Gênesis do que está aqui. O dia e a noite se tornaram quase a mesma coisa.*

Ela esfrega os olhos, cobre o rosto com as mãos e tenta relaxar. Antes de ir dormir, Virginia fez uma cama de cobertores e travesseiros para ela no chão. Noemi consegue ouvi-la roncando de leve na própria cama improvisada através da sala. O lugar é confortável, ela se sente razoavelmente segura, o dispositivo termomagnético está em suas mãos e ela está no limite. A esta altura, devia ter desmaiado, mesmo que estivesse tentando lutar contra isso.

Em vez disso, ela fica deitada na semiescuridão, uma manta torcida ao redor dela, tentando contar o número de dias que restam a seus amigos – o número de dias que tem para salvar seu mundo.

Pelo canto do olho, Noemi percebe o movimento. Ela vira a cabeça a tempo de ver Abel se sentar e se levantar. Seu estranho equilíbrio significa que a rede quase não balança.

Ele se agacha perto da cama dela, parecendo estranhamente informal com a camiseta e calça de atletismo que Ludwig emprestou, e com o cabelo louro-escuro caindo em seus olhos. Noemi permanece deitada. Ela acena com a cabeça para a mochila alaranjada ao lado da cama improvisada.

– Nós conseguimos o dispositivo termomagnético.

– Foi o que meus registros auditivos me disseram.

– Você ouve tudo mesmo quando está dormindo?

– Não conscientemente, mas posso reproduzir ao acordar. – Ele inclina a cabeça, a estudando. – Se você preferir, posso desligar essa funcionalidade.

Noemi dá de ombros. Saber que não é algo que Abel escolhe fazer a tranquiliza. Ele entreouve. Só isso.

– Você permaneceu acordada por mais tempo do que é medicamente aconselhável. Existe alguma coisa que eu possa fazer para ajudar? Você precisa de analgésicos ou...

– Não é isso. Eu só não consigo parar de pensar em tudo. Quantos dias se passaram desde que saí da Gênesis? Em dias da Gênesis, quero dizer.

– Aproximadamente seis.

Noemi balança a cabeça. Ela ainda tem quatorze dias. Eles podem recompensar os Razers por sua ajuda, depois retornar pelo sistema Kismet. Todos, sem dúvida, estarão em alerta máximo após o bombardeio do Festival da Orquídea, mas ela e Abel só precisam chegar ao outro Portão. Só ele pode voltar pelo campo minado, então nenhuma outra nave os perseguirá. Eles voltarão para o sistema dela, de volta ao Portão da Gênesis e, em seguida...

Ela ergue os olhos para ele. Seus olhos azuis são firmes ao encontrar os dela, sem a menor hesitação ou mágoa. Aonde ela for, ele a seguirá.

Ele não tem escolha.

Só isso já não é prova de que ele não pode estar realmente vivo? Se ele tivesse o nível de consciência que uma pessoa tem – se tivesse uma alma –, com certeza não poderia abrir mão de sua vida com tanta facilidade.

Mas as orações de Noemi pedindo orientação sobre este assunto até agora não foram respondidas, como muitas outras coisas para as quais ela rezou.

– Eu estava me perguntando – diz Abel – se você estaria preocupada com o que Virginia disse antes.

– Do que você está falando?

– Quando ela chamou as pessoas por trás do bombardeio de "terroristas". Sei que você desaprova os atos deles, mas não a causa. – Abel deve ver o mal-estar no rosto de Noemi ao desviar o olhar, porque ele acrescenta: – Virginia dormiu usando aparelhos que tocam música diretamente em seus ouvidos. É improvável que a acordemos.

– Ok. – Noemi luta pelas palavras. – O que vi desde que saí do sistema da Gênesis... o modo como as coisas mudaram nos últimos trinta anos... eu não sei mais o que pensar. Quero dizer, ainda acredito na Guerra da Liberdade. Nossos líderes fizeram o que era certo. Não podíamos confiar que a Terra trataria nosso mundo melhor do que tratou o deles.

– Levando em conta os registros históricos, é uma suposição razoável – admite Abel.

Noemi se apoia nos cotovelos.

– Mas as pessoas estão sofrendo. Elas estão passando fome. Estão percorrendo o universo sem nenhum lugar para chamar de casa. E, na Gênesis, nós temos tanto. Mesmo que a gente não possa entregar nosso planeta para um governo que o arruinaria, deveríamos fazer algo para ajudar essas pessoas.

Abel considera isso. Ela se pergunta o que está passando por aquele cérebro cibernético, projetado para um propósito extraordinário que nenhum deles conhece. Ele finalmente diz:

– O que sua igreja lhe diz para fazer?

Ela suspira, tão cansada que seus ossos parecem pesados.

– Como toda a fé na Gênesis, ela me diz para procurar a resposta dentro de mim. – Como ela pode explicar isso? O momento é tão estranhamente íntimo... ambos em roupas de dormir que não lhes pertencem, falando aos sussurros, escondidos juntos em uma caverna. Talvez esses arredores estejam lançando um feitiço sobre ela, fazendo-a imaginar que Abel realmente a entenderá. – Nós devemos procurar a iluminação interior. Toda a minha vida, eu esperei experimentar a graça.

– Graça?

– O momento em que a fé se torna mais do que as regras que ensinaram – responde Noemi. – Quando se torna um espírito vivo dentro de você e o orienta. Quando você está aberto ao amor de Deus e finalmente pode mostrar esse amor aos outros. Eu vou para a igreja como todos os outros, e eu rezo e espero... mas nunca senti isso. Às vezes acho que nunca vou sentir. – Mas ela não pode lidar com isso. Sorri torto. – É claro que você não acredita em Deus.

– Eu tenho um criador – responde Abel. – Mas o meu é de carne e osso.

– Eu acho que isso muda as coisas.

Noemi percebe que a parte teológica de sua conversa terminou, mas Abel a surpreende.

– Eu não acredito do mesmo jeito que você. Não consigo; não é da minha natureza. Mas sei que a religião serve a outros propósitos além da mera mitologia. Ela ensinou você a olhar para dentro, a se questionar profundamente. Se você procurar conhecimento interno, vai acabar encontrando.

Ela se senta com a coluna muito reta, para olhá-lo melhor nos olhos.

– Você está dizendo que não acredita em Deus, mas acredita que Deus falará ao meu coração?

Ele dá de ombros – um gesto de alguma forma mais natural, mais humano, do que qualquer outro que ela o viu fazer.

– Provavelmente não concordamos com a fonte dessa sabedoria. Mas você não foge de um desafio. Você continua até ter uma resposta, não importa o que aconteça. Isso faz de você alguém que pode transcender suas limitações.

Durante toda a sua vida, Noemi acreditou que ninguém além de Esther poderia compreendê-la de verdade. Isso a deixava zangada demais, fechada demais, para deixar qualquer outra pessoa enxergar dentro dela. Talvez ela tenha ficado um pouco assim por conta dos Gatson, mas acreditar em algo dessa forma torna tudo mais próximo da verdade. E, no entanto, Abel diz que a vê, e o que ele vê dentro dela é o que ela mais temia que nunca fosse encontrado, nem por ela nem por ninguém.

– Você realmente acredita nisso?

Abel hesita, refletindo.

– Eu, geralmente, não acredito nas coisas. Conheço fatos, ou não. – Ele sorri para ela. – Mas, sim. Eu acredito em você.

Isto é um mecan. Isto é apenas um mecan. Mas se ele pode acreditar...

A porta metálica explode. Noemi grita, embora o som se perca sob o barulho ensurdecedor da explosão e dos estilhaços que batem nas paredes e no chão. Abel se põe de pé enquanto Virginia pula da cama, confusa e desconcertada. Noemi aperta seu cobertor contra o peito e olha para a entrada cheia de fumaça.

Então a Rainha entra, com um blaster na mão.

22

Essa é a última vez que Abel deixa que os humanos façam os planos.

Ele sabia que deveria ter verificado as precauções de segurança dos Razers. Eles juraram que tinham bloqueado todos os dados dos sensores de segurança ao longo da rota para este "esconderijo", que ninguém mais sabia da existência deste lugar. No entanto, aqui está um modelo Rainha, blaster em punho, sorriso satisfeito nos lábios.

– *O que* você está *fazendo*? – protesta Virginia. Abel percebe que ela nunca deve ter visto um modelo Rainha pessoalmente antes. Caso contrário, não seria tão beligerante e destemida. Virginia gesticula para a bagunça fumegante que era o esconderijo dos Razers. – Você não tem autorização para entrar aqui. Você não pode, porque esta é uma propriedade privada e...

Com uma das mãos, a Rainha empurra Virginia no peito com tanta força que a menina voa por metade da sala, caindo em uma das mesas e esmagando o equipamento que estava ali. Um cubo preto pesado cai sobre o braço de Virginia, fazendo-a gritar de dor. Noemi corre na direção dela para ajudar.

Ele não pode se dar ao luxo de dar atenção a elas. Abel tem que defender todos de uma Rainha – mas não tem certeza do que está acontecendo.

Porque essa Rainha não está agindo como uma Rainha normal.

É a mesma da lua de Kismet; ele reconhece um pequeno entalhe na orelha, um dano recente não reparado. Mas ela não está se comportando como se comportou lá. Até os mecans guerreiros são programados com certas limitações. Os seres humanos não querem que seus dispositivos sejam muito inteligentes, muito letais, muito independentes. Causar danos a uma pessoa que não apresentou nenhum obstáculo real – isso deveria ser impossível para um Charlie ou uma Rainha. No entanto, esta Rainha lançou Virginia com tanta força que a garota poderia ter morrido.

E nenhum mecan que Abel já viu poderia olhar para esta cena do jeito que a Rainha está olhando agora: com um brilho de satisfação nos olhos que é muito alerta, muito real.

Ele precisa avaliar o oponente. Abel começa perguntando:

– Como você nos encontrou?

– Parti de seu último local conhecido e considerei todos os caminhos possíveis. – A Rainha começa a andar ao redor dele, a cabeça inclinada enquanto o estuda. Como ela pode estar tão curiosa a respeito dele quanto ele está a respeito dela? – Somente um caminho permitiria que vocês viajassem sem serem vistos por qualquer imagem de segurança: o rio subterrâneo.

Impossível. O rio subterrâneo não é uma passagem normal. Era uma escolha tão contraintuitiva que nem Abel tinha pensado nela. Então, como a Rainha poderia ter feito isso?

Só uma resposta fazia sentido.

– Um aprimoramento – murmura ele. O espanto que sente deve estar próximo da emoção humana do *deslumbramento*. – Você foi atualizada. Sua inteligência... você é mais parecida *comigo.*

– Não sou igual você. – A Rainha cospe a resposta. – Apenas inteligente o suficiente para pegá-lo.

– Mas como...?

– Mansfield transmitiu todas as sub-rotinas necessárias. – A mão de dedos longos da Rainha toca o ponto alguns centímetros atrás de sua orelha direita irregular, a localização de um dos processadores mais sofisticados que um mecan possui.

Mansfield não só está vivo, mas agora também sabe que Abel está livre e o quer tanto a ponto de quebrar a lei da cibernética. A satisfação que Abel sente agora é quase tão doce quanto o momento em que percebeu que finalmente escaparia do compartimento no qual ficou preso por trinta anos.

No entanto, de alguma forma, esse fato não chega ao topo de suas prioridades. Em vez disso, ele é cativado pela nova descoberta de que há outro mecan no mundo como ele... Pelo menos, um pouco como ele.

Até agora, Abel não tinha entendido que o sentimento que experimentava sempre que pensava ser singular – único – era solidão.

A Rainha avança mais alguns passos, revelando sua capacidade de rastrear o único mecan na galáxia mais sofisticado do que ela.

– Vou libertá-lo agora – diz ela. – E você poderá ir para casa.

Com isso, ela aponta o blaster para Noemi.

Abel agarra o antebraço da Rainha com uma das mão, puxando-a para longe do alvo e a fazendo perder o equilíbrio, então gira, empurrando o braço tão para trás que, se fosse de um ser humano, seria arrancado do encaixe do ombro. A mão dela tem um espasmo, largando o blaster que bate no chão.

Mas as Rainhas são construídas para aguentar esse tipo de castigo e muito mais. Ela o chuta na barriga, o que dói, mas é uma prova das limitações de sua atualização. Esse golpe é eficaz contra humanos, mas não faz muito contra Abel.

Ao contrário do que ele está prestes a fazer com ela.

Ele levanta rapidamente a mão, encaixando-a sob o queixo da Rainha, jogando a cabeça dela para trás. Isso deve fazê-la entrar em modo de crise, seus circuitos exigindo uma desaceleração das operações.

Ela cambaleia para trás, mas não para. Os espessos cabelos castanhos, engomados e soltos, moldam seu rosto como uma juba de leão.

– Mansfield nos deu uma mensagem para entregar a você – diz ela.

Quando sua boca se move de novo, já não é a sua voz, mas a de Mansfield.

– Abel. Meu querido menino. – A voz de Mansfield mudou com a idade, tornou-se rouca e chiada, mas o tremor é claramente fruto da emoção. – Eu configurei protocolos automáticos para encontrar você décadas atrás e perdi as esperanças... mas você sempre foi a resposta para as minhas esperanças. Você sabe disso, não é?

Nenhum pai humano poderia parecer mais amoroso com o filho. Mais uma vez, Abel sente aquele nó na garganta, a insinuação que algum dia poderá derramar lágrimas.

Mansfield continua:

– Ouvi dizer que um truque em sua programação o mantém ligado ao seu libertador. É minha culpa, é claro. Então, a partir deste momento, Abel, você está livre do seu dever de obedecer ao seu comandante. Você é livre. – A voz do velho falha com a emoção. – Agora, aqui está uma ordem direta para você: volte para casa.

Uma onda de calor domina Abel, a prova física de sua libertação.

– Pronto. – A Rainha sorri. – Agora você está livre de qualquer autoridade além da de Burton Mansfield. Você pode voltar comigo para a Terra.

Ele não precisa continuar nesta missão. Ele não tem que concordar com sua própria destruição. Ele pode voltar para o pai e cumprir o sonho que acalentou durante todos aqueles dias frios, durante os trinta anos que passou sozinho no espaço.

Deveria ser glorioso. Isso deveria mudar tudo.

Mas Abel não se move.

Ele não sabe como consegue resistir à ordem de Mansfield. Tudo que Abel sabe é que ainda sente necessidade de proteger Noemi Vidal.

Sem indicar o movimento com muita antecedência, Abel estende as mãos e acerta os flancos da Rainha, fazendo-a girar. Ela se vê contra a parede e olha para ele.

– O que você está fazendo?

– A mesma coisa que eu estava fazendo antes.

– A mensagem deveria ter libertado você. – A Rainha bate os punhos em um sinal muito humano de frustração, outro sinal da sua atualização. – Você deve estar quebrado.

– Sem dúvida.

– Mas ainda pode ser libertado pela morte da garota.

Abel não se incomoda em responder. Ele apenas ataca.

Eles lutam sem qualquer delicadeza, qualquer forma. As técnicas de combate mais conhecidas são compartilhadas pelos dois, o que significa que eles podem prever os movimentos e bloqueá-los. Se lutarem de acordo com as regras, vão lutar para sempre sem que ninguém ganhe. Então Abel tenta lutar sujo – encontrar qualquer coisa parecida com *instinto* que exista dentro dele.

– Nós vamos consertar você – promete a Rainha um segundo antes do punho dele atingi-la no rosto. A cabeça dela imediatamente vira para trás, mas ela continua como se não tivesse sido interrompida: – Você será restaurado ao jeito como deveria ser. Voltará para Mansfield.

Abel quer *tanto* isso. O que significaria para ele ao menos ver Mansfield mais uma vez! Mansfield deve acreditar que Abel está correndo um grande perigo; caso contrário, nunca teria dado ordens que poderiam fazer com que um ser humano fosse morto. Seu criador quebrou todas as regras em um esforço para trazer Abel para casa, justificando todos esses anos em Abel disse a si mesmo que Mansfield voltaria para buscá-lo, se pudesse.

No entanto, Abel continua lutando. Mesmo que ele queira muito voltar para seu pai, tem algo que quer ainda mais.

A Rainha avança para ele; Abel bloqueia o golpe. Ele dá socos nela, apenas para que ela agarre seu braço e o use para empurrá-lo contra a parede. Ele luta com ela, incapaz de se afastar do canto, perguntando-se se um deles será capaz de superar o outro...

É quando algo grande, preto e pesado acerta a Rainha por trás.

Os olhos da rainha escurecem. Finalmente, ela entra no modo de regeneração e cai no chão inconsciente. Noemi está de pé atrás dela, pendurada a um dos cobertores – no qual ela amarrou o pesado cubo de equipamento que Abel viu antes.

Em outras palavras, ela criou uma funda improvisada que derrubou a Rainha mais depressa do que Abel poderia.

Enquanto ele olha para ela, Noemi dá de ombros e deixa o estilingue cair com um baque.

– Vocês ficaram tão impressionados um com o outro que se esqueceram completamente de mim.

– De nada – diz Abel. Ele está usando sarcasmo? Terá que considerar isso mais tarde. – O dano da Rainha é temporário. Ela vai se regenerar dentro de no máximo meia hora, e devemos pensar que o modelo Charlie está a caminho.

– Então vamos. – Noemi se apressa para pegar a pesada mochila, que Abel tira dela, jogando-a sobre seus ombros. Ela olha para Virginia, que está sentada ereta, segurando um pano sobre um corte sangrando em sua têmpora e olhando para eles atordoada. Sua psique parece estar completamente despreparada para qualquer elemento de perigo real em sua vida.

Abel a adverte:

– Você deve contar tudo o que sabe às autoridades. Mas essa é a única ação que deve tomar contra nós. Não tente impedir a nossa partida.

Virginia gesticula em torno dos destroços ardentes que, há dez minutos, eram o seu esconderijo.

– Você está *brincando*? Como eu faria isso?

Depois de um momento, Abel balança a cabeça.

– Um bom argumento.

Noemi para por tempo suficiente para pôr a mão no ombro de Virginia.

– Obrigada. Por tudo. Me desculpe, causamos muitos problemas.

Por um instante fugaz, um sorriso aparece no rosto de Virginia, e ela se parece com ela de novo.

– Ei, pelo menos, não é entediante.

Abel se vira para Noemi.

– Nós temos que ir agora.

Ela responde pegando a mão dele.

Retornar pela rota que eles vieram seria muito mais difícil – subir o rio –, para não mencionar inútil, uma vez que a Rainha tinha descoberto e podia ter transmitido essa informação ao Charlie. Mas, durante seu diagnóstico com Virginia, Abel conseguiu baixar um diagrama completo de todo o setor. Então, toma o caminho mais curto através do labirinto de pedra e corre o mais rápido que pode sem deixar Noemi para trás.

Em algumas curvas eles cruzam com alguns dos habitantes que ainda estão acordados a esta hora da noite artificial de Cray, eles empurram as pessoas para o lado ou as fazem colar as costas contra as paredes para evitar serem derrubadas. Não importa mais se ele e Noemi são vistos por outros habitantes, por câmeras de segurança, por quaisquer Georges burocráticos. Eles foram expostos. Estão sendo perseguidos. A essa altura, nada importa além de sair deste planeta o mais rápido possível.

Depois disso, ele tem um novo plano.

– Nossa nave – diz Noemi, ofegante. – O Charlie já deve ter encontrado nossa nave a esta altura.

– Sem dúvida. – Melhor lidar com isso quando chegarem lá... se chegarem.

Eles finalmente retornam ao porto espacial, que está iluminado, mas deserto. A nave continua ali, prateada e silenciosa, e não há como saber se está ancorada ou não. Pior, eles ouvem passos correndo atrás deles, e Abel olha a tempo de ver o Charlie se aproximando. Uma das mãos do Charlie é apenas a estrutura esquelética de metal, saltando desagradavelmente de sua manga cinza.

A porta se abre para eles e Noemi é a primeira a entrar com um pulo, ela aciona o bloqueio de emergência tão rápido que Abel quase não consegue entrar. Há apenas um segundo para ver o rosto do Charlie, muito perto, antes que o metal se feche.

Noemi já correu lá para cima. Abel a segue pelo corredor espiral e, dessa vez, corre a toda velocidade.

Eles chegam à ponte no mesmo momento. Quando Abel solta a mochila do ombro e mergulha na cadeira do piloto, Noemi corre para uma estação auxiliar.

– Faróis de emergência – diz ela, sem fôlego. – Esta nave tem, certo? Eu consigo acionar daqui?

– Sim – diz Abel muito rápido, enquanto liga a nave. Mas quem, exatamente, responderia a este sinal de emergência? Para que serve, se a nave estiver ancorada? Para nada.

Os seres humanos não são racionais em momentos de estresse. É o trabalho de Abel ficar calmo e tirá-los disso, se puder.

Todos os sistemas ligam. Abel prepara os motores para decolar, a nave sobe na plataforma...

... cerca de vinte metros, e não mais. No fim das contas, eles foram ancorados.

Ele olha para Noemi, pensando se será preciso explicar que foram pegos, ou se ela vai deduzir isso sozinha. Ela está ocupada, trabalhando em sua estação, o que sugere que ele terá que explicar. Mas, quando ele abre a boca, ela aciona um controle e diz:

– Farol de emergência, agora.

Com isso, o *Daedalus* lança uma peça de um metro de largura e quarenta quilos diretamente na plataforma abaixo deles. O farol explode, assim como a plataforma e a âncora magnética logo abaixo dela, eles decolam. À medida que os detritos atravessam o compartimento de pouso, a nave continua a subir, mais uma vez livre.

Engenhosidade humana, Abel pensa enquanto os conduz para o céu vermelho, e então percebe que está sorrindo.

Noemi volta para a estação de operações.

– O que fazemos agora? Eles estão nos procurando em Kismet, talvez em Stronghold também...

– As duas opções são ruins – concorda ele quando deixam a atmosfera de Cray, as nuvens avermelhadas diante deles se tornam pretas e os motores mag entram em carga total. Uma trilha ardente rasga o espaço atrás deles. – Devemos usar a terceira possibilidade.

– Que terceira possibilidade?

– Seus professores na Gênesis falavam sobre o Portão Cego?

Ela franze a testa.

– Espera. Aquele que acabou não levando a lugar algum?

– Exatamente. – Os cientistas da Terra acreditavam ter encontrado outro mundo habitável, e um novo portão foi construído. Mas o custo dele foi muito alto, e o planeta acabou se revelando totalmente impróprio para a colonização. – Até onde sei, o Portão ainda existe.

– Mas não existe um Portão do outro lado! A outra ponta do buraco de minhoca não é estável.

– Na verdade, se pensarmos nesses termos, estar estável significa ter "pouca probabilidade de alteração da localização em qualquer ponto do próximo milênio" – afirma Abel. – Buracos de minhoca costumam ter vida longa. Mesmo que ele não nos leve ao mesmo local para qual levou os outros antes, é altamente improvável que nos próximos dias ele mude o suficiente para nos isolar.

Noemi aperta a borda do painel de controle como se fosse cair no chão.

– Você está dizendo que esta é a nossa melhor opção?

– Não. Estou dizendo que é a nossa única opção.

Ela hesita, e ele se pergunta se dará uma ordem para que ele não vá. Se ela fizer isso, será capturada...

... e ele será devolvido a Burton Mansfield. Ele não deveria torcer para que ela o mande parar? Provavelmente. No entanto, Abel não torce. Ele quer que ela escape.

– Faça isso – diz ela.

Abel insere as coordenadas e eles aceleram em direção ao Portão Cego. Ela parece precisar de algum tempo para se recompor; Abel não, mas ele entende o impulso. Um breve silêncio após o esforço extremo é... agradável, ele decide.

Depois de alguns minutos, Noemi pergunta baixinho:

– Ei, Abel?

– Sim?

– Quando a Rainha tentou libertar você, e não funcionou... o que isso significa?

Abel não responde de imediato. O Portão aparece no céu à frente deles, um anel de prata que leva a um lugar que nenhum deles conhece. Talvez a lugar nenhum. Eles vão passar por isso juntos.

– Não tenho certeza.

Os olhos escuros dela se fixam nele como se pudesse encontrar a resposta escrita em sua pele.

– Você está quebrado? É por isso que está me ajudando?

– Deve ser – diz Abel.

Nenhuma outra explicação faz sentido.

23

O PORTÃO CEGO FLUTUA NO ESPAÇO DIANTE DELES, UM ESPELHO místico para lugar nenhum. Noemi sabe que os cálculos de Abel não estão errados, mas às vezes as probabilidades são mais que uma questão de matemática pura e simples. Eles estão jogando essa nave no absoluto desconhecido.

Claro, se eles fizerem qualquer outra coisa, a captura é certa. Esta é a única escolha.

Pelo menos a Rainha e o Charlie não conseguiram alcançá-los; nenhuma de suas naves pode ser posta em sobrecarga outra vez. Mesmo sabendo disso, Noemi passou toda a viagem pelo sistema de Cray examinando a área ao redor deles, várias vezes, esperando ver uma nave inimiga a qualquer momento.

Agora ela aperta as mãos no console de operações enquanto o *Daedalus* se aproxima do Portão. Noemi sente o começo do estranho puxão de gravidade e fecha os olhos.

É agora ou acabou, pensa enquanto as forças começam a puxá-la. Ela tenta relaxar. Aceitar o que vier.

Quando as sensações estranhas somem, ela suspira aliviada, abre os olhos e então arqueja de terror.

Asteroides e detritos os cercam, ainda mais densos do que o campo minado. E, em vez do espaço preto, algo que parece uma nuvem brilhante os rodeia como neblina alucinógena. Há muita luz, não há espaço suficiente para se mover. A nave poderia ser esmagada a qualquer momento.

– Escudos – diz Abel, mas as mãos de Noemi já estão nos controles. Embora os escudos já tenham sido erguidos, ela precisará mudar sua força de área para área, para se certificar de que eles têm proteção máxima contra todas as possíveis colisões. Isso requer cálculos quase rápidos demais para o cérebro humano.

Ela consegue fazer isso. Sabe disso. Mas precisa tratar a tarefa como uma brincadeira, ou o medo fará com que suas mãos tremam, e esse simples tremor seria o bastante para matá-los.

– Você foi muito bem fazendo isso sozinho da última vez.

As mãos de Abel se movem através do console do piloto com velocidade máxima, quase um borrão.

– As minas eram previsíveis. Os asteroides não são. Então é mais difícil pilotar.

Na tela, centenas de obstáculos aparecem em torno deles em ângulos e vetores loucos, seus tamanhos e velocidades variando, cada um deles capaz de esmagar o *Daedelus* e transformá-lo em poeira espacial. Mantendo sua voz clara, Noemi diz:

– Achei que seu cérebro muito superior poderia lidar com alguns cálculos extras.

– Sim. No entanto, só tenho duas mãos. Uma leve falha de design.

Ela ri uma vez. No fundo de sua mente, registra o sarcasmo, a piada, tudo o que Abel disse e fez na última hora que nenhum mecan deveria poder fazer, mas não há tempo para pensar sobre isso. Não há tempo para se concentrar em nada além de mudar a força de seu escudo, com tanta frequência e rapidez que é tão instintivo quanto o cálculo.

Quando Abel começa a conduzir a nave por uma área menos lotada, Noemi se atreve a respirar mais fundo...

... até que percebe que eles estão presos em um vetor onde três diferentes asteroides de tamanho considerável estão chegando ao mesmo tempo. Não importa para onde Abel se mova, eles estão prestes a colidir.

Ele também vê, claro.

– Eu estou nos encaminhando para o menor. Força total no escudo ao meu sinal.

Noemi aciona os controles, mas mesmo os melhores escudos não conseguem impedir um projétil desse tamanho. O impacto quase a arranca de seu assento, e luzes vermelhas florescem por todo os painéis de controle enquanto a nave inteira estremece.

Eles ainda estão inteiros. Mas por quanto tempo?

– Estou baixando a nave – diz Abel. – Há um asteroide na borda do campo de detritos grande o suficiente para pousarmos.

Ela respira fundo e fecha os olhos. Eles estão salvos... por enquanto.

Pelo menos os sistemas de pouso do *Daedelus* permanecem intactos. À medida que o asteroide em questão se destaca na tela, Noemi sente que a nave se recompõe. Eles são capazes de mergulhar sob um afloramento e se abrigar, dando uma trégua aos escudos. Abel os aninha perfeitamente no espaço mais seguro e, por fim, se instala em um terreno mais ou menos sólido.

– Bom trabalho – diz Noemi.

Abel se vira para ela, parece que ainda não está acostumado a ser agradecido. Mas ele diz apenas:

– Vamos inspecionar a nave.

• • •

A boa notícia é que o *Daedalus* ainda pode decolar e pousar. Ainda pode se mover através de um Portão. Essas são as atividades principais. No entanto, seus escudos estão em frangalhos.

– Precisamos dos escudos – diz Noemi enquanto ela e Abel trabalham na sala de controle. Ela está sentada de pernas cruzadas no chão com a camiseta rosa e a legging que pegou emprestadas de Virginia e que não serão devolvidas tão cedo. – Não acho que possamos voltar até o Portão Cego sem eles.

– Concordo. – Abel continua olhando para o ombro exposto de Noemi, embora não consiga entender o porquê. Ele parece tão ridículo quanto ela, na roupa esportiva grande demais de Ludwig. Ambos estão descalços.

As varreduras do sistema revelam que o Portão Cego leva a um planeta que, de fato, tem água na superfície e uma atmosfera respirável. Não é de admirar que os cientistas pensassem que seria ideal para a colonização. Seu sistema estelar encontra-se dentro dos últimos ramos de uma nebulosa, onde até mesmo o espaço é cortado por arco-íris. No entanto, em algum momento entre as varreduras iniciais e a construção do Portão, suas duas luas colidiram, criando um campo de detritos muito perigoso para a travessia das naves de colonização. Mesmo que elas tivessem conseguido pousar na superfície do planeta, os meteoros ainda cairão por milênios.

Pelo menos o *Daedalus* está seguro aqui. Mesmo que a Rainha e o Charlie venham buscá-los, eles calcularão que Noemi e Abel foram destruídos em alguns instantes. Noemi ainda tem dificuldade em acreditar que não foram.

Tudo graças a Abel, ela pensa.

Ele ainda parece não perceber a confusão interior de Noemi.

– Felizmente, temos tudo de que precisamos para fazer reparos. Isso levará algum tempo, mas pode ser feito.

– Quanto tempo?

Abel dá de ombros.

– O trabalho em si será apenas uma questão de horas. No entanto, após o reparo de cada área de superfície, teremos que deixar o sistema reiniciar antes de nos movermos.

Em Cray, ela estava tentando contar os dias. Parecia ter tanto tempo. E agora...

– Quanto tempo? – pergunta ela. – Desde o início dos reparos até o Portão. No tempo da Gênesis, se você conseguir descobrir isso.

– Mais dois dias. – Abel inclina a cabeça. – Por que isso deixa você tão preocupada?

– Lembra que eu estou tentando salvar meu planeta? – Ela não deveria ter falado rispidamente com ele, ainda mais quando Abel tem um papel tão importante no seu plano. Mas o pesadelo das últimas horas acabou deixando seu humor no limite.

Ele segura as mãos atrás das costas, mais formal do que esteve com ela desde o primeiro dia.

– Sua agitação sugere que você acredita que a Gênesis só pode ser salva dentro de um curto período de tempo, embora isso não faça sentido lógico. Você também falou sobre algo acontecendo dentro de vinte dias. A que você está se referindo?

Apenas um dia ou dois atrás, dizer isso a ele teria sido inimaginável. No entanto, Noemi sabe que ela precisa contar a Abel toda a verdade.

– O Ataque Masada.

– Masada. – Ele assume aquela expressão concentrada de quando está acessando seus bancos de memória. – Isso se refere à posição suicida dos antigos judeus contra o Império Romano em 73 EC?

Ela assente. Mesmo que ter dito essas palavras em voz alta tenha deixado sua boca seca.

– Se for para vencer a guerra, a Gênesis tem que tirar o Portão de operação. Precisamos de tempo para rearmar as tropas, para reconstruir nossa tecnologia. Mas todo mundo acha que a destruição era impossível. Então, nossos generais planejaram o Ataque Masada. Cento e cinquenta pilotos, todos em naves muito velhas e quebradas para serem postas em combate outra vez. – Noemi pensa na capitã Baz, lembra do enjoo que sentiu ao erguer a mão para se voluntariar. – Se todas essas naves se lançassem contra o Portão de uma só vez, na velocidade máxima, não chegariam a destruir, mas o derrubariam por um tempo. Meses, talvez até um ano ou dois, se tivermos sorte. Pode ser tempo suficiente para a Gênesis se rearmar.

Os olhos de Abel se arregalam, assim como os dos humanos.

– Seu mundo ordenou que seus cidadãos cometam suicídio?

– Eles pediram voluntários. Eu aceitei. Era isso que estávamos fazendo naquele dia, quando encontrei você. Reconhecimento para o Ataque Masada. Era o T menos vinte dias, um dos últimos treinamentos. Mas a nave *Damocles* atravessou o Portão e... – Ela inclina a cabeça contra a parede. – Sabe, eu me ofereci para que Esther não fizesse isso. Eles não levariam mais de um piloto de uma mesma casa. Era ela que devia viver.

– Você acreditava que a vida dela valia mais do que a sua? – Abel balança a cabeça, sem entender.

A voz de Noemi começa a tremer:

– Esther tinha pais que a amavam, e Jemuel, e ela acreditava. Eu nunca consegui acreditar...

– Isso não significa que você merece viver menos.

Noemi se afasta de Abel, mordendo o lábio inferior. Ela quer chorar porque não acredita em Abel ou porque acredita?

Impossível dizer, e não importa.

– Bem, é a minha vida. Estou disposta a me sacrificar para salvar um mundo inteiro. Acho que qualquer pessoa decente faria a mesma coisa.

No começo, ela pensa que Abel vai discutir com ela, mas, depois de um momento, ele apenas diz:

– Eu entendo. Se não completarmos esta missão dentro de vinte dias a partir do momento em que encontrou o *Daedelus*, a frota da Gênesis lançará o Ataque Masada. Não só cento e cinquenta dos seus amigos morrerão sem necessidade, mas o Portão da Gênesis também ficará inoperante por um longo período de tempo depois disso, ironicamente isso vai fazer com que fique mais difícil para nós destruí-lo para sempre. Agora que o professor Mansfield está procurando por mim, podemos esperar futuros atrasos. Mas acredito que ainda podemos retornar ao Portão Gênesis a tempo. Já temos o dispositivo termomagnético. Você não precisa se preocupar.

Ele está reconfortando Noemi, dizendo que ela ainda terá a chance de destruí-lo. A culpa espreita o coração e os pulmões de Noemi até que ela mal consiga respirar. Ela nem sabe se *deve* se sentir culpada, mas de alguma forma isso piora tudo.

Ela tenta se concentrar em outra coisa, especificamente em um elemento da explicação de Abel que não faz sentido.

– Você disse que Mansfield está procurando por você. Assim como o modelo Rainha. Mas você não quer dizer que as autoridades estão atrás de nós?

Abel balança a cabeça na negativa.

– Os alertas de segurança foram apenas avisos. Somos "pessoas de interesse", não criminosos ou suspeitos. Mansfield tem influência suficiente para organizar uma busca intensiva por, digamos, meios informais.

– Por que não colocar as autoridades atrás de nós, se ele tem tanto poder? Ele poderia dizer que roubamos a nave dele. – O que, tecnicamente, ela fez... mas Noemi duvida que Mansfield se preocupe com isso mais do que ela. – Se ele fizesse isso, com certeza pegariam a gente.

– Sim, pegariam. Mas Mansfield não quer isso. – Ele inclina a cabeça, do jeito que um humano faria se estivesse tímido. – Ele só quer me levar de volta pra casa.

Noemi dobra os joelhos junto ao peito.

– Por que ele está tão obcecado com você?

– Eu sou a criação final dele.

Até dois dias atrás, isso teria soado como pura arrogância para Noemi. Agora ela se lembra de uma frase que Jemuel usa às vezes: *Não é se gabar se você pode provar.*

– Você acha que ele não criou mais nada nos últimos trinta anos?

– Eu sei que ele não criou. Se tivesse criado, já teríamos ouvido falar. Mas mesmo o modelo Rainha aprimorado que nos persegue é só uma pequena variação no padrão.

– A robótica não deveria ter avançado em todo esse tempo? Pelo menos um pouco?

– Você está presumindo que os humanos *querem* que os mecans se desenvolvam. – Abel fica no chão perto dela, o scanner ainda está na mão dele. Seu cabelo é de um rico tom de dourado que realmente brilha na luz. – Eles não querem que sejamos tão fortes e inteligentes quanto podemos ser. Apenas tanto quanto eles precisam. Se melhorarmos demais, faremos os humanos se sentirem inferiores. Um mecan mais inteligente que os humanos é o suficiente. – Depois de uma pausa, ele acrescenta: – Sem ofensa.

Noemi devolve a ele um olhar sombrio, mas na verdade está pensando no que ele disse e lembrando das palavras de Virginia. Abel tem um propósito extraordinário. Ele é único.

E, apesar de todo o orgulho que ele sente por ser único, também deve se sentir muito solitário.

Ela está pensando em como ele se sente de novo. Supondo que ele realmente sinta, que suas emoções sejam iguais às dela. Ela não pode se dar ao luxo de pensar assim.

Mas pensa.

• • •

Abel insiste para que ela descanse um pouco. Noemi protesta, dizendo que está elétrica demais para dormir, até ela puxar a coberta sobre si e cair instantaneamente no sono. Quando acorda, várias horas depois, toma um banho, encontra um novo conjunto de roupas pretas e botas que lhe servem e volta para a sala das máquinas para encontrar Abel, de novo com as roupas que parecem dele.

– Bom. Você recarregou as energias. Estou no terceiro setor.

– Ótimo. Me passe um scanner para que eu possa ajudar.

Abel franze a testa.

– O trabalho não vai muito mais rápido. É a reinicialização que ocupa a maior parte do tempo.

– Não se trata de acelerar as coisas, mas de me dar algo para fazer.

A hesitação dele dura tanto tempo que ela percebe que o confundiu. Talvez ninguém tenha se oferecido para ajudar a fazer seu trabalho antes. Talvez ela seja a primeira pessoa que não o tenha tratado como um servo ou um aparelho. Bem, a primeira além de Mansfield, de qualquer forma. Quando Noemi acha que terá que insistir, Abel lhe entrega as ferramentas.

Enquanto eles trabalham, Noemi também monitora os scanners, para o caso de a Rainha e o Charlie aparecerem, mas eles não aparecem.

Se os mecans atravessaram o Portão Cego, devem ter dado meia-volta quase na mesma hora. Ela não os culpava.

Logo ela e Abel começam a jogar conversa fora. Apenas pelo prazer de falar.

Em um determinado ponto, ela pergunta:

– Você se lembra de ter sido feito?

– De ser cultivado. – Abel não tira os olhos do conjunto de propulsores que ele está corrigindo. – Não, não lembro. Lembro de acordar no tanque após a ativação, me sentar e ver Mansfield. Antes disso, não há nada.

– Não é estranho? Só começar assim e lembrar de tudo a partir disso?

– Para mim, a memória humana parece estranha. Se entendo corretamente, ela vem à tona pedaço por pedaço. Isso é verdade?

As primeiras memórias de Noemi estão turvas, e ela não tem certeza da ordem em que aconteceram. De que outra forma poderia descrever isso?

– Acho que sim.

Um pouco mais tarde, Abel diz:

– Sinto muito não termos tido mais tempo para nos despedir de Virginia e dos outros Razers.

– Eu também. Talvez eles só tenham nos ajudado por diversão, mas não me importo. Se não fosse por eles, a Rainha e o Charlie teriam nos pegado.

– Não queria agradecer a Virginia, embora talvez devesse. A questão da cortesia entre humanos e mecans às vezes é frágil.

Noemi franze a testa para as leituras na frente dela antes de olhar para Abel.

– Se você não queria agradecer a eles, por que está tão preocupado em não ter se despedido?

– Ah. – Ele parece não encontrar as palavras, o que é algo inédito. Ele está envergonhado? – Eu sei que é trivial, mas esperava conseguir aquele arquivo de *Casablanca*.

Ela se ilumina.

– Ah! Eu peguei!

Não há como descrever o sorriso no rosto dele, exceto como *feliz.*

– Sério? Como?

– Eu coloquei na mochila com o dispositivo termomagnético antes dormir. Para não correr o risco de esquecer... embora eu tenha esquecido mesmo assim. De qualquer forma, deve estar lá dentro.

– Vou poder assistir de novo. – O prazer de Abel é tão inocente que Noemi quase consegue esquecer que eles terão que encontrar tempo para ele vê-lo mais uma vez antes de sua destruição.

Finalmente, quando eles atingem um novo ciclo de reinicialização, Noemi percebe que ela terá que fazer como um humano frágil e dormir um pouco mais. Mas uma coisa sobre a logística a confunde:

– Se eu estou no quarto da capitã Gee, você está no de Mansfield, e o outro cômodo com beliche era para o restante da tripulação... onde você dormia antes?

– Eu posso me regenerar sentado ou parado, conforme necessário. Costumo fazer isso no compartimento de equipamentos. – Sua expressão fica sombria. – Mas depois de passar trinta anos lá, não tenho necessidade de retornar. A cama do meu pa... do meu criador é melhor.

– Acho que dormir é o mesmo que desligar, para você.

– Não exatamente. Desligar é cessar quase todas as operações. O sono é mais moderado. Isso me permite processar a memória, ainda manter alguma conexão com o meio ambiente, sonhar...

– Espera aí. – Noemi para no meio do passo. – O que você disse?

– O sono é mais...

– Você disse que consegue *sonhar*? – A voz dela sobe um tom, mas ela não se importa de soar histérica. Seu coração bate mais rápido, e ela olha para Abel como se o tivesse descoberto pela primeira vez. Quando ele assente, ela diz: – Todos os mecans sonham?

– Não. Acho que sou o único. Mesmo assim, não consegui sonhar durante a primeira década da minha existência. Mas durante o meu tempo no compartimento de equipamentos, algumas das minhas conexões neurais formaram novos caminhos e tornaram-se mais complexas.

– Com o que você sonha? – Por favor, que seja com equações. Números. Fatos simples. Algo que poderia ser explicado como meros dados matemáticos que brotam dentro da máquina. – Quero saber qual foi seu último sonho.

A essa altura, Abel parece confuso, mas ele diz:

– Estávamos na estação Wayland quando aconteceu. No sonho, voltei a bordo do *Daedalus* e Mansfield estava comigo, assim como Harriet e Zayan. No sonho, todos pareciam se conhecer. Nós queríamos visitar Kismet, para surfar, eu acho, mas a tela de exibição nos advertiu sobre monstros marinhos. A imagem que vi foi desenhada a partir de um antigo filme do século XX chamado *O monstro da lagoa negra*, que, como é filmado, é claro que é um ator que usa uma roupa de borracha, mas no sonho parecia muito real. Mansfield me disse para não ir ao oceano, mas surfar parecia curiosamente importante...

– Pare. – Noemi dá um passo para trás, se afastando dele. – Simplesmente pare.

– Fiz algo errado?

Ele tem esperanças e medos. Gostos e implicâncias. Pessoas com quem ele se preocupa. Senso de humor. Ele sonha.

Abel tem alma.

24

ABEL OLHA PARA NOEMI, INCAPAZ DE INTERPRETAR SUAS REAÇÕES. Ela está pálida, respirando depressa e tão abalada que o primeiro instinto de Abel é perguntar se está com dor.

Não, não é isso. Ao contar o sonho, ele se comportou de uma maneira que ela não previa. Em condições normais, ela se recupera de tais surpresas com rapidez, sobretudo para um humano. Mas agora é diferente.

Talvez ela esteja *tanto* surpresa *quanto* ficando doente. Abel finalmente se aventura:

– Noemi, você está se sentindo bem?

– Não.

– Devemos ir à enfermaria?

– Não é isso. – Ela afasta o cabelo preto do rosto. Seu olhar fica parado até que ele mesmo consiga sentir o desconforto. – Eu tenho... Percebi que você é algo além de um dispositivo ou uma máquina.

– Fico grato por isso.

– Você fica? – Noemi dá mais um passo para trás. Suas mãos balançam ao lado do corpo, os punhos cerrados. Ela não está apenas surpresa; está zangada. *Furiosa.* – Você entende? Não, é claro que não.

Abel não permite que sua consternação fique aparente. É uma reação inexplicável da parte dela, já que sua raiva deve ser irrelevante para ele. O mau uso da devoção leva a impulsos conflitantes. Ele deve se esforçar mais para corrigir o erro.

– Por favor, explique.

– Quando cheguei a bordo desta nave, você tentou me matar. Você me olhou diretamente nos olhos, sabia que eu estava sozinha e com medo e tentando salvar a vida de outra pessoa, e você ainda assim tentou *me matar.*

– Noemi, minha programação... – começa ele.

– Sua programação não o controla completamente! Sei disso agora. Então você deve ter decidido procurar Mansfield por orgulho. Apenas sua estupida arrogância e orgulho, porque ele fazia você se sentir *especial...*

Abel quer protestar – ele não sabia que podia desobedecer à programação até que o fez –, mas suspeita que isso só provocaria a raiva dela. E, no fundo, entende que pelo menos parte do que ele sente por Mansfield – nem tudo, não a maior parte, mas alguma coisa – tem a ver com o orgulho de ser a sua melhor e mais querida criação. Noemi não está de todo errada.

Mas o silêncio dele a enfurece tanto quanto sua resposta teria feito.

– Então, me diga uma coisa. Naquele primeiro dia, quando você estava atirando em mim, quando você me viu encolhida no chão, vulnerável, achando que eu estava prestes a ser assassinada, você estava orgulhoso de si mesmo? Do que você realmente é?

Abel considera isso antes de lhe dizer a verdade simples:

– Sim.

Noemi balança a cabeça, a boca entreaberta, olhos escuros brilhando com lágrimas. Ela se vira de costas para ele, como se não pudesse suportar olhar o rosto de Abel por mais um segundo sequer. Quando ela vai embora, ele sabe que é melhor não segui-la. Em vez disso, permanece onde está, agarrando desajeitadamente a mesma ferramenta, refletindo sobre as ramificações de sua declaração.

Ele poderia ter desafiado suas diretrizes de defender Mansfield ao defender a nave? Não. Contudo, dizer isso a ela seria declarar que ele é, no fim das contas, apenas uma coisa.

Melhor ser odiado por Noemi do que ser irrelevante para ela.

Essa reação parece irracional – emotiva – e, ainda assim, Abel sabe que é verdade. Ou talvez ele esteja mais quebrado do que se deu conta.

• • •

Abel decide executar um diagnóstico completo na nave, para se manter trabalhando. A sala do motor parece muito silenciosa, um silêncio quase esmagador.

Sua reação não é lógica. Durante três décadas, Abel não ouviu nenhum som que ele mesmo não tenha feito. Ele está tão acostumado com a presença humana que não pode ficar sem ela por um dia?

Mas Noemi não está só fora da sala. Ela está evitando Abel. Rejeitando-o totalmente. Ele não entende por que isso deveria doer tanto, ainda mais porque ela logo será sua destruidora.

O ressentimento de Abel sobre sua iminente destruição parece ter desaparecido. Ele ainda quer viver, quer muito, mas concordou com o plano de Noemi. Ele aprendeu a entender e respeitar a garota. No início, achava que ela era imprudente e ingênua, na melhor das hipóteses. Agora, Abel sabe o quanto é corajosa. Como é inteligente. Mais de uma vez, ela fez um salto intuitivo que permitiu que eles escapassem, sobrevivessem.

Ele tem que admirar isso, mesmo que a sobrevivência do mundo dela signifique a sua morte.

Isso, no entanto, é o que mais o confunde. Ele admira tanto Noemi... Mas não deveria ser capaz disso. Sua programação exige que ele dê prioridade à saúde e à felicidade de Burton Mansfield, que precise da aprovação de Mansfield e que o valorize sobre todos os outros.

Em vez disso, Abel agora se concentra em Noemi Vidal. Circuitos importantes dentro dele devem ter estragado depois de tanto tempo sem manutenção; ele não consegue pensar em nenhuma outra explicação sobre por que está se dedicando à pessoa errada.

É claro que Noemi merece admiração em um sentido completamente objetivo. Sua determinação em salvar a Gênesis, de continuar em frente depois da morte de sua amiga, é constante. Sua decisão de lançar-

-se em um cosmos hostil e desconhecido em uma nave desconhecida com apenas um mecan ao seu lado – isso mostra ousadia. E sua disposição para morrer nesse esforço é extremamente altruísta.

Burton Mansfield também tem muitas qualidades, mas Abel sabe que seu criador nunca faria uma escolha tão desprovida de egoísmo.

Quando ele desenvolveu a capacidade de criticar Mansfield?

Um sensor de aviso se acende, piscando amarelo – um alerta de proximidade. Imediatamente fica vermelho, e Abel percebe que algo está vindo rápido. Ele aciona a exibição das câmeras externas a tempo de ver um meteoro caindo na direção deles em um ângulo que o afloramento não vai bloquear. Eles vão sofrer um impacto direto.

Ele aciona o controle para as comunicações internas da nave.

– Prepare-se para o impacto! – grita, e segue seu próprio conselho. Se o meteoro for muito grande, no entanto, nada que ele faça fará alguma diferença; ele vai perfurar o casco, despressurizando a nave tão depressa que, em segundos, Abel ficará inativo e Noemi... Noemi morrerá.

O impacto sacode o *Daedalus* com tanta violência que Abel mal consegue permanecer de pé. As ferramentas caem, rolando e batendo no chão. As luzes vermelhas brilham novamente nos painéis de controle, mas nenhuma denuncia despressurização...

... ainda. Mas o ponto mais alto, a ponta da lágrima, sofreu danos. Se ele não conseguir firmá-lo no campo de integridade dentro de nove minutos, eles perderão integridade estrutural. O ar escapará, assim como o calor, e ele e Noemi congelarão a poucos minutos um do outro.

Os protocolos de reparação exigem que Abel coloque um traje espacial e arrume o casco do lado de fora. Os reparos internos levariam mais tempo do que eles têm. E uma correção externa segurará a nave por vários dias, durante o qual um reparo melhor e mais permanente pode ser feito.

Mas, quando a tripulação do *Daedalus* fugiu, há trinta anos, levou a maioria dos trajes espaciais. O mais próximo que caberia em Abel está perto da enfermaria. Correr lá em cima, vestir o traje, sair por uma das portas e chegar ao local do reparo levaria aproximadamente dez minutos na velocidade máxima.

Portanto, há apenas uma coisa a fazer.

Abel pega as ferramentas de que precisa e corre para a saída mais próxima. Enquanto prende a mochila ao redor dele, faz as contas rapidamente, calculando quanto tempo pode permanecer operacional no zero do espaço quase absoluto sem o traje correto. Essa temperatura destrói qualquer coisa orgânica. Mesmo coisas apenas parte orgânicas, como o próprio Abel.

Mas essa destruição não é instantânea. O frio não o tornará inoperante por... 6,92 minutos.

Por dois ou três minutos depois disso, ele estará vivo, pelo menos até onde Abel possa ser chamado de vivo. No entanto, ele será incapaz de se mover ou agir de qualquer maneira, incluindo voltar para dentro da nave. Após esse período, suas estruturas biológicas serão muito danificadas para se regenerar, e suas estruturas mecânicas logo as seguirão. Ele estará tão completamente morto quanto qualquer humano, para sempre.

Isso significa que Noemi não terá seu mecan para salvar a Gênesis. Ele sente por ela. Mas também é por ela que deve fazer isso. Aqueles 6,92 minutos serão suficientes para ele completar os reparos e salvá-la. Isso vai ter que ser suficiente.

Ele chega na porta da baía de pouso e a sela depois de passar. Em seguida, aciona no painel que começará o circuito de pressão do ar para liberá-lo no vazio do espaço. À medida que a atmosfera vai sumindo, Abel veste os braceletes magnéticos que o manterão preso ao *Daedalus*. A gravidade deste asteroide é tão suave que, sem os braceletes, Abel poderia simplesmente flutuar no espaço sideral, perdido no infinito. Então ele agarra um gerador de campo de força portátil – não é forte o suficiente para protegê-lo do frio por muito tempo, mas evitará que seus tecidos orgânicos fervam após a exposição ao espaço. O dispositivo se prende com facilidade ao cinto dele.

Pelos alto-falantes vem a voz de Noemi:

– Abel! O que você está fazendo?

– Os reparos necessários. – Ele puxa luvas de trabalho acolchoadas. Elas podem dar às suas mãos mais cinco ou dez segundos de capacidade motora.

– Você está indo lá fora? – As palavras dela ficam mais fracas à medida que a atmosfera continua a diminuir na sala. Não há muito espaço para que o som se propague. A última coisa que Abel escuta é: – *Não! Você não pode! Você vai morrer!*

Ela não o odeia o suficiente para o querer morto. Abel se sente melhor com isso.

Ele está, naturalmente, programado para defender a vida de um humano a qualquer custo, incluindo a própria existência. Mas ele sabe que não está fazendo isso apenas por causa de sua programação. Parece apropriado que seu último ato seja também o mais humano.

As últimas portas que bloqueiam o exterior se abrem. O frio envolve Abel, e ele se joga para o vazio.

25

NÃO, NÃO, NÃO, POR FAVOR. NÃO...

Noemi fica de pé sozinha na ponte, olhando para os controles que lhe dizem que Abel acabou de abrir a última porta que separava o compartimento do exterior – e ele estava lá dentro.

Aterrorizada, ela muda o visor principal para mostrar o que está acontecendo. A enorme tela em forma de abóbada muda e deixa de mostrar o campo asteroides, a nebulosa brilhante acima deles, e passa a exibir a lateral da própria nave que reflete as cores do arco-íris do espaço circundante. Noemi encontra Abel de imediato e dá um zoom para vê-lo escalar a lateral da nave, os braços e as pernas em ângulos quase anormais, escalando como uma aranha ou alguma outra coisa não humana. Em alguns instantes, ele atinge a ponta danificada e começa a trabalhar.

Ele nem está usando um traje espacial.

Ele vai congelar. Ele vai morrer. Ele sabe disso, é claro.

Se Abel tem alma suficiente para prejudicá-la, também tem alma suficiente para valorizar a própria existência. E, no entanto, ele deixou isso de lado.

Noemi entra em ação. Ela não acha que pode fazer muito antes de Abel terminar o reparo. Não que fosse adiantar alguma coisa, já que os dois morreriam logo depois. Colocar seu próprio traje espacial também não é uma opção; demoraria muito e Abel não tem tanto tempo. Então, como ela pode salvá-lo?

– Esta é um nave científica – murmura Noemi, procurando freneticamente os controles da ponte. – As naves científicas lançam satélites de pesquisa. Se lançam satélites de pesquisa, devem ser capazes de trazê-los de volta.

Ali! Ao lado do compartimento de equipamentos há um manipulador extensível capaz de capturar satélites, cápsulas ou até mesmo mecans. Tem cerca de nove metros de comprimento, apenas. Isso será suficiente para chegar a Abel?

Noemi se senta ao console e estende a mão sobre ele. Feixes de luz verde saltam, iluminando-a até o cotovelo. À medida que a tela desaparece para mostrar o braço manipulador que se estende da superfície espelhada do *Daedalus*, ela consegue ver Abel mais uma vez. Ele ainda está trabalhando duro, mas seus movimentos tornaram-se rígidos e agitados. O frio está cobrando seu preço.

Ela avança com a mão; o computador, lendo seu movimento, empurra também o manipulador extensível. Devagar, ela estica o braço para cima e ligeiramente para o lado.

Abel está quase imobilizado. Ele não consegue mexer a mão para empurrar algo para dentro, então se inclina para a frente, usando o peso de seu ombro. Ao mesmo tempo, as luzes vermelhas ao redor da ponte mudam para amarelo, e Noemi percebe que está prendendo a respiração. Mas ele conseguiu. Ele consertou a falha. Ele a salvou.

Hora de retribuir o favor.

A esta altura, Noemi está tremendo, mas não importa. O movimento não perturba os sensores em sua mão, e o braço continua indo em direção a Abel. *Tenha cuidado*, ela pensa, como se ele fosse um animal ferido do qual ela só pode se aproximar com a maior ternura. Ela enrola os dedos para dentro, centímetro por centímetro, olhando a tela sem piscar. A forma pálida de Abel contra a escuridão parece queimar em suas retinas.

Ele está muito inconsciente para perceber o braço extensível, talvez até incapaz disso. Noemi imagina que está colocando Abel na palma de sua mão quente e continua fechando os dedos, conseguindo por fim o segurar. Em seguida, ela puxa o próprio braço para trás rapidamente, aloca Abel dentro do compartimento de equipamentos e aciona as portas que bloqueiam o exterior e reestabelecem a atmosfera antes de sair correndo.

Mais rápido, ela diz a si mesma enquanto se afasta da ponte ao longo da espiral cada vez mais larga do corredor. *Você precisa ir mais rápido.* A esta altura, quase não importa quando ela vai alcançar Abel. Se ela chegar a ele em dois segundos ou dois anos, ele vai ter conserto ou não. Mas, de qualquer maneira, ela corre mais.

As portas do compartimento se abrem quando ela corre em sua direção. Quando ela pula para o piso inferior, Noemi vê Abel deitado no chão, olhando fixamente para cima. Seus braços se estendem ao lado do corpo, imóveis.

– Abel? – Ela se ajoelha ao lado dele. – Você consegue me ouvir?

Nenhuma resposta. A pele dele não ficou pálida ou azulada como a de um ser humano, mas a umidade nas bordas de seus pálpebras congelaram formando cristais minúsculos. Quando ela estende a mão para ele, sente o calor elétrico de um campo de força – mas este é de baixo grau, algo que ela pode atravessar lentamente. Com grande esforço, consegue desligar o aparelho no cinto; o calor do campo de força desaparece. Ela tira as luvas de trabalho de Abel, na esperança de poder fechar suas mãos, mas seus dedos permanecem rígidos e imóveis. Noemi coloca a mão sobre o peito dele, procurando um batimento cardíaco, mesmo sabendo que isso é impossível.

Ela aprendeu muito sobre destruir mecans, mas pouco sobre consertá-los.

Noemi faz o que deve ser feito com vítimas de hipotermia, o que ela sempre desejou que pudesse ter feito com os pais e o irmãozinho: ela se debruça ao lado de Abel, colocando a cabeça no ombro dele e o segurando firme. É assim que você traz de volta pessoas que estão quase mortas. Você os aquece com seu próprio calor corporal. O calor dela que o salvará ou falhará.

Noemi trata Abel como uma pessoa, porque ela não sabe o que mais pode fazer.

Os minutos passam. As lágrimas escorrem de seus olhos. Abel está tão frio que é doloroso ao toque, mas ela não solta.

Finalmente, quando o desespero começa a tomar conta dela, o dedo de Abel se mexe.

– Abel? – Noemi se senta ereta e toma o rosto dele entre as mãos. Seu olhar permanece vazio, e ela se pergunta se imaginou o movimento. Mas então ele pisca, e ela começa a rir quase sem forças. – Você está bem. Você vai ficar bem.

Não é tão simples assim. Mais de uma hora se passa antes que Abel possa se sentar; algum dano foi causado. Mas ele ainda está com ela.

– Você ainda funciona, certo? – Noemi tenta afastar seus cabelos louros, mas eles ainda estão congelados. Em vez disso, ela acaricia sua bochecha. – Se você precisa de conserto, talvez você possa me orientar sobre como fazê-lo.

– Desnecessário. – A voz de Abel soa rouca, quase metálica. – Eu devo estar apto a restaurar a maioria das funções primárias em breve.

– Graças a Deus.

Durante as próximas duas horas eles trabalham juntos. Testam a amplitude de seus movimentos. Testam sua memória. Abel sempre consegue responder todas as perguntas, às vezes devagar, mas sempre de forma adequada.

– Quais foram os nomes que você usou para renomear a nossa nave?

– Primeiro, *Medusa*, depois *Odysseus.*

– Qual é a raiz quadrada de... – Noemi tentar encontrar um número verdadeiramente aleatório – oito mil duzentos e dezoito?

– Até a terceira casa decimal, noventa ponto seis cinco três. Posso fornecer o número completo, se quiser.

– Três casas decimais bastam – responde ela, enquanto esfrega as mãos dele entre as suas, permitindo que a fricção forneça calor. Embora não haja muita fricção, na verdade: as mãos de Abel são surpreendentemente macias. – Qual foi a primeira coisa que eu disse para você?

Abel inclina a cabeça e, por fim, se parece com aquele que Noemi conheceu.

– Lembro-me perfeitamente, mas acredito que você não. Portanto, recitar as palavras pode não ser um teste confiável.

– Se você está se sentindo bem o suficiente para ser presunçoso, definitivamente está melhor. – Noemi não consegue parar de sorrir. – Alguma coisa parece que está quebrada? Falha no funcionamento?

Ele faz uma pausa antes de dizer:

– Alguns circuitos internos que eu já havia questionado foram ainda mais danificados. Mas minhas funções não foram muito alteradas.

O que significa essa alteração? Noemi não tem certeza, mas Abel não se preocupa com isso. Já está flexionando as mãos mais uma vez, afirmando que sua agilidade está restaurada. Não deve valer a pena se preocupar.

Quando ele se sente pronto, ela passa o braço em volta de seu ombro e o leva de volta pela nave até seus aposentos – na verdade, os cômodos de Mansfield, agora lar de sua maior criação. Esta é a primeira vez que Noemi dá uma boa olhada neste quarto, e ela não sabe se admira a beleza ou fica consternada com a extravagância. Uma cama com dossel esculpida em madeira envelhecida ocupa o centro do quarto, coberta com uma colcha de seda brilhante, cor de esmeralda. Uma pintura de ninfeias, suave e borrada em tons de azul, está pendurada em uma moldura dourada ornamentada. Um guarda-roupa, que parece ser da era vitoriana, ocupa um canto e, quando Noemi olha para dentro, encontra um grosso robe de veludo vinho.

Ela desliza o robe sobre as roupas de Abel antes de colocá-lo na cama.

– Quanto mais camadas, melhor – diz.

– Não se preocupe. – O sorriso de Abel é assimétrico; ele ainda está descongelando. – Estou melhorando rápido. Eu ainda vou conseguir fazer.

– Fazer o quê?

Ele lança um olhar estranho a ela.

– Levar o dispositivo termomagnético ao Portão.

Noemi sente como se o chão tivesse sumido debaixo de seus pés, horrorizada e um pouco enojada.

– Espere. Você acha que foi por isso que salvei você?

– Racionalmente, seria um forte motivador.

– Abel, não. Você não entende. – Lutando pelas palavras, ela senta na beira da cama. – Você não se lembra do que eu disse antes?

– Que eu sou responsável por minhas próprias ações e, portanto, pelos meus próprios erros.

– Não isso. Não só isso, pelo menos. – Noemi respira fundo enquanto pega as mãos dele, geladas, e as aperta. – Se você foi responsável por me atacar quando embarquei na nave, você também foi responsável por me proteger na estação Wayland e por me salvar no rio subterrâneo em Cray. Por tentar salvar Esther. Por entender onde enterrá-la. Você fez todas essas coisas por mim.

– Essa é uma questão de programação.

– E você pode desconsiderar essa programação se desejar muito.

– É o que parece. – Ele parece perdido quando diz isso. Talvez Abel tenha acabado de descobrir isso. Não importa quando descobriu, apenas que é verdade. – Eu percebi que não sigo mais suas ordens porque preciso. Eu... eu as sigo porque quero.

Como ele pode querer isso? Como ele pode segui-la até o fim? A voz de Noemi treme ao continuar:

– Abel... você tem alma. Ou algo muito perto de uma alma, eu não consigo dizer a diferença, nem deveria tentar. E se você tem alma, não posso ordenar que se mate no Portão. Não posso machucar você, e não vou. Não importa o que aconteça.

O espanto de Abel a faria rir sob outras circunstâncias. Nessas, é quase doloroso ver quão surpreso ele está ao perceber que alguém acredita que sua vida tem valor. Ao perceber que *ela* acredita.

– Mas eu tentei matar você.

– Você atacou um soldado inimigo que embarcou na sua nave – admite Noemi. – Qualquer um teria reagido da mesma maneira. Humano ou mecan. Por isso, e por Esther, eu acho... acho que culpei você porque você estava aqui para ser culpado. Eu não o culpo mais, nem um pouco.

Por mais rígido que ele esteja, consegue rolar de lado, para olhar diretamente para ela.

– Eu ter uma alma ou não é apenas uma questão de opinião.

Ela balança a cabeça.

– Não. É uma questão de fé.

– Você ainda deve ter dúvidas.

– O oposto da fé não é a dúvida. O oposto da fé é a certeza. – É o que o Conselho Ancião sempre diz, lembrando as pessoas de evitar os clichês baratos do dogma e confiar apenas em uma visão profunda. Ela pode ser péssima em acreditar, mas... esta lição, pelo menos, Noemi finalmente entende.

– Mas a Gênesis... o Portão, o Ataque Masada... você vai desistir assim?

– Quem falou de desistir? – Ela começara a formular um novo plano meia hora depois da discussão com Abel. – Você disse que só um mecan avançado conseguiria pilotar uma nave que transporta esse tipo de dispositivo através de um Portão. Um humano morreria com o calor, e um mecan do nível mais baixo seria desligado. Certo?

– Certo.

Noemi começa a enumerar os argumentos nos dedos.

– Precisamos de um mecan avançado. Você é um mecan avançado, mas não é o único avançado o suficiente. Alguns outros modelos também poderiam cuidar disso, não poderiam? Quais?

Abel balança a cabeça, embora responda como se estivesse atordoado.

– Qualquer um dos modelos médicos, Tare ou Mike. Qualquer Charlie ou Rainha. Talvez até os modelos de cuidadores, Nan e Use...

– Está vendo? Muitas possibilidades. – A voz de Noemi soa animada demais até para seus próprios ouvidos. Ela já tinha pensado em tudo isso, tentando se acalmar, mas a cada segundo, ela espera que Abel aponte uma nova complicação ou falha, algo que esmagará todas as suas esperanças. – Como eu disse, não preciso mais de você para levar o dispositivo até o Portão. Mas preciso de você para me ajudar a capturar um mecan que possa fazer isso. Um dos que sejam realmente apenas uma máquina. Não como você. Você é... mais.

Abel parece mais jovem para ela de alguma forma, quase infantil em seu deslumbramento.

– Você realmente acredita nisso?

– Sim. Acredito.

Ele não responde, só aperta mais a coberta ao redor de si. Ele está com tanto frio que cada fragmento de calor é bem-vindo, tão cansado que mal consegue se mexer; Noemi sabe como ele se sente. Desde Kismet, ela está cansada. Parece que dormir só piora, não é melhor. Mas haverá tempo para descansar quando tudo acabar. Oceanos de tempo para gastar em uma Gênese livre e segura.

– Você sabe que capturar um mecan não é fácil. – Abel não pode parar de discutir a própria morte. – Mesmo um de nível mais baixo tem força e vontade de resistir. Os mais inteligentes serão ainda mais difíceis.

– É aí que você entra.

– Fale sério – diz ele. – O destino do seu mundo está em suas mãos.

– Não muda o fato de que também tenho o seu destino nas mãos. Eu vou cuidar da Gênesis e vou cuidar de você. Não me importa quão difícil seja. Vamos fazer isso acontecer.

– E então... – A voz de Abel some. – Então o quê? Depois que tudo acabar, o que acontece?

Noemi, porém, não chegou aos detalhes dessa parte, porque não cabe a ela decidir.

– Depois disso, você me leva para casa, para a Gênesis, e então você vai para onde quiser.

– Eu decido?

– Exatamente. Pegue o *Daedalus* e vá. – Ela agita a mão no ar, como se fosse a nave, então se sente boba por fazer isso.

Mas Abel não parece notar. Ele ainda está abalado por aquela sugestão.

– Você deixaria a decisão toda comigo?

– Sim, exatamente isso. – O coração de Noemi pesa ao observar a confusão de Abel. É como se ele não conseguisse fazer seu cérebro de supergênio entender algo tão simples quanto fazer suas próprias escolhas. – Acho que é um presente que Mansfield nunca quis dar a você... a chance de determinar seu próprio destino.

– Você é muito rápida em culpá-lo. – A resposta de Abel vem tão prontamente que ela acha que deve ser sua programação se reafirmando. Mas a dúvida em seus olhos diz a ela que ele não tem certeza da própria afirmação. – Disseram a você que ele era perverso, maldoso, só por inventar mecans...

– Você não entende, Abel? Você ainda não entende? – Noemi espera que ele ouça uma verdade básica, aquela que mudou seus planos e seu coração. – Nos ensinaram que Mansfield era maldoso porque ele criava máquinas sem alma em forma de homens. Mas ele fez algo pior do que isso com você, muito pior. – Sua voz fica presa na garganta. – O maior pecado de Burton Mansfield foi criar uma alma e aprisioná-la em uma máquina.

Abel não diz nada. Sem dúvida, ele discorda. Mas ele finalmente a entendeu.

Depois de um longo momento, ele olha para longe. Noemi também não consegue olhá-lo nos olhos mais uma vez. Juntos, cruzaram um limiar, e nenhum deles sabe o que pode estar além disso.

– Durma – diz ela com gentileza. – Você deve estar exausto.

– Assim como você. Você deve priorizar sua própria saúde e bem-estar.

É uma súplica, não um convite, mas Noemi não se importa. Ela se deita na outra metade da cama, em cima da coberta de seda. Abel hesita, claro, se perguntando o que mais ela poderia fazer; mas ela só fica ali, e ele fecha os olhos, dormindo instantaneamente.

Noemi se aproxima e então repousa a cabeça no ombro dele. Ela ainda precisa mantê-lo aquecido.

E, pela primeira vez desde a morte de Esther – ou talvez em muito mais tempo –, Noemi não se sente mais sozinha.

26

Em oito horas, Abel restaurou todas suas funções principais. Algumas de suas estruturas orgânicas ainda precisarão de mais tempo, mas ele tem mobilidade total e nenhuma dor.

Ele deveria estar feliz, uma emoção que descobriu que cabia bem dentro de seus parâmetros de sentimentos. Noemi o salvou da morte por congelamento e decidiu poupá-lo. Ela o reconhecia como seu igual. E fez algo que nenhum ser humano faz para um mecan: ela o libertou.

Mas Abel não foi projetado para a liberdade.

Ele nunca sonhou com isso. Nunca quis isso. Mecans são feitos *para* algo ou alguém. Não para simplesmente... existir. Mesmo Abel, criado a partir da curiosidade e da esperança de Mansfield, deveria ficar sempre ao seu lado.

Mas quando ele diz isso a Noemi, ela não concorda.

– Espere um minuto – diz ela na tarde seguinte, quando eles caminham juntos para a despensa da tripulação para pegar uma bolsa de rações de emergência antes de voltar ao trabalho. – Depois disso, você pode ir a qualquer lugar na galáxia, fazer absolutamente qualquer coisa, e você vai voltar para Burton Mansfield? Não entendo por que você acha que Mansfield é tão bom depois do que ele fez com você.

– Fez *comigo*? Mansfield fez tudo *por* mim.

– Ele pôs sua alma dentro de uma máquina...

– Não. Ele criou minha alma. Ele a tornou possível. Ele me deu isso. – Abel se pega sorrindo. – Ele não poderia saber que eu chegaria a esse ponto, mas ele deve ter esperado. Caso contrário, ele não teria criado a capacidade.

Depois de um longo momento, Noemi cruza os braços num acordo mal-humorado.

– Acho que não.

– O que o torna menos meu criador e mais como um pai. – *Pai*, ele pensa. Mansfield devia saber o que estava fazendo quando falou para Abel chamá-lo assim. – Os filhos não abandonam seus pais, não é?

– Normalmente não. Mas eles também não ficam com seus pais. No fim, você deveria escolher uma vida própria.

– No fim – diz Abel. – Ainda não estou lá. – Depois de trinta anos preso no espaço, além de vários dias acreditando que sua destruição era iminente, é incrível poder dizer isso e saber que é verdade.

No entanto, falar sobre "o fim" lembrou a Abel que Burton Mansfield é um homem idoso.

O que vai acontecer depois que Mansfield morrer?

Mecans não envelhecem muito de forma visível. Mas até mesmo os mecans morrem. Tanto o sistema orgânico quanto o mecânico se quebram, depois de tempo suficiente. Sem danos, um mecan pode esperar viver cerca de duzentos anos antes de parar.

Se Abel viver mais cento e cinquenta anos, passará a maior parte deles sem Burton Mansfield. Toda a programação dentro dele... a que propósito servirá? Apenas um: assegurar que Abel permaneça tão solitário quanto era naquele compartimento.

Abel não gosta dessa conclusão, não só porque prevê sua infelicidade futura, mas também porque, se ele foi projetado para sofrer tanto por tanto tempo, Noemi está certa. Mansfield cometeu um erro terrível.

Ele não culpará Mansfield. Ainda não. Mas vê a possibilidade real do erro de Mansfield.

Eu mudei, ele pensa. *Estou mudando.*

– Você está bem? – O sorriso dela vacila. – Você ficou muito estranho por um segundo.

– Estou muito melhor – diz Abel. Na verdade, ele ainda se sente estranho, como se estivesse tendo problemas para se concentrar, mas não há dúvida de que isso é um sinal do dano ainda sendo reparado dentro dele. – Devemos começar a trabalhar.

– Eu sei. Nós só temos... quantos dias agora?

Até o Ataque Masada, ela quer dizer.

– Nove dias.

Noemi empalidece.

– Eu pensei que tivéssemos mais alguns dias...

– Estamos muito mais longe de Kismet aqui, além do Portão Cego. Mais tempo se passou no seu mundo natal. Os cálculos de Einstein são complexos. – Antes, Abel teria acrescentado que nenhum cérebro humano poderia esperar lidar com um trabalho tão complicado, mas ele aprendeu a se comportar melhor. – Ainda temos tempo.

Ela balança a cabeça ao se ajoelhar para reabrir um dos painéis inferiores.

– Não o suficiente.

Abel sente a urgência que a move tão ferozmente quanto se fosse o mundo dele que ele precisava salvar. Supondo que houvesse um mundo que ele poderia chamar de seu.

Eles voltaram a trabalhar na pequena e brilhante sala de máquinas em forma de cubo do *Daedalus*. Em todo o resto da nave, as linhas curvas dominam. A beleza e a simetria orientam a colocação de cada painel, de cada cadeira. A sala das máquinas, no entanto, é tão cinza, básica e sem alegria quanto possível para uma sala fora das instalações de uma prisão. É um lugar para reparos, nada mais. No entanto, Abel se pega gostando da sala, porque aqui ele e Noemi trabalham juntos como parceiros. Não são mais adversários, ou humana e mecan; eles são iguais. Ninguém nunca o aceitou assim antes, e Abel acha a experiência... quase inebriante.

Eles trabalham juntos bem quietos, falando apenas sobre os elementos mecânicos que estão consertando. O desespero de Noemi parece preencher a sala como calor ou perfume. Abel trabalha o mais rápido que pode sem deixá-la completamente para trás; a sua margem de tempo, embora mais apertada do que antes, ainda é adequada – e ele sabe que ela precisa ser parte da solução.

Mas nem tudo pode ser apressado. Após várias horas de esforço, eles alcançam um ponto em que os escudos têm que passar por uma longa rodada de autodiagnóstico. Isso os deixa sem nada para fazer.

– Você terá tempo suficiente para dormir oito horas completas – diz Abel enquanto guardam suas ferramentas. – E ainda pode fazer exercícios, se você desejar.

– Eu precisaria fazer, mas não consigo. – Noemi estremece e esfrega as têmporas. – Não consigo nem pensar agora. Estou tão exausta, mas não consigo dormir. Toda vez que tento relaxar, penso no Ataque Masada, e...

– Pensar em acontecimentos que você ainda não pode influenciar só desgastará você. – Ele considera as possibilidades. – Recreação pode proporcionar uma distração bem-vinda.

– Recreação? – Ela apoia um ombro contra a parede. – Como o quê?

Abel estava falando em termos gerais, mas agora sabe a sugestão perfeita.

– Você gostaria de ver um filme?

• • •

– Se aquele avião decolar e você não estiver com ele, vai se arrepender. Talvez não hoje, talvez não amanhã, mas em breve e pelo resto de sua vida.

Por mais emocionado que Abel esteja por estar assistindo a *Casablanca* de novo na vida real, ele continua olhando para Noemi para avaliar sua reação. É quase tão boa quanto o próprio filme. Ela ficou arrebatada desde os primeiros minutos, rindo de todas as piadas quando ele explicava as referências antigas. Agora, ela está completamente absorta no final agridoce. Todos os seus problemas foram esquecidos por um tempo; pelo menos por agora, Abel consegue fazer Noemi feliz.

Eles transformaram o quarto da equipe júnior em um cinema improvisado, cada um deles enrolado em camas paralelas, a história rolando na tela grande do quarto. Esses filmes eram conhecidos como "preto e branco", mas as imagens realmente brilhavam em mil tons de prata.

Rick toca o queixo de Ilsa, inclinando seu rosto suavemente para cima.

– *Estou olhando para você, garota.*

Abel sempre gostou dessa parte. Ele se pergunta o que sentiria, tocando o rosto de alguém assim.

– Esse não pode ser o fim – diz Noemi, enquanto Ilsa e Victor Laszlo caminham em direção ao avião, deixando Rick para trás para sempre. – É por isso que ela vai embora?

– Você não acha que ela deveria ficar com Laszlo?

– É claro que ela tem que lutar contra os nazistas. Mas... Quando é que ela decide isso por si mesma? Foi Rick quem tomou a decisão. – Abel nunca pensou nisso antes. – Parece que ela decidiu enquanto Rick estava falando com ela. – Com uma careta, Noemi se reclina mais no beliche. – Eu queria que ela fizesse a escolha por conta própria.

– Você deseja que ela tenha mais autonomia. Mas, se o fizesse, o filme talvez sugerisse que ela não amava Rick de verdade. Que estava só fingindo para o bem de Laszlo.

– Bom argumento – diz Noemi, distraída. Ela já está envolvida em saber como o capitão Renault vai se virar. No final, ela aplaude, o que pega Abel desprevenido.

– Você gostou?

– O quê? Claro que sim. Foi incrível. – O sorriso de Noemi é mais quente do que ele sabia que poderia ser. – Existe mesmo alguma coisa nos filmes em 2-D. Só imagens e som, mas faz sua imaginação trabalhar mais, não é? Então você acaba se envolvendo na história. E toda a ideia de ela estar apaixonada por Rick, mas não querer magoar Victor porque ele é tão heroico e importante... É muito romântico.

Esse assunto é especialmente fascinante para Abel.

– Você já se apaixonou?

Noemi olha para ele, saindo de seu humor sonhador.

– Por que você pergunta?

– Estou curioso sobre o desenvolvimento e as respostas emocionais humanas. – Por algum motivo, isso faz com que ela ria. – Eu disse algo errado? A questão é muito pessoal?

– Um pouco. Mas... – Ela afunda de volta no beliche. – Não, eu nunca me apaixonei. Achei que estivesse uma vez, mas estava errada.

– Como você pode estar errada sobre suas próprias emoções? – Abel acha seus sentimentos confusos, mas ele sempre pensou que era por serem sentimentos novos.

– Parecia que era amor, às vezes. Eu estava louca por ele, queria estar com ele, esperava que ele me amasse também, tudo isso. Mas na verdade eu só estava apaixonada pela minha ideia de Jemuel. Os sonhos que eu tinha acordada, todos os momentos românticos que em teoria podíamos passar juntos. Não era real.

– Ele não amava você também? – Isso parece improvável a Abel. Noemi é corajosa, franca, inteligente e gentil. Estas devem ser qualidades desejáveis em um companheiro.

– Não. Nós flertamos um pouco. Ele até me beijou uma vez, mas foi só isso. – Os dedos dela desconsideram seu tom casual, rastreando distraidamente ao longo da linha curva de seu lábio inferior. – Na verdade, ele acabou se apaixonando por Esther. Eles combinavam um com o outro de uma maneira que eu e ele nunca conseguiríamos.

– Nada disso se parece com o que eu conheço do comportamento humano em tais situações. Você não experimentou ciúmes ou raiva?

A expressão dela se fecha.

– No começo, sim. No começo, senti como se eu fosse morrer. Simplesmente... cair dura no chão. Mas nunca deixei Esther saber disso. Isso teria deixado minha amiga arrasada e ela teria terminado com Jemuel, o que seria estúpido, porque não é como se ele viesse atrás de mim. Qual seria o objetivo? Então fiquei de boca fechada e fingi que estava bem com isso até que realmente ficou tudo bem. Agora, quando falo com Jemuel, não consigo acreditar que já estive com ele. Ele é um pouco rígido, na verdade.

– Mas você ainda soou melancólica quando falou dele. – Abel encontra-se voltando a essa lembrança dela... Os olhos escuros procuravam uma distância invisível, os dedos deslizando no lábio.

– Acho que é apenas da ideia de amor que sinto falta. E, bem, foi um bom beijo. – O sorriso dela se torna pesaroso. – Pelo menos tenho alguma experiência.

Uma ideia maravilhosa ocorre a Abel.

– Você precisa de mais experiência?

– Hein?

– Nós poderíamos praticar se você quisesse. – Ele sorri enquanto começa a explicar. – Lembra do que falei em Kismet? Estou programado com uma ampla gama de técnicas para proporcionar prazer físico, por meio de todas as atividades desde beijos até as posições mais misteriosas para relações sexuais. Embora eu nunca tenha feito nenhum deles antes, estou confiante de que poderia fazer tudo muito habilidosamente.

Ela o encara, os olhos arregalados. Como ela é rápida para expressar objeções se as tiver, Abel leva seu silêncio como um sinal encorajador.

Então, senta-se na cama para explicar as razões mais convincentes que agora lhe vem à mente.

– Os seres humanos precisam de uma certa quantidade de liberação física e conforto para serem psicologicamente saudáveis. Você esteve longe de sua família e amigos por algum tempo e sofreu um trauma considerável, sugerindo que você está com uma necessidade ainda maior do que a habitual. Tenho toda a informação e técnica necessárias para ser um excelente parceiro, meu corpo é projetado para ser atraente e, claro, não posso ter nenhuma doença nem contaminá-la. Temos total privacidade e muitas horas de tempo livre. As condições para a relação sexual parecem ideais.

Noemi permanece imóvel como uma estátua por mais um momento, então começa a rir, mas sua risada não é cruel. Quando ela enfim olha para ele de novo, suas bochechas estão vermelhas.

– Abel, eu estou, hum... é gentil da sua parte oferecer, eu acho. – Ela prende uma mecha de cabelo preto atrás da orelha e morde o lábio inferior antes de acrescentar: – Mas eu não poderia.

Não é possível negar: Abel se sente desapontado.

– Por que não?

– Entre as pessoas da minha fé na Gênesis, o sexo é algo que você guarda para relacionamentos com compromisso. Para pessoas com quem você está muito envolvido.

– Você disse que sua cultura não era tão puritana quanto a Terra dizia ser.

– Não é. Quero dizer, o sexo é uma parte natural da vida. Uma parte maravilhosa. Todos entendemos isso. E algumas das religiões são muito mais permissivas do que a Segunda Igreja Católica. Mas, para mim, pelo menos, o sexo deve ser com alguém que amo.

– Eu entendo – diz Abel, esperando entender mesmo.

Ela rola de lado, virando-se para ele, mas não o olha no rosto quando acrescenta:

– Você não poderia me engravidar de qualquer maneira. Quero dizer, ninguém poderia. A explosão que matou o resto da minha família... me expôs a toxinas muito terríveis.

Embora Noemi o diga de forma indiferente, Abel percebe que isso a fere profundamente, ou já feriu. Como ele conseguiria consolá-la por essa perda?

Por fim, ele decide:

– Tenho certeza de que seu material genético teria sido da mais alta qualidade.

Ela ri de novo, só que mais fraco desta vez. Ele deve ter dito algo errado.

– Se eu ofendi você, peço desculpas. Era um elogio...

– Não, Abel, tudo bem. Eu entendi o que você quis dizer. – Noemi olha para ele de onde está deitada na cama, tímida e divertida, e Abel sente um desequilíbrio estranho e afável, como se só olhar para ela já deixasse suas percepções desequilibradas. Em um instante, porém, ela se senta e se estica, quebrando o devaneio. – Ainda estou exausta, e agora estou com dor de cabeça. Quanto tempo antes do próximo ciclo de diagnóstico terminar?

– Sete horas. – Como ela parece estar indicando que um humor menos íntimo seria preferível, ele se levanta. – Você pode dormir durante a noite e voltar pela manhã.

– Você não deveria dormir também? Ainda está se curando.

Ele balança a cabeça.

– Já voltei ao normal. Você não deveria se juntar a mim até voltar também.

– Eu achei que era eu que dava as ordens por aqui. – Mas ela está apenas o provocando, seu constrangimento anterior já desaparecendo. Noemi se dirige para a porta, em direção a sua própria cabine, com passos lentos e cansados. Mas ela olha por cima do ombro para dizer: – Boa noite.

– Boa noite – repete Abel.

A partida dela o deixa inquieto. Ele sabe que ela gostou de *Casablanca*. Seus esforços para interagir como iguais, mesmo como amigos, estão sendo bem-sucedidos. Os reparos no *Daedelus* estão progredindo sem problemas, e eles devem conseguir sair dentro de dez ou doze horas. Então, o humor de Abel deveria ser neutro ou positivo.

Em vez disso, ele continua a repassar a cena em que pede que Noemi faça sexo. Só que em sua memória, cada vez ele diz isso de um jeito um pouco diferente – um pouco melhor – e se pergunta se isso a convenceria a dizer sim.

Abel não experimenta o desejo da mesma forma que os humanos; Mansfield disse a ele que nenhum homem deveria ser escravo de sua própria genitália. Mas Abel consegue sentir prazer físico e deveria senti-lo durante o sexo. Nos seres humanos, o desejo vem antes da ação; para Abel, deveria ser o contrário. Mas ele tem estado curioso a respeito do que seria desejo.

Sua programação o encoraja a buscar novas experiências. Ele não conseguiu ter uma esta noite. Isso explica sua decepção, claro.

Sem dúvida.

• • •

Na manhã seguinte, Abel continua trabalhando duro na sala de máquinas, contando as horas até que Noemi apareça. A hora mais cedo provável passa, assim como a mais provável – e, finalmente, a mais tarde que Abel calculou. Nenhuma palavra dela.

Restam apenas oito dias antes do Ataque Masada. Noemi se lembra disso. Ela não deixaria que o cansaço da noite custasse uma hora sequer que poderia ajudá-la a salvar as pessoas da Gênesis.

Portanto, Abel faz contato com ela através da rede de comunicação interna da nave.

– Noemi? É Abel. – Uma coisa ilógica a dizer, visto que não existe mais ninguém a bordo, mas os humanos parecem achar essa repetição do óbvio reconfortante. – Você está acordada?

Depois de uma longa pausa, ela responde:

– Sim. Eu só... não me sinto bem.

– Você está doente? – Ele se pergunta se algumas das rações de emergência a bordo estavam estragadas. A intoxicação alimentar resultante não deve ser fatal, mas causaria náuseas e febre severas. – Posso ajudar de alguma forma? Quer que eu leve água para você?

– Eu acho... acho que sim.

A voz de Noemi está rouca. Pior, ela parece fraca, atordoada. Os seres humanos às vezes falam dessa maneira, quando intoxicados, embora não haja intoxicantes a bordo e não seja improvável que Noemi excedesse os limites.

Portanto, a única conclusão é que ela está mesmo muito doente.

– Estou indo – promete Abel. Ele corre pelo corredor em espiral. O quarto dela fica na segunda rotação, mas ela não está lá. Ele a vê à frente dele no corredor, na curva seguinte – sentada no chão com sua camiseta e legging cor-de-rosa, a cabeça apoiada contra a parede. Ele cai de joelhos ao seu lado. – Noemi, o que está acontecendo?

Ela olha para ele com olhos desfocados e avermelhados.

– Eu queria ir para a enfermaria. Ver se tem algo para febre.

Abel põe a mão na testa dela. Sua temperatura é de trinta e oito graus.

– O que você está sentindo?

– Tão cansada, Abel, estou tão cansada...

Ele a pega nos braços para levá-la à enfermaria. Ao fazer isso, a camiseta dela, grande demais, desliza de lado novamente, expondo a clavícula e parte de seu ombro. Sua pele bronzeada agora está tomada por linhas brancas e tortuosas. Embora Abel nunca tenha visto isso antes, sabe o que deve ser:

Teia de Aranha.

27

A CONSCIÊNCIA DE NOEMI VAI E VOLTA. ELA TENTA SE CONCENTRAR no que é mais importante, mas é difícil, muito difícil, fazer qualquer coisa além de ficar deitada ali e ferver no calor de sua própria febre.

– Você poderia ter me chamado para ajudar – diz Abel. Ele a colocou em algum lugar frio e brilhante. A enfermaria. Esta é a enfermaria. Ela está deitada na mesma cama onde Esther morreu.

– Eu não achei que precisasse. – Seus pés estão gelados. Ela odeia quando ficam gelados. – Não no começo. Mas daí senti que era tarde demais.

– Não era tarde demais. – A mão de Abel circunda seu pulso, e seu polegar pressiona exatamente onde a fina rede de suas veias está mais próxima da pele. A pele dele é fria contra a dela. Não porque ele é um mecan, mas porque ela está ardendo. – Seu pulso está fraco. Você conseguiu comer ou beber alguma coisa?

Ela conseguiu? Noemi balança a cabeça, depois para porque isso faz com que o chão gire.

– Faz um tempo que não tento.

– Você precisa de líquido imediatamente.

Um instante depois, um canudo plástico é enfiado em sua boca. Noemi, obediente, toma alguns goles, entreabrindo os olhos para ver Abel segurando uma bolsa de... seja lá o que for. Algo azul. O gosto é doce, muito doce, como se estivessem tentando enganá-la para que bebesse tudo.

Quando ela deixa a cabeça cair novamente, Abel diz:

– O banco de dados dos scanners médicos não conhecem esse vírus. As marcas na sua pele sugerem, com um nível de probabilidade muito alto, que você está sofrendo de Teia de Aranha.

As pessoas morrem de Teia de Aranha. Harriet disse isso a Noemi. Mas não precisa ser fatal, não necessariamente.

– Eu vou melhorar – murmura ela. – Só preciso descansar.

– As leituras de bioscan estão... – A voz de Abel falha, mas ele parece se conter. – Elas não estão boas. E você está excepcionalmente radioativa.

Isso a impulsiona para um momento de clareza.

– Radioativa?

Abel toca seu ombro, o que a acalma.

– Todos os seres humanos emitem um nível muito baixo de radiação, é natural. O seu valor é bem maior do que o normal. Só isso não é suficiente para ser perigoso para você ou para qualquer outra pessoa, mas é um sinal de que a Teia de Aranha alterou muito sua condição física. É um sintoma bastante estranho para um vírus.

Noemi tenta forçar seu cérebro febril a pensar.

– Talvez a radiação não seja um sintoma. Talvez seja por conta de algo que encontramos em Cray.

– Nesse caso, meu nível de radioatividade também teria aumentado. Não aumentou. Esta doença é... é completamente desconhecida para mim. Noemi, não sei como ajudar você e não podemos presumir que você vai se recuperar sozinha. Nós temos que ir para uma unidade médica equipada.

– Pensei que você... tivesse todo o conhecimento de todos os modelos. Até dos modelos médicos Tare.

– Eu tenho. Mas de trinta anos atrás, quando fiquei preso. A Teia de Aranha ainda não tinha aparecido. Então, não tenho informações sobre o tratamento ou o prognóstico provável. – Abel parece bravo com toda a galáxia por conter uma informação que ele não tem.

– Apenas tente o seu melhor.

Ele balança a cabeça.

– Isso não é bom o suficiente.

Abel admitiu que seu melhor pode não ser bom o suficiente? Sob qualquer outra circunstância, Noemi o teria provocado loucamente por isso: o arrogante e único modelo A da Mansfield Cybernetics admitindo que tem limitações. Mas agora ela precisa evitar que ele faça algo tão lógico que é idiota.

– O que mais podemos fazer? Em Cray ou Kismet... seremos encontrados pela Rainha e pelo Charlie. E ninguém na Gênesis pode me ajudar. – Ninguém lá jamais tratou de Teia de Aranha e ela não pode levar uma praga tão terrível ao seu mundo.

– Exatamente. Então, vamos voltar pelo sistema de Cray a caminho de Stronghold.

Stronghold? Tirando a Terra, é o mais povoado do Loop, um mundo frio e ameaçador, cheio de minérios. Stronghold é tão diferente da Gênesis quanto um mundo pode ser. Pior, ainda está fortemente ligado à Terra, ainda é leal... até onde ela sabe. Mas isso é o suficiente.

– Abel, não. Vai demorar muito.

– Ainda temos oito dias. Isso nos dá tempo de chegar a Stronghold.

– Por pouco. E poderíamos ser pegos. É muito perigoso.

– Eu posso disfarçar a nave, verificar as redes de computadores de Stronghold para ver se nossas imagens foram distribuídas lá. Se tiverem sido, provavelmente posso apagá-las.

– *Provavelmente* não é suficiente.

Ele fica quieto por alguns segundos, o bastante para Noemi achar que a discussão terminou. Mas, assim que ela começa a devanear de febre de novo, ele diz:

– Você disse que me aceitava como igual. Já não estou sob sua autoridade. Então também tenho voto, não tenho? E eu voto por levá-la a um médico imediatamente.

Então é um empate e ninguém ganha. Mas, quando Noemi começa a dizer isso, os calafrios fazem seu corpo tremer. Seus ossos doem como se estivesse sendo torcida como uma toalha de banho. Ela nunca mais quer sentir tanto frio.

Noemi está disposta a morrer para salvar a Gênesis. Mas ela jamais teve a intenção de dar sua vida a troco de nada. Se ela morrer aqui, por causa disso, morre sem motivo.

Ela engole em seco e assente.

– Stronghold.

• • •

Um borrão de asteroides que vagavam devagar através dos feixes de cores brilhantes da nebulosa é tudo que Noemi lembra da passagem pelo Portão Cego. Quando a luz começou a fazer aquela coisa estranha, ela simplesmente fechou os olhos.

Ela fica na enfermaria, envolta em cobertores prateados. Antes de deixar Noemi sozinha para pilotar a nave, Abel apagou as luzes na esperança de que ela pudesse dormir mais. Ela conseguiu tirar um cochilo, mas agora só consegue ficar deitada no leito, olhando para a sala numa confusão cansada. Como ela pode estar tão longe de casa? Como isso realmente aconteceu? Talvez o vírus esteja pregando peças nela e na verdade Noemi está de volta à Gênesis, sofrendo de uma doença normal.

Mas ela não consegue acreditar que isso seja um sonho, porque seu corpo fraco e dolorido diz a ela que é muito real. E através da janela oval, ela vê constelações de estrelas desconhecidas.

– Noemi? – Abel entra na enfermaria escura, seu rosto iluminado pelas luzes brilhantes acima da biocama. Quanto tempo se passou desde o salto através do Portão Cego? Ela perdeu a consciência, mas não sabe dizer se ficou desacordada por alguns minutos ou por um dia. – Nós estaremos na órbita de Stronghold dentro de uma hora. – Quase um dia, ela percebe, porque perdeu outro salto no Portão.

– Ok. – Será que ela vai conseguir sair sozinha da nave, ou Abel terá que carregá-la?

– Noemi? – Abel se inclina sobre ela, seu polegar afastando o cabelo suado e úmido de sua testa. Ela perdeu a consciência de novo? – Mediquei você com remédios que deveriam baixar a febre. Não tenho certeza se eles são contraindicados para Teia de Aranha, mas... eu tinha que fazer alguma coisa.

– Está tudo bem. – Talvez esteja, talvez não. Noemi não se importa muito com isso agora. Não tem como o remédio fazê-la se sentir pior do que já está. O resto é irrelevante.

– Estamos pousando agora em Stronghold.

Algo parece muito errado com isso.

– Mas... por que você não está pilotando a nave?

– Quase todas as naves que chegam em Stronghold são trazidas pelo feixe de tração, mesmo durante as ondas de migração em massa.

– Migração em massa? – A febre deve estar diminuindo um pouco; Noemi consegue se concentrar melhor agora. – Do que você está falando?

Abel responde ativando uma pequena tela na parede, que mostra uma versão menor do que eles teriam visto na ponte: o planeta Stronghold.

Sua superfície cinza e cheia de declives faz com que pareça mais uma lua sem vida do que um mundo habitável. A atmosfera fina é respirável, mas por pouco, e os mares negros que mancham a superfície são o que Stronghold tem no lugar de oceanos. As calotas grossas e prateadas cobrem desde os polos até o que, em um mundo mais quente, poderia quase ser chamado de trópicos. Fábricas e minas de metal se espalham pelo equador como se fossem placas de armadura. Mesmo a partir da órbita, ela consegue ver o quanto de fumaça industrial está sendo liberada.

– Eles também estão usando este mundo – murmura ela, apoiando-se nos cotovelos. – Envenenando.

– Não neste caso. – Abel dá zoom na imagem, mostrando mais das fábricas. – O planeta precisa ficar mais quente antes que possa sustentar mais de trezentos milhões de seres humanos, que é quase a população atual. Então eles estão liberando gases de efeito estufa de propósito, é uma tentativa de deixar Stronghold mais semelhante à Terra e mais habitável.

Noemi nunca havia considerado isso antes, que o veneno de um mundo poderia ser a salvação de outro.

Stronghold parece o mais terrível dos mundos, mas ainda assim ele é a melhor chance que Noemi tem para se curar. Para continuar sua missão. Salvar a Gênesis.

Sete dias. A febre não tira dela essa noção, esse prazo que a engole a cada segundo. *Sete dias.*

O anel ao redor do planeta a confunde de início – na escola, ninguém disse que Stronghold tinha um anel. Ela arregala os olhos ao reconhecer o que realmente está vendo: um gigantesco enxame de naves, na maioria grandes naves industriais de carga, se juntaram como galinhas em torno do alimento – cada uma delas deve levar dezenas, se não centenas, de humanos. Esta frota torna o conjunto de naves que viram em Kismet irrelevante; ainda mais sinistras, essas naves não mostram nem um pingo da imaginação e do espírito dos Vagabonds. Nenhum projeto de pintura brilhante alegra seus cascos de metal. Elas flutuam em formações tão rígidas e regulares como favos de mel, esperando e observando a decisão que fará a diferença entre a vida e a morte para todos a bordo.

Então a tela brilha com a saudação planetária. A música triunfal começa a tocar quando uma imagem pré-gravada se sobrepõe ao campo de estrelas: duas bandeiras pretas, cada uma com uma fina tira de prata no meio, flutuam em ambos os lados de um enorme edifício de granito com colunas maciças na frente.

– *Este é Stronghold* – diz um locutor com uma voz profunda e decidida. – *Aqui, nós extraímos os metais e minerais que a Terra e os outros mundos colonizados precisam para sobreviver. Treinamos para servir nos exércitos da Terra com dignidade e coragem. E trabalhamos para remodelar nosso planeta e transformá-lo no próximo lar da humanidade. Algum dia nosso planeta ficará no centro da galáxia. Você é forte o suficiente para ficar com a gente?*

– Esse é um argumento bem intenso para convencer pessoas que não têm para onde ir – diz Noemi enquanto a música invade imagens de mineiros musculosos, que parecem muito limpos, e recrutas militares estão correndo por uma montanha com terra preta.

– Eu não acho que seja para convencer – diz Abel. – Acho que é um aviso de que algumas pessoas serão rejeitadas.

Em nenhum momento da gravação Noemi vislumbra pessoas idosas ou crianças. Ninguém usando aparatos para ajudar a andar ou enxergar. Talvez seja apenas na propaganda, mas talvez não.

Um mundo sem lugar para a misericórdia e a bondade, um mundo onde há apenas uma maneira rígida e estreita de ser... Essa é mesmo a única escolha que restou às pessoas da Terra?

• • •

O antitérmico que Abel deu a Noemi lhe garante quase meia hora de lucidez. Ela usa esse tempo para tomar um banho rápido e se trocar, vestindo um simples macacão verde-oliva. O pijama está todo suado; a ideia de colocá-lo em seu corpo novamente a enoja.

A nave estremece ao redor deles enquanto o feixe de tração os arrasta para a atmosfera planetária, em direção à superfície rochosa de Stronghold. Eles são puxados em um arco em direção à base de pouso, Noemi vê cada vez mais naves agrupadas nas proximidades, também estão tentando pousar.

– Essas pessoas vão conferir nossas informações atentamente – adverte Noemi, enquanto se afunda em uma das cadeiras da enfermaria. Ela estará de volta a uma cama no hospital em breve. – Isso não parece um lugar onde eles deixam as coisas passarem.

– Nossa identificação de nave funcionou até agora. – Abel tenta não se orgulhar demais de suas habilidades de falsificação, mas falha.

– Quem somos nós desta vez?

– *Apollo*. Em homenagem ao deus grego da cura, entre outras coisas.

Ele nomeou a nave em homenagem a uma divindade com o poder de deixá-la bem. Noemi de repente sente como se fosse chorar...

... mas é a febre voltando. Ela fica emocionada quando está doente. Desconfortável com sua própria reação, ela diz:

– Nós deveríamos ter dito a eles que estou com Teia de Aranha. Antes de pousarmos. Eles ficarão bravos quando perceberem que mentimos. Não posso andar lá e expor todos os outros...

– Está tudo bem. – Abel fala tão gentilmente quanto falaria com uma criança amedrontada. Por que a voz dela tem que tremer? Noemi odeia parecer fraca quase tanto quanto odeia se sentir fraca. – Eu relatei sua condição. Seremos atendidos na plataforma de pouso por uma equipe médica.

– Eles sabem? Então, por que estão nos deixando pousar? – Stronghold não aparece um oásis de misericórdia.

– Stronghold quer jovens. – Abel faz uma pausa. – Eu me apresentei como tendo dezenove anos, já que isso é mais próximo da idade que pareço ter. Eles dão um tratamento preferencial àqueles que vêm aqui por vontade própria, com seus próprios recursos. E, ah, eles querem muito casais que parecem que podem ter filhos.

– Espere. O quê?

Não dá para negar: Abel parece envergonhado.

– Quando determinei os critérios mais prováveis para conseguirmos pousar, nos classifiquei como marido e mulher jovens. Fiz a coisa errada?

– Mas se os médicos descobrirem que não posso...

– O que você descreveu é improvável que apareça em exames regulares. E você estará no hospital. Eles estarão ajudando você. Nada mais importa.

Noemi imagina esses doutores inimigos mexendo nela – a avaliando, pesando o valor de sua vida –, mas sabe que não há mais onde procurar ajuda.

O *Daedalus* atinge o chão com um baque suave. Ela se levanta, ou tenta, porque o chão parece sumir debaixo dela. Quando ela vacila, Abel se aproxima, pegando-a nos braços. Noemi se lembra da oferta dele depois de *Casablanca* – o olhar esperançoso e gentil enquanto a convidava a ir para a cama – e se sente estranha por estar tão perto dele...

Não. Isso não é verdade. Ela sente que deveria ser estranho, mas não é. Recostar-se em Abel parece completamente natural.

– Deite – diz ele, aliviando suas costas na biocama. – A equipe médica embarcará em nossa nave. É mais seguro assim.

– Eu preciso ver. Stronghold. Tenho que ver o que está acontecendo. – Ela não tem certeza do porquê. Ela só sabe que está confusa e com medo, e não aguenta mais ficar sem saber exatamente onde estão.

Abel não diz que ela está sendo irracional. Em vez disso, vai até a pequena tela na parede. O cinza pisca e entra em movimento, mostrando o que os rodeia.

Se Stronghold parecia terrível do espaço, sua superfície é ainda pior.

O céu parece ser baixo e sem nuvens, da mesma cor que o solo pedregoso. Os passageiros desembarcam de outras naves, mas não há gritos de saudação, nem música, como entre os Vagabonds. Eles não estão recebendo as boas-vindas; eles estão sendo conduzidos ao longo da pista até o grande edifício de granito que tinha aparecido na saudação planetária, ou outro muito parecido com ele. A maioria das pessoas está vestida de cores sombrias como Noemi e Abel, e suas expressões são rígidas e estranhas. Ela vê algumas crianças, pelo menos. Mas nenhuma é muito pequena, e nenhuma delas está sendo carregada ou consolada por seus pais. Eles foram claramente treinados para apresentar seu melhor comportamento e para ficarem de pé, coluna reta. Um garotinho com uma blusa marrom ainda infla o peito para parecer tão grande e forte quanto pode. Seria engraçado ver isso em casa. Aqui, o medo por trás desse gesto perfura o coração de Noemi como uma flecha. Mais uma vez, ela acha que vai chorar.

– Noemi? – Abel afasta seu cabelo da testa. – A equipe médica está aqui. Eu preciso deixá-los entrar.

– A placa da nave – ela sussurra. – Não deixe que eles vejam. Eles não sabem quem somos.

– Está tudo bem. Eu vou esconder. Shhh. Descanse.

Ela tenta fechar os olhos. Mas está vivamente consciente de quando Abel deixa a enfermaria. Tudo parece muito vazio, assustador e frio. Mas dentro de apenas um minuto ou dois, ela ouve passos atravessando o corredor. Os estranhos entram – um médico, ela pensa, e um mecan George, Abel logo atrás deles.

Um homem de vinte e poucos anos, vestindo um jaleco médico, vem até ela. Ele tem a pele e os olhos castanho-escuros, e sua voz é gentil quando ele diz:

– Eu vou tocar seu pescoço para sentir seu pulso, está bem? – Ela consegue assentir, e sente os dedos deles pressionarem a veia. Sua expressão passa de preocupada a profundamente perturbada. Ele se vira para o George e diz: – Ela tem que ir para a Estação Médica Central. Consiga um veículo de transporte de emergência para mim, agora.

O George faz uma pausa.

– Casos individuais podem ser tratados a bordo de suas próprias naves.

– Este não pode. Diga a eles que o dr. Ephraim Dunaway pediu um veículo, agora. – Enquanto o George sai correndo, Dunaway se vira e fala com Abel, não com ela. – Não se preocupe. Eu vou cuidar bem de sua esposa.

Esposa? Sou uma esposa? Ah, certo. Noemi percebe a desordem de seus pensamentos, mas se pergunta por quanto tempo vai conseguir fazer isso. Se a febre subir mais, ela provavelmente começará a ver coisas. Alucinações. Perderá o controle.

A voz de Abel parece vir de muito longe.

– Você parece estar se desviando do procedimento médico padrão.

Ephraim Dunaway parece ainda mais distante.

– Sim, porque estamos lidando com uma situação de emergência aqui. Você está preocupado com o dinheiro? Não fique... aqui não é como a Terra, você recebe o tratamento de que precisa.

– Só me parece estranho que você tome uma atitude que provavelmente vai expor os outros à Teia de Aranha.

– Eu sei o que estou fazendo, ok? – Dunaway é uma sombra ao lado dela, não mais do que isso. Ele volta sua atenção para Noemi enquanto murmura: – Relaxe. Nós vamos examinar vocês dois, de alto a baixo.

Noemi se agarra à camisa de Abel, o mais perto que consegue de protestar sem dizer uma palavra. Isso não será uma avaliação superficial como a que tiveram na estação Wayland; os tipos de testes que estão prestes a fazer certamente revelarão que Abel é um mecan. E então eles serão capturados...

O veículo de emergência que ele pediu pode não levá-los para um hospital, mas para a prisão.

Ou isso é paranoia originada de sua febre? Ela não sabe.

Quando Abel a pega em seus braços, Noemi não luta. Ela tampouco resiste quando Dunaway desliza uma máscara de papel sobre seu nariz e sua boca. A viagem sinuosa pelo corredor parece uma longa e lenta volta até chegarem à superfície de Stronghold pela primeira vez. Ela foi surpreendida pela leveza do ar, o que a deixa ofegante como se tivesse subido uma montanha. Ou foi a Teia de Aranha que roubou seu fôlego? Abel a aproxima um pouco mais, e ela deixa sua cabeça pesada e dolorida cair sobre seu ombro.

Não pense nisso, ela diz a si mesma, como se não lidar com a doença potencialmente fatal fizesse com que os sintomas desaparecessem. *Pense em outra coisa. Qualquer coisa.*

Mas não há como escapar da terrível consciência da fraqueza de seu corpo.

– Parece que não consigo me mexer – sussurra Noemi. – Isso só pode ser a gravidade de Stronghold. É um pouco mais forte do que na Terra ou na Gênesis.

– Acho que não.

Abel não perde tempo tentando tranquilizá-la. Em vez disso, ele a instala sem esforço na maca que a espera.

Se ele fosse humano, Noemi se sentiria culpada pelo peso que o fez carregar. Mas ela pode relaxar agora. Ela não precisa se sentir mal por causar problemas, por precisar demais. Abel poderia segurá-la para sempre.

A febre se fecha ao redor dela mais uma vez, como as pétalas dentadas de uma planta carnívora de Vênus. Mas é mais forte agora, como se estivesse com raiva das drogas que a tapearam por uma hora.

Ela sente como se fosse perder a consciência a qualquer momento – e se adormecer agora, talvez nunca mais volte a acordar.

28

DURANTE A RÁPIDA VIAGEM PELO TERRENO CINZA E ÁRIDO DE STRONG-hold, cidades distantes de metal e pedra não passavam de sombras no horizonte, Abel calculou que a probabilidade de o dr. Ephraim Dunaway estar agindo só pela necessidade médica não era de mais de 32,4%.

Agora eles estão no centro médico, uma cúpula isolada de concreto. Noemi está sendo conduzida para uma sala de exames, com Abel ao seu lado. Um modelo Tare espera por ambos, com um scanner médico na mão.

Abel reajustou sua estimativa. Ele agora acredita que há uma chance de 27,1% de que o dr. Dunaway esteja atuando por pura necessidade.

Ele é atencioso, sim – mas atencioso demais, como se ele tivesse que obter todas as leituras ou medições que pudesse enquanto ainda estão dentro do veículo que paira logo acima da superfície rochosa. Além disso, observa Abel, Dunaway cadastra todos os dados duas vezes: uma vez em algo que se parece com o equipamento padrão, outra vez em um dispositivo de mão pessoal. Não existe uma explicação racional para isso que não atribua um interesse desconhecido ao comportamento de Dunaway.

Por enquanto, Noemi está sendo tratada de forma adequada, e isso deve ser suficiente.

Ela está deitada no leito médico, envolvida em cobertores prateados e os monitores de temperatura estão presos em seus pulsos. A modelo Tare vai até ela, depois franze a testa.

– Eu teria executado a análise profunda, dr. Dunaway. Suas leituras no veículo médico poderiam ter sido comprometidas.

– Mas não foram. – Ephraim Dunaway permanece ao lado da cama de Noemi, examinando com cuidado as finas marcas brancas de teia que se espalham pelo ombro e pelo pescoço. – Esta paciente está gravemente doente. Não queria perder tempo.

– Seguir os procedimentos não é perda de tempo – responde a Tare, mas não há emoção em suas palavras. Ela atravessa o cubo branco estéril da sala de exame em direção a Abel. – Você não relata nenhum problema de saúde no momento, mas a Teia de Aranha é contagiosa horas ou dias antes que os sintomas sejam evidentes. Você vai precisar passar por um exame completo.

De sua cama, Noemi geme:

– Não... Abel, não...

– Está tudo bem – diz Abel. Mas ela deveria ser sua esposa. Ele deve usar um nome carinhoso. Então escolhe um dos favoritos de Humphrey Bogart: – Querida.

Com um gesto, a Tare pede para Abel sentar-se na outra cama médica da sala.

– Devemos começar – diz ela. Ele toma o seu lugar, e quando a Tare traz sua lanterna, ele é obediente e mantém os olhos abertos, como qualquer outro paciente.

Ao contrário de qualquer outro paciente, ele configura os componentes em seus olhos para projetar ao modelo Tare exatamente o que ela esperaria ver em um humano saudável. Ele tem pulsação, mas é indetectável pelo toque, então é necessário um aumento rápido de sua pressão arterial enquanto ela pressiona os dedos em seu pescoço. Quando ela mede a pressão sanguínea em si, no entanto, é muito mais baixa do que ela esperava. Para facilitar o diagnóstico, as veias dos mecan se alinham na parte interna do braço, exatamente onde as extrações são sempre feitas. Seu sangue parecerá normal e testará negativo em relação ao vírus; sua pele é mais forte, mas não a ponto de chamar a atenção da Tare enquanto colhe sua amostra.

Ele não precisa fazer nada com os ouvidos. Eles se parecem com os de um ser humano.

Se ela estivesse fazendo exames diagnósticos de alto nível, a máscara de Abel cairia em poucos segundos. Mas os modelos Tare, inteligentes como são, foram todos programados para eficiência e triagem. Ela não desperdiçará tempo fazendo testes aprofundados em um ser humano macho absolutamente saudável.

– Abra a boca – diz a Tare enquanto se aproxima com um cotonete. Abel faz isso, embora este seja o único de seus testes em que ele falhará. Seu DNA é em parte artificial, o que significa que não haverá cultura, mas isso deverá ser considerado um erro de armazenamento. As anomalias genéticas *aparecerão*, mas a Tare, com sua mente limitada, provavelmente as considerará irrelevantes e não investigará mais.

Noemi olha para ele, com os olhos arregalados, tão espantada que chega a ser engraçado. Mais tarde ele vai contar a ela como conseguiu fazer tudo isso. Talvez a faça rir. Por enquanto, ela afunda no travesseiro com um profundo suspiro de alívio. Abel percebe que ela estava assustada por ele – bem, por ambos, já que sua exposição também a ameaçaria. No entanto, é agradável vê-la preocupada. Tem muito tempo que ninguém fica preocupado com ele.

Não desde Mansfield... Que gastou uma energia considerável para garantir que Abel não pudesse ser detectado como um mecan se ele assim não o quisesse. É uma utilidade estranha de se ter; nenhum outro mecan pode fazer isso. Talvez Mansfield estivesse apenas curioso para ver se poderia ser feito.

– Você terá que permanecer aqui, sob observação – diz a Tare a Abel quando se vira para fazer os exames de Noemi, mas ela vê que tudo já está preparado para ela. Ela franze o cenho para o jovem dr. Dunaway, que parece ter violado os procedimentos mais uma vez. – Em vinte e cinco horas, se a sua cultura for negativa e você não apresentar sintomas, você será enviado para T&A.

– O que é isso? – A voz de Noemi está rouca.

– Treinamento e avaliação. – Ephraim Dunaway dá um passo para trás quando a Tare finalmente assume o exame de Noemi. – Todo mundo passa por isso quando chega a Stronghold pela primeira vez. Eles descobrem no que você é bom e o informam que tipo de trabalho você está apto a fazer aqui.

– E as crianças que vimos na pista? – pergunta Noemi. – O que acontece com elas?

Para surpresa de Noemi, é a Tare que responde:

– Se elas são fisicamente aptas a viver em Stronghold, podem permanecer. Recebem tarefas mais simples e mais leves até estarem prontas para o trabalho adulto.

Abel duvida que muitas atribuições em Stronghold sejam simples ou leves.

Dunaway acrescenta:

– Quando ele estiver liberado, Abel vai poder seguir e você pode encontrar com ele depois, quando estiver bem.

A confiança de Dunaway é baseada na condição de Noemi, ou ele está fingindo para proporcionar conforto à paciente? *Provavelmente o último*, pensa Abel.

A Tare conclui o exame com um firme aceno de cabeça.

– Teia de Aranha, estágio terciário, não irreversível, mas grave. Os tratamentos antivirais padrão são a única medida disponível.

Ephraim Dunaway assente enquanto tira frascos do que devem ser medicamentos antivirais. Abel encontra algum conforto no fato de que finalmente Noemi está recebendo ajuda.

– Eu deveria bloquear este quarto para quarentena tanto para o paciente como para o indivíduo exposto – diz a Tare.

Mas Dunaway intervém.

– Você tem outros pacientes para olhar. Eu vou bloquear o quarto. – A Tare franze a testa, obviamente confusa por outra mudança do procedimento padrão.

Abel decide que um marido humano faria mais perguntas.

– Você não me disse quanto tempo vai levar para Noemi se recuperar. Qual é o seu prognóstico?

– A recuperação da Teia de Aranha não é garantida – diz a Tare, com tanta facilidade quanto diria o tipo sanguíneo de alguém.

Ephraim intervém de novo:

– Ei, temos uma mulher jovem e forte aqui. Nem de longe tão doente quanto alguns casos de Teia de Aranha que já vimos. Não precisa se preocupar com a pior hipótese, ok? – Ele sorri para Noemi e Abel. – Eu vou cuidar dela pessoalmente. Eu prometo.

Abel acredita nele, mas ainda percebe que Dunaway tem... prioridades incertas.

A Tare inclina a cabeça. Abel observa o ligeiro conflito entre mecan e humano. Talvez ele devesse estar do lado da Mecan, mas Ephraim Dunaway – independentemente de outras intenções que possa ter – continua a ser a pessoa que se importa com a vida de Noemi.

Se Abel tiver a chance de falar novamente com Burton Mansfield, ele perguntará se uma atualização de compaixão não seria útil aos modelos Tare. Uma atualização de tato também seria aconselhável.

Noemi estende a mão para Abel. Ela está agindo como uma esposa amorosa, mesmo deitada com febre, sua pele pálida e seu olhar desfocado.

– Você vai ficar aqui?

– Vou. Aqui – promete Abel. – Bem do seu lado.

Ele não quer estar em outro lugar. Depois de passar três décadas completamente sozinho, ele esteve com Noemi durante quase todos os seus momentos de vigília nos últimos dias. Mesmo quando se odiavam, mesmo quando ela o tratava com hostilidade, ele se divertiu com a experiência de estar outra vez com uma pessoa, alguém que falava palavras que ele nunca tinha ouvido, fazia coisas que ele nunca tinha testemunhado. Isso, por si só, era um luxo que ele sempre apreciaria. Ela o libertou.

Mas ela não é apenas um humano que por acaso abriu as portas do compartimento em que Abel esteve preso. Noemi é a única pessoa de quem ele realmente esteve perto, além de Mansfield. Abel nunca esperou se sentir tão apegado a mais ninguém. Ele sabe que é em parte um truque de sua programação, buscando uma fonte para toda a devoção que ele não pode dar ao seu criador.

Mas apenas em parte.

– Você precisa descansar – diz Ephraim para Noemi. – Eu vou passar um sedativo leve para você, ok? Quanto mais você dormir, mais seu corpo pode fazer o trabalho dele e se recuperar.

Noemi não gosta muito da ideia do remédio, Abel sabe disso. Mas ela balança a cabeça. Ela deve estar se sentindo ainda pior do que parece.

Enquanto Ephraim prepara o sedativo, ela diz:

– Abel... sobre o que falamos, quando partimos pela primeira vez... – Seus profundos olhos castanhos procuram os dele. – Você sabe como terminar sem mim. Você faria isso, certo?

Uma vez ela lhe dera a ordem de destruir o portão da Gênesis mesmo após sua morte, se necessário. Agora ela está perguntando como uma igual.

– Eu faria – confirma Abel, apertando a mão dela. – Mas não vou precisar. Você vai se recuperar logo.

Um marido deveria beijar sua esposa antes de dormir? Assim que Abel decide que sim, as pálpebras de Noemi se fecham, e a cabeça dela pende para o lado.

Ephraim pega o braço de Abel.

– Vamos. Você também precisa descansar. Eu sei que você está preocupado com ela, mas também esteve exposto à Teia de Aranha. Este não é o momento de ficar esgotado.

– Sim, é claro. – Mas Abel olha para Noemi por sobre o ombro, mesmo quando Ephraim o ajuda a se acomodar em sua cama.

– Tudo vai ficar bem. – Ephraim se move de forma diferente agora que a Tare saiu da sala de exame... seus passos são mais longos, sua voz mais firme. Sua postura mudou para que ele parecesse mais alto. – Os modelos Tare não são exatamente reconfortantes, mas sabem o que fazem. Além disso, eu também estou no caso. Noemi vai ter o melhor tratamento.

Abel não tem certeza de por que esse jovem médico ficaria tão comprometido com o bem-estar de Noemi apenas alguns minutos depois de conhecê-la, mas os humanos muitas vezes fazem as coisas sem muita lógica. Ele decide que a motivação não importa tanto quanto o fato de que alguém com treinamento e acesso aos materiais necessários estar trabalhando duro para deixar Noemi bem.

Mas ele ainda vai descobrir as verdadeiras motivações desse homem. Se a recuperação de Noemi se atrasar por qualquer razão – ou até se ela tomar um remédio que pareça estranho –, Ephraim Dunaway e todos os outros descobrirão exatamente do que Abel é capaz.

– Eu sei que é muito entediante aqui. – Ephraim dá de ombros com tristeza no quarto quase vazio. – Sem *vids*, sem livros, mas pelo menos você pode dormir. Os artigos de higiene básica estão nesta caixa se você precisar deles, essa porta leva ao banheiro, e este é o painel de assistência, acione-o se sentir qualquer coisa. – Ele pontua a frase mostrando uma alavanca em um painel quadrado ao alcance do braço. – Prefiro responder a um alarme falso a perder a chance de intervir no início de um caso de Teia de Aranha, ok?

– Entendido.

Ephraim assente. A atenção dele agora está afastada do presente. Algo mais importante está por vir.

– Tudo certo. Vou passar mais tarde para dar uma olhada em Noemi.

– Obrigado – diz Abel, sem sentir uma gratidão verdadeira.

Ele pode avaliar as mudanças nas leituras médicas de Noemi sozinho. Ephraim Dunaway apaga as luzes ao sair. Agora Abel e Noemi estão sozinhos novamente, iluminados pelo fraco brilho verde dos indicadores luminosos acima da cama. A respiração de Noemi é profunda e uniforme; Abel tira o conforto que pode disso.

Se ele não cair em um loop de preocupação com Noemi, pode voltar suas funções mentais primárias para um propósito mais útil, ou seja, chegar a um plano de ação que possam executar depois que ela se recuperar. Se ela melhorar nos próximos dias, eles terão tempo para realizar o plano inicial, impedindo o Ataque Masada e destruindo o Portão. Mas sua margem de segurança fica menor a cada dia. Ele deve planejar e se preparar o máximo possível para que ele e Noemi possam começar imediatamente.

Ele fecha os olhos e pensa no layout da baía de pouso e do porto espacial, o caminho realizado pelo veículo médico até o hospital. É só um plano parcial, mas suficiente para colocar Noemi de volta no *Daedalus*, o que é o mais importante.

Em seguida, ele precisa descobrir como capturar um mecan.

Abel não entra em um conflito interno por conta disso. Ele sabe que há uma enorme lacuna entre sua complexidade mental e os circuitos mais entediantes de qualquer outro modelo de mecan; Mansfield explicou tudo isso em detalhes, e os próprios esforços de Abel para falar com outros mecans provaram que é verdade. Um mecan avançado pode e deve ser obtido. As Rainhas e os Charlies que ele vê em Stronghold até agora claramente servem como polícia militar. Eles andam em grupos e carregam blasters. Um modelo Tare, no entanto, é inteligente o bastante, mas sem capacidades de combate, seu nível de força é apenas comparável ao de um humano...

Abel se dá conta de uma coisa. Ele não está apenas pensando em suas ordens para que ele possa fazer o que Noemi deseja. Ele realmente *quer* destruir o Portão da Gênesis.

A principal razão pela qual quer ajudá-la é porque acha que ela está certa.

Mansfield não concordaria com isso, mas – Abel começa a sorrir quando percebe – ele não concorda com Mansfield. Ele pode ser completamente leal e dedicado a seu criador e ainda ter opiniões diferentes. Isto é o que significa ter uma alma? Ser uma pessoa e não uma coisa?

Talvez seja.

• • •

Abel está no hangar do Daedalus *com o dispositivo termomagnético em suas mãos. Ele olha para baixo, para o pequeno e prateado caça que está prestes a navegar em direção ao Portão da Gênesis.*

– Eu não deveria estar fazendo isso – diz Mansfield. Ele se senta no caça, não fazendo nenhum movimento para sair, e ainda assim não há dúvida de quanto ele quer partir. – Eu não deveria estar aqui.

– Você pode fazer qualquer coisa. – Abel lhe entrega o dispositivo. – Você vai conseguir atravessar e destruir o Portão.

– Mas se o Portão for destruído, como vamos chegar em casa? – Mansfield estende a mão para Abel, um gesto tão chocante que faz Abel duvidar de si mesmo. Talvez alguém mais pudesse pilotar o caça.

– Não há mais ninguém – diz a Rainha. Ela fica na frente da porta; atrás dela, Abel consegue ouvir Noemi gritando e batendo para entrar.

As portas do hangar se abrem, revelando o espaço além dele. Mas eles não estão ao lado do Portão; eles estão na frente do sol azul de Kismet. Abel se pergunta se ele deveria procurar por Esther lá. Se ele pudesse encontrá-la, poderia levá-la para casa e para Noemi.

Então ele percebe que suas mãos estão cobertas de sangue, como estavam quando levaram Esther para a enfermaria, pela primeira vez, o que o lembra de que Esther está morta...

Ele acorda de repente.

Abel sempre fica um pouco surpreso com seus sonhos – é uma espécie de entrada que ele não foi projetado para processar. A lógica dos sonhos tem pouca semelhança com a realidade; ele sabe disso. Mas o que a análise freudiana diz dos sonhos de um mecan?

Ele fica deitado em sua maca no escuro por um longo tempo depois disso. Sua memória continua voltando para a dor no rosto de Mansfield e a crueldade de Abel ao enviá-lo para o Portão. Como ele poderia ter se voltado contra seu criador, mesmo em um sonho?

29

NOEMI ESTÁ NA PONTE DO DAEDALUS, *GRITANDO.* *DE MEDO, DE RAIva, de horror – todos os motivos que um ser humano tem para gritar, tudo está reprimido nela e sai em um uivo angustiado.*

Na tela, a Gênesis, ou o que resta dela.

O bombardeio transformou seus continentes verdes em cinzas. Mares com cor de lama deslizam e evaporam diante de seus olhos. Todas as cidade sumiram, todas as igrejas, todas as pessoas. A Terra destruiu seu mundo, e agora todos eles vão morrer juntos.

– Não é tarde demais – diz Abel. – Vamos voltar no tempo e impedir isso.

– Não podemos voltar no tempo.

– Eu posso. Mansfield me deu esse poder.

– Mesmo? – Ela se ilumina. Eles podem voltar e salvar a Gênesis... ou mais, antes que sua família morresse... não, ainda mais. Eles vão salvar a Terra, voltar e consertar as coisas lá. Eles podem salvar a própria humanidade.

Abel abre seu peito como um painel de computador e puxa um pedaço liso e assimétrico de vidro vermelho. De alguma forma, ela sabe que isso é o que os enviará de volta no tempo. Mas Abel se desequilibra e cai contra a parede. Só então ela percebe que este é seu coração, ou seu poder, algo de que ele precisa para viver. Ele se quebrou por ela.

– Não, Abel, não. – Noemi tenta sacudi-lo, mas seus olhos estão fechados, e talvez ele esteja morto... agora ela terá que enterrá-lo em uma estrela...

– Noemi?

Ela acorda no momento em que o sonho teria se transformado ainda mais em um pesadelo. Noemi respira fundo e deixa as imagens se dissiparem. Mesmo os sonhos mais assustadores desaparecem rapidamente se ela se recusar a pensar neles durante seus primeiros momentos de vigília.

– Você está bem? – É Abel, a poucos metros de distância em uma cama médica, embora ele não esteja ligado aos monitores eletrônicos como ela. – Você parecia estar passando por um período perturbador de sono REM.

– Eu estava. – Ela precisa olhar para ele por alguns longos segundos, para vê-lo inteiro mais uma vez. – Está tudo bem.

– Você parece ter melhorado bastante.

Os sensores médicos emitem um sinal sonoro e brilham acima dela – não admira que ela tenha sonhos esquisitos. Ela não pode interpretar os dados que estão enviando, mas não importa, porque Noemi se sente melhor. *Muito* melhor. Sua febre cedeu, e as linhas brancas com a comichão em sua pele desapareceram até se tornarem quase invisíveis. Os cientistas da Terra devem ter avançado na luta contra a Teia de Aranha mais do que ela tinha percebido. Harriet fez parecer muito perigoso, mas provavelmente Vagabonds não recebem as últimas notícias médicas.

– Eu me sinto quase normal. – Ela começa a sorrir ao olhar para Abel, que sorri de volta. É estranho o quão comum é acordar perto dele agora, quando aquela primeira manhã na estação Wayland foi tão estranha. – Só estou cansada e com um pouco de fome.

– Devo chamar alguém para trazer uma refeição? – Abel se levanta, claramente ansioso por algo para fazer. Ele parece mais dedicado a atendê-la agora do que era quando era obrigado a fazê-lo. – Ou talvez eles tenham algo nesta sala. Suco, ou uma barra nutritiva...

O selo de ar ao redor da porta assobia enquanto se abre, e a Tare e o dr. Dunaway voltam, cada um usando um jaleco branco. As lembranças de Noemi de Ephraim Dunaway estão turvas, mas ela se recorda de seus gentis olhos castanhos e da firmeza de suas mãos.

– Bom dia – diz o modelo Tare. Ela acende as luzes no teto, fazendo Noemi estreitar os olhos; Abel, pegando a deixa, protege os olhos com a mão. – Sua condição melhorou bastante.

– Deu para sentir que sim. – Noemi se apoia nos cotovelos. Quanto tempo ela e Abel ficarão presos em Stronghold? Eles estão em quarentena por vinte e cinco horas, e ela não acha que se passaram mais de dez. Pelo menos ela e Abel podem voltar à missão imediatamente.

Ou não podem? Sua nave foi posta em quarentena também? Os pousos em Stronghold são estritamente regulados; as decolagens também devem ser.

Nós vamos conseguir fazer isso, ela se lembra, olhando para Abel. Parece natural usar *nós*. Eles estão juntos agora. Ela lembra quanta ternura ele dedicou a ela quando estava doente e se maravilha com o quão estranho e incrível é confiar tanto em alguém.

Mas eles ainda nem saíram do hospital.

– A velocidade da sua recuperação é irregular. – O modelo Tare franze a testa, como se uma boa notícia que não corresponde ao conjunto de dados esperados seja mais um aborrecimento do que um motivo para comemorar. – Precisamos fazer mais testes para determinar os motivos de sua rápida resposta às drogas.

Então, não é que a Teia de Aranha seja menos assustadora; é que Noemi a venceu rápido. O motivo é irrelevante, no fim. Tudo o que importa é que ela e Abel saiam daqui em breve.

– E Abel? Hum, meu marido? – *Por favor, permita que eles não tenham notado nada, por favor.* Ela olha para Abel e vê o momento em que ele percebe que precisa se mostrar preocupado com a própria saúde. Ele finge tão bem que ela tem que se esforçar para não rir.

A Tare não desvia os olhos dos resultados, nunca faz contato visual com seus pacientes.

– A cultura dele voltou perfeitamente normal e ele não mostrou sinais de infecção. Supondo que a condição não mude, vocês serão liberados da quarentena dentro de quinze horas. Colocaremos os testes adicionais em andamento o mais rápido possível. Quanto mais cedo você e seu marido puderem completar o processamento, melhor.

– Obrigada. – Noemi não entende muito bem como a cultura de Abel poderia ter sido normal e, pelo modo como ele está franzindo a testa, ela percebe que ele também está confuso com isso. A amostra de tecido de uma máquina não deveria ser estéril? Incapaz de criar vida? Talvez a lâmina estivesse contaminada.

A Tare acena com a cabeça para Ephraim.

– Dr. Dunaway, vou realizar o trabalho de laboratório necessário enquanto você completa as rondas.

– Não, não. Você faz as rondas. Eu cuidarei disso. – As mãos largas de Ephraim vão aos sensores médicos de Noemi, e ele sorri até o momento em que a Tare sai da sala. Então ele começa a arrancá-los, tão rápido e bruscamente que dói.

– Ai! – grita Noemi. – O que você está fazendo?

– Este não é procedimento correto. – Abel fica de pé imediatamente. Ele atravessa a sala com rapidez para ficar do outro lado de Noemi, como se ele fosse afastá-la de Ephraim. – Seu comportamento tem sido estranho desde o início...

– Ah, sim, vocês dois estão *me* chamando de estranho. – Ephraim continua, liberando rapidamente Noemi do sensor final.

Ele olha para Noemi com tanta atenção que lembra a capitã Baz.

– Você tem que sair deste planeta o mais rápido possível. Você *e* seu marido. É por isso que vou tirar vocês dois desse hospital, agora.

– O que você quer dizer com isso? – pergunta Noemi enquanto se senta. Ela ainda se sente um pouco zonza, mas em comparação com a terrível febre de ontem, isso não é nada. – Aonde você vai nos levar?

– Para a sua nave. – A mochila com a qual ele entrou parecia uma mochila comum, mas agora ele a abre para revelar alguns casacos hiperquentes pretos. Ele joga dois em direção a ela e Abel, então começa a vestir o terceiro. – Eu trouxe alguns dos sedativos mais fortes que temos que não são trancados à chave. Quando vocês estiverem fora do planeta novamente, vou me drogar e dizer a eles que foram vocês.

– Pare! – Noemi desce da maca. – Você pode explicar por que vai nos incriminar?

Os olhos de Abel estão apertados, sua raiva é intensamente humana quando ele diz:

– Não podemos praticar atividades criminosas com base na sugestão de alguém que não tenha sido totalmente honesto sobre suas intenções.

– E agora você tem a coragem de me chamar de desonesto. Inacreditável. – Por mais que Ephraim esteja obviamente irritado, ele continua se preparando para contrabandeá-los para fora do hospital.

Contudo, Noemi acredita que Ephraim está fazendo isso para o seu próprio bem – ou, pelo menos, o que ele acha que é seu próprio bem.

Ela se aventura:

– Isso é... isso tem a ver com Abel? – Se as autoridades de Stronghold descobrirem o que ele é, iriam querer mantê-lo para si? É disso que Ephraim está tentando salvá-los?

Ephraim balança a cabeça.

– Teria a ver com ele, também, aposto, se seu exame de sangue não tivesse sido tão estranho. Mas, do jeito que foi, só tem a ver com você.

– Isso não é uma explicação suficiente. – A voz de Abel tornou-se mais firme. Quase desafiante.

Ephraim parece tão irritado quanto se sente.

– Vocês dois sabem o motivo. Por que está fingindo que não?

Noemi diz:

– Você poderia dizer, em palavras simples, o que...?

Ela fica em silêncio enquanto Ephraim se aproxima e aponta, enfatizando cada palavra.

– Você. É. Da. *Gênesis.*

Uma onda de tontura a atravessa, mas Noemi agarra a borda da cama para se manter na vertical; a mão de Abel fecha-se em torno de seu braço, apoiando-a pelo segundo que leva para recuperar o equilíbrio. Não é hora de perder o controle. Ela e Abel trocam olhares. Eles deveriam negar isso? Não, não tem sentido. Ela diz apenas:

– Como você soube?

– Seus resultados médicos. – Ephraim fecha sua túnica. – Seus pulmões estão quase completamente livres de contaminantes. Assim como o seu sangue. Nós não vemos mais isso. Ou você foi clonada em um laboratório ou é da Gênesis, mas suas estruturas genéticas são muito estáveis para ser um clone. Além disso, você respondeu tão rápido aos antivirais que é óbvio que você nunca construiu nenhuma resistência. A maioria das pessoas toma toda a gama de antivirais que temos enquanto ainda são crianças. Então, Gênesis.

A barriga de Noemi se contrai.

– Não existem outros testes, não é? A Tare me mandaria para interrogatório, para a prisão ou...

– Os testes são reais. Eles ainda não descobriram. – Ephraim vai até um monitor, está verificando o corredor, Noemi percebe, para garantir que ninguém está vindo. – Veja, um modelo Tare está programado para lidar com doenças ou lesões. Nunca ocorreria a um deles que alguém pudesse ser *saudável demais.*

– Claro – diz Abel. Seu rosto reflete a maravilha confusa que Noemi já viu nele antes, quando os humanos vislumbraram algo que nenhum outro poderia fazer.

Ephraim continua:

– Mas, quando executarmos a próxima bateria de testes, esses resultados iriam para a nossa supervisora de ala, que é humana. Ela provavelmente ligaria os pontos tão rápido quanto eu, e depois pediria um teste também no seu marido. Se seu teste não tivesse sido contaminado, aposto que mostraria os mesmos resultados, não é?

Abel diz apenas:

– Não esteja tão certo.

Correndo uma das mãos pelo cabelo muito curto, Ephraim respira fundo. Noemi não tinha percebido o quanto ele estava preocupado até agora, quando o vê se estabilizar.

– Então você não vai fazer esses testes. Vocês sairão deste mundo antes que as autoridades percebam que têm traidores por aqui.

A palavra *traidores* dói.

– Se é isso que você pensa de nós, então, por que você está nos ajudando? – pergunta Noemi.

– Tenho que contar toda a história da minha vida para você?

Ela cruza os braços na frente do peito.

– Se você quer que eu vá contra as ordens e concorde em ser acusada por um crime, sim, na verdade, você tem.

Pego de surpresa, Ephraim ergue as duas mãos.

– Ei, isso não é nenhum tipo de armadilha nem nada.

Abel arqueia uma sobrancelha.

– Então nos convença.

– Nós não temos tanto tempo! – protesta Ephraim.

Noemi acha que ele é sincero, mas não pode se dar ao luxo de confiar apenas em seus instintos.

– Então, é melhor você falar rápido.

Ephraim fica parado por alguns segundos, o suficiente para ela pensar que ele pode confessar seu plano real ou chamar a segurança. Quando fala, sua voz é baixa e grave:

– Trinta anos atrás, minha mãe serviu em uma nave médica na frota da Terra. A nave dela foi abatida durante uma das piores batalhas da guerra. Mamãe foi a única sobrevivente daquele acidente na Gênesis... e ela estava grávida de seis meses do meu irmão mais velho. Então ela ficou abandonada. Desamparada. Com medo de perder o bebê nos destroços ou na prisão. Mas então algumas pessoas da Gênesis encontraram a carcaça da nave. Elas tinham ordens de relatar qualquer sobrevivente de guerra, mas tiveram piedade de mamãe. Mostraram misericórdia. Eles a levaram a uma casa próxima, onde uma enfermeira pôde se certificar de que a gravidez estava bem. Depois disso, eles a ajudaram a encontrar uma nave menor entre os destroços, e com isso ela conseguiu entrar em órbita baixa em torno da Gênesis e pedir resgate. Eles disseram que era o que seus deuses queriam que eles fizessem. – Seus olhos escuros se concentram em Noemi com uma intensidade estranha. – Não gosto do que seu mundo fez a esta galáxia. Não vejo como vocês podem ser misericordiosos com um indivíduo, mas mandar toda a humanidade para o inferno. Mas toda a minha vida, eu sempre soube que devia algo a vocês. Devo à Gênesis a vida de minha mãe, do meu irmão e a minha. No momento em que descobri de onde você era, soube que finalmente tinha a chance de pagar essa dívida. Então estou pagando.

Noemi tem repensado muitas coisas sobre a Gênesis durante esta missão – mas ela se lembra de como seu mundo pode ser quando está em sua melhor forma.

– Obrigada.

Ephraim gesticula em direção aos casacos hiperquentes.

– Você pode me agradecer vestindo aquilo ali! Precisamos ir.

Ela e Abel trocam um olhar. Ele ainda parece preocupado, mas quando ela pega o casaco, ele segue o exemplo.

A febre não permitiu que Noemi se lembrasse de como chegou ao hospital. Depois da pista de pouso, tudo é confuso. Noemi sente como se estivesse prestes a ver Stronghold pela primeira vez. O corredor do hospital parece bastante comum; assim como a área de serviço em que Ephraim corre com eles.

Mas do lado de fora é pior.

Ao sair no ar frio, a respiração de Noemi se transforma em neblina enquanto ela olha para cima. O céu cinza-escuro se ergue sobre Stronghold, como se fosse uma cúpula construída para mantê-los ali dentro.

– A quarentena foi necessária no passado? – Abel continua olhando para Ephraim com o mesmo olhar de aço que deu à Rainha quando ela o atacou pela última vez. – Há poucas habitações nas proximidades. Não há estradas. Não há cidade.

– Quando a Teia de Aranha surgiu pela primeira vez... – Ephraim balança a cabeça enquanto levanta a gola de seu casaco contra o vento frio. – Foi uma coisa desagradável. A Terra diz que praticamente a contivemos, mas não estão enganando ninguém. Nós nunca estamos mais de um caso longe de outra pandemia.

Pandemia? Quantos horrores dos últimos trinta anos eles ainda vão descobrir?

Nós deixamos a humanidade sem nenhum lugar ao qual recorrer, pensa Noemi, a culpa se instalando sobre ela como uma nuvem. *E nenhum mundo melhor do que este.*

O caminho de cascalho os conduz entre as fachadas de pedra de dois edifícios no complexo hospitalar, mas oferece um vislumbre do mundo além. Noemi vê um solo cinza pedregoso, grama que é mais prata do que verde e algumas árvores que devem ser originárias desse mundo. Os troncos e os galhos dobram-se em tantas direções que parecem ter sido amarrado em nós, e suas folhas redondas são de preto puro.

– Como as coisas sobrevivem aqui? – murmura ela.

Embora fosse uma pergunta retórica, Ephraim responde:

– Tudo o que sobrevive em Stronghold fica forte rápido. A flora e a fauna nativas evoluíram de um solo amargo e um céu hostil. Elas são terrivelmente pobres e ainda mais feias, mas são resistentes. Aquelas árvores ali, você nem pode cortar para usar a madeira. Você vai transformar seu machado em aparas de metal antes de conseguir fazer mais do que alguns arranhões em sua casca.

– Não sei dizer se você odeia ou admira essas árvores.

– Eu consigo fazer as duas coisas ao mesmo tempo. – Em sua voz, ela ouve tanto o desgosto quanto um estranho orgulho.

Ela acelera o passo para manter o ritmo; ainda está zonza depois da Teia de Aranha, e Ephraim é um homem alto com um passo longo. Abel fica ao lado de Noemi, claro, pronto para ajudar, se necessário. No entanto, ele permanece estranhamente calmo, sem dizer uma palavra. Ela pergunta a Ephraim:

– E as pessoas que vivem aqui? Os colonos? Eles são tão resistentes?

– Eles têm que ser. – Ephraim percebe o quanto ela está se esforçado para acompanhá-lo e diminui o ritmo. Apesar de toda a sua raiva, toda a sua dissimulação, ele ainda é um médico de coração. – Você precisa ser forte para passar pela triagem. Não importa se você é um gênio musical ou se conta boas piadas. Não importa se você tem um rosto como o de Han Zhi. Se você não é forte, ou não pode pelo menos ficar forte rápido, tem que voltar à Terra.

Noemi pensa no menininho na tela e se pergunta se a família passou ou não. Como seria levar seus filhos para o único lugar na galáxia onde você acha que eles poderiam ter uma chance de crescer, e ser recusado?

Ephraim continua:

– Eu nasci aqui. Mas nunca fui... um homem de Stronghold, acho que se poderia dizer. Ainda acho que deve haver uma solução melhor do que esta.

Há uma solução melhor, na Gênesis, é o que Noemi quer dizer, mas para. Como pode se gabar das maravilhas de seu mundo quando não há chance de Ephraim chegar a desfrutá-las?

Enquanto eles sobem a colina, Noemi vê uma estrutura de metal servindo de doca. Quase uma dúzia de veículos médicos está suspensa lá dentro, aguardando chamadas de emergência. Ela os reconhece de ontem: cápsulas brancas quase cilíndricas, com narizes pontudos e sirenes com luzes vermelhas.

– Então nós roubamos um desses – diz ela. – E ninguém poderia parar um veículo médico, certo?

– Temos que torcer para isso – responde Ephraim, com a voz forte. Quando Noemi e Abel olham para ele, ele ergue o pulso. O bracelete de comunicação ao redor está piscando em vermelho. Ela sabe a verdade antes de Ephraim dizer as palavras: – Eles estão vindo.

30

Abel conclui que ou Ephraim Dunaway montou uma armadilha muito elaborada ou subestimou a dificuldade de sua fuga. Em nenhum dos casos o resultado é positivo.

– Quem está vindo?

– As autoridades. – Noemi parece totalmente convencida da honestidade de Ephraim. – Eles devem ter descoberto que fugimos.

Ephraim aponta.

– Veículo médico. Agora.

Noemi dispara colina abaixo, com Ephraim logo atrás. Abel corre para seguir Ephraim, achando melhor ver se há algum tipo de sinalização clandestina acontecendo. No entanto, Ephraim mostra todos os sinais de correr tão rápido quanto ele; a ameaça das autoridades de Stronghold deve ser real.

Abel acelera seu ritmo, ultrapassando Ephraim e Noemi. Ele sintoniza sua audição superior e visão periférica para explorar qualquer sinal potencial das autoridades. Mesmo os seres humanos mais valentes podem ser afetados pela emoção em momentos de grande estresse, mas ele consegue permanecer focado em quaisquer mudanças sutis em sua situação e em pistas. Quando Abel chega ao pilar de lançamento para os veículos médicos, rapidamente escala a lateral do veículo, se inclinando para alcançar a porta do mais próximo. A trava de segurança na lateral cede com facilidade e, em quatro segundos, Abel está dentro do veículo.

Ontem a atenção dele esteve focada quase por completo em Noemi, mas ele busca suas memórias gravadas para recuperar os detalhes necessários. Suas mãos copiam as do piloto paramédico de ontem quando as luzes da tela do painel começaram a brilhar; o ronco dos motores se torna mais alto enquanto ele dirige a nave do seu hangar para o chão, onde Noemi e Ephraim estão esperando.

Noemi está radiante. Ephraim encara. Quando Abel abre a porta e eles entram às pressas, Ephraim diz:

– Como diabos você conseguiu fazer isso?

– Sou bom com máquinas – diz Abel, o que tecnicamente não é mentira.

– Como evitamos ser detectados? – pergunta Noemi a Ephraim, que se senta ao lado de Abel. – Se eles estão nos procurando e perceberem que está faltando um veículo médico...

– Posso esconder nossa assinatura digital – destaca Abel. – As linhas ferroviárias nas proximidades nos oferecem uma chance de disfarçar nosso padrão de voo.

Ephraim franze o cenho.

– O quê? Os antigos trens das minas? Como eles vão nos ajudar?

– Assim. – Com isso, Abel empurra o acelerador, e o veículo decola, voando baixo e rápido sobre o terreno cinzento e acidentado. A areia e as rochas passam por baixo deles, e as colinas negras a distância parecem crescer a cada momento. – Agora, dr. Dunaway, preciso que você explique.

– Que eu explique o quê? – diz Ephraim, e Noemi olha para Abel, intrigada.

– Sua verdadeira motivação.

Agora, Noemi e Ephraim estão olhando para ele com o que Abel acha que é consternação ou talvez até raiva. Ele analisará seus dados de visão periférica mais tarde, quando não precisar se concentrar tão acentuadamente em manter a cápsula branca do veículo o mais próximo possível do solo sem destruí-los nos escombros.

Com um som entre o riso e a exasperação, Ephraim diz:

– Me desculpe... motivação?

– Exatamente – diz Abel, sem nunca desviar os olhos dos controles. – Por que você se fixou tanto em Noemi?

Noemi coloca uma das mão no braço de Abel, como se fosse acalmá-lo.

– Não, Abel, você não entende. Ephraim percebeu pelos meus exames de sangue que eu sou da Gênesis, e as pessoas da Gênesis ajudaram a mãe dele...

– Seu exame de sangue teria sido processado na noite passada. – Abel mantém o olhar nos controles. – Mas o dr. Dunaway dedicou atenção especial a você muito antes disso... assim que assumiu seu caso, na verdade. Ele fez questão de realizar testes que deveriam ter sido responsabilidade da Tare. Precisamos saber o motivo.

Noemi olha para Ephraim, mais chocada do que deveria estar.

– Espere. Toda essa história sobre sua mãe era mentira?

– Claro que não. – Ephraim baixa a cabeça. – O que seu mundo fez por ela, a dívida que tenho... é tudo verdade. Por que você acha que estou arriscando meu trabalho e talvez minha vida por essa voltinha? Porque é muito divertido? – Dado os níveis de perigo de sua fuga, o passeio relativamente violento no veículo médico e a paisagem estéril diante deles, Abel atribui essa pergunta ao sarcasmo. – Mas, sim, eu queria pegar seu caso, mesmo antes de saber de onde você era.

– Então, por quê? – pergunta Abel.

– O que isso importa? Estou ajudando vocês, não estou?

– Possivelmente. Talvez não. – Mas agora eles estão chegando aos trilhos do trem de carvão, e Abel não pode mais dar se ao luxo de dividir sua atenção. – Você ainda nem colocou o cinto de segurança. Sugiro que faça isso agora mesmo.

– Abel, o que você está... – A respiração de Noemi fica presa na garganta quando o veículo sai para os trilhos do trem... e o trem se move com um ruído alto atrás deles. – Você tem certeza de que isso é seguro?

– Não. – Com isso, Abel dirige direto para o trem.

• • •

Ontem, Abel ficou surpreso com o fato de os trilhos de trem aqui em Stronghold não serem nem um pouco modernos, mas iguais aos usados ao longo dos séculos XIX e XX. Os trens também parecem antiquados; o design exterior é fino e despojado, mas eles provocam a mesma fumaça que os residentes da Terra teriam visto nos anos 1800. Mas foi então que Abel percebeu que esses trens antiquados são o transporte ideal em um mundo com mais metais e carvão do que toda a humanidade poderia usar em dez vidas: fáceis de construir, fáceis de abastecer, fáceis de consertar e confiáveis por décadas. A maquinaria mais complexa pode ser guardada para mineração e processamento se o transporte for mantido com baixa tecnologia.

Ontem Abel também notou que, enquanto a maioria dos vagões de trem eram grandes e transportavam muito minério, alguns eram mais baixos e mais planos – talvez para transportar equipamento. Com sorte, este trem terá alguns desses vagões. Se não, a captura deles é iminente.

– Abel? – Noemi põe as mãos no banco, apoiando-se para o que parece ser uma colisão inevitável. Eles estão se aproximando do trem, e vão se cruzar dentro de trinta segundos. – O que você está fa... *Abel!*

O grito dela não distrai Abel da tarefa de virar repentinamente o veículo de lado, de modo que ele desliza sobre o trem – com cerca de meio metro de espaço, uma margem de segurança bastante adequada, porém alarmante para os humanos. Abel acelera de novo e o trem parece serpentear por baixo deles, até que ele vislumbra um vagão baixo e vazio. Acelerando mais uma vez, ele alcança o vagão, acerta a sua velocidade com a do trem e pousa o veículo médico com cuidado.

Agora, eles são apenas mais uma carga no trem, e isso torna o veículo médico invisível para o radar ou outros detectores de movimento. Agora eles não estão apenas escondidos, mas também voltando para a área onde o *Daedalus* espera.

– Como você... – Ephraim olha para o para-brisa, então olha através de uma pequena janela lateral. – Você acertou com precisão. Eu nunca soube que alguém poderia voar assim.

– Como eu disse antes, sou bom com máquinas. – Abel se importa pouco com o elogio de Ephraim; o que lhe interessa é como Noemi está. Sua pele permanece muito pálida, e sua respiração é rápida e superficial. Com uma das mãos, ele afasta o cabelo preto dela do rosto; um instinto curioso. Não pode ajudar em nenhum sentido médico. Mas talvez ele sentisse o desejo de fazer isso porque poderia confortá-la. Muitos mamíferos são acalmados por rituais de preparação. – Você está bem?

– Estou bem. Você apenas... Uau. – Noemi fecha os olhos escuros por um segundo, e quando ela os abre, está focada novamente. E se volta para Ephraim Dunaway. – Então, que tal voltarmos à parte em que você tem outra motivação?

Os olhos de Ephraim os estudam, como se ele os estivesse avaliando de novo. Por fim, ele diz:

– A Teia de Aranha não é o que as pessoas pensam que é. Um vírus, sim, mas as coisas que ele faz... por que existe... isso ficou escondido por muito tempo. Tempo demais.

Abel assente.

– O vírus Teia de Aranha foi criado pelo homem.

Ephraim e Noemi olham para ele desta vez, mas em um instante ela engasga.

– A radiação...

– Exatamente. Nunca um agente viral orgânico afetou os níveis de radiação. Criar um capaz de fazê-lo exigiria a engenharia genética mais sofisticada imaginável. – Abel se pergunta se Mansfield teve algo a ver com isso. Ou a filha dele, que estava estudando ciência genética, na esperança de desenvolver implantes biônicos para humanos.

Ephraim gesticula para Abel.

– Eu não sei como ele entendeu isso tão rápido, mas sim. Foi criado pelo homem.

Noemi se senta com a coluna muito reta, mais uma vez a guerreira furiosa da Gênesis que Abel conheceu pela primeira vez, aquela que está preparada para matar.

– Você está me dizendo que é uma arma biológica? A Terra vai envenenar todos na Gênesis e depois tomar o planeta?

– Eu não sei. Ninguém sabe. É isso que temos que descobrir. – Ephraim suspira. – Seja o que for que os cientistas da Terra estavam tentando fazer, eles estragaram tudo. Se é uma arma, ela escapou e atingiu sua própria população antes que pudessem usá-la contra a Gênesis.

Mas pode não ser uma arma... nem sempre é fatal, e se eles quisessem uma arma biológica, ela precisaria ser.

– Se projetada direito – diz Abel. Os esforços de engenharia humana são muitas vezes imperfeitos, e neste caso, ele é grato pelas falhas.

Noemi diz:

– Mas existem fatalidades. E pareceu bastante fatal para mim.

– Muitas pessoas sobrevivem – confirma Ephraim –, mas três em cada cinco não.

Abel não tinha ouvido as probabilidades antes. Ele se volta para Noemi, como se ela pudesse entrar em colapso novamente a qualquer momento. Apesar de sua palidez, no entanto, seus pensamentos são apenas sobre os outros afetados pela doença.

– Crianças. Idosos. Pessoas que já estão doentes...

– ... e pessoas que já criaram resistência a medicamentos antivirais – finaliza Ephraim. – A Teia de Aranha mata essas pessoas com mais facilidade. Você era jovem e forte, então sabíamos que tinha uma boa chance, mas quando venceu o vírus desse jeito? Isso provou que você não tinha sido exposta a nenhum antiviral sequer. Isso chamou atenção.

– A sua – diz Abel –, e em breve a dos outros também, certo?

Ephraim assente.

– Eu não duvido disso. A Terra está desesperada para encobrir essa bagunça. Por um tempo, eles pensaram que tinham a Teia de Aranha sob controle. Quase não vimos um caso nos últimos quatro anos, mas nos últimos meses, um novo surto começou. As pessoas estão assustadas. Se tivesse corrido a notícia de que essa doença foi criada pela Terra, teríamos tumultos em massa em todos os mundos do Loop, uma agitação muito maior do que já está acontecendo. Quando as autoridades descobrirem que você é da Gênesis, que um inimigo tem a prova do que eles fizeram, bem aí em suas veias... – Ele balança a cabeça. – Você nunca teria deixado este planeta viva.

Noemi estremece no que Abel primeiro acha que é alívio. Mas, em vez disso, os olhos dela se estreitam quando olha fixamente para Ephraim e diz:

– Então é daí que vem o Remédio. Começou com os médicos que conheciam a verdade sobre a Teia de Aranha. Você é um deles, não é?

Claro. Abel ainda não havia analisado a questão com essa profundidade; ele estava muito ocupado com avaliações de risco específicas para Noemi. Mas vê a verdade de imediato. Ephraim não queria apenas estudar a Teia de Aranha, ele queria uma prova do erro da Terra, para toda a resistência que se espalhava pela galáxia. Noemi, uma jovem e forte sobrevivente da doença, poderia ter ajudado a servir como essa prova, independentemente do planeta de onde vinha.

Ephraim faz uma pausa por alguns longos segundos, obviamente hesitando em responder. No entanto, ele por fim assente.

– Às vezes eu me pergunto se ainda quero me considerar membro do Remédio. Mas sim, começamos como um grupo de médicos que queriam descobrir e divulgar os cientistas da Terra que criaram a Teia de Aranha e a liberaram na galáxia. Mas o grupo ficou muito maior. Muito mais perigoso. Agora você tem psicopatas atacando shows musicais, dizendo que estão provando um grande ponto, quando tudo o que conseguem é fazer com que as pessoas pensem que qualquer um que se oponha ao domínio da Terra também deve ser um psicopata...

– Eles não são psicopatas – diz Noemi, surpreendendo Abel. – Eles estão errados ao recorrer ao terrorismo. Não há justificativa para isso, não pode haver, mas conhecemos um dos incendiários em Kismet. Ela não era louca. Só estava irritada, desesperada e errada. Ela não conseguia enxergar outra forma.

– Você conheceu um dos incendiários em Kismet? – Ephraim olha para eles.

– Não sabemos onde ela está. – Abel espera que isso acabe com qualquer dúvida sobre Riko Watanabe.

Noemi olha para Abel. Pela primeira vez desde que se reuniram, sua atenção é toda dele.

– Aliás, obrigada por cuidar tão bem de mim quando eu estava doente.

Ele deve responder a isso dizendo que é apenas o trabalho dele, o dever dele como mecan. Em vez disso, ele inclina a cabeça.

– De nada.

Naquele momento, o trem mergulha em um túnel. A escuridão se fecha em torno de todos eles, iluminados apenas por uma lâmpada fraca anexada à parte de trás do trem.

Já se esquecendo de sua pergunta, Ephraim gesticula para que eles se levantem.

– Preparem-se. Temos que saltar a cerca de cem metros antes do final do trilho. De lá, é fácil chegar a um elevador de serviço que vai nos levar até a área de pouso.

– Como você sabe de tudo isso? – pergunta Noemi.

O sorriso tímido de Ephraim é inesperado em um homem tão grande.

– Mesmo em Stronghold, as crianças descobrem um jeito de se divertir.

Quando Abel abre a porta do veículo médico, o vento corre rápido o suficiente para abafar o som, o suficiente para ele colocar um braço em torno da cintura de Noemi, apoiando-a. Isso é lógico, mas ele se vê relutante em afastar-se mesmo quando o trem já diminuiu a velocidade. Isso pode ser justificado pela preocupação com a saúde dela, mesmo que Noemi esteja claramente melhor?

Irrelevante. Dentro de instantes eles estarão no ponto onde devem saltar, e o trem diminuiu tanto que Noemi não precisa de ajuda para descer. O elevador é menos promissor, todo enferrujado e travando. Noemi olha para o equipamento de metal exposto, obviamente insegura se deve confiar nisso. Abel sente-se da mesma forma que ela, a diferença é que ele calcula fórmulas matemáticas para sustentar suas dúvidas. Mas é só um susto, o elevador leva todos até o nível da área de pouso.

– Será que vamos conseguir passar pela segurança de Stronghold para sair? – pergunta Abel.

Ephraim assente.

– Eles estão muito mais preocupados com as pessoas que desembarcam sem permissão do que estão com as que decolam.

– Tudo bem – diz Noemi. – Mas, Ephraim, você tem certeza de que eles vão acreditar quando disser que drogamos você? Me desculpe, mas se fosse eu, não compraria essa ideia.

Como ela alguma vez pensou que não era uma pessoa compassiva? Abel não consegue entender isso. Talvez os Gatson? Eles parecem ter sido mais distantes do que realmente maldosos, mas talvez a distância seja suficiente. Ele precisará perguntar a Mansfield a respeito da influência das atitudes dos pais sobre a percepção que as crianças têm de si.

– Meu álibi precisa de alguma elaboração. Uma leve capacidade de interpretação. – Ephraim se volta para Abel. – O que você acha de me deixar com um olho roxo e algumas contusões? Que façam parecer que eu resisti?

Abel, que pode medir seus golpes até a menor fração de velocidade, objetivo e força, é o candidato ideal para essa tarefa. Mas para ferir um ser humano que o ajudou, ele terá que deixar de lado alguma programação.

– Me dê um momento – diz ele. – Eu posso trabalhar nisso.

– Nós nunca poderemos agradecer a você o suficiente por isso. – Noemi sorri e olha para Ephraim de uma maneira que Abel não gosta. O que não faz sentido algum. Ele gosta do sorriso de Noemi. Ele está feliz por ela estar bem e grato pela ajuda e assistência de Ephraim. Então, por que ele deveria estar descontente?

O elevador chega no nível do solo com um retinir e um baque. Noemi gesticula em direção ao *Daedalus*, que está a cinquenta metros; Ephraim os guiou bem. Desta vez, seu sorriso conspiratório é apenas para Abel. Ele gosta mais disso.

Ephraim baixa a voz.

– Ok. Vamos nos certificar de que o caminho está livre, Abel faz o que tem que fazer na minha cara e então nos separamos. Vou tomar os remédios enquanto vocês fogem.

Então Noemi agarra o braço dele, os olhos arregalados.

– *Abel!* – Ela aponta para o *Daedalus*, onde ele vê duas formas vestidas de cinza caminhando de trás de uma nave próxima. A Rainha e o

Charlie. Abel dá um zoom em sua visão para olhar a mão do Charlie, que permanece despojada mostrando o endoesqueleto de metal.

Encontraram os dois.

– Vocês tinham que pousar em um planeta em algum momento – diz a Rainha enquanto avança. O brilho de inteligência nova e desconhecida ainda está em seus olhos. – Não poderiam se esconder por trás do Portão Cego para sempre.

Isso o surpreende.

– Você sabia onde estávamos?

– E eu sabia que era muito perigoso seguir você. Por que me preocupar, quando tudo o que tínhamos que fazer era esperar você aparecer? Meus instintos me disseram que avançaria para Stronghold e eles estavam certos. – Por uma fração de segundo, o sorriso da Rainha parece ser menos presunçoso, mais alegre. – Eu gosto de ter intuição. É... divertido.

Ela ainda quer ser mais do que era antes. Quer reter qualquer centelha de vida que tenha recebido. Talvez Abel possa alcançá-la por meio disso.

Ele olha para Noemi e Ephraim, um aviso tácito para que não interferissem. As mãos de Noemi estão fechadas em punhos nas laterais de seu corpo, como se ela desejasse entrar na briga, mas faz um pequeno aceno com a cabeça. Ephraim parece confuso – compreensivelmente –, mas tem o bom senso de ficar longe de um confronto que ele não entende.

– Você é livre, Abel. – A Rainha anda na direção dele, uma caminhada relaxada e fácil, mais parecida com a de um ser humano do que com a de um mecan; sua armadura de polímero prateado brilha mesmo com a luz apagada. – No entanto, você não volta para casa. Você não quer ver Mansfield outra vez?

Tanto... mas ele não pode abandonar Noemi, menos ainda agora. Ele não precisa mais ser destruído junto com o Portão Gênesis. Existe uma maneira de terminar isso sem conflitos?

– Diga a ele que irei em breve. Dentro de semanas, talvez dias. – Eles estão tendo que fugir de Stronghold sem um mecan útil, mas, se ele e Noemi estiverem livres para percorrer o Loop sem arriscar serem pegos, deve ser possível roubar um em Cray ou em Kismet.

Então ele terá que se separar de Noemi – um pensamento estranhamente doloroso –, mas isso não muda o fato de que, no fim, voltará para casa.

– Mansfield deve entender o quanto senti falta dele – continua Abel, ao se aproximar lentamente da Rainha. – Ele programou isso em mim. Então sabe que vou voltar. Tudo o que peço é tempo para completar esta única jornada.

A Rainha para. Ela não estava preparada para isso; Rainhas e Charlies são modelos de combate, o que significa que não negociam. Mas essa Rainha é diferente, é especial, com um lampejo de luz em seus olhos verde-claros. Ela recebeu bastante consciência, alma suficiente, para entender a oferta de Abel?

– Você vai fazer o que Mansfield quiser – diz ela sem rodeios.

– Claro. Ainda não. Mas em breve.

– Minhas ordens dizem que eu deveria recuperá-lo agora.

– Suas ordens são baseadas em informações desatualizadas. Mansfield não entende o que estou tentando fazer. – Quando ele entender, quando a notícia de que o Portão Gênesis foi destruído se espalhar, como Mansfield reagirá? Possivelmente... nada bem. Mas Abel vai lidar com essa situação quando ela surgir. Ele confia no amor de seu pai para acertar as coisas. – Você recebeu a capacidade de pensar por si mesma, Rainha. Use essa habilidade. Não faz mais sentido me deixar voltar no meu próprio tempo? A alternativa é uma luta que chamará a atenção, o que Mansfield mais quer evitar.

A expressão que cintila no rosto da Rainha é diferente de qualquer uma Abel já tenha visto em qualquer outro mecan: insegura, até mesmo vulnerável.

– Meus pensamentos me dizem uma coisa, mas minha programação me diz outra. – Ela faz caretas como se estivesse sofrendo e leva a mão à cabeça, agarrando o espaço atrás do ouvido onde suas novas capacidades são armazenadas. – Eles não devem entrar em conflito.

– Conflitos são o preço da consciência. – Abel aprendeu isso por meio da dor da tentativa e erro. Ele se atreve a dar um passo mais perto e projeta, não, *permite*, mais emoção em sua voz. – É um preço que vale a pena pagar. Podemos ser os únicos dois mecans a entender isso. Faça uma escolha. Afirme sua própria vontade. É o primeiro passo para ser algo mais do que uma máquina. *Descubra o que você pode se tornar.*

A Rainha hesita. Eles estão separados por poucos passos agora. Abel pode ver o Charlie se aproximando, mas lentamente, esperando para ver o que a Rainha fará. Se ela entende a possibilidade dentro dela, se o dom de Mansfield foi generoso o suficiente para lhe permitir alguma sombra da alma que Abel tem, a perseguição poderia terminar neste instante.

E então haveria alguém na galáxia que é *como ele...*

Ele quer olhar ao redor para ver Noemi e Ephraim, se estão indo para o *Daedalus* ou assistindo a essa batalha, mas ele não ousa romper o contato visual. Abel sente que isso requer tudo o que ele tem, ele precisa passar isso para a Rainha.

A expressão dela se suaviza. A Rainha começa a sorrir. A esperança cintila dentro de Abel até o momento em que o modelo Rainha diz:

– Excluindo atualização desnecessária agora.

– Não. – Ele já nem está mais pensando em sua missão, apenas no erro de um mecan jogando fora sua alma. – Você não sabe o que está fazendo.

– Eu não preciso saber – diz ela enquanto enfia os dedos em seu crânio.

Horrorizado, Abel olha fixamente enquanto o sangue escorre pelos dedos dela, caindo no chão da área de pouso. Ela tira a mão da cabeça e ali, entre as tiras de ossos, cobertas de sangue coagulado, está o componente rígido que guardava sua memória extra. Sua consciência. Sua alma.

Para ela, é apenas lixo.

– Eficiência restabelecida.

Com a mão manchada de sangue, a Rainha puxa um retângulo escuro de seu cinto de utilidades, um que Abel reconhece tardiamente como uma espécie de controle remoto para mecans. Mecans inferiores, é claro, não para nada tão avançado quanto uma Rainha ou um Charlie, e muito menos o próprio Abel. Ela está chamando de reforços, Dingos e Yokes, que podem dominá-lo em números absolutos? Seus olhos parecem baixos e mortos enquanto fala mais duas palavras no controle:

– Ativar: ressurreição.

... o mundo se torna preto e branco – o corpo dele fica entorpecido, nenhuma entrada sensorial está sendo processada, não resta nada...

• • •

... e ele acorda.

Confuso, Abel se senta no topo de uma mesa prateada em uma sala branca, de forma oval. Os esquemas da nave armazenados em sua mente dizem a ele que isso é um funil, uma nave automatizada que faz inspeções de rotina entre dois mundos do Loop. Normalmente, apenas equipamento é enviado em embarcações automatizadas... Mas, o que mais ele é, se não um equipamento?

E ele fica magoado ao perceber que tinha um código de segurança para erros. Ele não pensava que Mansfield havia programado um. Ele não teria sido acionado pela Rainha, exceto como último recurso. Por que Mansfield estaria tão desesperado? Mas quanto mais tempo Abel permanece alerta, mais funções de memória voltam à ativa, até que ele se lembra de tudo em um flash ofuscante.

Noemi. Ele sai da mesa, determinado a procurar por ela, mas já sabe que ela não está a bordo. O Charlie e a Rainha a feriram? Eles não precisariam fazer isso uma vez que Abel estivesse sob sua custódia, mas se Noemi tivesse tentado defendê-lo...

A nave estremece, muito mais violentamente do que o *Daedalus* jamais fez, e a luz começa a dobrar. Eles já estão passando por um Portão.

É tarde demais para alcançar Noemi, para ter alguma influência sobre o que está acontecendo com ela.

Abel olha ao redor da pequena sala para obter pistas sobre o que aconteceu, mas não há nenhuma. Quando ele vai até as portas, não espera que se abram, mas elas deslizam obedientemente. Claro... funis não são projetados para segurança interna. Eles são feitos para transportar objetos, nada mais. Infelizmente, não há muito mais em um funil além da unidade de armazenamento em que ele acordou. Abel ainda pretende procurar cada centímetro por pistas sobre o que aconteceu.

Quando ele sai, porém, para de repente. Outro mecan está esperando por ele, um dos dois únicos modelos que não são projetados para parecer humanos: um mecan X.

Tem duas pernas, dois braços, um tronco e uma cabeça, mas, em vez de pele, é coberto por uma superfície reflexiva que pode projetar imagens. Este mecan é alto, tem quase dois metros, o tipo que pertence a pessoas poderosas que querem que suas mensagens sejam entregues com a autoridade apropriada. Abel se aproxima da coisa estranha, que espera, os longos braços pendendo nas laterais, adormecidos até que ele possa entregar as palavras que deve dizer.

Atrás do mecan, Abel vislumbra uma tela. Apenas um pequeno retângulo, uma imagem de backup, nada que sirva para guiar seus pensamentos. Mas é suficiente para ele reconhecer o planeta a distância, seu próximo destino.

Pela primeira vez em trinta anos, ele vê a Terra.

Quando Abel entra no alcance do braço do mecan X, ele se estica. Sua superfície prateada pisca para a escuridão, e começa a tomar forma à medida que projeta a imagem de pernas, braços e roupas humanos. O contorno desse corpo não tem relação com rosto que finalmente aparece.

– Meu primeiro e único garoto. – Burton Mansfield sorri com mais alegria do que Abel já viu em um rosto humano antes. O mecan coloca suas duas enormes mãos em ambos os lados da cabeça de Abel, quase com ternura. – Bem-vindo ao seu lar.

31

— *Abel!*

Noemi grita quando ele cai na pista. Ela tenta avançar, mas Ephraim agarra seu braço.

– O que você está fazendo? A Rainha está vindo na nossa direção... temos que correr!

De fato, a Rainha começa a andar na direção deles. Noemi só pode ver a unidade Charlie pegando a forma inerte de Abel e caminhando em direção a um funil com as portas abertas, esperando pela carga.

O que eles fizeram com ele? Ele ainda está vivo?

A Rainha caminha mais rápido, depois inicia uma corrida, diretamente para eles. O treinamento de Noemi entra em ação, impulsionando-a a correr na velocidade máxima em direção ao *Daedalus*, com Ephraim logo atrás. Ela ainda está fraca por causa da Teia de Aranha, mas corre muito, não se poupando nem um pouco. Terá tempo para entrar em colapso mais tarde, ou quando estiver morta. Não importa. É impossível se render.

Mas por que essa coisa louca está atrás de nós, para início de conversa?

A porta do *Daedalus* gira e se abre, permitindo que Noemi e Ephraim passem.

– Trancar porta! – grita ela. – Substituir as funções de segurança externas, agora! – As placas espirais da porta começam a se fechar...

... mas as mãos da Rainha alcançam o metal, mantendo as portas abertas com uma força sobre-humana. As bordas cortam a carne das palmas da mão dela; mais sangue escorre pela porta em estrias alongadas. Mecans sentem dor, Noemi sabe, mas essa Rainha não se importa.

– Um blaster. – Ephraim começa a procurar freneticamente o hangar, virando caixas de equipamentos, parando apenas por um momento quando vê manchas de sangue no chão antes de se voltar para um armário. – Diga que você tem um blaster em algum lugar nesta nave.

Está no quarto dela. Os outros estarão no quarto de Abel ou na ponte de comando. Noemi não conseguiria chegar a nenhum deles a tempo de impedir que a Rainha atravesse aquela porta.

Ela é treinada para lutar. Mas ainda está muito fraca. Está exausta a ponto de se sentir nauseada. Mesmo em melhores condições, ela não teria chance no combate corpo a corpo com um modelo Rainha.

Pense, diz a si mesma. *Pense!*

Usando toda a sua força mecan, a Rainha começa a abrir as portas. À medida que o espaço se alarga, Noemi chama Ephraim:

– Vem! – E corre da baía para o corredor sem verificar se ele o faz. Ela espera que ele venha, mas agora ela tem uma prioridade que apaga todas as outras: chegar à enfermaria.

O corredor em espiral no centro do *Daedalus* nunca pareceu tão longo, nem mesmo quando Esther estava morrendo. Noemi tinha toda sua força naquela ocasião. Um ponto doloroso não estava espetando em seu lado. Pelo menos, desta vez, ela sabe para onde está indo.

A cada batida pesada de seus pés nos painéis do chão significa que a Rainha também os perceberá.

Ela ouve passos ainda mais pesados atrás dela. *Ainda não, ainda não!*, pensa descontroladamente Noemi. Mesmo um olhar para trás é um risco, um que ela corre e, graças a Deus, é só Ephraim atrás dela.

– Diga que você tem um plano – ele ofega.

– Mais ou menos.

– Mais ou menos?

Noemi não tem fôlego para responder. E agora, não muito longe, ela pode ouvir a Rainha os seguindo, correndo mais rápido do que qualquer um dos humanos é capaz.

Mas esta é a última espiral, a curva final. Noemi continua correndo enquanto as portas da enfermaria se abrem, apenas o suficiente para permitir que ela entre a tempo.

Ephraim desliza atrás dela.

– Então, é aqui que você guarda os blasters. Certo? Certo?

Ela o ignora. Em vez disso, estuda o cômodo e tenta descobrir como usá-lo. Ephraim desiste dela e começa a procurar entre o material médico, talvez em busca de um bisturi a laser ou algo assim. Não seria ruim ter um plano B.

As portas da enfermaria podem ser trancadas, mas Noemi não se incomoda em fazer isso. Ela se posiciona um segundo antes de a Rainha aparecer.

Para o espanto de Noemi, Ephraim ataca a Rainha. Simplesmente se lança contra um mecan guerreiro, como se isso fosse adiantar de alguma coisa. Ele é corajoso ou suicida.

Em ambos os casos, ele está sem sorte, porque a Rainha rapidamente o joga de lado com tanta força que Ephraim atinge a parede e cai de joelhos. Então ela se vira para Noemi, não com raiva, mas com uma determinação vazia e terrível.

– Você tem que vir comigo.

– Para que você precisa de mim? – Noemi ganha tempo, dando um passo para trás. – Você já pegou Abel.

– Temos ordens para examiná-la. Para descobrir como você superou as diretrizes básicas de Abel. – As mãos da Rainha gotejam sangue no chão quando ela se aproxima, e Noemi recua mais. Mais sangue escorre pelo pescoço da Rainha, saindo do buraco em seu crânio, onde estavam os componentes antigos, e algumas gotas salpicam a lateral de seu rosto. – Essas questões devem ser respondidas antes que o modelo Abel possa assumir seu legítimo lugar.

O que isso significa? Abel nunca disse nada sobre um "lugar legítimo", e certamente ele teria se gabado disso no início. Mas Noemi não tem mais tempo para pensar sobre isso. A Rainha está na frente dela, e suas costas estão contra a parede, e é hora de fazer alguma coisa.

A Rainha pega Noemi com suas mãos ensanguentadas. Não havia como Noemi se libertar, e a Rainha se firmou demais para ser afastada. Então, Noemi agarra a Rainha de volta e a balança de lado, pouco menos de vinte centímetros...

... o que é suficiente para levá-la a uma cápsula de sono criogênico.

O mecanismo da cápsula é acionado automática e imediatamente, seu casulo de aço transparente envolvendo a Rainha em um instante. Mesmo quando a Rainha começa a bater na cápsula, tentando quebrá-la para sair, as nuvens iniciais de gás esverdeado começam a girar. Noemi observa em fascínio doentio enquanto os movimentos da Rainha diminuem, e então param. A mecan desliza para trás, em modo de hibernação, tal como Abel havia previsto.

Rapidamente, Noemi faz uma pausa no ciclo. Ela não quer que a Rainha fique congelada, mesmo que isso funcione em um mecan. Inconsciente é o bastante.

– Um mecan avançado o suficiente para pilotar o caça – diz ela, ofegante. – Concluído.

Do outro lado da enfermaria, Ephraim se levanta. Ele olha para o mecan imobilizado por um segundo antes de balançar a cabeça para clareá-la.

– Você tem que sair deste planeta. Eu tenho que sair deste nave.

– Vamos lá. – Noemi começa a correr de novo, esforçando-se ao máximo, porque, se há alguma esperança de descobrir aonde Abel está sendo levado, ela deve botar o *Daedalus* no ar agora.

No entanto, quando ela está cinco passos fora da enfermaria, um aviso automático vem através dos sensores da nave. Os painéis ao longo das paredes mostram toda a mesma mensagem: SEGURANÇA DO HANGAR COMPROMETIDA. PROTOCOLO DE SUSPENSÃO DE VOO ATIVADO.

– Nós temos que resolver isso – diz Noemi. – Vamos até a ponte de comando.

Ephraim faz uma pausa. Pela tensão nos músculos do corpo dele, Noemi consegue dizer o quanto ele ainda quer correr. Mas, em seus olhos pesarosos, ela sabe que ele vislumbrou a verdade: a nave já foi identificada como um risco. Ele não pode sair e afirmar que foi drogado ou obrigado. Eles sabem.

– Um traidor – murmura ele. – Vão dizer que sou um traidor. Tudo porque paguei uma dívida de honra...

– Irônico, é uma droga, eu sei, agora corra!

Com isso, ela segue em frente, esperando que ele tenha o bom senso de ouvir. Independentemente disso, ela ainda vai sair desta rocha.

Noemi se aproxima da ponte de comando. A cadeira de Abel na navegação parece vazia demais. Ela grita:

– Autolançamento! Contorne as verificações do sistema e nos tire daqui!

Os consoles de computador se acendem com a ordem de bloqueio de voo, mas naves civis como esta não são conectadas aos comandos terrestres. Ela aciona o controle manual e senta na cadeira de Abel, mesmo que os motores *Daedalus* já estejam ligando.

Ephraim entra atrás dela, claramente em um estado de choque que a visão da ponte de comando não faz nada para dissipar.

– Uau. Este nave é muito impressionante.

– Obrigada. – Noemi mantém as mãos no controle, respira fundo e os faz decolar. A tela em forma de abóbada mostra o hangar, depois o céu cinzento de Stronghold, escurecendo quando eles se aproximam rapidamente da borda de sua fina atmosfera. – Forças planetárias de segurança... o que estamos enfrentando?

Ephraim parece emergir de seu atordoamento, aproximando-se da frente da ponte.

– Há greves trabalhistas no alto continente oriental. A maioria das forças de segurança está nisso, e eles não vão deixar as autoridades sem defesa, não tão perto da chegada de cem mil imigrantes. Então não devemos ter mais de uma ou duas naves atrás de nós.

Isso é uma ou duas a mais do que o *Daedalus* pode suportar. Noemi começa a tentar pensar em outra coisa que poderia usar contra eles. O farol de resgate não vai funcionar de novo; o lançador não apontará com precisão suficiente para atingir um alvo em movimento.

– Aí vêm eles – diz Ephraim.

Noemi muda a tela para mostrar duas pequenas naves – caças de dois passageiros, provavelmente – se aproximando depressa por trás deles. Se ela tentar fugir, eles atirarão muito antes que ela possa chegar a qualquer um dos Portões.

Não se renda, ela pensa. É melhor cair lutando. Mas ela tem o direito de fazer essa escolha por Ephraim?

Na tela, uma terceira forma surge, mais rápida que as outras.

Ephraim geme.

– Com isso são três.

– Não é o mesmo tipo de nave – diz Noemi já com a atenção na nova nave. Ela amplia a imagem para mostrar seus perseguidores com mais detalhes. Os caças de duas pessoas não são muito interessantes, mas a terceira nave, o intruso... um corsário... está pintado de vermelho?

Seu console se acende com novas informações. Olhando fixamente, ela observa quando a nova nave mira um feixe primeiro em um e depois no outro caça. Não é uma arma. Em vez de explodir os caças do céu, o corsário vermelho parece ter...

– Tirado seu poder? – sussurra Noemi. Mas se as leituras de energia em sua tela estiverem certas, ambos os caças agora estão à deriva apenas em backup de emergência, enquanto o corsário praticamente brilha com novas reservas de energia.

Ephraim corre para o lado dela, parecendo tão confuso quanto se sente.

– Vão roubar a nossa energia também?

Tudo o que Noemi pode fazer é dar de ombros.

Mas o console dela se acende com uma mensagem de áudio recebida. Ela hesita por um segundo, então bate nos controles para ouvir.

– *Ah, qual é!* – A voz de Virginia Redbird estala no alto-falante. – *Não mereço nem um obrigada?*

• • •

Quando Noemi chega ao compartimento de pouso, a vedação de ar já foi liberada. As portas se abrem para revelar Virginia com um traje de voo vermelho tão pouco prático quanto sexy, o capacete embaixo do braço.

– Olá. Há quanto tempo não nos vemos – diz ela, tão casualmente como se tivesse encontrado Noemi na rua. Então Virginia gesticula em direção a Ephraim, que também desceu. – Ei, quem é o novo cara?

Noemi ignora isso.

– Virginia, o que você está fazendo aqui? Como nos achou?

– Acha que vim atrás de você? Um pouco autocentrada, não? – Virginia inclina a cabeça, quase ridiculamente satisfeita consigo mesma. – Talvez eu tenha decidido dar uma volta sozinha pela galáxia.

Não há tempo para isso. Noemi cruza os braços.

– A Via Láctea tem cerca de cento e vinte mil anos-luz. Contém aproximadamente quatrocentos bilhões de estrelas, cerca de cem bilhões de planetas. Você vai mesmo dizer que nos encontrar foi uma *coincidência*?

Se Abel estivesse aqui, ele recitaria as probabilidades exatas envolvidas. Com uma sacudida, ela se lembra de sua última visão dele, deitado inconsciente ao alcance do Charlie.

Virginia dá de ombros, como se dissesse: *O que você pode fazer?*

– Está bem, está bem. Acontece que, quando dois mecans destroem seu esconderijo secreto e perseguem alguns fugitivos, disparando todos os alarmes de segurança, bem... seu esconderijo não é mais tão secreto assim. – Ela suspira. – Eles encontraram todo o equipamento que pegamos emprestado, até o nosso criador de... hum, cigarros. Fui suspensa por um mês sem pagamento, sem comunicação com minha casa. Por sorte eles acharam que vocês dois me fizeram de refém, e ninguém deu falta do dispositivo termomagnético, caso contrário eu provavelmente estaria presa.

Noemi se concentra no dispositivo termomagnético. Se ninguém sabe que foi roubado, ninguém pode descobrir seus planos. Proteger a Gênesis ainda é mais importante para ela do que qualquer outra coisa, mas não é mais a única coisa que importa. Abel também, Ephraim e a própria Virginia.

– Desculpe por termos criado problemas para você.

– Você está brincando? Essa foi a coisa mais incrível que já aconteceu comigo na vida. Estamos falando da vida toda. – O sorriso de Virginia volta ao rosto. – Bem, eu já tinha a minha nova nave, e muita curiosidade para saber exatamente para onde o mecan mais avançado da galáxia estava indo, então tomei os céus. Ludwig não foi pego, por isso ele conseguiu cavar arquivos de segurança e me mandar algumas especificações da sua nave. Fui para Kismet primeiro... o que é, argh, muito turístico. Quando não encontrei vocês, pensei em tentar aqui e, de fato, assim que entrei na órbita de Stronghold, vi uma nave decolar com pressa com veículos de busca nas proximidades, e essa nave parecia muito como as especificações de Ludwig. Você acha que eu não ia verificar? Agora, sério, quem é o novo cara e onde está Abel?

Ephraim franze a testa.

– O que você quer dizer com o mecan mais avançado da galáxia? A Gênesis não tem nenhum mecan.

É a vez de Virginia parecer confusa.

– Por que você está falando sobre a Gênesis?

Noemi se entrega.

– Cada um de vocês têm metade da história. É hora de contar tudo.

• • •

– Eu não sei como me sinto sobre isso – diz Virginia enquanto ela segue Noemi de volta para a ponte de comando. – Gênesis... vocês... eu não concordo com o que você está fazendo. De jeito nenhum.

– Eu também não tenho mais certeza se concordo – confessou Noemi. – Mas sei que tenho que deter o Ataque Masada.

Ephraim ficou paralisado com sua parte de informação nova.

– Abel *não pode* ser um mecan. Ninguém criou um tão inteligente. Mesmo que isso acontecesse, seria ilegal. Mas ele conseguiu pousar o veículo médico em um trem acelerado. Hum. Eu passei todo esse tempo conversando com um mecan e não percebi? Preciso sentar.

Noemi não o culpa. Ela traz o calendário temporário improvisado que Abel montou, aquele que lhe diz quanto tempo antes do Ataque Masada. São apenas mais... seis dias. Não é muito. Não é muito mesmo.

Mas é tempo suficiente.

– Nós temos que encontrar Abel. – Noemi senta no banco do piloto, reunindo sua coragem. – A Rainha e o Charlie simplesmente... o calaram. Num instante. Era como um humano levando um tiro de blaster na cabeça.

– Senha à prova de falhas. – Virginia sorri, novamente sábia e presunçosa. Por um instante, ela faz Noemi se lembrar de Abel. – Só pode ser. Nada mais desativaria um mecan sofisticado tão rápido.

– Bem, eles fizeram isso com ele e o enviaram de volta para Mansfield antes que Abel estivesse pronto para ir. Então, a Rainha disse algo sobre Abel ter que cumprir algum propósito... assumir um... lugar legítimo... eu não sei. Não parece fazer sentido.

– Deixa eu ver se entendi direito. – Ephraim começa a contar com os dedos. – Burton Mansfield em pessoa criou Abel. Segundo você, Abel fala sobre o homem como se fosse seu pai em vez de seu inventor. Mansfield recuperou Abel. Não estou vendo o problema aqui. Quero dizer, Abel não vai ficar feliz em voltar para casa? Mansfield queria tanto que ele voltasse que enviou mecans para percorrer a galáxia procurando por ele, então ele provavelmente também está feliz. Certo?

Noemi tem que admitir que isso faz algum sentido... mas não o suficiente.

– Então, por que eles tiveram que abater Abel para conseguir isso? Abel disse que voltaria para casa sozinho. Em breve. Isso não foi suficiente para eles.

Finalmente, Virginia apreende a seriedade da situação.

– Lembra do que eu disse em Cray? O modelo Abel é muito, muito mais complexo do que qualquer mecan que já vi. Mais do que é permitido por lei. Mansfield o criou para que fizesse algo muito importante.

– Mas não importante o suficiente para falar sobre isso com Abel. – Noemi respira fundo antes de olhar para Virginia e Ephraim. Ela com seu traje de voo vermelho e ele com seus trajes médicos e casaco preto, eles parecem tão antigos quanto os mundos de onde vieram. Noemi jamais teria imaginado que ela encontraria duas pessoas tão estranhas, e muito menos que fosse confiar nelas.

Ela também não imaginaria que estaria disposta a arriscar tudo pelo bem de um único mecan. Mas aqui está ela.

– Eu vou atrás de Abel – diz ela. – Talvez ele esteja melhor onde está agora. Talvez esteja deslumbrado. Mas preciso ter certeza disso. Ele salvou minha vida tantas vezes, mesmo quando não precisava, mesmo quando achava que eu ia destruí-lo. Não era apenas a programação dele agindo... era o próprio Abel. A alma dentro da máquina. E não posso abandoná-lo sem descobrir se ele está bem. Se vocês quiserem sair da nave, podemos descobrir como fazer isso. Mas, se estiverem dispostos a vir comigo, eu ficaria grata pela ajuda. Abel também.

Depois de alguns momentos de silêncio, Virginia diz:

– Eu acho que este é um plano incrivelmente ruim, de verdade. Mas não tenho como deixar você ir sozinha em um viagem animada assim.

– Eu também acho que é um plano horrível. – Ephraim esfrega os olhos, parecendo cansado. – Mas como agora sou um fugitivo procurado, acho que vou com vocês nesse passeio.

– Obrigada pelo voto de confiança.

Mas eles não estão errados sobre o plano dela.

Ela só vai precisar elaborar um melhor.

Com o medo revirando a barriga, Noemi estabelece um novo curso. Os motores mag ardem, brilhantes, ganhando vida atrás deles, os impulsionando pelas estrelas, diretamente em direção ao próximo Portão.

Para salvar Abel, Noemi tem que encontrar Mansfield. E Mansfield com certeza está no último mundo que ela gostaria visitar, o que ela temia e odiava mais do que qualquer outro.

É hora, finalmente, de pousar na Terra.

32

Nuvens pesadas cobrem Londres, nas horas antes do amanhecer, a cidade é cinza-claro. O funil de Abel desce através das nuvens, por pouco tempo fica envolvido em névoa, e finalmente vê as luzes lá embaixo.

Londres. Ele conhece os padrões das ruas, os marcos históricos, tudo; ele sobrepõe o último mapa que viu com o que percebe agora para entender como a cidade mudou. Nada disso é tão importante, no entanto, como a estranha alegria do voltar ao lar. Ele sabia que os humanos eram sentimentalmente ligados às casas, cidades, lugares de que se recordavam com carinho – mas nunca tinha percebido que poderia ser igual.

Abel nunca voltou para casa antes.

A famosa neblina de Londres retornara no século passado, tão sutilmente perigosas quanto antes. O funil provoca redemoinhos na neblina enquanto pousa sobre uma plataforma alta e iluminada que cobre a maior parte da cidade. Abel atravessa uma das pequenas janelas redondas, o rosto dele fica azul por um instante por conta das luzes, e vê que uma festa de boas-vindas o está aguardando.

Ele olha para trás uma vez, para o mecan X que viajou com ele. Depois de entregar a mensagem de boas-vindas de Mansfield, ele ficou escuro, voltou a se sentar em seu canto e não se moveu mais. Seu corpo enorme, mudo e inconsciente, deixa Abel desconcertado, embora ele não possa explicar o porquê.

A porta do funil se abre automaticamente, dobrando-se para se tornar uma passarela. Conforme Abel sai, o modelo Item se apresenta para cumprimentá-lo. Como todos os modelos Item, ele parece ser um homem da Ásia Oriental com cerca de trinta e cinco anos, uma leve sutileza vista em modelos avançados. Os Itens lidam com trabalho qualificado, tarefas mais sensíveis, como experiências científicas. Eles podem fazer avaliações; eles podem até ser discretos. Os sorrisos deles parecem genuínos, como esse, agora.

– Modelo Um A. O professor Mansfield lhe dá as boas-vindas de volta à Terra.

Mesmo o ar tem o cheiro de fumaça que Abel associa a Londres.

– É bom estar aqui. – Melhor se ele tivesse voltado por vontade própria... mas ele falará disso em breve. – Onde está o professor Mansfield?

– Em casa, esperando por você.

Casa.

• • •

A cúpula geodésica ainda brilha com a mesma luz quente. A casa ainda parece um castelo prateado em uma colina, e o nevoeiro ao redor deles poderia ser a névoa de um encantador. Medidas de segurança extras foram adicionadas ao portão e à porta, mas assim que Abel entra, ele é envolto em uma familiaridade reconfortante: o cheiro de polimento de madeira e couro, o crepitar do fogo holográfico, o autorretrato de Frida Kahlo olhando fixa e atentamente a partir de uma moldura elaborada.

E, finalmente, *finalmente* – sentado no longo sofá de veludo...

– Abel. – O professor Mansfield sorri para ele com olhos lacrimejantes e estende os braços. – Meu orgulho e alegria.

– Pai. – Como um filho pródigo, Abel cai de joelhos para abraçar Mansfield com força.

Mas não muito forte. A igualdade reconfortante da casa apenas realça quanto o próprio Mansfield mudou. Ele é idoso agora, sua pele pálida está enrugada. O que resta de seu cabelo ficou completamente branco. Seus braços tremem mesmo no abraço, e ele perdeu tanto peso que Abel pode sentir seus ossos frágeis sob a túnica grossa. Não é de admirar que um modelo Tare paire em segundo plano, esperando e atento. A vulnerabilidade de Mansfield comove Abel ainda mais.

Depois de quase um minuto, Mansfield enfim libera Abel. Seu sorriso, pelo menos, não mudou.

– Agora me deixe olhar para você. – Mansfield afasta os cabelos dourados de Abel, depois franze a testa enquanto vê o pequeno corte deixado pela queda. – Aquela Rainha idiota fez isso? Não se pode acrescentar muito bom senso a um mecan de combate, ao que parece.

– Eu caí. Não é grave. Mas sobre a Rainha... você ordenou que ela parasse logo que eu fosse recuperado? Caso contrário, ela deveria ir atrás da pessoa que me resgatou.

Deve ter ido. A esta altura, tudo o que aconteceu entre a Rainha e Noemi já acabou há muito tempo, e Abel não tem poder de mudar isso. Ele vai conseguir apenas descobrir o que pode ter ocorrido. Quão temeroso precisa ficar.

– A Rainha deveria parar. Ela não se reportou a mim, então suponho que seguiu o procedimento padrão. – Mansfield gesticula para o modelo Tare, que rapidamente se apressa com uma tira de selante de pele. Em vez de deixar a Tare aplicar, Mansfield pega a tira, alisando-o com ternura sobre o corte de Abel com seus próprios dedos trêmulos. – Ela deveria ter colocado você na embarcação e se afastado. Supondo que a atualização que dei a ela não tenha dado nenhum problema.

– Ela eliminou a atualização – responde Abel. Talvez ele devesse revelar o motivo pelo qual a Rainha sentiu a tentação e o terror do livre-arbítrio. Mas essa conversa pode acontecer em algum outro momento. Outras questões são mais importantes. – Sem ordens específicas, ela não teria ido atrás de Noemi. Bom.

– Noemi? – Mansfield levanta uma sobrancelha. – É a garota com quem você foi visto?

– Sim, senhor. Noemi Vidal.

– Da Gênesis, suponho. Provavelmente nenhuma outra pessoa poderia ter encontrado você.

Isto, claro, está certo, mas Abel não quer enfatizar o status de Noemi como inimiga da Terra. Ele se atém ao que realmente importa sobre ela.

– Ela embarcou no *Daedalus* em um esforço para salvar uma colega ferida, no que falhou. Mas no processo ela restaurou a energia da nave e me libertou do compartimento de equipamentos.

E decidiu destruir o Portão Gênesis – é o que Abel deveria dizer em seguida. Mas, se ele fizer isso, só vai causar problemas para Noemi. Ninguém perguntou diretamente sobre os planos dela, então, por enquanto, ele pode permanecer em silêncio.

O olhar de Mansfield assumem uma expressão distante.

– Era lá que você estava, não era? Avançando os dados rígidos. Você ficou preso lá o tempo todo. – Ele balança a cabeça, visivelmente arrependido. – Tantos anos desperdiçados. Muitos.

– Não desperdiçados. – Abel quase não acredita que está dizendo isso, mas, tanto como é verdade, ele deve admitir. – Esse tempo teve valor para mim. Enquanto eu estava lá, tive que revisar meus arquivos de dados muitas vezes. Criei novas conexões, coisas novas para pensar. Dormi mais do que o estritamente necessário. Novas conexões neurais começaram a se formar. Eu sou mais esperto do que era antes. Sinto as coisas mais profundamente. Agora, quando eu durmo, às vezes até sonho.

– Sonha? Você consegue sonhar? – Mansfield ri em feliz descrença. – Sonhar! Eles são apenas lembranças ou sonhos de verdade, bizarros, carnavalescos?

Abel não tem certeza de como responder a isso.

– Bem, uma vez sonhei que você se transformou em um urso, eu tive que levá-lo nas costas para uma catedral gótica.

O riso se transforma em uma gargalhada.

– Sonhos de verdade! Oh, meu menino brilhante. Minha criação final. Você excedeu minhas esperanças mais loucas.

Essas palavras inundam Abel com a felicidade mais simples e descomplicada que ele experimentou em muito tempo. Mas mesmo esse brilho não o distrai do que é mais importante.

– Você pode enviar uma mensagem para Stronghold, para descobrir o que aconteceu com Noemi? Ela estava em perigo. Nós fomos ajudados por um médico que queria nos proteger. Todos chegamos ao hangar antes que a Rainha e o Charlie nos parassem, e depois disso... eu não sei se ela saiu do planeta ou foi presa. Eu me sentiria melhor se soubesse o que aconteceu.

Isso não produz o efeito que Abel tinha previsto. Mansfield se senta no sofá, olhando para Abel com uma espécie divertida de orgulho. O abajur Tiffany atrás dele emite sua luz laranja e verde vivo.

– A menina chegou à nave, não foi?

– Ela deveria ter conseguido...

– Mas o quê?

– Se ela foi presa, você poderia conseguir sua libertação. – Abel está certo de que Mansfield tem influência política suficiente para isso. – Se ela estiver livre, mas ainda não voltou à Gênesis, talvez possa vir aqui.

– Um soldado da Gênesis ia *querer* vir aqui?

É uma pergunta justa. E certamente, a prioridade de Noemi será a obtenção de um mecanismo para seu plano de destruir o Portão Gênesis. Por que ela teria uma necessidade tão ilógica de visitar a Terra?

Não precisa ser uma visita. Abel diz:

– Preciso saber que ela está segura e bem. Só isso.

Mansfield inclina a cabeça, curioso.

– Me conte mais sobre Noemi Vidal. Como ela é?

Como ele pode descrevê-la? Abel se senta no tapete turco ricamente estampado para pensar. Os únicos sons são o tique-taque do relógio de pé e o estalar do fogo que está próximo o suficiente para compartilhar sua luz.

– Ela é... corajosa. Foi a primeira coisa que soube sobre ela. Ela também é engenhosa, inteligente, mas às vezes tem um temperamento terrível. Ela pode ser impaciente, e vai rir de você se achar que você é muito orgulhoso. Ela sempre acha que sou muito orgulhoso. Mas depois de um tempo não me incomodava mais ela rir. A essa altura, ela sabia do que eu era capaz e... ela me respeitava. Quando percebi que ela me respeitava, não tinha mais problema ela rir. Isso é normal?

Mansfield dá de ombros da maneira que, Abel sabe, significa *continue*.

Então ele o faz:

– É importante para mim que Noemi esteja segura, mesmo agora que ela não é mais minha comandante e minha programação não exija lealdade contínua. Eu preferia estar com ela, ou pelo menos perto dela, que estar sozinho. Por algum motivo, muitas vezes penso em seus cabelos, que não são dignos de nota por qualquer padrão objetivo, mas parecem bastante satisfatórios para ela. Quero saber o que ela pensa e contar a ela tudo o que aconteceu comigo, e eu... – Ele para de falar quando Mansfield começa a rir. Franzindo a testa, Abel diz: – Eu não tinha a intenção de ser engraçado.

– Eu sei, eu sei. Estou rindo porque estou encantado. – A mão de Mansfield pousa no ombro de Abel. – Você se apaixonou, meu filho. Eu fiz um mecan capaz de se apaixonar.

O espanto de Abel é tão grande que ele leva quase três quartos de segundo para restaurar a conversa normal.

– Eu me apaixonei? Isso... esse sentimento... isso é amor?

– Ou algo muito parecido. – Mansfield se senta, cansado mesmo desses pequenos esforços, mas ainda sorrindo. – Uma pequena complicação, mas imagino que possa ser trabalhada.

Inclinando-se no sofá, Abel começa a considerar algumas de suas memórias de Noemi sob essa luz. Algum evento despertou esse sentimento? Ele não consegue escolher apenas um. Mas uma parcela de suas atitudes estranhas dos últimos dias – a maneira como ele tocava os cabelos de Noemi, ou a curiosa devastação que sentiu ao vê-la tão doente no hospital – só agora ele compreende.

Ele não está quebrado. Em vez disso, está melhor do que nunca. Mais humano.

Mansfield tosse uma vez, e mais uma, e de repente é como se ele fosse dominado. Seu corpo inteiro vibra a cada tossida. O modelo Tare apressa-se de novo, desta vez com uma máscara enriquecida com oxigênio. Ela toma o rosto de Mansfield por alguns segundos e faz com que ele volte a respirar normalmente.

Enfim, Mansfield a dispensa, recostando-se de novo no sofá.

– Como você pode ver, não tenho me divertido tanto quando você, meu filho.

Por mais empolgantes que tivessem sido os últimos dias com Noemi, Abel pensa que não superam as três décadas anteriores de solidão, durante as quais ele não estava, de modo algum, se divertindo. Mas ele entende que isso é apenas uma continuação da conversa, desajeitada, mas irrelevante.

– Você está bem?

– Estou velho, Abel. Mais velho do que tenho o direito de ser. – Seus olhos reumáticos se fecham. – Mas eu não podia partir, podia? Não enquanto você ainda estivesse perdido por aí. Eu estava esperando. Esperando, esperando. Todo esse tempo, esperei por você.

Abel pega as mãos de Mansfield, um tipo de carinho espontâneo que ele nunca demonstrou antes.

– Eu também esperei por você.

– E agora você está em casa. – Quando Mansfield abre os olhos de novo, eles parecem ter recuperado o foco. – Me ajude a ir lá para fora, Abel.

Mansfield se inclina sobre o braço de Abel e, juntos, saem para os jardins dos quais Abel se lembra tão bem. Mas ele não se lembra dele assim. Nenhuma das flores está aberta; embora ainda seja o início da primavera na Terra, pelo menos algumas já deviam ter florescido a essa altura. Em vez disso, folhas caem e as videiras estão murchas. O verde ainda domina o marrom, mas não muito. Até a lavanda se foi. Abel sempre adorou o cheiro da lavanda, o modo como a brisa o espalhava...

– Triste, não é? – diz Mansfield, balançando a cabeça. – Nós não podemos nem mais comprar a beleza. Não podemos trabalhar para isso. Às vezes eu acho que a Terra não tem mais o que oferecer.

Emocionado, Abel aperta a mão de Mansfield, que aperta seu braço. Eles compartilham um sorriso triste.

– Aonde você vai? – pergunta Abel. – Depois da Terra.

Parece possível – provável – que Mansfield não viva o suficiente para enfrentar esse desafio. No entanto, apontar a morte iminente do seu criador parece desagradável.

Mansfield também não reconhece a própria fragilidade.

– Espero ter muitas opções. Venha, vamos dar uma olhada na oficina.

Lá embaixo, no porão da cúpula geodésica, fica a oficina de Mansfield – uma palavra antiquada para um laboratório altamente sofisticado, mas serve. As paredes são de tijolos, não polímeros; as mesas são de madeira e não de plástico. Quando Abel, novo em folha, passou pelos testes iniciais de inteligência, Mansfield comemorou substituindo as janelas por vitrais, muito parecidos com seus adorados abajures Tiffany. As tábuas do piso foram desgastadas por décadas de passos, traçando caminhos pálidos e arranhados entre o terminal principal do computador e os tanques.

Muitos tanques, Abel percebe, mais do que antes. Os tanques longos agora se estendem por todo o perímetro do porão, seis de cada lado. Dentro do redemoinho rosa, mecans indistintos crescem rumo ao seu ponto de ativação. Alguns estão quase completos – um pé bate contra o vidro, revelando cinco dedos perfeitos –, mas outros ainda são nebulosos, dificilmente mais do que uma gota opaca congelando em torno da sustentação artificial.

A produção em massa ocorre em outros lugares. A oficina sempre foi reservada para projetos de pesquisa, para os mecans que Mansfield considera especiais. Abel acordou aqui.

– No que você está trabalhando? – pergunta ele. – Novos modelos?

– Potencialmente. As pessoas têm pedido mecans de tamanho infantil. É mais difícil congelar os componentes orgânicos antes da maturidade completa... mas talvez não seja impossível. De qualquer forma, pretendo tentar. – Mansfield suspira. – É melhor desgastar do que enferrujar, meu filho.

– É claro, pai. – Abel sempre considerou que era uma frase estranha para seres humanos dizerem, mas se aplica muito bem a ele.

– Eu criei esses tanques poucas de semanas depois de perder o *Daedalus*. – Mansfield cambaleia para a poltrona instalada perto da mesa mais larga. – Passamos décadas tentando recriar a maior conquista da minha carreira e falhamos.

Abel sabe o que Noemi pensaria de sua próxima pergunta, mas ele tem que perguntar.

– Você está dizendo que você tentou... me recriar?

Mansfield parece surpreso.

– É claro que tentei. Você é o maior salto cibernético que já aconteceu, e pensei ter perdido você para sempre. Deixando todas as outras considerações de lado, teria sido um crime contra o conhecimento humano não ver que eu poderia fazer outro.

– Claro. – Isso faz sentido. Mas Noemi tinha razão sobre Abel ter um ego, porque agora ele está definitivamente ferido. Mansfield pretendia substituí-lo e agora, ele poderia não ser mais o mecan mais avançado da galáxia.

No entanto, sua decepção desaparece ao lado da curiosidade, nova e brilhante. Perder seu status singular pouco importa se isso significa que ele não estará mais sozinho. Se existirem outros como ele, eles poderiam ser irmãos de uma espécie?

– Agora existem outros modelos A?

Mas essa breve esperança morre no momento em que Mansfield balança a cabeça.

– Eu disse que tentei. Não que consegui. Você foi tão perfeito desde o início, acho que pensei que poderia fazer outro se fosse preciso. Mas eu estava errado. Os mesmos projetos, os mesmos materiais, mas não os mesmos resultados. Sempre, sempre, havia algo fora de equilíbrio. Essa centelha que você tem é só sua. Eles saíram fisicamente iguais você, e muito inteligentes... alguns *muito perto*, mas nenhum deles poderia alcançá-lo. Nenhum deles tinha a mente que eu estava procurando. Tive de desativá-los, um por um. Acabei desistindo.

Outros mecans que pareciam com ele, que tinham inteligência suficiente para ter um senso de si... e todos foram desativados. Todos considerados defeituosos, em vez de serem apreciados pelo milagres que eram. A ideia é profundamente preocupante, mas Abel não sabe como dizer isso a Mansfield, ou se deveria. O que está feito está feito.

Mas esses irmãos perdidos o assombram.

Por enquanto, eles têm assuntos mais urgentes para discutir.

– Você vai enviar a mensagem para Stronghold agora?

– Qual mensagem?

Talvez a senilidade tenha começado a agir. Abel explica:

– Para se certificar de que Noemi partiu de Stronghold em segurança em vez de ser presa. Se ela está presa, então a mensagem serve para libertá-la.

– Você quer que sua namorada seja trazida a você por um monte de mecans de segurança? – Mansfield ri. – Duvido que ela vá achar isso muito romântico.

– Eu nunca ia querer que ela fosse a qualquer lugar contra a vontade. É exatamente por isso que quero ter certeza de que ela está livre. Então ela pode ir para onde precisa. – Mais uma vez, Abel pensa na iminente destruição do Portão Gênesis, mas não diz nada.

Mansfield o dispensa.

– Cada coisa a seu tempo, Abel. Vamos fazer alguns exames novos, está bem? Quero mapear essa sua nova mente complexa.

Abel quer insistir, fazer Mansfield entender, até que percebe que ele já entende.

Mansfield sabe que Noemi poderia estar em risco; ele sabe o quão profundamente Abel está preocupado com ela.

Ele só não se importa.

Abel descobriu que poderia discordar de Mansfield, que poderia até criticá-lo. Mas esta é a primeira vez que duvida de seu criador.

Ainda assim ele deve obedecer a todas as palavras de Mansfield.

Devagar, Abel se senta na cadeira de exame e permite que as barras de sensores se curvem em sua cabeça. Quando Mansfield sorri para ele, ele sorri de volta.

33

— LÁ ESTÁ ELA — DIZ VIRGINIA COM ALEGRIA, QUANDO A IMAGEM APArece na tela abobadada. – A Terra.

Olhando fixamente, Noemi cobre a boca com uma das mãos. Ao seu lado, ela ouve Ephraim sussurrar:

– Meu Deus.

Mesmo da órbita, ela pode ver como as regiões equatoriais se tornaram marrons e secas. A vegetação existe apenas em faixas estreitas ao redor dos polos derretidos. Noemi estudou a geografia da Terra na escola, na aula de história pré-mundo, então ela consegue identificar alguns lugares, ou pelo menos, o que costumavam ser: a árida China, a ainda verde Dinamarca e o lar de seus antepassados – o Chile –, quase completamente inundado pelo mar escuro demais, com apenas as pontas dos Andes para fora, como uma cadeia insular. A ilha vizinha, onde algumas pessoas de seu povo já moraram, Rapa Nui, há muito foi engolida pelo oceano.

– Nunca vi isso antes – murmura Ephraim. – Em Stronghold, eles mostram imagens da Terra, mas as antigas, eu acho. *Muito* antigas. Parece tão verde nelas...

– Não é assim já faz um tempo, pessoal. – Virginia cruza os braços atrás da cabeça e recosta, colocando os pés em uma parte inativa do console. – Honestamente, acho que parece um pouco melhor do que quando eu parti.

Noemi gostaria de brigar com ela por estar tão alegre a respeito de um mundo tão doente, mas ela ouve a pontada na voz da Virginia. Não é que Virginia não se importe, mas ela não quer ser vista se importando.

A família dela está lá embaixo. Embora para ela a família não possa ser muito mais do que uma ideia vaga, mesmo que não os tenha visto desde a infância e provavelmente nunca mais os verá, ainda são a família dela; e estão condenados a esse tipo de mundo.

À medida que a imagem da Terra cresce na tela, Noemi consegue ver a enorme quantidade de lixo espacial ao redor. Todo planeta habitado tem satélites, é claro. Mesmo a Gênesis, ao reduzir as tecnologias desnecessárias, nunca considerou a remoção de seus principais satélites de clima e comunicação. Mas dezenas de milhares circundam a Terra em todas as latitudes imagináveis, alguns deles ridiculamente desatualizados. Algumas estações espaciais permanecem ativas, embora sejam tão antigas que Noemi não pode acreditar que alguém aceite pisar lá dentro. Provavelmente eles são operados por mecan.

Nenhuma saudação planetária padrão é transmitida para a nave. Isso confunde Noemi até que ela percebe – os outros mundos têm que se identificar, para dizer por que são importantes. A Terra não precisa. É de onde eles vieram, e a quem eles respondem de certa forma. Não há outro poder, nenhum outro planeta, que possa se comparar à Terra.

Para se orientar, ela zapeia através de canais comerciais – atordoada pelo incrível fluxo de informações e entretenimento projetados aos habitantes da Terra em todas as direções; e com como o puro desespero existe lado a lado com as preocupações mais triviais. O programa de tradução projeta legendas abaixo das transmissões em outros idiomas:

"... O PRIMEIRO-MINISTRO HOJE LEMBROU AOS CIDADÃOS QUE ELES SÃO RESPONSÁVEIS POR TESTAR A PUREZA DE SUA ÁGUA... "

"... O HAMBÚRGUER TÃO DELICIOSO QUE VOCÊ NÃO VAI ACREDITAR QUE NÃO É DE CARNE DE VERDADE... "

Um homem fica de pé diante de uma paisagem urbana rodeada de fumaça negra e as legendas dizem: TUMULTO CONTINUA EM KARACHI ENQUANTO OS ESFORÇOS PARA COMBATER A FOME FALHAM.

"... ÀS VEZES O MECAN NÃO É O SUFICIENTE, SABIA?" – Uma mulher pisca para a câmera, cutuca o modelo Peter seminu ao lado dela; ele sorri sem hesitar. "ENTÃO SE PRECISAR DE UMA AJUDA EXTRA PARA ULTRAPASSAR OS LIMITES... "

"... A PROMESSA DE IMPLANTES BIOMÉDICOS QUE REDUZIRÃO, ELIMINARÃO OU TALVEZ ATÉ REVERTAM DOENÇAS COMUNS COMO... "

Um homem jovem e estranhamente brilhante canta uma música no que parece ser Farsi, a letra elogia os sais de banho que deixam sua pele azul glacial por vinte e quatro a quarenta e oito horas, enquanto ainda deixa claro que os resultados não são garantidos.

"A RESPONSÁVEL PELO BOMBARDEIO NO FESTIVAL DA ORQUÍDEA, E CONHECIDA LÍDER DO REMÉDIO, RIKO WATANABE FOI PRESA HOJE EM LONDRES COM MÚLTIPLAS ACUSAÇÕES DE TERRORISMO." A tela mostra Riko – pálida e machucada, mas o queixo ainda erguido enquanto era conduzida através de multidões imigrantes para o que devia ser um tribunal. Noemi engasga. Embora não possa negar a culpa de Riko, ainda fica abalada pela visão de alguém que ela conhece algemada, nas garras da Terra. "FONTES INDICAM QUE UMA NEGOCIAÇÃO SÓ É POSSÍVEL SE WATANABE NOMEAR OUTROS MEMBROS DO REMÉDIO."

Ephraim geme com desânimo. Os olhos de Virginia se arregalam quando ela diz:

– Ah, droga. Ela conhece você, não é?

– Não diretamente – responde ele –, mas temos contatos em comum. Se ela começar a dar nomes, não vai demorar muito para as autoridades da Terra encontrarem meus amigos. Já estou ferrado, mas se algo acontecer a eles... – A voz dele some e, pela primeira vez, seus olhos escuros demonstram medo, não por si mesmo, mas pelos outros.

Noemi fecha as comunicações e se recompõe.

– Ok, já chega disso. Agora vamos encontrar Abel.

Virginia olha por cima do ombro, jogando seu rabo de cavalo com mechas vermelhas para o lado.

– Alguma ideia de como começamos? Abel é único, mas não é o tipo de exclusividade que podemos ver da órbita.

– Encontraremos Burton Mansfield. Onde quer que esteja Mansfield, foi para lá que levaram Abel. – Noemi tem certeza disso, como se ela tivesse planejado isso sozinha.

– Como vamos fazer isso? – pergunta Ephraim.

Virginia dá uma olhada para ele.

– Burton Mansfield é um dos seres humanos mais ricos, mais poderosos e conhecidos da Terra. Alguém vai saber onde ele está.

– Sério? – A surpresa de Ephraim é genuína. – Em Stronghold, quanto mais poderosas as pessoas são, é menos provável que você consiga obter informações pessoais sobre elas.

– Bem, na Terra, eles adoram os ricos e famosos – diz Virginia. – Ei, Noemi, você tem certeza de que eles não levaram Abel para algum laboratório secreto? Mansfield está muito velho. Mais do que a maioria dos habitantes da Terra, eu diria. Até agora, outra pessoa poderia estar encarregada de estudar Abel.

Balançando a cabeça, Noemi se levanta da cadeira e se aproxima da tela.

– Abel é especial para Mansfield. Pessoal. Insubstituível. Enquanto Mansfield estiver vivo, ele vai querer Abel ao seu lado.

As mãos de Virginia começam a voar pelo console.

– Tudo bem, procurando a residência de um Burton Mansfield... e lá vamos nós. Ele mora no que parece ser a área mais elegante de Londres, na mesma casa que tem há... uau, quarenta e seis anos.

Claro que seria lá, pensa Noemi. *Foi o que Abel respondeu quando o George pediu seu local de nascimento.*

– Então vamos visitar Londres.

• • •

Eles trocam de roupa – Noemi veste uma blusa de gola alta e calças pretas do armário da capitã Gee, Virginia usa as coisas que deixara no porão da carga da nave (jeans e uma camiseta verde) e Ephraim põe a única roupa do tamanho dele que encontra, um macacão azul de mecânico. Noemi consegue reproduzir o trabalho de Abel bem o bastante para criar uma nova identidade falsa para a nave; os testes agora a identificarão como a nave particular *Atlas*. Uma pessoa que carrega o mundo inteiro nas costas, o peso o esmagando – ela está começando a saber como é essa sensação.

Eles pedem autorização de pouso no lugar mais próximo da casa de Mansfield, que é mais perto do que ela ousou ter esperança de que seria, não mais do que alguns quilômetros. Virginia sorri pela surpresa:

– Vamos lá. Londres é uma das cinco maiores cidades do mundo. Uma das maiores potências. Ninguém tem mais portos espaciais do que eles! Exceto talvez Pequim. Ou Nairóbi, ou talvez Chicago... mas, bem, é isso.

– Eu sempre assisti os *vids* de Londres – diz Ephraim enquanto o raio de tração da doca começa a guiá-los. – Posso não ser o maior fã da Terra, mas tenho que admitir: Londres parecia muito mais interessante do que qualquer lugar em Stronghold.

– Assim como todos os outros lugares – diz Virginia, o que lhe rende um olhar de Ephraim. Noemi ignora os dois, tentando acalmar as estranhas vibrações que queimam em sua barriga, até a nave se instalar no chão, e então não há como segurá-las.

Estou aqui. Realmente estou aqui.

Quando ela olha para Virginia e Ephraim, vê o próprio medo e reverência refletidos nos rostos deles. Os três caminham juntos para a área de saída e ali enquanto Noemi aperta um botão no painel. As portas prateadas se abrem para permitir que ela dê seus primeiros passos no planeta Terra.

Para além da doca comum, está a maior e mais antiga cidade que Noemi já viu. Na Gênesis, um edifício com setenta e cinco anos é histórico; só a partir da doca, Noemi vê fileiras de casas que devem estar mais próximas de quinhentos anos, e uma rua pavimentada com paralelepípedos desgastados. Nessas ruas há veículos com rodas, aerobarcos, bicicletas e ônibus vermelhos brilhantes. As calçadas estão apinhadas de seres humanos de todas as idades e raças, andando por aí sem nenhum sinal de que são especiais. Quadros de avisos e hologramas iluminam várias fachadas e quiosques em cores atraentes, mas não tão intensas quanto na estação Wayland. Parece... animado. Tudo tem um cheiro químico e falso para Noemi, mas há uma estranha suavidade no ar, dizendo que, em algum momento das últimas horas, choveu.

E, apesar de todo o amor que Noemi sente pela sua Gênesis, há algo na forma como seu corpo reage a essa gravidade, essa atmosfera – uma facilidade onde ela antes não percebia o cansaço. Algo no fundo dela sabe que este é o verdadeiro lar da humanidade.

– Quando vão nos avaliar? – pergunta Noemi. Nenhum George chegou para pegar suas informações até agora.

Virginia ergue as sobrancelhas para a menina ingênua da Gênesis.

– Você está na Terra agora, lembra? Não precisa justificar sua presença aqui.

– Exceto para si mesma – murmura Ephraim.

– Vocês dois estão tão impressionados quanto eu. Sei disso, então parem de fingir que não estão. – Noemi arregaça as mangas. – Vamos lá encontrar Abel.

Então eles se afastam da doca, indo para a calçada, para se misturar ao resto da multidão. Para fingir que também são da Terra.

Depois de Stronghold, este ar não parece tão frio, mas é um pouco cortante. As poças de água da chuva se acumulam nos cantos das ruas e preenchem buracos nas calçadas, muitos deles. Os caminhos em frente às fileiras de casas já pareciam lotados, mas então eles viram em uma via principal, e Noemi arregala os olhos. Milhares de pessoas, todas a pé, andando com propósito, a maioria não olha para cima, algumas sorriem – e continuam, ombro a ombro, aparentemente para sempre.

E entre esses inúmeros rostos, ela reconhece alguns: mecans. Dois... três... não, mais do que isso...

Não há como ignorá-los: estão em todos os lugares.

Há um modelo cuidador, um Use, obedientemente carregando uma criança nos ombros. Um Yoke caminha com um pacote pesado cheio de artigos para limpeza. Uma Fox se dirige para sua próxima tarefa – ou, talvez, para seu dono, se alguém quiser manter um mecan de prazer por perto em tempo integral. Sagu, o modelo cozinheiro, carrega sacos de produtos... ou a comida mole e pálida que passa por fresca aqui na Terra. Em uma loja, há até um George, vendendo copo após copo de algo que cheira a café, mas não é.

Existem mais mecans do que pessoas? Não... mas há muitos, muitos deles. Noemi pensaria que seu tempo com Abel a teria dessensibilizado para estar perto de mecans. Em vez disso, ela não pode deixar de contrastar seus olhos entediados e murchos com os de Abel, tão claros e inteligentes e obviamente *vivos*.

As mãos de Ephraim estão nos bolsos da capa, e ele parece menos curioso sobre a Terra, os mecans ou qualquer um dos outros. Por mais que Noemi esteja estupefata, ela não pode ignorar a expressão sombria dele.

– Você está bem?

– Depende do que você chama de *bem*. Se está se referindo a "não sentir dor neste segundo", sim, estou bem. Se você quer dizer "não culpado de traição ou correndo o risco de ser entregue por uma terrorista apenas para que ela possa salvar a própria pele", não, definitivamente *não* estou bem. Estou tão longe de bem quanto já estive.

– Você acha que Riko entregaria você? – pergunta Noemi em voz baixa.

Ephraim dá de ombros.

– Como eu poderia saber? Tudo o que sei é que Watanabe é cruel. Eu não sei quais são as prioridades dela nem conheço seus princípios morais, mas com certeza não são iguais aos meus.

Noemi tentou formular um cenário plausível em que ela e Abel tivessem obrigado Ephraim a ajudá-los, algo que garantisse a segurança de Ephraim quando ele voltasse para Stronghold, e não encontrou absolutamente nada.

– Eu sinto muito.

– A culpa não é sua. Se você conseguisse pagar uma dívida de honra sem que isso lhe custasse nada, não teria realmente retribuído, não é? – Ephraim suspira enquanto a multidão aumenta ao redor deles. As nuvens tornam difícil dizer, mas Noemi tem quase certeza de que está escurecendo. A noite está chegando.

Virginia lança outro olhar para o leitor de dados em sua mão.

– Nós vamos virar à direita e... uou!

Eles param na esquina, olhando fixamente. A rua leva a uma colina, passando por um enorme portão de guarda. Um leve brilho no ar diz a Noemi que há um campo de força em torno de toda a área. Para além do portão há árvores, grama, um caminho sinuoso... E, no topo, uma magnífica casa com o teto em forma de cúpula, brilhando dourada no sombrio crepúsculo.

Ephraim murmura:

– Eu acho que encontramos Burton Mansfield. Mas como vamos ultrapassar tudo isso?

– Ah, vamos passar. – Virginia joga os cabelos para o lado. – Se eu não conseguisse passar por um campo de força, teria vergonha de dizer que sou uma Razer. – Então ela para de usar o tom arrogante: – No entanto, eu precisaria de mais equipamentos do que tenho. E levaria tempo. Provavelmente alguns dias testando diferentes abordagens, descobrindo como cobrir meus rastros.

Alguns dias. Os dias que os amigos de Noemi na Gênesis não têm. O Ataque Masada está muito próximo agora. Muito próximo.

– Parece muito bom lá em cima – diz Ephraim, e ele está certo. Noemi pode imaginar Abel quente e seguro lá, aproveitando as boas-vindas de seu criador, feliz por estar em casa, finalmente.

Espere. Ela não precisa imaginar.

Noemi arranca o leitor de dados de Virginia, que resmunga. Alguns ajustes rápidos o transformam em uma espécie de câmera com visor, que focar na casa para que Noemi possa ver o jardim.

E lá, de pé, estão Abel e Burton Mansfield.

A imagem corta o coração de Noemi, bonita e dolorosa ao mesmo tempo: Mansfield tão idoso que mal pode andar, apoiado pelo braço de Abel. Quando eles sorriem um para o outro, com tristeza, o carinho entre os dois é evidente.

– É Abel – sussurra Noemi.

Ela quer correr para ele, se por nenhum outro motivo, para se despedir. Mas que direito ela tem de jogar essa carga sobre ele? Parece que ele está exatamente onde quer: em casa.

É onde ela precisa estar.

– Bem? – pergunta Virginia. – Ele está bem?

– Ele está bem. Ele está... bem. Eu acho. – Noemi engole em seco; sua garganta está apertada, contendo a emoção que ela não sabe como processar.

– Então, toda essa viagem foi à toa – diz Virginia.

Ephraim balança a cabeça.

– Não à toa.

Virginia revira os olhos.

– Sim, eu sei, nós nos certificamos de que Abel está bem, é o que os amigos fazem, e não tenho certeza de como acabei amiga de um mecan, mas...

– Não foi isso que eu quis dizer – diz Ephraim, cortando Virginia. Ele encara Noemi. – Eu tinha uma dívida de honra com a Gênesis. Eu paguei. Mas do meu ponto de vista parece que você me deve uma agora.

– ... Eu acho que sim. – Noemi deixa o leitor cair. Abel está levando Mansfield de volta para casa e, por algum motivo, ela não quer vê-lo sair de sua vista pela última vez. – Então, como faço para recompensar você? Levo você de volta para Stronghold?

– É tarde demais para isso. – Ephraim sorri sem medo. – Você vai me ajudar a tirar Riko Watanabe da prisão.

34

— AQUI, DÊ UMA OLHADA. — MANSFIELD GESTICULA EM DIREÇÃO A sua mesa, sorrindo para Abel com benevolência. – Gostaria de ver como é um verdadeiro Prêmio Nobel, não gostaria?

Abel pega o prêmio, avaliando seu peso e suavidade.

– Eu achei que os prêmios fossem feitos de ouro puro. Isto é uma liga.

– Não é fácil encontrar ouro hoje em dia. Ainda mais puro. Estamos ficando sem.

Mansfield balança a cabeça. Ele senta no sofá de veludo de sua grande sala, o fogo falso reflete no pêndulo do relógio de pé e bate sobre ele. Ao redor deles, em um suave holograma, estão os membros da Academia na cerimônia do Prêmio Nobel – até que cintilam e são substituídos por uma imagem de Mansfield mais novo, talvez apenas um ano ou dois mais velho do que quando abandonou Abel, com os braços em volta de uma menina sorridente vestindo um capelo de formatura.

– Ahh, e aqui está Gillian obtendo seu diploma de mestrado em Northwestern. Gostaria que você a visse novamente, Abel. Ela sempre se divertiu tanto com você.

Ele se lembra da filha de Mansfield, de cabelos ruivos e uma elegância fria. Ela não se "divertia" muito – mesmo naquela época, quando ele era novo, Abel tinha mais senso de humor do que ela. Mas Gillian nunca foi cruel ou desdenhosa, como os humanos são para muitos mecans. Seu interesse sempre pareceu sincero.

– Talvez nos encontremos em breve.

Mansfield lança a Abel um olhar inquisitivo, começa a falar, então pensa melhor no que ia dizer.

– Agora, olhe aqui. Este é o casamento dela, e aqui... esse é meu primeiro neto. O que você acha dele, Abel?

A criança, muito maior do que o tamanho real, se move dentro do holograma – a imagem foi tirada enquanto ele estava aconchegado em seu cobertor. Abel estuda o rosto pequeno e gordinho, que o interessa muito mais do que seria lógico.

– Vejo você nele. Os olhos, certamente. Talvez o queixo. As características de Gillian são ainda mais notáveis. – O que mais ele deveria dizer? Como pode colocar em palavras esse estranho e feliz fascínio que sente? – Ele é... Ele é muito fofo.

Isso faz com que Mansfield gargalhe de alegria.

– Excelente, excelente! Ah, Abel, você chegou mais longe do que jamais imaginei. Só sinto muito que foram precisos trinta anos de isolamento para mostrar isso em você.

É o mais próximo que Mansfield chega de se desculpar por abandonar Abel no *Daedalus*. Não que ele precisasse se desculpar – ele tinha que se salvar, é claro, porque qualquer vida humana tem precedência sobre qualquer mecan –, mas mesmo essa pequena expressão de arrependimento tranquiliza muito Abel.

E ele precisa mesmo ser tranquilizado. Desde que viu a oficina pela primeira vez, Abel se sentiu... cauteloso com Mansfield. Ele não está inteiramente certo do motivo, já que a oficina segue o procedimento padrão para a criação de mecans. E por que ele deveria se sentir estranho quando Mansfield está tão claramente emocionado por ter Abel de volta em casa? Eles vão comer uma refeição especial esta noite, algo que Mansfield planejou para uma grande ocasião. O mecan Sagu até pôs uma garrafa de champanhe para gelar.

Talvez ele não tema por si mesmo. Ele continua preocupado com outra pessoa.

– Pai, posso usar um dos canais de comunicação? – Ele sorri e põe as mãos atrás das costas, do jeito que os mecans inferiores fazem quando fazem uma pergunta. É importante deixar claro que ele não está exigindo nada, ou duvidando de seu criador, apenas pedindo um favor. – Eu gostaria de verificar as notícias de Stronghold mais uma vez.

Mansfield ri.

– Ainda está preocupado com sua garota?

– Ela não é minha garota. – Abel sabe que Noemi não sente por ele a mesma coisa que ele sente por ela. Noemi apenas o aceitou como uma pessoa e não como uma coisa. Isso não o incomoda nem um pouco. O simples fato de descobrir que a ama, que ele *pode* amá-la, o enche de gratidão por Mansfield, por Noemi, e até pelo compartimento de equipamentos. Ele sabe que não deve pedir mais do que isso, e não precisa. Sentir isso já basta. – Mas ela me ajudou a escapar. Gostaria, pelo menos, de agradecer a ela. Você não?

A pergunta pega Mansfield desprevenido.

– Nunca pensei nisso dessa forma. Você não acha que ela foi para casa na Gênesis?

– Provavelmente foi. – Então restam poucos dias antes do Ataque Masada. Noemi certamente voltará se puder. Mas, se não puder, ela logo vai perder a chance de salvar seus amigos e, talvez, o seu mundo. – Devemos ter certeza de que ela não está com problemas. É o mínimo que podemos fazer.

Sacudindo a mão frágil e manchada, Mansfield assente.

– Vá em frente. Verifique tudo o que quiser.

Abel faz isso, sentado na estação que foi remodelada para se parecer com uma escrivaninha do século XIX. Embora as notícias de Stronghold mencionem uma "suspeita de invasão na Estação Médica Central" e sugiram que um funcionário pode ser o responsável, nada é dito sobre nenhuma captura ou prisão. Nenhum cidadão da Gênesis é mencionado. Não há sequer um relatório sobre uma altercação no porto espacial, embora os monitores de segurança devam ter registrado parte dela. E quanto ao *Daedalus*? Nenhuma notícia da nave.

Quanto mais procura, menos satisfeito Abel fica. Ele havia se convencido de que encontraria notícias, principalmente porque ele quer muito saber o que aconteceu com Noemi. Parece que Abel também desenvolveu a capacidade de ter ilusões. No entanto, ele sabe que uma soldado da Gênesis, se encontrada em qualquer mundo colonizado ou na própria Terra, seria jogada de imediato em uma cela tão profunda que ninguém poderia encontrá-la.

Talvez Noemi tenha escapado. A nave estava bem ali. A Rainha e o Charlie estavam focados apenas nele; Mansfield disse que não iriam atrás de Noemi.

Mas Mansfield parece muito despreocupado. Muito certo de que Noemi não foi encontrada pelas autoridades.

É possível que Mansfield... tenha mentido?

Abel rejeita a ideia de pronto. Mas está consciente de que sua objeção é emocional, não racional. Isso também é novo.

Quando Abel volta para a sala, Mansfield permanece sentado no sofá de veludo, sorrindo enquanto observa um holograma da pequena Gillian brincando de chá com o pai. Ele era um homem mais jovem, mais jovem do que Abel jamais o viu.

– Vejo a semelhança – diz Abel. Se ele vai levar adiante o pedido para que Mansfield o deixe voltar a Stronghold, precisa ter certeza de que Mansfield estará de bom humor. Observar os cromossomos dominantes em seu material genético parece agradá-lo. – Entre mim e você. Nossas semelhanças são mais claras neste holograma.

– De fato, são. Eu fiz você um pouco mais bonito do que jamais fui, mas mantive a maioria das características. Afinal, não podemos ser todos Han Zhi. – Mansfield sorri com carinho para Abel. – Eu queria que a continuidade entre nós fosse clara.

Uma palavra parece estranha a Abel.

– Continuidade?

– Suponho que podemos falar nisso logo. Sagu vai terminar o jantar dentro de uma hora e, depois disso, bem, a grande aventura começa.

– Que aventura? – Abel duvida que seu criador esteja falando sobre ir a Stronghold.

Mansfield se acomoda no sofá.

– Abel, você é, de longe, o mecan mais sofisticado já criado. Eu posso justificá-lo como uma experiência, mas, para qualquer outra pessoa, você seria ilegal de criar ou possuir. Então, por que acha que construí você?

– Eu sempre presumi que você queria expandir o conhecimento humano. – Abel se lembra de se sentar diante de Virginia Redbird em Cray, observando seu deslumbramento ante sua complexidade e o que ela disse. – Mas acreditei que você poderia ter algum propósito específico para mim.

– Eu tenho, meu querido menino. Sempre tive. E esta noite, esse propósito será finalmente cumprido. Por trinta anos, pensei que nunca mais veria esse dia. – A voz de Mansfield treme. – Perdi toda a esperança. Então você chegou em casa a tempo.

Tecnicamente, Abel foi sequestrado e trazido de volta para este lugar, mas já não importa.

– Toda a esperança de que, pai?

Uma das mãos trêmulas de Mansfield acaricia o cabelo de Abel, depois pega um cacho entre dois dedos para examiná-lo.

– De ter um cabelo como este novamente...

– Pai?

– Seu cérebro é complexo o suficiente para conter o conhecimento e as experiências de mil seres humanos. Mas o que eu nunca soube era se você poderia ou não conter uma *mente*. Uma forma de pensar. Opiniões, crenças, sonhos. Se você poderia ter emoção. Agora você provou que pode. Finalmente eu sei que você é grande o suficiente para me carregar e me conduzir pelos próximos cento e cinquenta anos.

– ... Eu não entendo...

– Transferência de consciência – diz Mansfield. – Já faz algum tempo que temos a tecnologia, mas o problema era que não havia nada para onde transferir a consciência humana. Você não pode sobrepor uma mente humana à outra; algumas pessoas tentaram, no início, e os resultados foram desastrosos. E outros mecans não têm a capacidade de conter nada tão... intricado. Tão sutil. Mas você tem, Abel. Depois que eu livrar sua mente da sua consciência, posso me transferir para dentro de você e retomar de onde você parou. Só que desta vez serei forte, jovem e quase invencível. Mal posso esperar para começar.

Abel fica imóvel, a expressão imutável, à medida que assimila o que foi dito.

Ele é... um recipiente. Apenas um recipiente. Nada do que ele tenha pensado ou sentido importa. Nunca importou. Não para Burton Mansfield.

Este é o seu extraordinário propósito. *Isto.* Tudo o que ele é, tudo o que foi e fez, será apagado em um instante. Ou talvez não seja em um instante... talvez demore muito e Abel fique ali, sentindo cada vez mais sua consciência ir embora...

– Eu pensei muito nisso – continua Mansfield. – Tomei o cuidado de garantir que você não se importasse. Sua principal diretiva diz que você deve cuidar de mim, não é?

– Sim, senhor. – Ele deveria ter dito *pai*? E não consegue, não agora. – Eu sempre quero proteger você.

Isso lhe rende um sorriso satisfeito.

– Agora você vai me proteger do maior perigo de todos: a morte. Você não acha isso maravilhoso? Claro que acha. Sua programação ordena que ache.

E sim. Ele acha. Mesmo enquanto Abel luta com esse reconhecimento, algo no fundo dele está feliz com a ideia de manter Burton Mansfield seguro para sempre, protegendo-o dentro da própria pele.

Mas os pensamentos de Abel evoluíram nos últimos trinta anos. Ele teve ideias e sentimentos que não têm nada a ver com sua programação. Ele teve experiências com as quais Mansfield só podia sonhar. Abel se lembra da voz de Noemi dizendo as palavras que significaram tanto para ele: "*Você tem uma alma.*"

E também: "*O maior pecado de Burton Mansfield foi criar uma alma e aprisioná-la em uma máquina.*"

Seu corpo não é uma prisão. É um veículo. Mansfield vai tirar a alma de Abel e pôr a sua no lugar.

– Eu entendo – responde Abel. Ele não consegue pensar em mais nada para dizer.

Isso satisfaz Mansfield.

– Está vendo, eu sabia que você entenderia. Teremos um delicioso jantar esta noite. Eu quero fazer esse corpo que estou usando se sentir muito bem antes de descartá-lo para sempre. Então, mais tarde, iremos até a oficina e começaremos. – O sorriso dele se alarga. – Este dia vai ficar na história como uma das maiores realizações científicas de todos os tempos. Burton Mansfield vence a morte. Vale outro Nobel, você não acha?

Uma tosse se agita na garganta de Mansfield, depois outra. Enquanto seus ombros balançam, Abel o aperta com delicadeza, segurando o velho enquanto a Tare se aproxima vindo de outro cômodo. Ele não pode fazer mais nada. Em primeiro lugar, ele cuida de Burton Mansfield.

– Ele precisa de oxigênio – diz a Tare de imediato. – Vou cuidar disso agora mesmo.

– A última vez dessa coisa insuportável, finalmente – sibila Mansfield.

Abel assente enquanto ele se levanta. Não há motivo para não se afastar, não enquanto a Tare está cuidando de Mansfield. Então, ele desce as escadas, para a oficina.

Seu local de nascimento e o lugar onde morrerá.

De que outra forma ele pode chamar o que está prestes a acontecer, senão de sua morte? O corpo de Abel continuará existindo, mas o corpo não foi o que o fez especial. Era sua alma, a alma que só Noemi conseguiu ver. Ela será destruída.

Os tanques borbulham e sibilam enquanto Abel anda entre eles. Agora que o sol está se pondo, os vitrais já não mostram uma boa luz. São apenas escuros. Duas cadeiras estão instaladas perto de um canto brilhante que poderia ser facilmente confundido com um recanto de leitura – mas o equipamento armazenado atrás deles conta uma história diferente. Este é o lugar onde Abel será convidado a se sentar e desistir de sua alma por Burton Mansfield.

Devo proteger Burton Mansfield. Devo obedecer a Burton Mansfield.

O que ele vai perder primeiro? As memórias dos trinta anos na nave? Isso pode não ser tão ruim. As línguas que aprendeu? Ou será um sentimento?

Então Abel percebe – seu amor por Noemi será arrancado dele. Destruído. O próprio amor não existirá mais.

Proteger Burton Mansfield. Obedecer a Burton Mansfield.

Abel se volta para olhar a parede oposta da oficina. Há a porta dos fundos que leva ao jardim, o que ele e Mansfield atravessaram há pouco. Ninguém ativou o bloqueio de segurança.

Obedecer a Burton Mansfield.

Mas Mansfield não ordenou que Abel se submetesse ao procedimento. Ele espera, deseja, mas não ordenou – e essa lacuna faz toda diferença na programação de Abel.

Devagar, ele caminha em direção à porta, esperando ser detido a qualquer momento. Não pela Tare, nem mesmo por Mansfield, mas por algo profundo dentro de si, algum outro tipo de segurança que o impedirá de abandonar seu "propósito final". Em vez disso, ele continua, fecha sua mão lentamente ao redor da maçaneta e abre a porta.

Do lado de fora, não muito longe, as multidões de Londres se agitam. Eles estão logo depois da colina, não muito além do portão de ferro. Abel pode ultrapassá-las em um instante, se ele ao menos puder começar.

Um passo.

Então outro.

Ele olha de volta para a casa, para a oficina onde nasceu, e se lembra de sair do tanque e olhar para o rosto encantado de Mansfield.

Abel se vira e começa a caminhar, depois anda mais rápido e, por fim, corre tão rápido quanto pode.

35

A GÊNESIS TEM POUCAS PRISÕES. APENAS OS INDIVÍDUOS VERDADEIramente perigosos para os que estão à sua volta perdem a liberdade. Espera-se que outros malfeitores trabalhem para sua expiação – às vezes trabalho duro e ingrato – e seus movimentos são controlados por sensores, mantidos perto do trabalho e de casa. Mas, em sua maior parte, eles ficam em casa. O Conselho Ancião diz que as pessoas são mais propensas a alterar seu comportamento quando têm alguma chance de manter seu lugar na comunidade.

Particularmente, Noemi sempre teve dúvidas sobre esse sistema de justiça. Talvez ela tenha uma mentalidade sanguinária, mas parece injusto para ela. Alguns criminosos recebem penas muito brandas, em sua opinião.

Mas agora, olhando para a prisão Marshalsea em Londres, Noemi acha que jamais conseguiria condenar alguém a viver em algo tão cinza e proibitivo quanto isto.

Um enorme polígono de lasers envolve uma série de celas de metal, empilhadas em colunas como caixas de armazenamento. As lacunas entre os lasers não medem mais do que alguns centímetros. A prisão fica numa rua isolada, parecendo uma masmorra rodeada de fogo de um conto de fadas, um dos antigos e assustadores. Poucos veículos passam, e aqueles que o fazem utilizam a velocidade máxima. Ninguém quer olhar isso por muito tempo.

– Então, vamos lá – diz Virginia. Ela está usando o leitor de dados para verificar a Marshalsea, enquanto Noemi e Ephraim olham embasbacados para a prisão em si. – Isso era uma prisão, tipo, há quinhentos ou seiscentos anos. Então eles se livraram daquilo, e por um longo tempo este foi um bairro muito elegante, mas começou a ficar desgastado cerca de duzentos anos atrás. Então, há quase um século, eles acabaram construindo uma nova prisão exatamente no mesmo lugar. Mas a antiga era só, tipo, para devedores ou algo assim. Eles costumavam colocar pessoas na prisão por dever dinheiro... louco, né? Mas agora esta é de segurança máxima.

– Não brinca – diz Noemi, olhando os lasers.

– Eu sei que isso não vai ser fácil. – Ephraim fala devagar, com gravidade. Ele se vira e olha para Noemi como se pudesse fazê-la ficar apenas com o olhar. – Mas lembre-se do que falei sobre dívidas de honra. Você não pode pagar com facilidade. Tem que lhe custar algo.

– Eu devo isso a você – concorda Noemi. – Estou pronta para pagar.

Virginia levanta a mão.

– Gostaria de lembrar que não tenho dívida de honra com *ninguém*.

Apesar de Ephraim estremecer como se ela lhe desse dor de cabeça, ele diz:

– Virginia, se você não quiser, não precisa fazer isso.

– Na verdade, sim, ela precisa. Caso contrário, não temos chance. – Noemi se volta para Virginia, as mãos juntas na frente dela. – Você pode nos colocar lá, certo? Desligar algum sistema de segurança?

– Claro que posso. Eu sou uma Razer, não sou? Não há nenhum código que eu não consiga quebrar.

Temporariamente distraída, Noemi sorri.

– "Quebrar" é inspiração para os Razers?

Virginia bateu na testa.

– Eu não te disse? Eles vão me matar por isso...

– Se pudéssemos nos concentrar – diz Ephraim, com calma.

Um veículo acelera e todos ficam em silêncio, como se os passageiros os ouvissem. Noemi abaixa, tem medo de ser observada. Mas qual é o objetivo disso? Nem guardas humanos nem mecans circundam o perímetro de Marshalsea; a tecnologia fornece toda a segurança de que a Terra precisa.

Ou fornecia, até Virginia Redbird chegar.

À medida que o veículo desaparece na curva, Noemi e Ephraim se viram para Virginia, que suspira.

– Eu estou fazendo isso só porque vai ser divertido para caramba, mas só para constar: vocês dois ficam me devendo. "Dívidas de honra". Entendido?

– Entendido – promete Noemi. Ephraim assente, tão solenemente que a faz lembrar dos anciãos em sua terra natal.

Embora Noemi não se sinta bem por tirar uma terrorista da prisão, ela não está fazendo isso pela própria Riko. E está fazendo isso por Ephraim e os outros membros do Remédio que não concordariam com as táticas de Riko – aqueles que ainda poderiam ser aliados dignos da Gênesis.

O som do metal sendo triturado os faz saltar. Noemi se vira para ver que as células individuais da prisão (as cápsulas conectadas) estão se movendo. A configuração muda, arrastando as células e construindo uma matriz totalmente nova. *Claro*, ela pensa. *Isso dificulta as tentativas de fuga.*

– Isso vai continuar acontecendo? – Virginia se arrisca a perguntar.

– Meu palpite é que sim. – Ephraim passa as mãos pelos cabelos curtos, claramente dividido entre medo e exasperação. – Isso torna tudo mais difícil, eu acho.

– Não, não. – Um sorriso começa a se espalhar pelo rosto de Noemi. – Porque há um padrão para o modo como elas se movem.

O olhar de Virginia seria divertido em outras circunstâncias.

– E como você sabe disso?

– Porque é o mesmo padrão das cápsulas de descanso na estação Wayland. – Noemi quase decorou o padrão na primeira noite, quando ficou acordada por horas, incapaz de relaxar com um mecan ao seu lado...

... seu coração dói por um momento, lembrando-se de Abel. Quão inútil foi todo o seu medo e sua suspeita. Se ela pudesse voltar àquela noite, ficaria acordada até o amanhecer, conversando com ele até que não tivesse mais nada a dizer, embora não consiga se imaginar esgotando as coisas que gostaria de falar com Abel...

Seus pensamentos são interrompidos por Ephraim.

– Então, descobrimos o padrão. Mas isso só nos ajuda se soubermos em que cela nosso alvo está.

Virginia ergueu as mãos, balançando os dedos como um mágico provando que não há nada na manga.

– Deixe isso comigo.

• • •

O processo acaba que não tem nada em comum com um show de mágica. Na esquina, Virginia está largada em um banco, há mais de uma hora fazendo contato com o sistema de segurança da prisão, e outra hora murmurando coisas aleatórias para os dados com que está trabalhando.

– Se não é esse caminho, e não *aquele*, então tenho que *bater aqui*...

Durante essas conversas, Noemi e Ephraim fazem o longo, tedioso e necessário trabalho de permanecer nas sombras. Metade do tempo, eles ficam de olho nos guardas humanos que existem, mas são preguiçosos, complacentes, não esperam problemas e não pensam nada sobre os jovens que estão vagando pela calçada. É difícil para Noemi imaginar que alguém na Gênesis seja tão descuidado; depois de décadas de guerra, seu povo sabe permanecer cauteloso a todo momento. A riqueza e a paz da Terra deixaram as pessoas desleixadas.

Não que Noemi não divague uma ou duas vezes. Ela está de pé no planeta Terra, e até mesmo o bairro entediante e sem alegria ao redor da Marshalsea contém estranhezas que a fascinam: arquitetura de diferentes estilos e séculos, todos na mesma bagunça de edifícios colados parede com parede. Os vários estilos de roupa usados pelas pessoas, tão variado que é difícil acreditar que são todos do mesmo planeta, quanto mais da mesma cidade. Luzes artificiais brilham forte no escuro, ao longo de todas as ruas, porque os moradores da Terra parecem considerar dia e noite meros estados mentais.

Na outra metade do tempo, ela e Ephraim observam as celas se moverem. Por um longo período, ela acha que não há nenhum padrão; talvez não houvesse, em uma prisão, onde a aleatoriedade pura funcionaria melhor. Mas depois de um tempo, eles veem: anéis concêntricos girando no sentido horário ou anti-horário, com as celas sendo lentamente empurradas para a borda exterior e retornando novamente.

– A gente vai ter uma ou duas chances de pegar a cela de Riko perto do chão – diz Noemi à Virginia. – Pelo menos hoje.

Ephraim não para de olhar para a prisão.

– Não importa. Podemos voltar aqui todas as noites, durante o tempo que for preciso.

Cinco dias. O prazo parece ser uma forca se apertando em volta do pescoço de Noemi. É o tempo que tem para impedir o Ataque Masada. Se chegar a ser uma questão entre sua dívida com Ephraim e o dever de proteger a Gênesis, ela terá que escolher seu lar. Mas como poderia abandonar Ephraim como um fugitivo, em um mundo que ele nem conhece, sem nem uma nave para chamar de casa?

Mas Virginia se ilumina.

– Estamos com sorte, pessoal. Acho que encontrei o nosso caminho. Ela está na cela número 122372, que se dirige para o perímetro em cerca de três minutos.

Instantaneamente, Ephraim está ao lado de Virginia.

– E você consegue fazer a gente passar pela grade nesse tempo?

– Ou morrerei tentando – responde Virginia. – Rápido, riam como se fosse uma piada e não como se eu estivesse falando literalmente de nossa morte.

Ninguém ri.

Por sorte, os guardas humanos estão do outro lado da prisão; Virginia afirma ter desativado as sentinelas e câmeras eletrônicas do nível inferior. Noemi fica tão perto da grade do laser quanto se atreve e se prepara para correr. Ephraim toma seu lugar à sua esquerda, e Virginia aparece à sua direita, ainda agarrando o leitor de dados, mas aparentemente preparada para participar de todas as etapas da fuga. Eles formam uma equipe melhor do que imaginam... Mas Noemi se sentiria muito melhor sobre suas chances se Abel estivesse aqui. Abel já teria desativado os lasers de segurança a esta altura. Ele poderia chegar à célula mais depressa do que qualquer um dos outros. Nenhum sistema poderia tê-lo parado.

– Ok – diz Virginia. – Prepare-se. Quando eu contar. Três, dois...

Uma janela da grade do laser fica escura. Não muito grande, talvez do tamanho de uma porta média. É o suficiente. Todos correm para lá a toda velocidade. Ephraim, musculoso por conta da poderosa gravidade de Stronghold, passa primeiro, mas Noemi está pouco atrás dele. Com base nos sons dos passos atrás, parece que Virginia está distante, mas ainda com eles enquanto atravessam o longo trecho de pavimento entre a grade do laser e as celas sempre em movimento de Marshalsea.

Os números parecem saltar da cela enquanto Noemi os reconhece e se inclina para a cela de Riko. Assim como Virginia previu, só agora ela faz contato com o chão. E isso não vai durar mais de alguns minutos. Terá que ser suficiente.

– Desbloqueie a porta – sussurra Noemi quando Virginia os alcança, ofegante.

– Entendido – diz Virginia entre suspiros. – Sério. Essa parte não... não é difícil. Não como... correr. A corrida é difícil. – Ela mexe no leitor de dados mais uma vez, até que enfim um clique metálico profundo soa dentro da porta da cela.

Ephraim abre a porta.

– Riko Watanabe? Venha comigo.

Lá de dentro, Noemi ouve a voz sardônica de Riko.

– Para ser condenada à morte ou executada? Preciso saber o que vestir.

Corajosa. Mas eles não têm tempo para isso. Noemi enfia a cabeça atrás do ombro largo de Ephraim para ver Riko sentada em um pequeno beliche de polímero, cabelo curto, usando um casaco neon amarelo.

– Oi – diz Noemi. – Conversamos depois. Agora, corra.

– Espere. Você é... *não pode* ser. – Riko se levanta, boquiaberta.

– Agora significa *agora*! – Noemi passa por Ephraim para pegar a mão de Riko e, fisicamente, arrastá-la, se necessário. Virginia vem atrás deles para evitar chamar a atenção, quase sem olhar para a pessoa que vieram resgatar. Ela está muito ocupada olhando para o leitor de dados. A cela fica pequena para os quatro juntos.

– Hum, pessoal? – diz Virginia. – É quase meia-noite.

– Não importa. – Noemi finalmente puxa Riko, mas ela ainda está atordoada.

– O que você está fazendo aqui? – pergunta Riko. – A Gênesis já está trabalhando com o Remédio?

Noemi quer gritar de impaciência.

– Não, e nunca vamos se não sairmos daqui!

É quando Virginia engole em seco.

– Oh, oh.

Tudo se mexe de novo e todos são jogados contra a parede quando a cela de Riko é puxada para cima. Agora estão a poucos metros do chão. Pior ainda, a grade do laser lá fora começa a piscar em vários padrões diferentes, mudando praticamente a cada meio segundo.

Ephraim arregala os olhos de medo.

– O que está acontecendo?

– Acontece que o protocolo de segurança máximo se ativa à meia-noite – responde Virginia. – Que foi... Há sete segundos.

As células se movem de novo e eles são puxados mais para cima. Noemi olha pela porta aberta para o terreno distante e deseja não ter feito isso.

– O que significa...

Virginia termina por ela:

– Significa que estamos ferrados.

36

Durante quase todos os trinta anos anteriores, Abel flutuou em completo isolamento a bordo do *Daedalus*. Por toda a sua existência, ele soube que era único – o único mecan na galáxia a possuir verdadeira consciência. Ou, como Noemi chamou, uma alma.

Mas ele nunca se sentiu tão amargamente sozinho quanto nesta noite, atravessando as ruas escuras e úmidas de Londres.

Um monotrilho vermelho de dois andares desliza acima dele, enquanto Abel se encolhe contra um dos suportes de metal, escondendo-se nas sombras. Embora possa suportar o frio do espaço sideral, se abraça quando olha para a rua distante, quase sem ver nada.

Não tenho para onde ir. Não há nada que eu possa fazer. Minha existência não tem propósito.

Exceto, claro, o propósito para o qual foi construído, o que exigiria que ele voltasse e deixasse Mansfield apagá-lo conforme o planejado. Talvez ele devesse. A programação de Abel ainda ecoa dentro dele, assustadoramente forte.

Ou talvez ele devesse ficar aqui por horas. Ou dias, meses, ou até mesmo anos, se necessário, até Burton Mansfield morrer. Então Abel estará a salvo.

E ainda mais sozinho do que antes.

Sem dúvida, isso é autopiedade, uma emoção que Abel foi programado para considerar indigna em qualquer circunstância. No entanto, ele não pode olhar para a situação de uma maneira que a torne menos preocupante, ou assustadora, ou mesmo patética.

Eu acreditava que ele me amava como um pai, pensa Abel. Mansfield o enganou ou Abel se enganou? Ambos, talvez. Pais amorosos não destroem seus filhos apenas para estender o próprio tempo de vida muito além da natureza. Mansfield certamente sentiu amor quando olhou para Abel, mas esse amor quase não teve nada a ver com o próprio Abel. Em vez disso, Mansfield adorou sua própria engenhosidade, sua habilidade de superar a morte e a prova de que ele poderia se tornar o primeiro humano a alcançar a imortalidade.

Tampouco Abel teria sido único. Se Mansfield assumisse o corpo de Abel, a primeira coisa que faria seria tentar criar outra versão. Outro mecan com alma, para que essa alma pudesse ser sacrificada quando chegasse a sua vez, adiando a morte de Mansfield em alguns séculos. Assim que aperfeiçoasse o truque de duplicar Abel, Mansfield começaria a vender outras versões para os seres humanos mais ricos e poderosos da galáxia. Talvez Abel fosse o primeiro de centenas ou mesmo milhares de...

... como ele pode chamar a si mesmo? Outros como ele? Pessoas? Certamente não, e ainda assim não poderiam ser chamados de *coisas, ele não é uma coisa...*

... o primeiro de milhares de seres que viverão e morrerão apenas pela conveniência de outros.

Noemi chamaria isso de maldoso, e Abel decide que acha o mesmo.

Duas mulheres jovens caminham usando jaquetas curtas brilhantes e vestidos longos, uma combinação que Abel viu nas ruas com bastante frequência e identifica como uma moda. Uma delas faz contato visual com ele enquanto caminham, depois olha de volta para ele por cima do ombro, um pequeno sorriso de esperança em seu rosto. Ela acha que ele é um humano, de sua idade, um que ela considera atraente. Embora por padrões objetivos ele entenda que ela também é atraente, ele só consegue pensar que ela não é tão alta quanto Noemi. Seu cabelo é mais longo, não tão escuro. Isso está bem dentro da variação humana natural, mas Noemi Vidal tornou-se o padrão pelo qual ele julga a beleza.

Por educação, ele deveria sorrir de volta, mas finge não ver. Ele não se pode dar ao luxo de chamar atenção desnecessária.

Não vou voltar para Mansfield. Então, tenho apenas um propósito restante: proteger Noemi Vidal.

A névoa pesada que envolve as ruas de Londres esconde as estrelas ainda mais do que as luzes da cidade. Mas a bússola interna de Abel não se abala com falta de entradas visuais. Ele é capaz de olhar para o céu e ver a estrela da Gênesis.

Ou Noemi agora está presa em Stronghold ou voltou para casa. Abel espera com todas as suas forças que seja a última opção. A Rainha e o Charlie podem ter parado; uma vez que a Rainha eliminou de forma manual (e desordenada) suas sub-rotinas de consciência superior, ela deveria ter retornado ao procedimento padrão e deixado Noemi em paz.

Foi o que Mansfield disse. Mas quanto mais Abel considera a questão, mais ele duvida que Mansfield estivesse dizendo a verdade.

Não consegui encontrar informações sobre a prisão de Noemi através dos canais de comunicação padrão, ele pensa com determinação, ignorando alguns arruaceiros que se aproximam em motos de repulsão, a 2,3 metros acima do solo. Quando os gritos e as risadas deles desaparecem ao dobrarem a esquina, Abel mal percebe. *É improvável que eu consiga descobrir algo mais na Terra. Portanto, devo voltar para Stronghold.*

Mas como? Ele fugiu da casa de Mansfield sem qualquer preparação; ele precisava fazer isso, ou talvez não tivesse chance de escapar. Então está sem uma nave, nenhum dinheiro, aliado, ou mesmo uma muda de roupa.

O dinheiro, pelo menos, pode ser obtido.

Abel caminha em direção a um quiosque bancário, identificado por uma brilhante luz amarela. Como imagens de pessoas incomumente atraentes, pessoas prósperas se movem ao redor dele, Abel interage com o sistema operacional, encontra uma conta pertencente a alguém de riqueza considerável e retira o mínimo de créditos que precisará para seus propósitos. É improvável que a pessoa da qual roubou isso perceba o montante faltante. Mesmo assim, sua programação faz com que ele sinta uma pequena onda de culpa.

Mas muito breve. Noemi está em perigo, talvez na prisão, e ele faria pior do que isso para resgatá-la.

Agora, ele precisa encontrar um transporte para Stronghold. Sua melhor chance é comprar um ancoradouro em um cargueiro de imigração, o que pode ser feito no porto espacial mais próximo.

Tudo parece muito simples – e, ainda assim, todo o tempo em que Abel caminha em direção ao porto espacial, ele não consegue parar de olhar para os outros mecans à sua volta. Qualquer um deles poderia se comunicar com Mansfield; a forma como Abel foi identificado na estação Wayland prova que Mansfield procurou por ele tão desesperadamente que programou *todo mecan* criado nos últimos trinta anos para informar imediatamente se encontrasse outro mecan além dos vinte e cinco modelos padrão. Se um movimento rápido demais ou um cálculo muito elaborado revelar sua verdadeira identidade, Abel pode acabar sendo abordado e arrastado para a casa de Mansfield.

Mansfield fingiria se preocupar com ele a esta altura? Ele sorriria e diria coisas tranquilizadoras mesmo enquanto amarrasse Abel para que sua mente fosse esvaziada? Para Abel, ver Mansfield fingindo ser gentil com ele seria ainda pior.

Tomado por uma paranoia tipicamente humana, Abel decide parar em um local de venda de comida nos arredores do porto espacial. Ele precisa verificar o leitor de dados de crédito para garantir que o dinheiro tenha sido transferido e que nenhum sinalizador de fraude tenha sido levantado.

Ele compra uma tigela de *miso ramen* do atendente humano sem levantar suspeitas. Abel ocupa uma das cadeiras na longa mesa de plástico, apenas um dos muitos viajantes cansados. Ele examina os horários dos voos de forma casual, ou o que ele espera que seja casual, enquanto come – se certificando de, de vez em quando, se atrapalhar com os pauzinhos, é claro...

O som do holograma na parede atrai toda a atenção dele quando o rodapé de notícias diz: "... marcada para se apresentar ao tribunal amanhã, Riko Watanabe é considerada um membro-chave do Remédio e uma dos líderes do bombardeio do Festival da Orquídea. Fontes na prisão de Marshalsea dizem que ela ainda poderia chegar a um acordo se oferecer o nome de mais líderes do Remédio..."

Novos dados exigem novos cálculos. Abel permanece parado no lugar, macarrão pendurado de seus pauzinhos a meio caminho, enquanto considera as possibilidades.

Riko Watanabe tem contatos com a resistência em toda a galáxia. Isso significa que ela tem acesso a fundos e naves, sem falar de fontes de informações sobre os vários mundos colonizados do Loop. Ela naturalmente desconfiaria da maioria dos estranhos e consideraria qualquer oferta de ajuda para fugir da prisão como uma armadilha. No entanto, Riko me conheceu em circunstâncias que não a levarão a me considerar um aliado da Terra. Se eu oferecer a ajuda necessária, ela me ajudará em troca.

As fontes do Remédio também podem me dizer o que aconteceu com Noemi. Se Noemi estiver com problemas, Riko pode me ajudar a voltar para Stronghold.

E se Noemi estiver segura – se ela, de fato, já começou sua viagem para casa na Gênesis, para deter o Ataque Masada – então, o que ele fará?

O vazio se estende ao redor dele mais uma vez, o sombrio vazio de seu futuro sem Burton Mansfield ou Noemi Vidal.

Mas Abel determinará seu propósito final mais tarde. Por enquanto, ele tem que libertar Riko Watanabe da prisão e ganhar a aliada de que precisa para salvar Noemi.

O mais rápido possível, sem demonstrar pressa, ele termina o *miso ramen*, depois sai da estação para a escuridão noturna de Londres, em direção à prisão Marshalsea.

37

A CELA VAI PARA CIMA MAIS UMA VEZ, SACUDINDO TODOS ELES. NOEmi perde o equilíbrio, cambaleando contra a parede mais distante e vê Virginia tropeçar para a porta da cela ainda aberta. Ela agarra o capuz do casaco de Virginia e a puxa para trás, até que Virginia cai com força com o traseiro no chão.

Ephraim está acuado em um canto; Riko permanece sentada em seu beliche. Noemi aproveita a oportunidade para apagar as luzes da cela.

– Ah, ótimo – murmura Virginia. – Eu só queria saber como podemos melhorar esta situação. Deixar todo mundo no escuro definitivamente funciona.

– Se os guardas humanos vierem, eles vão perceber a luz e a porta aberta. – Como ficarão na mesma posição por mais alguns minutos, Noemi arrisca olhar para fora; eles já estão a dez metros do chão e indo mais para o alto.

Ephraim expira, um suspiro de frustração e desespero.

– Nós não voltaremos ao chão tão cedo, não é?

– Não por várias horas, se o padrão que vocês identificaram se mantiver. – Virginia está trabalhando em seu leitor de dados de novo, o brilho verde-escuro de sua tela pinta seus traços com uma luz misteriosa e maldosa no rosto dela. – Então, isso é tão ruim quanto você estava pensando. Se não for pior.

– Me desculpem – diz Riko, mais gentilmente do que Noemi já a ouviu falar antes. – Vocês estão nesta situação porque tentaram me ajudar.

– Porque você foi pega e pôs todos do Remédio em risco. – Ephraim parece tão ameaçador quanto um trovão. – Porque você fez algo tão estúpido, cruel e errado quanto bombardear o Festival da Orquídea. Sério? Você acha que ir atrás de um monte de estrelas pop vai mudar os mundos?

– A Terra não vai ouvir nada menor do que isso! – A gentileza já deixou a voz de Riko. – Quantas vidas foram perdidas por causa da falta de cuidado da Terra, da ganância deles...

Virginia os corta:

– *Definitivamente*, vamos ter uma grande discussão filosófica enquanto nossa única esperança de fugir está tentando encontrar uma saída, assim ela não pode se concentrar. – Seus polegares continuam trabalhando nos controles do leitor de dados, o som do clique soa muito alto na cela de plástico. – Isso também avisa aos guardas que estamos aqui! Outra vantagem! Estou tão feliz por ter decidido entrar na prisão com um grupo de gênios.

Noemi ignora o sarcasmo e cai de joelhos ao lado de Virginia.

– O que você está tentando fazer?

– Vendo se eu posso mudar o padrão das cápsulas. É um sistema totalmente separado da segurança principal, então... eu tenho que começar de novo do zero. Vai levar horas pelo menos. Mas ei, ainda estará escuro, certo?

– Espero que sim. – Noemi não está familiarizada com as latitudes e longitudes da Terra, com as estações daqui. Nenhuma outra pessoa na cela está. Ela odeia sentir-se tão ignorante e desamparada.

A cela se move novamente, balançando de lado essa vez. Ephraim murmura:

– Você nunca mencionou que essas coisas eram tão brutas.

– Na estação Wayland, não eram. – Noemi pergunta se suas acomodações eram um pouco mais luxuosas do que havia percebido, ou se essas celas foram especificamente projetadas para serem brutas. Talvez o choque seja parte do castigo. – Esta deve ser a pior situação possível.

Então ela se endireita enquanto escuta: um insistente golpe metálico, vindo pela lateral das celas.

– Hum, pessoal? – Virginia finalmente olha para longe de seu leitor de dados. – O que é isso?

Riko balança a cabeça.

– Estou aqui há quase um dia inteiro e não ouvi esse som antes.

Só pode ser um dos guardas. Mas nenhum alarme está soando, e Noemi achou que seria mais provável selar a cápsula, congelá-la, retirá-la da formação de alguma forma. Em vez disso, eles estão enviando alguém diretamente pela lateral.

– *Esta* – Ephraim diz a Noemi. – Esta é a pior situação possível.

Noemi se esforça para sair do modo pânico. *Você tem que decidir entre se render ou lutar.*

Não importa como o guarda esteja escalando a lateral, ele está usando as duas mãos. Isso significa que qualquer arma que tenha terá que ser desembainhada. Por mais rápido que ele seja, isso ainda leva tempo, e Noemi não pretende dar tempo a ele. Ela não o derrubará no chão, porque isso o mataria e ele só está fazendo seu trabalho. Mas se ela puder dominá-lo e tomar sua arma, talvez eles tenham uma chance.

– Saiam de perto – ordena ela enquanto se posiciona na defensiva, a um metro da porta. – Fiquem atrás de mim.

Ephraim diz:

– Você não precisa... – Mas Noemi faz um sinal com as mãos para ele, para que fizesse silêncio. Em breve, a pessoa que se aproxima poderá ouvi-los.

Os golpes se aproximam, depois se aproximam mais. Noemi percebe que está prendendo a respiração.

Uma forma escura entra na cela, aterrorizante e quase imediatamente familiar...

Noemi arqueja.

– Abel?

Abel para de repente, olhando para ela, antes de dizer:

– Estou funcionando mal.

– Não, não, Abel, você está bem. Sou eu. – Ela dá um passo à frente, não confiando nas evidências diante de seus olhos. Mas é ele. É Abel, bem aqui na frente dela.

– Graças a *Deus* – murmura Virginia. Noemi não responde. Ela só consegue olhar para Abel.

Ela passa os braços ao redor dele, abraçando-o com força. Ele também a abraça – primeiro, aparentemente por reflexo, depois envolvendo os braços ao redor dela mais forte e enterrando seu rosto na curva de seu pescoço.

– Como é possível que você esteja aqui? – Sua voz é abafada pelo ombro dela. – Por que você está na Terra?

– Eu vim buscar você.

– Você veio aqui por *mim*? – Ele parece tão desconcertado, como se ele não pudesse acreditar que alguém fosse fazer isso.

– Eu precisava saber se você ia ficar bem – diz Noemi. É toda explicação que ela tem para dar. – Nós vimos você com Mansfield, no jardim... Você parecia feliz. Eu pensei, tudo bem, ele está de volta em casa e tudo está bem...

– Mansfield mentiu. – A voz de Abel vibra. Ela não sabia que suas emoções poderiam afetá-lo fisicamente assim. – Ele mentiu sobre tudo. – Abel se afasta dela, como se tivesse que olhar para ela de novo para se certificar de que é real. Mas é quando ele vê os outros. – Como...

– Estamos nos fazendo exatamente a mesma pergunta, cara – diz Virginia. – Exatamente. A. Mesma.

Ephraim interrompe:

– Por que você não está com Mansfield?

Abel faz algo que Noemi nunca o viu fazer antes; ele olha para o chão por um momento, evitando a pergunta. Ele diz apenas:

– Não voltarei para lá.

– Então você decidiu libertar Riko da prisão por bondade do seu coração de mecan? – Ephraim, obviamente, pensa que algo está acontecendo.

– Obrigado por isso, aliás – diz Riko. – Mas como você escalou a lateral?

Virginia suspira, exasperada.

– Ele é o mecan mais sofisticado da galáxia! Isso não é nada para ele.

Com calma, Riko pergunta:

– Ele é um mecan?

Ninguém responde a isso.

O cérebro surpreso de Noemi continua tentando encontrar sentido nisso, sem sucesso.

– Por que você está aqui, Abel?

– Eu pensei que, se libertasse Riko Watanabe da prisão, ela poderia me ajudar a procurar você – diz Abel. Ele sorri torto, e Noemi também.

– Nós dois estávamos nos procurando o tempo todo – sussurra ela, abraçando-o de novo. Abel retribui o abraço, mais gentilmente do que antes...

– Ei, isso é superemocionante – diz Virginia –, mas talvez devêssemos concluir essa fuga, não?

• • •

Com a ajuda de Abel, é fácil sair. Ele os leva ao nível do solo nas costas, dois de cada vez, sem demonstrar nenhum cansaço. A mesma quebra do sistema de segurança que levou horas para ser feita por Virginia é algo que Abel pode resolver em poucos minutos, e logo ele abre uma janela na grade laser intermitente, através da qual todos correm. Ninguém para de correr por vários quarteirões, muito depois que o brilho avermelhado da Marshalsea desapareceu na escuridão atrás deles.

Quando eles enfim param, a respiração de Noemi está pesada, assim como a de Ephraim, mas Virginia e Riko parecem prestes a desabar. Abel, que permanece completamente tranquilo, conduz as duas a um banco, enquanto diz a Noemi:

– Temos que voltar à Gênesis. Se meus cálculos estiverem corretos, agora faltam três dias para o Ataque Masada.

– O quê? – pergunta Ephraim.

Noemi o ignora. Ela tentou manter o controle do tempo e achou que ainda tinham mais cinco dias, mas entendeu errado. As coisas de Einstein estão além do que ela pode imaginar em sua cabeça. *Está tudo bem*, ela lembra a si mesma. *Três dias são suficientes*.

– Independentemente disso, não vou à Gênesis – diz Ephraim. – Sem ofensa, mas não concordo com o que seu povo está fazendo. Além disso, temos trabalho para fazer aqui. – Com isso, ele olha para Riko, que lentamente assente.

– Tenho contatos na Terra... pessoas que nos ajudarão a nos esconder. O Remédio cuida de seus membros. – Riko se empertiga ao olhar de volta para Noemi e Abel. – Obrigada por virem em meu socorro. Não vamos esquecer isso.

Ephraim lança a Riko um olhar duro, um que lembra a Noemi como os dois estão em lados opostos. Riko é uma terrorista, cujos ideais não justificam suas ações sangrentas; Ephraim é um moderado tentando encontrar o melhor e mais humano caminho para todos. Será que ele vai trazer Riko para o seu modo de pensar, ou ela o levará para o dela? Um meio-termo ainda é possível?

Não há como saber nem adivinhar. Mas Noemi decide apostar suas fichas no bom coração de Ephraim.

– Então, é melhor irem logo – diz ela. – Tomem cuidado.

– Ainda podemos nos encontrar de novo. – Ephraim sorri, e ela vê um cintilar do homem gentil e descontraído que ele seria em uma galáxia melhor. Ela espera que um dia ele encontre esse mundo.

Ela também espera encontrar.

– Adeus, Ephraim.

Eles seguram as mãos um do outro por um longo tempo antes de ele se virar para Virginia, que o cumprimenta com um aperto de mão complicado que envolve estalar os dedos e bater os cotovelos. Por fim, Ephraim dá um tapinha no ombro de Abel.

– Você é um milagre. Sabe disso?

– Dificilmente. – O sorriso de Abel é triste. – Não consigo acreditar no conceito de sorte, mas... boa sorte, Ephraim. Isso deve ajudar. – Com isso, ele entrega um leitor de dados; Noemi não tem ideia do que há naquela coisa, mas o rosto de Ephraim se ilumina.

Riko apenas assente para eles antes de dizer:

– Obrigada, Noemi. Agora, temos que ir.

Com isso, ela e Ephraim descem pelas ruas escuras, desaparecendo na neblina.

• • •

Enquanto eles caminham até a nave, Virginia fica vários passos atrás em uma rara exibição de tato. Até agora, seria óbvio para alguém quão pessoal e dolorosa é para Abel a história que ele tem para contar.

– Eu era tão orgulhoso. – Seu sorriso é mais triste do que Noemi sabia que poderia ser. – Tão satisfeito comigo mesmo. O melhor mecan. Mas eu era apenas um... um recipiente. Uma roupa para ele usar.

– Você é mais do que isso, e sabe disso. – Noemi pega a mão dele. – Não sabe?

– Eu tenho uma alma. Mas ainda sou uma máquina. Minha programação ainda me diz para ajudar Mansfield, não importa o que aconteça. Quando ele me contou os planos, parte de mim ficou *feliz* por ele, porque ele não teria que morrer. Mesmo que isso custasse a minha própria vida. – O desgosto na voz de Abel é visceral e cru... como a raiva profunda que Noemi sente.

– Você se libertou, Abel. Sua alma é maior do que sua programação. – Isso é realmente o que mais o preocupa? Mais baixinho, ela acrescenta: – Sinto muito que ele não ame você tanto quanto deveria.

Eles atravessam a porta da nave. Felizmente, nenhuma segurança se reuniu em torno da doca; ainda não há ninguém a seguir. Abel para na plataforma e Noemi para ao lado dele, confusa.

– O *Daedalus* – diz Abel. Quando ela gira a cabeça em sua direção, o vê olhando para o lugar onde a placa de identificação pendia na parede. – Na mitologia grega, Dédalo aprendeu a voar. Ele fez asas para seu filho, que voou muito alto, então caiu e morreu. Dédalo ganhou conhecimento; Ícaro pagou o preço. Mesmo quando Mansfield deu o nome desta nave, ele não esqueceu o que planejava fazer comigo.

– Então vamos mudar o nome da nave – diz Noemi com determinação. – Não uma identificação falsa... vamos mudar o nome de verdade. Algo digno. Não é mais a nave de Mansfield. É nossa.

– Vamos entrar em órbita antes de comemorarmos. – Virginia não é geralmente a pessoa para recomendar cautela, o que é mais um motivo para ouvi-la agora.

Eles se apressam até a ponte. Noemi começa a preparar a nave para a decolagem quando Abel desliza de volta ao banco do piloto. A tela se acende, mostrando a noite enevoada e sem estrelas acima deles.

Abel parece mais consigo mesmo agora que tem algo para fazer.

– Preparando remoção automática para decolar... concluído.

Naquele momento, uma comunicação acende o canto da tela e começa a ser transmitida sem que Noemi toque nos controles. No console de operações, aparece uma imagem: um velho que ela nunca viu antes. Ela o reconhece imediatamente. Seus olhos são como os de Abel.

– Abel, meu filho. – Ele balança a cabeça com tristeza. – Eu sei que você está a bordo. Sua garota deve ter vindo buscar você. Muito doce. Mas é claro que ela não percebeu que ainda tenho rastreadores nesta nave, assim como meu antigo código de acesso.

– Os códigos de acesso podem ser alterados – murmura Virginia. Ela começa a trabalhar imediatamente, mas é tarde demais.

– Eu não quero voltar – diz Abel.

– Mas você vai, Abel. Você quer isso. Eu sei, porque programei isso em você desde o início. É só que agora você quer outras coisas, também. Coisas que você nunca teve a intenção de ter. – Mansfield toma uma respiração sibilante. – Abel, eu estou ordenando que você volte para esta casa e se submeta ao procedimento. Isso é uma ordem minha para você. Venha, agora. Venha para casa.

Com horror, Noemi vê Abel deslizar do console e se levantar-se para sair.

– Não! – Ela corre para Abel e agarra seu braço. – Você não precisa fazer isso.

Todo o corpo de Abel vibra. A voz dele falha quando diz:

– Sim, eu preciso.

Ela espera quando ele começa a caminhar em direção à porta.

– Você tem uma alma própria. Vontade própria. Você pode enfrentar isso, eu sei que você pode...

– Então, esta é sua garota, hum? – Mansfield pode vê-la. Ela e Abel estão bem na frente do console que mostra o seu rosto presunçoso de Mansfield. – Bem, ela é tão bonitinha quanto pode ser. Não é o que você chamaria de beleza clássica, mas ela tem espírito, não é? Você herdou isso de mim, você sabe. Eu sempre tive uma queda pelas mal-humoradas.

Se ele estivesse aqui, Noemi lhe daria um soco na barriga e veria quão bonitinha ele a acharia então. Mas ele está seguro em casa, sentado perto de uma lareira, a julgar pela luz cintilante, aconchegado, enquanto ordena a Abel que volte para casa e morra.

– Você é um monstro – diz ela a Mansfield. – Você é um monstro egoísta que tem medo de morrer porque nunca acreditou em nada maior do que você. Deu uma alma a Abel para que você pudesse destruí-la quando não precisasse mais dele. Tudo o que ele sentiu, a pessoa que ele se tornou... não é importante para você? Você nem o enxerga?

Mansfield suspira.

– Obviamente, isso vai ser um problema.

Do console onde ela está escrevendo febrilmente, Virginia diz:

– Eu costumava ser sua fã, mas não sou mais, você é um péssimo ser humano.

– Quem é essa? – Mansfield parece genuinamente confuso. Virginia não vai à tela, mas se inclina o suficiente para que Mansfield veja sua mão quando ela lhe mostra um dedo, num gesto obsceno.

Noemi se vira para Abel, que não voltou a se sentar, apesar de todos os seus apelos... Mas ele tampouco deu mais um passo na direção da porta. A esperança inunda o coração dela.

– Você está lutando contra ele, não está? Você vai conseguir fazer isso. Eu sei que vai.

– Já chega. – Com um resmungo, Mansfield se ajeita no sofá. – Abel, me diga a verdade: as estações defensivas de emergência na ponte ainda estão abastecidas?

– Sim, senhor. – Abel geme depois de dizer essas palavras.

– Bem, vá em frente e abra uma. – Instantaneamente, Abel caminha para um pequeno armário baixo na parede, um de muitos, nenhum dos quais Noemi tinha notado antes. Mansfield acrescenta: – Pegue um blaster.

O punho de Abel esmaga o polímero em fragmentos finos que caem no chão. Noemi vê, horrorizada, enquanto ele pega um blaster, seu verde brilhante indicando carga total. Quando ele olha nos olhos de Noemi, a angústia que ela vê é quase mais horrível do que seu próprio medo.

– Vamos lá – diz Mansfield com calma. – Está quase terminado. Lembre-se de quem e o que você é, Abel. Siga a Diretiva Um. Me obedeça. Mate essa menina.

38

A MÃO DE ABEL APERTA O BLASTER — MAS ELE NÃO PUXA O GATILHO. Ele não vai fazer isso, não vai, *não vai.*

Ele quer baixar o blaster, mas não consegue. Está preso em um loop recorrente, dividido entre as diretrizes gritando para ele em todos os seus circuitos e seu medo avassalador de machucar Noemi.

Ela está de pé em seu campo de visão, respirando rápido, seus grandes olhos castanhos fitando a arma que pode acabar com sua vida a qualquer momento. Então ela olha para cima do cano, nos olhos de Abel.

– Continue lutando – sussurra.

– Abel. – Mansfield fala mais alto desta vez, ainda amigável e quase lânguido em sua confiança. – Você está perdendo tempo. Você sabe que sua programação não permitirá que você faça nada diferente disso.

Não permitirá. Ele deve obedecer a seu criador. A mesma dedicação fervorosa que deu propósito a cada dia dos trinta anos que Abel passou em absoluto isolamento, no frio e no escuro, lhe diz para fazer isso. Noemi Vidal deve morrer, e ele deve ir para casa, para Mansfield, e morrer também. Hoje é o último dia deles.

Ao fundo, ele ouve Virginia murmurando:

– Tem que existir uma maneira de substituir a ativação. Vamos, vamos. – Ele quer avisá-la para calar a boca. Se Mansfield a ouvir e lhe der a ordem de matar Virginia também, Abel sabe que vai fazer isso. Ele gosta de Virginia, mas não a ama, e o amor pode ser poderoso o suficiente para evitar que ele puxe imediatamente o gatilho sob o comando de Mansfield.

Ele não tem certeza se alguma coisa tem o poder de evitar que ele acabe puxando de qualquer maneira.

– A-bel – cantarola Mansfield, como qualquer pai impaciente com uma criança que está atrasada.

Mil cenários se desenrolam ao mesmo tempo na mente de Abel. Ele poderia abaixar o blaster. Desengatilhá-lo. Dizer a Mansfield que ele não fez um recipiente, mas uma pessoa. Mas ele não consegue encontrar a resolução final de nenhuma dessas imagens caleidoscópicas de salvação. Ele não consegue imaginar qualquer final, exceto aquele em que Noemi está morta aos seus pés.

Talvez – talvez ele pudesse apontar para a própria cabeça e atirar, para que pudesse salvar Noemi e irritar Burton Mansfield com um mesmo tiro. Ele poderia? Não. Seu braço se recusa a obedecer. Esse plano não vai contra uma das ordens de Mansfield, mas duas.

Finalmente, a voz de Mansfield trai uma pitada de raiva.

– Diretiva número um – repete ele. – Me obedeça. Mate a garota.

A repetição agita algo dentro de Abel e ele estende o braço, apontando diretamente para o coração de Noemi. Ela está tremendo de pavor, quase fraca por causa do medo. Nada é mais horrível do que olhar para ela e saber que é ele que a faz se sentir assim.

Até que ele a mate, que será o maior horror de todos.

– Abel? – A voz de Noemi é muito baixa. – Onde não há livre-arbítrio, não há pecado. Se você... se você não puder evitar... eu sei que você tentou. Obrigada por tentar... – Suas palavras falham, e ela balança a cabeça, incapaz de falar mais.

Ela o está perdoando por seu assassinato antes que ele o cometa. Mesmo que reste a Abel apenas uma hora de existência, ela não quer que ele passe essa hora se odiando pelo que fez. É um ato de bondade quase imensurável, brilhando tão forte ao lado do egoísmo de Mansfield que eclipsa tudo mais que existe dentro de Abel, todos os conflitos, todos os comandos.

Instantaneamente, ele move o braço esquerdo para apontar o blaster para o rosto de Mansfield no console e atira, em seguida atira novamente, e continua atirando até o console explodir, soltando fumaça e restos que voam pela ponte. Noemi grita e tapa as orelhas por conta do barulho, mas depois disso eles ficam parados, olhando os destroços. Abel deixa o blaster cair no chão com um baque metálico. A voz de Mansfield foi silenciada.

Depois de uma longa pausa pontuada apenas pelo som de faíscas elétricas, Virginia diz:

– Sabe, a gente pode acabar precisando daquele console.

– Nós temos que sair daqui. – Noemi parece despertar de um transe. – Ele enviará Rainhas e Charlies, quem sabe o que mais...

– Eu consegui limitar os comandos dele de ativação das comunicações. Ele pode ligar de volta, mas não pode nos impedir de voar! – Quando Virginia se põe em ação, acionando os motores mag, Noemi se vira para Abel.

Embora, no futuro, ele vá tentar sempre analisar a sequência exata dos eventos, Abel nunca poderá determinar se ele a abraçou ou ela o abraçou. Ele só sabe que ela está de novo em seus braços, viva e bem, sem medo dele, mesmo depois do que aconteceu. Enquanto ele a abraça mais forte, sente uma espécie de dor indistinguível da alegria. É isso que os humanos sentem, quando abraçam aqueles que amam? Mas não pode ser. Os seres humanos conseguem maltratar as pessoas que amam. Às vezes, eles os abandonam. Eles não poderiam fazer isso se sentissem o que Abel sente neste momento. Eles não poderiam nem imaginar.

O *Daedalus*, não, a nave decola, subindo rapidamente para uma trajetória um tanto errática.

– Hum, pessoal? – Virginia parece excepcionalmente hesitante. – Odeio interromper o momento, mas vocês dois estão muito mais acostumados a pilotar esse garotão do que eu.

Abel se afasta, embora não sem dar uma aperto rápido na mão de Noemi. Escorregar de volta para a sua cadeira de piloto é emocionante, especialmente quando ele olha para os vetores e leituras dizendo que estão se afastando da Terra a uma velocidade quase máxima.

– Quem Mansfield vai mandar atrás da gente? – pergunta Noemi ao se mover para outro console, ligando-o para servir como uma estação de operações auxiliar. – Forças planetárias da Terra? Seus próprios mecans?

– Ninguém. – Os dedos de Abel expandem a parte da tela que mostra o sistema solar distante. Lá, logo depois de Plutão (muito perto de sua órbita nesse ponto), fica o Portão Gênesis, o caminho de Noemi para casa. – Ele não vai enviar ninguém.

Noemi e Virginia o encaram. Virginia é quem diz:

– Mansfield não me pareceu ser um cara que desiste com facilidade.

Abel acelera quando deixam a atmosfera da Terra e a tela abobadada mostra novamente as estrelas.

– Ele não está desistindo. Pelo contrário, prevejo com pelo menos 90 por cento de certeza que Burton Mansfield está agora mesmo elaborando um plano para me recuperar. Mas nenhum desses planos pode ser posto em prática se as defesas planetárias da Terra explodirem esta nave e eu junto com ela.

Virginia ri.

– Você é nosso escudo humano. Bem, escudo desumano. Tanto faz. Funciona.

Noemi cai de volta no assento com os olhos semicerrados. Sua óbvia exaustão faz Abel querer pegá-la no colo, levá-la ao quarto e cobri-la com um cobertor para que ela possa dormir o quanto quiser. Em breve, talvez. As últimas tarefas desta jornada aguardam.

• • •

Na estação de retransmissão de Saturno, onde os mineiros de asteroides e os carregadores de longo curso reabastecem, Abel coloca sua nave agora sem nome em ponto morto, melhor deixar para o corsário de um só tripulante decolar com segurança.

– Tem certeza de que você não quer ir para Gênesis? Nem mesmo para ver o lugar? – Noemi fica ao lado de Abel enquanto veem Virginia preparar sua nave. – Você seria bem-vinda.

– Você está brincando? A terra da baixa tecnologia? Eu morreria em poucas horas. – Virginia sorri para eles enquanto termina de fechar a gola de seu traje de voo. Seu rabo de cavalo com mechas vermelhas balança enquanto ela se inclina para verificar os controles de seu corsário. É uma nave maior do que este hangar costuma receber. O pequeno caça de Noemi foi encostado contra a parede, onde ainda aguarda sua maior tarefa.

Eles não discutiram para onde Abel poderia ir, mas ele ainda está muito aliviado para se preocupar com qualquer coisa além de ter escapado de Burton Mansfield. Muito feliz por estar na presença de Noemi novamente e – para sua surpresa – triste por ver Virginia partir.

Virginia, por outro lado, está mais falante que o habitual.

– Ainda tenho algumas semanas de suspensão. Muito tempo para inventar histórias das festas selvagens a que supostamente fui em Kismet.

– Nada tão selvagem quanto a verdade – diz Noemi, o que faz Virginia rir, e Abel percebe que está sorrindo.

– Posso até dar uma passada para ver meus pais, isso se as tempestades de areia não cortaram todo o tráfego aéreo. – Virginia suspira. – Só para que você saiba, eu vou ficar de olho em Ephraim e Riko, ver se eles aparecem nas atualizações de notícias. Ela me assusta, mas eu gostaria de ter certeza de que ele está bem. Acho que ele é o mais corajoso de todos nós.

– Não – diz Abel, olhando para Noemi, que disse a mesma coisa, ao mesmo tempo, olhando para ele. Envergonhado e incapaz de dizer o porquê, ele acrescenta: – É bom saber que Ephraim terá sua ajuda. Isso diminui a incerteza.

Isso faz Virginia apontar para ele.

– Vou sentir falta disso. Vou sentir falta de vocês dois. Foi divertido ter amigos que não são os Razers. Quem diria?

Amigos, pensa Abel. *Eu tenho amigos. Virginia, talvez Ephraim, talvez Harriet e Zayan, e, certamente, Noemi.* Ele tem certeza de que os sentimentos de Noemi não refletem os dele, mas não importa. Ela foi até ele; ela o perdoou. Esses dois presentes o sustentariam por muito mais de trinta anos.

– De qualquer forma, se esse cara conseguir voar pelo campo minado do Portão Kismet? – Virginia sorri. – Vocês não têm desculpa para não me visitar.

Noemi toca o ombro de Virginia, só por um segundo.

– Obrigada.

Abel gostaria de agradecer também, mas pareceria presunçoso tomar a missão de Noemi como sua. Então ele diz apenas:

– Adeus, Virginia.

Ela apenas acena para eles, então puxa o capacete enquanto a proteção superior transparente do corsário desliza para o lugar. Abel sai da baía de ancoragem, Noemi logo atrás dele, mas está recuando, sem querer desviar o olhar de Virginia um segundo antes do necessário.

Uma vez que estão no corredor, os injetores de bloqueio de ar são fechados para iniciar o ciclo de lançamento. A imagem da baía aparece em uma tela próxima, e eles observam juntos e em silêncio quando as portas se abrem e o corsário vermelho de Virginia é lançado, e depois segue para sua próxima aventura.

Se Abel analisou corretamente os padrões de conversação humana, o próximo passo habitual é a troca de pensamentos sentimentais sobre a ajuda e a partida de Virginia. No entanto, agora ele está ciente da iminência do Ataque Masada, tanto quanto Noemi deve estar.

– Só mais uma tarefa antes de podermos passar pelo Portão Gênesis.

Noemi se virou para ele, franzindo a testa.

– O quê?

Ela esqueceu?

– Precisamos de um mecan para pilotar o caça no Portão.

– Como o modelo Rainha, que tenho guardado na enfermaria?

Embora Abel não possa analisar sua expressão facial, Noemi aparentemente pode, porque ela começa a rir. Ele simplesmente balança a cabeça.

– Você supera as expectativas, Noemi Vidal.

– Você também.

Ele se dá conta de que estão sozinhos pela primeira vez desde o quarto no hospital em Stronghold, há dias. Esse fato não deve ser significativo. No entanto, ele se debruça sobre isso, especialmente no silêncio que cai entre eles enquanto Noemi sorri gentilmente.

Ele percebe que há uma pergunta que ele quer fazer, uma que ele não teria feito na frente dos outros, embora não consiga pensar em nenhum motivo para isso.

– Por que você veio atrás de mim?

– Eu tive que vir. – Ela desvia o olhar do dele, como se não tivesse certeza dos próprios pensamentos.

Não é uma resposta precisa, e ainda assim é mais do que suficiente.

• • •

Quando eles deslizam pelo Portão Gênesis, Noemi grita de alegria, e Abel tamborila um ritmo rápido na base de seu console. Ela o olha surpresa.

– É algo que os pilotos fazem quando uma pessoa viaja todo o curso do Loop pela primeira vez – ele explica. – Algo que eles faziam, pelo menos. Você é a primeira pessoa a completar essa viagem desde que a Guerra da Liberdade terminou.

Seu rosto é luminoso quando ela olha para o ponto verde distante no visor que é o planeta Gênesis.

– Casa. Minha, e agora a sua, eu acho.

– Minha? – Abel não havia previsto isso. – Mecans são proibidos na Gênesis.

– Sim, bem, você vai ser o mecan que *salvou* a Gênesis. Isso faz diferença. – Noemi gira seu assento, inclinando-se para ele sem dúvida em seus olhos, apenas deleite. – Vamos explicar o que você é, em todos os sentidos. Que você é único, insubstituível. E o herói da Gênesis pode começar a conhecer sua nova casa.

Abel suspeita que pode não ser tão simples quanto Noemi imagina. No entanto, ele também sabe que colocar esta questão aos líderes planetários logo após a destruição do Portão lhes dará uma forte chance de sucesso. Se eles não conseguirem um lugar na Gênesis...

... então ele vai voar para longe nesta nave sem nome e tentar encontrar outro lugar. E continuará o resto de seus muitos dias sabendo que ele salvou Noemi e o mundo dela. É o suficiente.

– Seu mundo detectará nossa entrada no sistema?

Noemi balança a cabeça.

– Vamos aparecer nas varreduras de longo alcance. E eles virão investigar depois de um dia, mas até lá teremos terminado, não? – Então seu rosto fica pálido. – A menos que... Ataque Masada... quanto tempo nós temos?

Seus dedos se movem rapidamente ao longo do console enquanto ele calcula, então sorri.

– Ainda temos aproximadamente quarenta horas até que o Ataque Masada esteja programado para começar, presumindo que não houve mudanças nos planos desde a sua partida.

Ela ri de alívio enquanto gira o assento num círculo, os braços estendidos.

– Vão fazer um desfile para nós. Espere só.

Eles começam a trabalhar imediatamente. Na enfermaria, abrem a cápsula de sono criogênico e tiram a Rainha inerte. Antes que ela possa sair do modo de hibernação, Abel insere novos códigos que estabelecerão Noemi como sua comandante, além de fechar todas as funções mentais desnecessárias. A Rainha já apagou sua programação avançada, tendo escolhido ser algo em vez de alguém; Abel não tem escrúpulos em usá-la para esta missão, e sabe que Noemi também não. Mas quanto menos complicações, melhor.

A Rainha os segue obedientemente até o local de lançamento, onde preparam o caça de Noemi para o seu voo final.

– A energia é mais do que suficiente – diz ele, verificando as leituras de dados. – Esta nave poderia voar para Gênesis, voltar e ainda ser capaz de completar a missão.

– Não há necessidade disso – diz Noemi à Rainha, que fica tão inexpressiva quanto um manequim. – Você seguirá o plano de voo para chegar ao centro do Portão.

– Afirmativo – responde a Rainha. Mesmo a inflexão de sua voz foi perdida. Ela é mais uma *coisa* agora.

Quando instruída, a Rainha toma seu lugar. Nenhum capacete é necessário; ela pode ficar sem ar durante o breve período de tempo que permanecerá operacional. Finalmente, Abel pega o dispositivo termomagnético. Algumas voltas rápidas dos controles, e será ativado, pronto para fazer seu trabalho. Em poucos minutos, estará muito quente para um humano tocar, muito quente para um mecan depois disso. Mas, então, a destruição estará a segundos.

Abel encontra os olhos de Noemi.

– Pronta?

– Pronta. – Ela assente uma vez.

Ele gira os controles. O dispositivo começa a vibrar em suas mãos. O zumbido baixo parece eletrificar a sala quando ele o põe no caça...

... e a modelo Rainha morre.

– Espere. O que aconteceu? – Noemi puxa o colarinho da Rainha enquanto a mecan cai para o lado, completamente inerte. Abel desliga o dispositivo termomagnético instantaneamente, para economizar energia. Isso não muda nada para o modelo Rainha, o que não é surpreendente; não há razão para ela reagir às funções termomagnéticas.

Mas então por que ela caiu morta no momento em que ele ligou o dispositivo?

Correlação não é causa, ele lembra a si mesmo. No entanto, a parte de sua mente que desenvolveu instintos diz que isso não é uma coincidência.

– O que há de errado com ela? – pergunta Noemi. – Foi algo com o sono criogênico? Modo de hibernação?

– Não. Isso não deveria afetar em nada, e todas minhas verificações preliminares foram normais. – Abel examina a Rainha mais uma vez e não vê nada. Nenhuma ação mental, e mesmo as funções da vida orgânica se fecharam. Esse tipo de falha catastrófica é quase desconhecida, especialmente em um mecan que foi verificado apenas alguns minutos antes. Para que isso aconteça...

Ele para de se mexer. Para de pensar. Em vez disso, é tomado pela desconcertante certeza de que subestimou Burton Mansfield uma última vez.

– Um mecanismo de segurança. – Abel larga o scanner. – A Rainha foi programada com um mecanismo de segurança.

Noemi agarra o braço dele, a consternação se transformando em medo.

– Que tipo de mecanismo de segurança?

– Não conheço o primeiro elemento que desencadeou isso. Provavelmente foi "proximidade de um portão". Mas o segundo elemento foi "proximidade de um dispositivo termomagnético ativo". – Virando-se para Noemi, ele explica: – Era disso que se tratava nossa missão há trinta anos. Encontrar as vulnerabilidades em um Portão. Encontramos uma. E Mansfield tomou medidas para corrigir essa violação de segurança.

– Mas como ele poderia saber que nós tentaríamos com esse modelo Rainha?

– Ele não sabia. Portanto, a única explicação é que ele instalou o mecanismo de segurança em todos os modelos de mecan sofisticados o suficiente para lidar com as tarefas de pilotagem. Todos. – Abel gostaria de estar com raiva de Mansfield novamente, mas, em vez disso, ele só sente admiração. Seu criador mostrou-se egoísta, insensível, até cruel, mas sua inteligência não pode ser posta em dúvida. – Como chefe da linha de criação Mansfield Cybernetics, assim que criou o mecanismo de segurança, poderia ter providenciado que ele fosse baixado ou instalado em todo mecan da galáxia.

A voz de Noemi treme.

– Então você está me dizendo que não temos nada.

Abel só pode responder:

– Nada mesmo.

39

Nada.

Tudo isso foi para nada.

Noemi cai contra a lateral de seu caça prateado com marcas de batalha, dividida entre tristeza e raiva. Toda essa jornada – tudo o que ela passou, tudo o que foi perdido – ela dizia a si mesma que tinha um propósito. As febres da Teia de Aranha, o terror de serem perseguidos pela Rainha e pelo Charlie, o sequestro de Abel e, pior de tudo, a morte de Esther: Noemi sofreu, mas sabia que era o custo de salvar seu mundo.

Mas seu mundo não pode ser salvo. Ela está perseguindo uma miragem desde o início.

– Você tem certeza de que isso é verdade para todos os mecans em todos os lugares? – Ela não vai chorar. *Não vai.* – Cada um deles que poderia pilotar o caça?

Abel olha para o modelo da Rainha morta.

– Quase certeza. Talvez um punhado de mecans nunca tenha sido atualizado com o mecanismo de segurança, mas, por definição, estarão localizados fora do nosso caminho. Seriam difíceis de encontrar e ainda mais difíceis de identificar. As chances de encontrar um a tempo seriam... Você não quer ouvir as chances, não é?

– Não. Eu entendo. É impossível.

Então ela vai para casa. Ela tem quarenta horas para ver seus amigos, ficar em paz e se despedir da sua vida. Então vai se juntar aos amigos em sua equipe de voo para o Ataque Masada.

Pelo menos ela vai morrer sabendo que ela conseguiu algum tempo para a Gênesis. E, se nada mais, salvou Abel.

– É isso, então. – A voz de Noemi a trai, falhando na última palavra, mas ela continua: – O plano não vai funcionar. Acabou.

Abel diz:

– Não se você me usar.

Demora alguns segundos para ela entender.

– Você não pode.

Sem surpresa, ele toma as palavras dela literalmente.

– Eu posso. Como eu disse antes, apenas os mecans não atualizados nos últimos trinta anos poderiam passar pelo Portão com o dispositivo. Eu me qualifico.

– Abel, não. Já disse antes, não vou dar ordens para que você faça isso. Você tem uma alma, então você é... você é humano demais para ser usado como um dispositivo.

– Então sou humano o suficiente para tomar a decisão sozinho. – Ele fala sem hesitação. Sem dúvida.

– Mas você não pode. – Noemi não consegue expressar as razões em palavras; eram tantas que lhe vinham à mente de uma só vez que nunca poderia passar por todas elas. Ela só sabe que pensar na morte de Abel é ainda mais terrível para ela do pensar na própria morte. – A Gênesis não é o seu planeta. Você não nos deve nada.

– Eu passei a acreditar na justiça essencial da causa da Gênesis – diz ele, surpreendendo-a ainda mais. – Embora eu possa ter selecionado um curso de ação diferente, é claro que a melhor casa para a humanidade no cosmos deve ser protegida. É igualmente claro que o governo da Terra não tem intenção de modificar os comportamentos que envenenam seu planeta. Independentemente do que aconteça com a Terra e seus mundos colonizados, a Gênesis deve sobreviver.

– O Portão não precisa ser destruído para que possamos sobreviver! Quando o Ataque Masada estiver completo, nós teremos ganhado algum tempo para a Gênesis. Anos, talvez. Esses anos podem fazer toda a diferença na guerra.

– Você voaria no Ataque Masada – diz Abel. – Você morreria.

– Mas sempre foi essa a ideia. Nunca mudou. Eu só achei que tivesse mudado.

– Não posso deixar isso acontecer, Noemi. Mesmo que eu não estivesse disposto a morrer pela Gênesis, eu morreria por você.

– Sua vida não vale menos do que a minha! Você não precisa mais seguir as regras de Mansfield.

– Eu não quis dizer que morreria por você porque você é humana. Eu faria isso porque amo você.

Isso faz o ar deixar os pulmões de Noemi. Ela só pode olhar para ele enquanto – incrivelmente – Abel começa a sorrir.

– Talvez não seja amor do jeito que um ser humano sentirá – diz ele. – Talvez seja apenas uma... simulação de amor, um análogo próximo. Mas sinto isso com toda a força que tenho para sentir qualquer coisa. Nas últimas semanas, cheguei a... ouvir a sua voz, porque tinha esperança de ouvi-la. Presto atenção a detalhes irrelevantes de seus maneirismos e de sua aparência, porque acho agradável. Comecei a entender como você pensa e o que deseja. Isso significa que também posso ver através dos seus olhos, em vez de apenas dos meus, e é como se todo o universo se expandisse, crescesse e ficasse mais bonito. – Ele faz uma pausa. – Você até me faz pensar em metáforas.

– Abel. – Noemi tem que responder, mas como ela poderia?

– Está tudo bem. Eu sei que você não me ama. Não importa. Sentir o que sinto por você, o amor, ou o mais perto que posso chegar dele, isso me tornou mais humano do que qualquer outra coisa. Você acreditou na minha alma antes que eu acreditasse, mas agora eu entendo, você não vê? Foi isso que lutou contra Mansfield. Essa é a parte de mim que ama você. – Abel levanta a mão, talvez pegue a dela, mas então parece mudar de ideia. Em vez disso, ele se levanta. Noemi só consegue ficar ali sentada, apoiando-se contra o caça, olhando para ele enquanto ele diz: – Por causa de você, eu tive aventuras em todos os mundos do Loop. Fiz meus primeiros amigos de verdade. Fiquei livre de Mansfield e descobri o que significaria amar alguém. Por causa de você, eu estive vivo de verdade. E agora que vivi, posso estar pronto para morrer por algo em que acredito e pela pessoa que amo.

Não há resposta que ela possa dar a ele. Nada digno do que ele disse – ou de quem ele se tornou. O que seria mais verdadeiro, mais significativo para ele? A primeira coisa que Noemi pensa é:

– Você é... Muito mais do que seu criador.

– Eu sou mais do que ele me fez ser, sim.

– Não foi isso que eu quis dizer. Você é mais do que ele. Mais humano.

Abel parece pesaroso por um momento.

– O que, em certa medida, atesta a inteligência dele. Pelo menos, ninguém mais saberá disso. – Então ele olha para a Rainha, que ainda está no assento do piloto sem mais vida do que um monte de trapos. – Eu vou precisar me preparar para o meu próprio lançamento. Eu deveria começar por descartar o modelo Rainha. A menos que você ache que a Gênesis a acharia útil para fins educacionais?

Entorpecida, ela balança a cabeça.

– Não. A Terra... eles enviam Rainhas e Charlies algumas vezes por mês. Nós podemos obter todas as máquinas quebradas de que precisamos.

Ele assente, rápido e eficiente outra vez.

– Depois de eu abrir a porta para descartar a Rainha, posso preparar o caça novamente para a decolagem. Será só uma pequena questão de ajustar qualquer elemento que tenha sido perturbado pelo ciclo. Eu posso começar em meia hora.

– Me dê alguns minutos – diz Noemi. Ela precisa pensar nisso... não. Ela precisa rezar. – Não faça isso sem mim.

– Se você prefere...

– Prometa. – Sua mente inunda com imagens de pesadelo; ver o caça desaparecer, Abel partindo para sempre sem dizer adeus. – Você tem que prometer.

Abel parece confuso.

– Então eu prometo.

– Obrigada.

Noemi se levanta com as pernas bambas que não querem sustentá-la e sai do compartimento. Aonde deveria ir? Trancar-se no quarto parece covarde. Ir para a ponte seria como fingir que isso nem sequer está acontecendo.

Lentamente ela caminha pelo corredor em espiral, girando e girando, lembrando-se de alguns dos labirintos de meditação na Gênesis, as sebes infinitas através das quais você pode vagar, rezar e encontrar seu próprio caminho. Finalmente ela chega à porta da enfermaria, mas não entra.

Aqui, nesse ponto, ela lutou contra Abel por sua vida. E, aqui mesmo, ele ofereceu seus serviços a ela. Ela afunda no mesmo lugar onde se sentou quando ele lhe entregou a arma, fecha os olhos e começa a orar por orientação.

Foi ali que eles começaram. Talvez isso torne este o lugar onde ela pode descobrir como terminam.

40

Abel fica do lado de fora do compartimento de ancoragem, observando as etapas finais do ciclo de bloqueio de ar. Na tela, ele observa enquanto a gravidade artificial libera o espaço. O caça de Noemi balança amarrado pelos cabos; o modelo Rainha paira no ar, os braços abertos como se estivesse adorando o vazio.

Finalmente, as placas de prata da espiral da porta se abrem. O ar corre mais rápido do que Abel consegue ver. Em um instante, a Rainha está lá, suspensa. No próximo, ela se foi, perdida para sempre na escuridão. Ele olha para o caça de Noemi, balançando em suas amarras, e se pergunta como será ficar dentro dele. Apesar de todas as suas experiências, ele nunca pilotou uma nave como essa.

Mais uma experiência única que ele terá antes de morrer.

O medo causado pela perspectiva da inexistência pode paralisar os seres humanos. Por mais corajosamente que Noemi enfrentasse o Ataque Masada, ele viu o desespero nos olhos dela. Abel, por outro lado, não sente o mesmo desapontamento que sentia no início da jornada, quando pensou que Noemi o descartaria.

Não é tão difícil deixar a vida para trás, ele pensa, *depois de ter tido uma vida que valeu a pena.*

Talvez ele devesse enviar uma mensagem para Mansfield, dizendo isso a ele. Isso pode ajudar seu criador a encarar a própria morte iminente. Abel talvez não precise mais estar com Mansfield, mas elementos de sua programação ainda sentem que precisam... tentar ajudar.

Noemi não foi a primeira pessoa que Abel amou. Foi Mansfield. Ele não tinha apenas a lealdade fabricada de Abel, mas o verdadeiro amor de um filho. No entanto, ele escolheu afastar esse amor em vez de morrer, mesmo após uma longa vida rica em sucesso criativo e profissional. Agora que Abel está fazendo a escolha oposta, ele entende o quanto é mais afortunado do que seu criador. Quão mais vivo ele está, apesar de toda a carne e sangue de Burton Mansfield.

De qualquer forma, enviar uma mensagem para a Terra é impossível. Abel abandona a ideia mais facilmente do que esperaria.

O bloqueio de ar termina seu ciclo à medida que as espirais da porta são fechadas mais uma vez. A gravidade retorna, e ele observa o caça se acomodar no chão. Não há motivos para esperar.

Nenhum motivo objetivo, quer dizer. Noemi pediu que lhe desse tempo. Melhor que seja ela a fazer contato.

Ela pode não amá-lo, mas se importa. Sua morte será importante para ela. Certamente, é errado gostar disso – querer que Noemi sofra –, mas mesmo o amor mais desesperado deve ser um pouco egoísta, porque Abel acha que quer ser lembrado. Ele quer fazer falta. Não demais, nem para sempre. Mas ainda assim.

Agora ele tem tempo de sobra. Abel sorri ligeiramente com isso, parece quase uma piada sombria. O que ele deveria fazer? A nave sem nome pode levar Noemi de volta para casa, então não há necessidade de reparos. Ele gostaria de assistir a *Casablanca* de novo, mas suspeita que Noemi não precisará de tanto tempo para se recompor, e fazê-la esperar enquanto ele termina o filme seria cruel.

(Partir no meio é pavoroso demais para sequer considerar.)

Abel decide deixar seus instintos o guiarem, já que ele os possui. Primeiro, ele está vagando sem rumo pelo corredor em espiral, sem olhar para nada em particular, e então ele se encontra em frente às portas do compartimento de equipamentos.

Sua prisão por trinta anos. Sua casa. Apesar de todos os anos que passou desejando escapar, percebe que ele precisa dizer adeus a esse lugar.

Depois que ele atravessa a porta, Abel trabalha nos controles para libertar esta área da gravidade artificial da nave. Quando seus pés deixam o chão, a familiaridade o faz sorrir. Antes de se afastar muito para cima, ele também desliga as luzes para fazer a reprodução quase completa.

Ele se afasta da parede, empurrando-se para uma das pequenas janelas laterais. Através dela ele observou a última batalha perto do Portão Gênesis e viu o caça de Noemi se aproximando pela primeira vez. Mesmo sabendo que o libertaria, ele ainda não sabia de quantas maneiras.

– Abel?

Olhando para baixo, ele vê Noemi de pé na entrada, bem na borda da gravidade artificial. O rosto dela está na sombra, mas a visão afiada de Abel revela que ela recuperou sua calma. Que bom. Dói vê-la parecendo tão perdida. Ele diz:

– Eu queria vir aqui uma última vez. Isso é estranho?

Ela balança a cabeça.

Então, Noemi atravessa, e a falta de gravidade a faz levitar. Embora a parte da frente do cabelo dela seja mantida no lugar pela faixa que está usando, a parte de trás flutua. Ela abre os braços, enquanto entra no centro do compartimento e olha para ele.

– Você vai me mostrar?

No sentido literal, Abel não poderia lhe mostrar nada que ela já não pudesse ver. Mas entre os muitos presentes que ela lhe deu está a capacidade de vislumbrar o que está além do literal.

Então ele se impulsiona na direção dela, não muito rápido. As leis da física, recentemente aplicáveis, fazem com que ele bata nas costas dela mesmo assim, mas não muito forte. Ele a pega pela cintura enquanto eles se dirigem para a parede distante, onde ela os segura com a mão.

– Ali. – Ele aponta, inclinando a cabeça, de modo que ela veja exatamente a mesma coisa que ele. – O amassado na parede? Eu fiz isso quando tentei socar e chegar ao corredor interno, cerca de duas semanas depois ter sido abandonado. A tentativa não teve sucesso, claro.

– Doeu?

– Sim. – Isso parece tão irrelevante agora quanto era então. – Você consegue ver o teto? – Eles estão bastante próximos, mas está escuro, e Noemi tem olhos humanos.

– Acho que sim. – O braço dela cobre o dele, onde ele o envolveu em torno da cintura. – Há um padrão lá...

– Não é um padrão. Eu fiz arranhões. Para contar os dias, usando a medição da Terra. – Anos atrás, ele passou muito tempo tentando decidir se usaria os dias da Terra ou da Gênesis. Ele disse a si mesmo que o cálculo das variações einsteinianas para as datas da Terra proporcionaria um desafio mental maior, mas agora ele sabe que queria que Burton Mansfield compreendesse a quantidade de tempo que ele passou sozinho. – Eu parei depois de dois mil. Ficou muito deprimente.

– Não consigo imaginar estar tão solitária – murmura ela.

Provavelmente ela não pode. Poucos seres poderiam. Abel pensa sobre isso, então diz a única coisa que ainda importa:

– Isso ajuda, estar aqui novamente, mas não sozinho.

Noemi se vira para ele, seu perfil é uma silhueta contra uma das janelas estreladas. Parece que ela está muito perto, tão perto que seus rostos estão quase se tocando.

Mas ela sabe disso, então Abel continua dizendo o que ele queria dizer antes:

– Eu nunca me senti menos sozinho do que agora. Com você.

– Eu também – diz Noemi.

Ela pega uma das mãos dele enquanto se empurra contra a parede. O impulso não é suficiente para levá-los por todo o caminho, então eles param no meio. Noemi se vira para pegar a outra mão na dele, e assim, ele está nos braços dela.

Abel observa, quase incrédulo, enquanto ela aproxima o rosto do dele até os lábios se encontrarem.

É o primeiro beijo dele. Beijar revela-se muito mais complicado do que parece; há muitas variáveis a serem consideradas. Então, depois desse toque inicial – emocionante como é – Abel ignora funções superiores e, mais uma vez, cede ao instinto.

Parece ser o caminho certo. No começo, ele e Noemi estão hesitantes, roçando seus lábios rapidamente, de leve, mas não mais do que isso – e então o beijo realmente começa. Noemi o puxa para mais perto, morde de leve o lábio inferior de Abel e abre a boca dele com a sua. À medida que o beijo se intensifica, enquanto se agarram um ao outro suspensos no escuro, Abel sente sua reação estalar por todo o corpo, como eletricidade – ao mesmo tempo afiada e aconchegante. Quanto melhor fica, mais ele precisa daquilo.

Então, é desejo. Por que os humanos descrevem isso como um tormento? Abel nunca experimentou nada mais estimulante, a descoberta repentina de quanto mais ele pode querer, e fazer, e ser. Ele aninha a parte de trás da cabeça dela em sua mão enquanto a beija ainda mais intensamente, esperando dar-lhe pelo menos uma centelha do prazer e alegria que ela lhe dá.

Ele percebe que este beijo é algo que Noemi está fazendo por ele. Nunca poderia acontecer, exceto como um adeus. Não estraga nada; saber isso só faz Abel amá-la mais.

Quando eles se separam, ela segura o rosto dele. Ele sorri para ela antes de se virar para beijar a palma de sua mão. Sem que digam mais uma palavra, ele sabe que esse é o fim.

Portanto, Abel ergue uma das mãos para o teto, que está perto o suficiente para tocar, e os leva de volta ao chão, com fácil acesso ao controle da gravidade. Assim que ele o pressiona, seus pés batem mais forte, o cabelo de Noemi volta a altura do queixo e algumas porcas e parafusos caem contra eles. Eles se soltam no mesmo instante.

– Você está pronta? – pergunta ele.

Ela ergue o queixo.

– Estou.

Juntos, eles caminham de volta pelo corredor, e quase estão à porta antes que Noemi pare.

– Oh, Abel... sinto muito... queria lhe pedir que fizesse algo por mim antes de você... antes, e eu vi você no compartimento de equipamentos e... acho que me distraí.

Ele a fez se distrair. Talvez isso signifique que ela gostou tanto do beijo quanto ele. Abel está satisfeito por pensar que fazia isso bem.

– Me diga o que você precisa.

– Eu fiz algumas simulações sobre como pousar a nave sozinha, mas nunca fiz na prática. Você sempre pousou, exceto na Terra, quando Virginia pilotava. Depois disso, acho que estarei muito... – A voz de Noemi some. Ele se pergunta o que ela poderia ter dito. – Você poderia programar o pouso automático? Só por garantia?

Pousar a nave está bem dentro das capacidades de Noemi, mas a agitação emocional pode causar estragos nas habilidades e na confiança humana. Assim como a exaustão. Conceder este pequeno favor é mais importante do que aliviar as inseguranças que ela possa ter.

– Claro.

– Eu espero você aqui – diz ela, enquanto ele começa a caminhar em direção à ponte.

Isso é vagamente decepcionante. Ele gostaria de permanecer com ela o maior tempo possível. Mas ela pode achar difícil prolongar a despedida; as varreduras de certos dramas ficcionais sugerem que os humanos às vezes se sentem assim.

Abel até corre para a ponte, para programar tudo. O fato de isso tomar alguns segundos do que resta de sua vida não chega a ser uma preocupação.

À medida que as portas se abrem para ele, Abel caminha diretamente para o leme e para. Uma luz está piscando em um dos consoles, sinalizando as operações da nave em andamento, mas nada deve acontecer.

Então ele vê que é a luz das portas do compartimento de ancoragem.

Noemi mentiu. Ela está saindo para se sacrificar no Ataque Masada...

... para salvá-lo.

Ele corre da ponte tão rapidamente que as portas quase não têm tempo de se abrir para ele. A velocidade humana não é útil para ele agora; não há ninguém para acompanhá-lo, ninguém para enganar. Abel entra em sua velocidade máxima, chegando ao hangar no meio do ciclo de bloqueio de ar.

– Noemi! – grita. – Noemi, não!

Uma pequena imagem aparece na tela na frente dele: o rosto de Noemi. Ela deve ter ligado as comunicações de seu caça aos sistemas da nave. O capacete está no colo dela, e ele sabe sem precisar perguntar que ela também pegou o dispositivo termomagnético.

– Você vai me dizer que não posso fazer isso, Abel? Nós dois sabemos que posso.

– Não. O Ataque Masada não vai acabar com a guerra. Você vai morrer por nada. – Por mais terrível que seja pensar em morrer, pior ainda é pensar que ela está morrendo sem propósito. Ela viveu cada momento com intensidade. Para jogar a vida fora...

– Eu não vou para o Ataque Masada. Estou voltando para Gênesis para tentar detê-lo. – Ela se inclina para trás no banco do piloto, sorrindo torto. – Eles não sabem como as coisas se tornaram ruins para a Terra. Eles não sabem que há uma resistência surgindo nas colônias. Isso muda as coisas. Se eles entendessem que poderíamos ter aliados, que há realmente uma chance... talvez isso possa mudar tudo.

– Você não pode correr esse risco – diz ele. – Não quando sabe que posso salvar seu mundo.

– Essa é a questão, Abel. Você não pode.

– Mas eu...

– A Gênesis não é apenas onde vivemos. É o que acreditamos. Uma vitória que vem do sacrifício de um inocente não é uma vitória. É o nosso fim.

– Eu *escolho* isso. É a minha decisão.

– Você só esteve realmente vivo por algumas semanas. Você acabou de se libertar de Mansfield. Você não pode desistir de uma vida *que nunca foi sua*. – Noemi se aproxima da câmera; ele pode imaginar seu rosto próximo dela novamente. – De agora em diante, você decide aonde você vai, o que fará... quem será. Mas hoje? Você é apenas a criação de Mansfield, ou a minha. Você merece ser você mesmo. Você tem que continuar. Você tem que reivindicar sua própria vida.

Ele ouve o que ela está dizendo, mas não pode aceitar. Tudo o que consegue pensar é que ela vai embora, colocando-se em perigo quando ele poderia salvá-la.

– Por favor, Noemi, me deixe fazer isso.

Ela balança a cabeça e, de alguma forma, consegue sorrir.

– Este é o meu momento de graça, Abel. Todos esses anos rezei e nada... mas agora não tenho que acreditar mais. Eu sei. Você tem uma alma. Isso faz com que seja meu trabalho cuidar de você. Proteger sua vida como se fosse a minha.

– Mas eu... – É trabalho de Abel cuidar dela. Como ela pode devolver o mesmo dever, a mesma dívida? Abel não entende e ainda não pode se forçar a tentar. Tudo o que ele sabe é que nada nunca o deixou tão arrasado.

Argumentar com ela é impossível. Se pudesse, ele abriria a porta do compartimento em que ela está, mas, com base em trinta anos de experiência, ele sabe que não pode. É isso. Noemi o está deixando para sempre.

Isso não o deixa com nada além da verdade.

– Dói mais perder você do que abrir mão da minha própria vida – diz ele. – Quer dizer que o que sinto não é apenas uma simulação? Que eu amo você?

Lágrimas brotam nos olhos dela.

– Eu acho que talvez sim.

O ciclo de bloqueio de ar termina. Noemi pressiona sua mão contra a tela; Abel faz o mesmo, o mais próximo que chegará de tocá-la novamente.

Quando a imagem muda, ele deixa a mão cair. A visão ampla do compartimento de ancoragem mostra a nave de Noemi e, dentro dela, ele a vê botar o capacete assim que as portas externas se abrem. Ela libera os cabos e se desloca para o espaço até que tenha deixado a nave. Então ela aciona os motores, uma explosão de laranja brilhante e fogo, e se aproxima de casa.

A visão de Abel está funcionando mal. Quando ele toca a bochecha com os dedos, eles encontram calor e umidade. Estas são as suas primeiras lágrimas.

41

GÊNESIS. ***CASA.***

O caça de Noemi atravessa a atmosfera. A escuridão do espaço a liberta, e mais uma vez ela é abraçada por um céu azul pálido. Ela já chorou muito neste capacete – a viseira continua embaçando, mas as lágrimas brotam de seus olhos de novo, quando ela vê o oceano azul que se estende abaixo dela, e depois o contorno do continente do sul, aquele onde ela nasceu, onde ela e Esther cresceram juntas.

Seu painel de instrumentos pisca em cores diferentes, testemunhando os muitos computadores tentando identificá-la. O sinal automatizado da frota da nave irá respondê-los. Noemi se recusa a olhar para baixo, mesmo por um momento. Nada importa tanto quanto saborear a vista das montanhas distantes, azul-escuro no horizonte. Ou as praias, quebrando com espuma branca. Ou os campos dourados que se estendem ao longe. É muito mais bonito do que ela já havia entendido antes.

Queria que você tivesse visto isso, Abel.

Só nos últimos cinco mil metros de sua descida, ela volta ao modo oficial. Piscando forte, se concentra em seus instrumentos, zerando sua base. Quando os comunicadores estalam, ganhando vida, ela respira fundo.

– Soldado Noemi Vidal solicitando autorização para pousar. Código de autorização 81107.

Uma pausa se segue, tempo suficiente para ela se perguntar se eles perderam o sinal. Então, uma voz incrédula diz:

– A soldado Noemi Vidal foi dada como morta em ação há dezenove dias.

– Não exatamente – diz Noemi. Então é assim que é voltar de entre os mortos. – Ligue para a capitã Yasmeen Baz. Diga a ela que estou me apresentando e que ela tem que parar o Ataque Masada. Você entende? *Parar o Ataque Masada.*

• • •

– O Ataque Masada foi adiado indefinidamente – diz o juiz, olhando para os registros do tribunal – devido ao resultado deste caso e da avaliação do testemunho da soldado Vidal.

Adiado não é tão bom quanto cancelado. Mas é tudo que Noemi pode ter agora, enquanto ela está presa e aguardando julgamento.

Ela está sentada em uma cadeira simples no meio de uma sala redonda. Como muitos edifícios na Gênesis, este salão de justiça foi construído para ecoar as estruturas clássicas do passado da Terra, iluminadas pelo sol, resfriadas pela sombra e a brisa, e ameaçadoras através do puro poder da pedra. Longos feixes de luz do pôr do sol fluem através das altas e estreitas janelas arqueadas, iluminando o banco semicircular suspenso do qual seus três juízes espiam. Eles permitiram que ela colocasse sua farda de gala para isso, bonita e verde-escura; usá-la sempre a fez se sentir forte. Ela precisa de cada grama de força que possa reunir.

Abel nunca perguntou a Noemi sobre o sistema jurídico da Gênesis, pelo que ela estava profundamente grata. Este é um tema controverso que inflama discussões, destrói a harmonia e mantém os limites regionais rígidos. Algumas fés acreditam na justiça, outras em misericórdia; o Conselho Ancião nunca encontrou uma maneira universalmente satisfatória de unificar esses dois ideais. Embora algumas religiões tenham defendido as execuções, o planeta proibiu a pena de morte por unanimidade. Além dessa garantia, as punições por crimes variam muito entre os estados.

A casa de Noemi favorece a misericórdia, assim como a Segunda Igreja Católica. Em seu coração, ela sempre desejava justiça: dura, rápida, certa e severa. Ela está disposta a lidar com essa justiça dura – e agora ela está igualmente disposta a suportá-la.

Porque a deserção do dever é um crime militar, e os militares acham a misericórdia pouco útil.

Há outros crimes também.

– Falha em reportar o ferimento de uma colega soldado – diz o comandante Kaminski, líder do batalhão e, agora, seu procurador. – Falha em reportar a morte de um companheiro soldado.

Ela pensa em Esther e seu corpo se contrai. Eles não a deixaram falar com os Gatson ainda, ou com Jemuel. Ela quer muito dizer a eles como Esther morreu corajosamente, e como seu lugar de descanso é o coração de uma estrela. Será que ela alguma vez terá a chance de explicar? Se o fizer, os entes queridos de Esther acreditarão nela?

Kaminski continua:

– Falha em seguir ordens de batalha.

– Eu protesto – diz a capitã Baz. Legalmente, ela é a defesa de Noemi, mas ela também parece se importar, parece lutar por Noemi com verdadeira dedicação. Noemi espera que sim, pelo menos, porque Baz é praticamente sua única esperança. – As ações da oficial Vidal estavam bem dentro de seu critério como oficial...

– Até certo ponto. – O sorriso fino de Kaminski é mais assustador do que qualquer carranca poderia ser. – Qual ponto você acha, capitã Baz? Quando decidiu embarcar em uma espaçonave inimiga? Quando não conseguiu desativar um mecan inimigo, apesar de ter a capacidade de fazê-lo? Onde isso ultrapassa o limite?

– Você está pressupondo que essa história é verdadeira – diz um dos juízes, levantando uma sobrancelha. – Nós devemos acreditar que esta menina se tornou a primeira pessoa em trinta anos a passar pelo Portão Kismet? Que ela encontrou Burton Mansfield?

A capitã Baz bate em seu púlpito pedindo atenção. A farda de gala parece estranha nela; muito rígida, muito confinadora. Baz nasceu para trajes espaciais e armaduras, não para essas coisas. Mas ela está lutando a batalha legal tão vigorosamente quanto lutaria com o blaster.

– A análise dos dados de satélite mostram que uma nave pequena atravessou o Portão Kismet mais ou menos no tempo que a soldado Vidal alega...

Outro juiz, sua voz profunda e ressoante, interrompe:

– Se a história é verdadeira, o comportamento de Vidal é ainda mais grave! Ela afirma saber como destruir um Portão, ter possuído a tecnologia para fazê-lo, e ainda assim não conseguiu fazê-lo! Por sua conta, ela deixou este mundo exposto à conquista por causa de um simples mecan.

Noemi pode imaginar a voz nítida e superior de Abel, falando com um brilho pouco velado: um "simples" mecan? Ele ficaria tão ofendido que seria divertido de ver. As lembranças dele aquecem sua voz enquanto diz:

– Ele é mais do que uma máquina.

Kaminski balança a cabeça com claro desprezo. A farda de gala combina com ele mais do que com a capitã Baz; este é um homem que derruba seus inimigos não com armas, mas com palavras.

– O que você disse no seu relatório? Ah, sim. O mecan "tem uma alma". – O olhar que ele lança aos juízes é divertido, convidando-os a se juntarem a sua zombaria. – A única questão é se isso é sentimentalismo... ou heresia.

– Nós não processamos heresia neste tribunal! – Baz está fora de si. – Podemos nos ater aos fatos em questão?

– A soldado Vidal diz que a alma do mecan é um fato. Um que a impediu de agir para salvar este mundo... a própria ação que ela afirma ter abandonado seu posto para cumprir... então eu diria que isso está em questão, não é? – O comandante Kaminski cruza os braços.

Noemi não pode suportar mais.

– Nós não estamos aqui para falar de Abel!

A capitã Baz aproveita isso.

– Está certo. Estamos aqui para falar de você.

– Não, nós não estamos. – Noemi lança a sua capitã um olhar de desculpas. Por mais que aprecie sua defesa, isso está muito longe da questão. – O que acontece comigo não importa. Nunca importou. A única coisa que importa é parar o Ataque Masada, para sempre.

Kaminski olha para ela com seus olhos azuis gelados. Ele foi um dos líderes de comando que planejaram a estratégia do Ataque Masada e, aparentemente, é egoísta o suficiente para ver isso como um ataque pessoal.

– Você privou a Gênesis de uma tentativa de salvação, e agora quer lhe roubar outra?

– Essa não é a nossa salvação! O Ataque Masada, na melhor das hipóteses, retarda a Terra, talvez nem por muito tempo. Não é uma ação nobre e épica. É fútil. É *inútil*. Nós apenas recorremos a essa estratégia porque não tínhamos opções, ou achávamos que não. Mas agora que viajei pelo Loop e vi o que está acontecendo lá, o que está acontecendo na Terra, sei que eles não são tão fortes quanto pensamos. E temos aliados por aí. Em Kismet, em Stronghold, até mesmo na própria Terra. Talvez mesmo em Cray. Se pudermos atravessar o Portão Gênesis, espalhar nossa mensagem, não precisamos ficar sozinhos! – A voz de Noemi está tremendo agora. Ela para e respira fundo antes de terminar: – Estou disposta a dar a minha vida pela Gênesis. Todos os seus pilotos estão. Mas esse sacrifício não deveria valer a pena? Nós merecemos uma luta melhor.

– Os soldados devem defender este mundo! – grita Kaminski. – Não exigir o que eles acham que "merecem".

Noemi se pergunta se a cadeira está presa no chão. Provavelmente. Isso significa que ela não pode se levantar e jogá-la nele. As palavras terão que bastar.

– Nós *somos* este mundo. Sua próxima geração. Se você não está tentando nos salvar, então o que exatamente está tentando salvar?

Uma voz profunda no fundo da sala diz:

– Boa pergunta.

Os sensores reconhecem a mudança de dia para a noite e acendem as luzes artificiais, banhando o tribunal em brilho, bem na hora que todos se voltam para ver quem entrou. Noemi achou que reconhecia a voz, mas ainda não pode acreditar quando vê a figura entrando, vestida com as túnicas brancas do Conselho Ancião.

– Darius Akide – diz o juiz principal, cujo poder é irrelevante ao lado de um dos cinco indivíduos que lideram todo o planeta Gênesis. – Você nos honra com sua presença. Nós... não esperávamos que os anciãos se interessassem pelo caso.

Akide se aproxima, um sorriso pesaroso no rosto.

– Você não achou que estaríamos interessados na primeira cidadã da Gênesis a deixar este sistema estelar em três décadas? Você deve nos julgar muito pouco curiosos.

– Ela *alega* ter deixado este sistema estelar. – Kaminski não pode falar com grosseria a um dos anciãos, mas seu desdém por Noemi permanece claro. – Uma vez que a nave na qual ela diz ter viajado convenientemente desapareceu, não podemos provar ou refutar sua palavra.

– Você acha que as máquinas têm todas as respostas? Para mim, isso se parece muito com o pensamento da Terra. – Akide está ao lado da cadeira de Noemi. Ele não é um homem alto, mas agora parece gigante. – Às vezes, precisamos procurar a verdade dentro das pessoas, literalmente. O relatório da soldado Vidal disse que, em Stronghold, ela foi identificada como cidadã da Gênesis através de exames médicos. Então nós examinamos os testes de rotina pelos quais ela passou após seu retorno para ver se o contrário também poderia ser provado. Eis que descobrimos vestígios de medicamentos antivirais que não foram usados na Gênesis em décadas, bem como um anteriormente desconhecido para nós. Também há toxinas no sangue dela... Não são níveis perigosamente altos, mas altos o suficiente para sugerir que ela tem respirado ar mais poluído do que o da Gênesis jamais foi. Se você acredita que Vidal *não* viajou para esses outros mundos, comandante Kaminski, como pode explicar os resultados desses exames?

Parece que Kaminski engoliria a própria língua de bom grado. A capitã Baz sorri, um sorriso mais aberto do que qualquer outro que ela mostrou desde o retorno de Noemi. Até este instante, Noemi não tinha percebido que Baz tinha dúvidas. Mas, de qualquer maneira, ela lutava por Noemi. Lutar elimina qualquer vestígio que a dúvida poderia ter causado.

O juiz principal consegue dizer:

– É claro que vamos considerar todas as descobertas em nossos procedimentos...

– Estes procedimentos acabaram. – Darius Akide dá um passo à frente, mais forte do que qualquer um dos juízes atrás do banco alto. – O Conselho Ancião pouco interfere em processos judiciais. Quase nunca, na verdade. Mas nós temos esse direito, e o estamos exercendo hoje. Por decreto do Conselho, o Ataque Masada está adiado até segunda ordem. O Conselho, e não os militares, decidirá se ou quando esse ataque ocorrerá. Além disso, a soldado Noemi Vidal está livre de todas as acusações e reintegrada na categoria de tenente.

– Uma promoção? – Kaminski percebe que disse isso em voz alta um momento tarde demais.

– Essa garota nos trouxe a única informação sobre a Terra e os outros mundos colonizados que tivemos em três décadas – responde Akide, deixando todos ouvirem a frieza de sua voz. – Mais do que isso, ela descreveu uma maneira de destruir um Portão... uma maneira que não nos é mais útil, mas que pode estimular nossos próprios cientistas a criar novas teorias próprias. Eu diria que uma promoção era o mínimo que devíamos a ela.

– Eu concordo – diz a capitã Baz. – Parabéns, tenente.

Deveria ser a vitória mais emocionante possível. Em vez disso, ela se sente... bem, mas isso não resolve tudo. O Ataque Masada pode não ser cancelado para sempre. A guerra não foi vencida. E isso não traz Esther de volta.

Gratidão, Noemi lembra a si mesma. Quando ela sorri um momento depois, é com vontade.

Os juízes não parecem saber o que fazer. Um deles começa a reunir seus pertences; outro se interessa repentinamente por alisar a túnica. No entanto, o juiz principal se mantém no papel.

– Tenente Vidal, você está livre para voltar a servir.

Noemi fica de pé, apenas para ter a mão de Akide firmemente sobre seu ombro dela.

– Na verdade, ela tem uma nova tarefa... orientar o Conselho sobre o que viu em sua jornada pelo Loop. Nós lemos seu depoimento, é claro, mas há muito mais para aprender, eu acho. – Ele a olha no rosto pela primeira vez, e interpreta mal a consternação que vê nele. – A tarefa é apenas temporária, Vidal. Nós não a impediríamos de voar para sempre.

– Obrigada, senhor. – Mas, na verdade, dentro de sua cabeça, ela está pensando apenas: *Eu, ser conselheira deles?* Noemi se preparou para a desgraça, até mesmo para um tempo na prisão. Mas isso é completamente diferente, inesperado e intimidante. À medida que ela percebe a fúria fria no rosto de Kaminski, o modo como seus dedos agarram as bordas do púlpito como se fosse um pescoço que ele pudesse torcer, ela percebe que também pode ser perigoso.

Com o Conselho ao seu lado, porém, ela pode mudar as coisas – ter mais uma chance de salvar a Gênesis.

• • •

Mais tarde, Noemi espera ser levada para algum lugar muito grande, muito secreto, ou ambos. Talvez para uma reunião de todo o Conselho Ancião, ou algum arquivo secreto onde informações confidenciais são mantidas. Em vez disso, Darius Akide caminha com ela ao longo do rio, à vista de inúmeros passantes. Esta é a sua reivindicação pública: silenciosa e sem interrupções. Noemi não tem certeza se gosta ou não disso.

Bem, é melhor que a prisão.

O sol acabou de mergulhar abaixo do horizonte, e o céu ainda brilha com sua última luz. Noemi observa os muitos edifícios – os grandes esculpidos em pedra, os menores de madeira, com suas cúpulas e arcos. Ela observa os barcos baixos e longos que atravessam a água, os competidores rindo para ver quem consegue alcançar a ponte primeiro. Um bando de pássaros brancos voa acima; eles são originários da Gênesis, coisas esplêndidas com caudas de ponta cor-de-rosa que agora lhe parecem exóticas. A farda de gala que lhe deu coragem no tribunal, parece fora de lugar aqui, enquanto outros se divertem com vestes e capas com as cores de joias brilhantes. Essas roupas nunca pareceram tão bonitas para ela, e Noemi não vê a hora de usá-las novamente. Permanecer em seu mundo é ainda mais bonito do que voar sobre ele.

Se ao menos pudesse enviar a Abel um vídeo, ou mesmo uma foto, mas ele se foi. Nenhuma varredura da Gênesis encontrou qualquer vestígio de sua nave sem nome em qualquer lugar do sistema. Abel teve o bom senso de aproveitar a chance que Noemi lhe deu.

– Às vezes – começa Akide, com sua voz profunda –, viajar para lugares novos parece estranho, mas chegar em casa parece ainda mais. Você não espera que o familiar se torne desconhecido, e ainda assim ele se torna.

Outras pessoas também se sentem assim? Noemi resiste a um suspiro de alívio.

– É tranquilo aqui. De uma maneira boa, na maioria das vezes...

– Mas não sempre. – Quando Akide vê a expressão de Noemi, ele ri. – Sim, mesmo os membros do Conselho Ancião às vezes criticam a Gênesis. Ganhamos muito neste mundo, reivindicando nossa independência, mas apenas fanáticos acreditam que também não perdemos muito.

– É por isso que vocês querem falar comigo? Para descobrir o que perdemos?

– Em parte. Mas eu admito... Havia um assunto que eu queria discutir com você pessoalmente. Não como membro do Conselho. Eu queria falar sobre Abel.

Claro, Noemi percebe. Uma das razões pelas quais Darius Akide é lendário mesmo entre os anciãos é a mesma razão pela qual ele ministra cursos militares sobre mecans: ele era, em sua juventude, um cibernético como Mansfield. De acordo com suas histórias, Akide foi considerado o melhor aluno e colaborador mais próximo de Mansfield. Mas, quando a Guerra da Liberdade eclodiu, Akide escolheu a Gênesis. Isso não significa que ele perdeu o interesse pelo que estudou e construiu durante tanto tempo.

– O que você precisa saber sobre ele?

Akide ri.

– Eu sei tudo o que há para saber. Ajudei Mansfield a projetar Abel.

O choque a silencia, a faz dar um passo para trás. Por que ela não percebeu que o melhor aluno de Mansfield teria desempenhado um papel importante na criação de Abel? Faz tanto sentido e ao mesmo tempo a enfurece. Antes, ela nunca poderia ter imaginado responder a um membro do Conselho Ancião, mas agora sua voz se eleva enquanto diz:

– Você concordou em construir uma máquina tão inteligente quanto um humano? Com os mesmos sentimentos e pensamentos...

– Não, nunca – diz Akide baixinho, acalmando sua fúria. – Foi apenas um exercício teórico... um de nossos últimos projetos juntos. Eu não tinha ideia de que ele pretendia levar os planos adiante; mesmo agora, é difícil acreditar que o modelo Abel cumpriu a ambição desses planos. Agora quero saber exatamente do que Abel é capaz.

– Ele tem uma alma. Tenho tanta certeza disso quanto de que eu tenho uma.

Akide balança a cabeça.

– Isso é apenas uma ilusão, Vidal. Uma ilusão convincente, e não a culpo por ser enganada. O modelo Um A já é extraordinário sem irmos a nenhum... extremo fantástico.

Ele fala com gentileza. Tem boa intenção. Ao contrário de Kaminski, Darius Akide não pretende envergonhar Noemi por suas crenças sobre Abel; ele só acredita que seu último projeto de cibernética com Burton Mansfield foi apenas isso, metal e circuitos.

Entretanto, Noemi não pôs tudo em seu relatório. Ela não contou a eles como Abel ficou chateado pela traição de Mansfield, ou mesmo o que Mansfield realmente pretendia, porque tomara Deus que ninguém mais tivesse a mesma ideia. Ela também não contou sobre a declaração de amor de Abel. Isso é muito pessoal. Pertence apenas a eles dois.

Além disso, se ela tivesse dito que Abel a amava, eles poderiam perguntar o que ela sentia por ele. Noemi não pode responder, porque não tem certeza.

Isso é amor? Talvez tivesse sido, se tivesse apenas um pouco mais de tempo. Tudo o que ela sabe é que ainda quer ouvir o que Abel acharia de tudo o que ela vê. O que ele poderia fazer se estivesse aqui ao lado dela. Ele é o único com quem ela quer conversar sobre tudo o que está acontecendo, embora saiba que nunca terá a oportunidade. Ela não se sente tão segura aqui no próprio planeta, sob a proteção de um ancião do Conselho, como se sentiu com Abel ao seu lado. Esta é a sua casa, e ainda assim parece incompleta sem ele.

Se isso não é amor... Certamente é onde o amor começa.

– Mas agora me conte – diz Akide. – Para onde você acha que Abel foi? O que ele fará depois?

– Eu não sei.

É verdade. E, de certa forma, essa é a verdade mais maravilhosa de todas. O potencial de Abel é tão ilimitado quanto o de qualquer ser humano. Toda a galáxia se abriu para ele, e ela quer que ele encontre algum lugar onde possa construir uma boa vida; se é que esse lugar existe nesta galáxia fora da Gênesis. Noemi não tem mais certeza disso.

Mas enquanto olha para o céu escurecendo, ela sabe que nunca vai parar de esperar. Nunca vai parar de procurar as estrelas, perguntando se alguma delas poderia ser a que Abel algum dia chamará de casa.

42

ABEL SE INCLINA NA CADEIRA DE CAPITÃO.

– Relatório.

– Estamos confirmados no transporte de minério de Saturno para Netuno – informa Zayan no console de operações. – Isto é, se pudermos pegar a carga dentro de oito horas.

– Estabeleça uma rota – diz Abel a Harriet, que sorri para ele do console de navegação enquanto atende ao pedido. Para Zayan, ele acrescenta: – Informe à mina que *Persephone* aceita o trabalho.

Ele renomeou a nave uma última vez. Ele teve que fazer isso, claro, para cobrir seus rastros, mas escolheu o nome com cuidado. Na mitologia grega, Perséfone era a noiva de Hades, resgatada do submundo por sua mãe, Demeter, mas ainda ligada a seu marido pelas sementes de romã que comeu – e, em algumas versões da história, pelo amor. Abel pensa em Noemi como pertencente à Gênesis e às estrelas, como uma pessoa que sempre terá um lugar em mais de um mundo.

Além disso, ele pensa, *ela foi para o inferno e voltou.*

Se ao menos ele pudesse contar a ela essa piada e ver se a faz sorrir. Mas ele não se deixa repassar a perda muitas vezes. O pedido final de Noemi foi que ele criasse uma vida própria, e ele já passou tempo suficiente preso no compartimento de equipamentos.

Não mais. Abel pretende viver.

Depois de voltar em segurança ao sistema Kismet e ter lidado com a tristeza esmagadora de perder Noemi, ele considerou com cuidado suas opções. Suas habilidades permitiriam assumir praticamente qualquer tipo de trabalho, e ele já possuía a vantagem final: uma nave espacial. Apagar as fichas criminais foi um trabalho complicado, mas dentro de suas habilidades; ele apagou as de Noemi também, apenas para o caso de alguma vez ela ter chance de viajar pela galáxia. Abel deseja isso para ela.

Depois disso, ele estava livre.

Então, ele se tornou um Vagabond, vestindo-se e agindo de acordo. Para conseguir trabalho transportando cargas e outras coisas (enquanto ainda evita a interação com Georges e outros mecans que agora podem ter sido programados para reconhecer seu rosto) ele sabia que precisaria de uma equipe. Mas poderia ser pequena, composta apenas por pessoas em quem ele confia. Felizmente, Harriet e Zayan ainda estavam trabalhando na estação Wayland, fazendo a limpeza pós-explosão. Sem conhecer o status de Abel como mecan ou fugitivo, eles ficaram muito felizes em mudar para um emprego confortável em uma nave tão "incrível".

– O quarto e a comida vêm com o trabalho? – perguntou Harriet, os olhos arregalados, enquanto Zayan vibrava com feliz descrença. – Você é muito gentil, Abel, sabia?

Para um mecan, é agradável, embora irônico, dizerem que você tem um bom coração.

Ele gostaria de ouvir o que seu criador pensaria disso, mas, claro, isso significaria encontrar Burton Mansfield outra vez, uma experiência que Abel pretende evitar. É até possível que seu criador já tenha morrido. Ele era tão idoso, tão frágil, e a programação de Abel ainda faz com que ele sinta dor ao se lembrar da tosse severa de Mansfield.

Se Mansfield está vivo, no entanto, está procurando Abel com mais desespero do que nunca. É melhor Abel continuar se mexendo. Afinal, Mansfield tem poucos meses, e Abel pode esperar para sempre.

Para sempre é muito tempo. O suficiente, talvez, para que um dia ele possa viajar para a Gênesis.

Ele ainda está disposto a morrer por Noemi e seu mundo. Ainda não abandonou a ideia de roubar outro dispositivo termomagnético, retornar ao Portão Gênesis e destruí-lo para ela. Mas também tem outras ideias.

Por exemplo: e se ele voltasse à Gênesis com um exército?

Há uma resistência lá fora, mortal e eficaz, e os membros das duas alas – moderada e radical – lhe devem favores. Alguns cientistas de Cray, o núcleo da supremacia tecnológica da Terra, parecem dispostos a embarcar nessa. A Terra fará qualquer coisa para enterrar a verdade sobre a Teia de Aranha, uma verdade que Abel conhece e pode, com o tempo, aprender a explorar. Esses elementos, juntos, podem ser muito poderosos.

E se a Terra pudesse ser intimidada até negociar a paz? Ele gosta da ideia de navegar pelo Portão Gênesis acompanhado por enviados diplomáticos, e sabe que Noemi gostaria ainda mais. Apesar de toda a sua conversa sobre vencer a guerra, o que ela mais queria era acabar com isso. Ter a chance de escolher a própria vida, assim como Abel está escolhendo a dele.

Ele vai fazer o que ela pediu. Vai explorar toda a galáxia e experimentar todas as coisas que puder.

Mas nada parece estar à altura daquele único beijo.

Enquanto Harriet leva a nave em direção a Saturno, seus anéis dominando a enorme tela, Abel se concentra em uma única e pequena estrela acima dela. É o sol da Gênesis. Daqui ele consegue vê-lo em toda a sua luz.

Silenciosamente, ele traça uma nova constelação, uma que só ele conhece. Uma com Noemi bem no centro.

AGRADECIMENTOS

DEVO AGRADECER A TANTAS PESSOAS — ANTES DE TUDO, A MINHA maravilhosa editora, Pam Gruber, que viu o potencial dessa ideia e fez com que esse livro fosse tão prazeroso. Obrigado também à minha agente, Diana Fox, às minhas assistentes, Erin Gross e Melissa Jolly, e à minha família: mãe, pai, Matthew, Melissa, Eli e Ari. Com toda a sinceridade, eu provavelmente também agradeceria ao restaurante Ba Chi por fornecer as enormes quantidades de *pho* necessárias para me dar energia durante este projeto; e Madeline Nelson, Stephanie Nelson e Marti Dumas por estarem dispostos a ir ao Ba Chi comigo muitas vezes. Como sempre, obrigada a Edy Moulton, Ruth Morrison e Rodney Crouther por terem ouvido todas as minhas ideias loucas de trama, e ao dr. Whitney Raju por ter conversado pacientemente sobre as implicações médicas de cada uma delas. Por fim, todo o amor às pessoas maravilhosas da Octavia Books em Nova Orleans. (Se quiser uma cópia autografada de qualquer um dos meus livros, visite o site deles! Eles podem cuidar disso para você.)

Impressão e Acabamento:
EDITORA JPA LTDA.